十八家詩鈔

四部備要

集部

中華書局據原刻本校刊

桐鄉陸費逵總勘
杭縣高時顯
杭縣吳汝霖輯校
杭縣丁輔之監造

十八家詩鈔卷九目錄

韓昌黎五古百四十二首

晚菊

落齒

哭楊兵部凝陸歙州參

苦寒

崔十六少府攝伊陽以詩及書見投因酬三十韻

送侯參謀赴河中幕

東都遇春

酬裴十六功曹巡府西驛塗中見寄

燕河南府秀才

送李翺

送石處士赴河陽幕

送湖南李正字歸

辛卯年雪

十八家詩鈔卷九目錄

十八家詩鈔卷九

湘鄉曾國藩纂

合肥李鴻章審訂
東湖王定安校

韓昌黎五古百四十二首

南山詩

吾聞京城南茲維羣山囿東西兩際海巨細難悉究
山經及地志茫昧非受授團辭試提挈挂一念萬漏
欲休諒不能麤敘所經覯嘗昇崇邱望戢戢見相湊
晴明出稜角縷脈碎分繡蒸嵐相澒洞表裏忽通透
無風自飄簸融液煦柔茂橫雲時平凝點點露數岫
天空浮修眉濃綠畫新就孤撐有巉絕海浴褰鵬噣
舊注已上敘南山大概
春陽潛沮洳濯濯吐深秀巖巒雖崷崒
輭弱類含酎夏炎百木盛陰鬱增埋覆神靈日歊歔
雲氣爭結構秋霜嘉刻轢磔卓立癯瘦參差相疊重
剛耿陵宇宙冬行雖幽墨冰雪工琢鏤新曦照危峨

億丈恆高袤明昏無停態頃刻異狀候舊注已上敘四時變態
西南雄太白突起莫閒簉藩都配德運分宅占丁戊
逍遙越坤位詆訐陷乾竇空虛寒兢兢風氣較搜潄
朱維方燒日陰霰縱騰糅昆明大池北去覿偶晴晝
緜聯窮俯視倒側困清漚微瀾動水面踊躍躁猱狖
驚呼惜破碎仰喜呀不仆舊注已上言南山方隅連亙之所國藩按清漚爲微瀾所破碎故猱狖躁而驚呼呀而不仆此述昆明池所見也前尋徑杜墅岔蔽畢
原陋崎嶇上軒昂始得觀覽富行行將遂窮嶺陸煩
互走勃然思坼裂擁掩難恕宥巨靈與夸蛾遠賈期
必售還疑造物意固護蓄精祐力雖能排斡雷電怯
呵詬攀緣脫手足蹭蹬抵積甃茫如試矯首堛塞生
怐愗威容喪蕭爽近新迷遠舊拘官計日月欲進不
可又惡羣峯之擁塞思得如巨靈夸娥者擘開而拆裂之以雷電不爲先驅終不能劈遂有攀援蹭蹬之困因緣窺其湫凝湛閟陰嘼音嗅魚蝦可俯掇神物

安敢窺林柯有脫葉欲墮鳥驚救爭銜彎環飛投棄急哺鷇旋歸道迴睨達枿壯復奏吁嗟信奇怪峙質能化貿前年遭譴謫探歷得邂逅初從藍田入顧盼勞頸脰時天晦大雪淚目苦矇瞀峻塗拖長冰直上若懸溜褰衣步推馬顛蹶退且復蒼黃忘遐睎所矚纔左右杉篁咤蒲蘇杲耀攢介冑專心憶平道脫險逾避臭昨來逢清霽宿願忻始副崢嶸躋冢頂倏閃雜鼯鼬前低劃開闊爛漫堆衆皺或連若相從或蹙若相鬬或妥若弭伏或竦若驚雛或散若瓦解或赴若輻輳或翩若船遊或決若馬驟或背若相惡或向若相佑或亂若抽筍或嵲若注灸或錯若繪畫或繚若篆籀或羅若星離或蓊若雲逗或浮若波濤或碎若鋤耨或如賁育倫賭勝勇前購先彊勢已出後鈍瞋䜆譳或如帝王尊叢集朝賤幼雖親不褻狎雖遠

不悖謬或如臨食案肴核紛飣餖又如遊九原墳墓
包槨柩或纍若盆甖或揭若甄豆或覆若曝鼈或頹
若寢獸或蜿若藏龍或翼若搏鷙或齊若友朋或隨
若先後或迸若流落或顧若宿留或戾若仇讎或密
若婚媾或儼若峨冠或翻若舞袖或屹若戰陣或圍
若蒐狩或靡然東注或偃然北首或如火熺焰或若
氣饙餾或行而不輟或遺而不收或斜而不倚或弛
而不彀或赤若禿鬝或爊若柴槱或如龜坼兆或若
卦分繇或前橫若剝或後斷若姤延延離又屬夬夬
叛還遘喁喁魚闖萍落落月經宿誾誾樹牆垣巘巘
架庫廐參參削劍戟煥煥銜瑩琇敷敷花披萼闟闟
屋摧霤悠悠舒而安兀兀狂以狃超超出猶奔蠢蠢
駭不懋懋舊注已上並序其經歷所見之狀大哉立天地經紀肖營腠
厥初孰開張僶俛誰勸侑創茲樸而巧戮力忍勞疚

得非施斧斤無乃假詛咒鴻荒竟無傳功大莫酬僦
嘗聞於祠官芬苾降歆嗅斐然作歌詩惟用贊報酭
西南十句賦太白山也昆明八句賦昆明池也前尋下二十二句言從杜陵入山因羣峯之擁掩堙塞不得登絕頂而窮覽也因緣以下十二句因觀龍湫而書所見也前年以下十二句謂謫陽山時曾經此山不暇窮探極覽也昨來以下至蠢蠢駭不懋謂此次始得窮觀變態前此遊太白遊昆明池遊杜陵遊龍湫本非一次即謫貶時亦嘗經過南山俱不如此次之暢心悅目耳

謝自然詩 果州謝真人上昇在金泉山貞元十年十一月十二日辰時白晝輕舉時郡守李堅以聞有賜詔褒諭謂所部之中靈仙表異元風益振至道彌彰其詔今尚有石刻在焉公排釋老斥異端故詩有所不取

果州南充縣寒女謝自然童騃無所識但聞有神仙
輕生學其術乃在金泉山繁華榮慕絕父母慈愛捐
凝心感魑魅慌惚難具言一朝坐空室雲霧生其間
如聆笙竽韻來自冥冥天白日變幽晦蕭蕭風景寒
檐楹暫明滅五色光屬聯觀者徒傾駭躑躅詎敢前

須臾自輕舉飄若風中煙茫茫八紘大影響無由緣
里胥上其事郡守驚且歎驅車領官吏甿俗爭相先
入門無所見冠履同蛻蟬皆云神仙事灼灼信可傳
（已上敘謝自然白晝輕舉事以下論神仙事不足信）余聞古夏后象物知神姦
山林民可入魍魎莫逢旃逶迤不復振後世恣欺謾
幽明紛雜亂人鬼更相殘秦皇雖篤好漢武洪其源
自從二主來此禍竟連連木石生怪變狐狸騁妖患
莫能盡性命安得更長延人生處萬類知識最爲賢
奈何不自信反欲從物遷往者不可悔孤魂抱深冤
來者猶可誡余言豈空文人生有常理男女各有倫
寒衣及飢食在紡績耕耘下以保子孫上以奉君親
苟異於此道皆爲棄其身噫乎彼寒女永託異物羣
感傷遂成詩昧者宜書紳

秋懷詩十一首

窗前兩好樹衆葉光薿薿秋風一披拂策策鳴不已
微燈照空牀夜半偏入耳愁憂無端來感歎成坐起
天明視顏色與故不相似義和驅日月疾急不可恃
浮生雖多塗趨死惟一軌胡爲浪自苦得酒且歡喜

此首因聞脫葉秋聲而生感

白露下百草蕭蘭共雕悴青青四牆下已復生滿地
寒蟬暫寂寞蟋蟀鳴自恣運行無窮期稟受氣苦異
適時各得所松柏不必貴

此首言四時運行百物雖有早晚長短貴賤之不同要皆稟氣自然不足異也

彼時何卒卒我志何曼曼犀首空好飲廉頗尚能飯
學堂日無事驅馬適所願茫茫出門路欲去聊自勸
歸還閱書史文字浩千萬陳迹竟誰尋賤嗜非貴獻
丈夫意有在女子乃多怨

此首言己之所嗜與時異趣雖舉世不好而無怨也

秋氣日惻惻秋空日淩淩上無枝上蜩下無盤中蠅

豈不感時節。耳目去所憎。清曉卷書坐。南山見高稜。其下澄湫水。有蛟寒可罾。惜哉不得往。豈謂吾無能。離離掛空悲。感感抱虛警。露泫秋樹高。蟲弔寒夜永。斂退就新懦。趨營悼前猛。歸愚識夷塗。汲古得修綆。名浮猶有恥。味薄真自幸。庶幾遺悔尤。即此是幽屏。

此首即陶公今是昨非之意若新有所悟者以浮名為恥以薄味為幸知道之言也

今晨不成起。端坐盡日景。蟲鳴室幽幽。月吐窗冏冏。喪懷若迷方。浮念劇含梗。塵埃慵伺候。文字淚馳騁。尚須勉其頑。王事有朝請。

此首本思遺世高舉不復顧伺候於塵埃之中而為生事所累尚須黽勉以從王事也

秋夜不可晨。秋日苦易暗。我無汲汲志。何以有此憾。寒雞空在棲。缺月煩屢瞰。有琴具徽絃。再鼓聽愈淡。古聲久埋滅。無由見真濫。低心逐時趨。苦勉祇能暫。有如乘風船。一縱不可纜。不如覷文字。丹鉛事點勘。

豈必求贏餘所要石與甔此首言本不能逐時趨因石甔謀生之故難遽舍去

與上首之指略同

卷卷落地葉隨風走前軒鳴聲若有意顛倒相追奔空堂黃昏暮我坐默不言童子自外至吹燈當我前問我我不應饋我我不餐退坐西壁下讀詩盡數編作者非今士相去時已千其言有感觸使我復悽酸顧謂汝童子置書且安眠丈夫屬有念事業無窮年

此首因落葉而感觸生平之志事甚遠且大

霜風侵梧桐衆葉著樹乾空階一片下琤若摧琅玕謂是夜氣滅望舒霣其團青冥無依倚飛轍危難安驚起出戶視倚楹久汍瀾憂愁費晷景日月如跳丸迷復不計遠爲君駐塵鞍此首因葉落而疑爲月霣志士固有非常之感觸也

暮暗來客去羣囂各收聲悠悠偃宵寂亹亹抱秋明世累忽進慮外憂遂侵誠強懷張不滿弱念缺已盈

詰屈避語穽冥茫觸心兵敗虞千金棄得比寸草榮

知恥足爲勇晏然誰汝令此首因世途嶮巇動觸陷穽思委蛇以逐時趨而此心終以爲恥不敢自違其本志也強懷本志也弱念時趨也詰曲時趨也冥茫本志也

鮮鮮霜中菊既晚何用好揚揚弄芳蝶爾生還不早

運窮兩值遇婉孌死相保西風蟄龍蛇衆木日凋槁

由來命分爾泯滅豈足道此首有安貧知命至死不變確乎不拔之意

赴江陵途中寄贈王二十補闕李十一拾遺李二十六員外翰林三學士

孤臣昔放逐血泣追愆尤汗漫不省識怳如乘桴浮

或自疑上疏上疏豈其由是年京師旱田畝少所收

上憐民無食征賦半已休有司惜經費未免煩徵求

富者既云急貧者固已流傳聞閭里間赤子棄渠溝

持男易斗粟掉臂莫肎酬我時出衢路餓者何其稠

親逢道邊死竚立久咿嚘歸舍不能食有如魚中鉤

適會除御史誠當得言秋拜疏移閤門爲忠寧自謀
上陳人疾苦無令絕其喉下陳畿甸內根本理宜優
積雪驗豐熟幸寬待蠶麥天子惻然感司空歎綢繆
謂言即施設乃反遷炎州同官盡才俊偏善柳與劉
或慮語言洩傳之落冤讎二子不宜爾將疑斷還不
中使臨門遣頃刻不得留病妹臥牀褥分知隔明幽
悲啼乞就別百請不領頭弱妻抱穉子出拜忘慙羞
僶俛不迴顧行行詣連州（以上因上疏而貶連州）朝爲青雲士
暮作白首囚商山季冬月冰凍絕行輈春風洞庭浪
出沒驚孤舟逾嶺到所任低顏奉君侯酸寒何足道
隨事生瘡疣遠地觸途異吏民似猿猴生獰多忿很
辭舌紛嘲啁白日屋檐下雙鳴鬪鵂鶹有蛇類兩首
有蠱羣飛游窮冬或搖扇盛夏或重裘颶起最可畏
訇哮簸陵邱雷霆助光怪氣象難比侔癘疫忽潛遘

十家無一瘳猜嫌動置毒對案輒懷愁以上道途及連州之苦

前日遇恩赦私心喜還憂果然又羈縶不得歸鋤耰

此府雄且大騰淩盡戈矛棲棲法曹掾何處事卑陬

生平企仁義所學皆孔周早知大理官不列三后儔

何況親犴獄敲搒發姦偷懸知失事勢恐自罹罝罘

湘水清且急涼風日修修胡爲首歸路旅泊尚夷猶

以上敘順宗即位大赦公量移江陵法曹昨者京使至嗣皇傳冕旒赫然

下明詔首罪誅共吺成作兜吺古文兜字復聞顛夭輩峨冠進

鴻疇班行再肅穆璜珮鳴琅璆佇繼貞觀烈邊封脫

兜鍪三賢推侍從卓犖傾枚鄒高議參造化清文煥

皇猷協心輔齊聖政理同毛輶小雅詠鳴鹿食苹貴

呦呦遺風邈不嗣豈憶嘗同裯失志早衰換前期擬

蜉蝣自從齒牙缺始慕舌爲柔因疾鼻又塞漸能等

薰蕕深思罷官去畢命依松楸空懷焉能果但見歲

已道殷湯閔禽獸解網祝蛛蝥雷煥掘寶劍寃氛銷斗牛茲道誠可尚誰能借前籌殷勤謝吾友明月非暗投以上憲宗即位朝政清明有望於三賢之借籌援引

暮行河隄上

暮行河隄上四顧不見人衰草際黃雲感歎愁我神夜歸孤舟臥展轉空及晨謀計竟何就嗟嗟世與身

夜歌

靜夜有清光閑堂仍獨息念身幸無恨志氣方自得樂哉何所憂所憂非我力

重雲一首李觀疾贈之

天行失其度陰氣來干陽重雲閉白日炎燠成寒涼小人但咨怨君子惟憂傷飲食爲減少身體豈寧康此志誠足貴懼非職所當藜羹尚如此肉食安可嘗窮冬百草死幽桂乃芬芳且況天地間大運自有常

勸君善飲食鸞鳳本高翔

江漢一首答孟郊

江漢雖云廣乘舟渡無艱流沙信難行馬足常往還淒風結衝波狐裘能禦寒終宵處幽室華燭光爛爛苟能行忠信可以居夷蠻嗟余與夫子此義每所敦何爲復見贈繾綣在不諼王褒云有其具者易其備舟馬裘燭皆禦物之具也忠信履險之具也韓公與其徒黨固當常以自立相勗矣

長安交遊者一首贈孟郊

長安交遊者貧富各有徒親朋相過時亦各有以娛陋室有文史高門有笙竽何能辨榮悴且欲分賢愚

岐山下二首

誰謂我有耳不聞鳳皇鳴趨來岐山下日暮邊鴻驚丹穴五色羽其名爲鳳皇昔周有盛德此鳥鳴高岡和聲隨祥風窅窕相飄揚聞者亦何事但知時俗康

自從公旦死千載閟其光吾君亦勤理遲爾一來翔

北極一首贈李觀

北極有羈羽南溟有沈鱗川原浩浩隔影響兩無因風雲一朝會變化成一身誰言道里遠感激疾如神我年二十五求友昧其人哀歌西京市乃與夫子親所尚苟同趨賢愚豈異倫方爲金石姿萬世無緇磷無爲兒女態憔悴悲賤貧

此日足可惜一首贈張籍 籍字文昌吳郡人嘗爲公所薦送貞元十五年公時在徐籍往謁公未幾辭去公惜焉故作是詩以送之

此日足可惜此酒不足嘗捨酒去相語共分一日光念昔未知子孟君自南方自矜有所得言子有文章我名屬相府 公仕董晉幕府 欲往不得行思之不可見百端在中腸維時月魄死冬日朝在房驅馳公事退聞子適及城命車載之至引坐於中堂開懷聽其說往往

副所望孔邱歿已遠仁義路久荒紛紛百家起詭怪相披猖長老守所聞後生習爲常少知誠難得純粹古已亡譬彼植園木有根易爲長留之不遣去館置城西旁歲時未云幾浩浩觀湖江衆夫指之笑謂我知不明兒童畏雷電魚鼈驚夜光州家舉進士選試繆所當（汴州舉進士公爲考官試反舌無聲詩籍中等）馳辭對我策章句何煒煌相公朝服立工席歌鹿鳴禮終樂亦闋相拜送於庭之子去須臾赫赫留盛名竊喜復竊歎諒知有所成（以上籍與公相見於汴州籍中進士）人事安可恆奄忽令我傷聞子高第日正從相公喪（貞元十五年高郢知舉籍登第是歲二月晉卒公護其喪行）哀情逢吉語惝怳難爲雙暮宿偃師西徒展轉在牀夜聞汴州亂（二月乙酉宣武軍亂殺留後陸長源）遶壁行傍徨我時留妻子倉卒不及將相見不復期零落甘所丁驕女未絕乳念之不能忘忽如在我所耳若聞啼聲中途

安得返一日不可更俄有東來說我家免罹殃乘船下汴水東去趨彭城從喪朝至洛還走不及停假道經盟津出入行澗岡日西入軍門羸馬顛且僵主人願少留時李元為河陽節度主人謂元也延入陳壺觴卑賤不敢辭忽忽心如狂飲食豈知味絲竹徒轟轟平明脫身去決若驚鳥翔以上公送董晉之喪至洛中途聞汴州亂至洛東還將赴徐州中閒一謁李元於河陽由洛赴徐本應行黃河之南是時或因汴州之亂避行河北歟黃昏次汜水欲過無舟航號呼久乃至夜濟十里黃中流上灘潬音但沙水不可詳驚波暗合沓星宿爭翻芒轅馬蹢躅鳴左右泣僕童甲午憩時門臨泉窺鬬龍東西出陳許陂澤平茫茫道邊草木花紅紫相低昂百里不逢人角角音谷雄雉鳴行行二月暮乃及徐南疆下馬步隄岸上船拜吾兄誰云經艱難百口無夭殤僕射南陽公宅我睢水陽二月末公至徐州徐泗濠節度使張建封以公為節度推官睢水名在徐

州公與孟東野書云主人與余有故居余符離睢水上即此也篋中有餘衣盎中有餘糧閉門讀書史窗戶忽已涼以上由河陽經汜水陳許而至徐州日念子來遊子豈知我情謂望其來而籍竟來也別離未爲久辛苦多所經對食每不飽共言無倦聽連延三十日晨坐達五更我友二三子宦遊在西京東野窺禹穴李翱觀濤江蕭條千萬里會合安可逢淮之水舒舒楚山直叢叢子又捨我去我懷焉所窮以上敘籍來月餘而又別男兒不再壯百歲如風狂高爵尚可求無爲守一鄉

幽懷

幽懷不能寫行此春江潯適與佳節會士女競光陰凝妝耀洲渚繁吹蕩人心閑關林中鳥亦知和爲音豈無一樽酒自酌還自吟但悲時易失四序迭相侵我歌君子行視古猶視今

君子法天運

君子法天運，四時可前知。小人惟所遇，寒暑不可期。
利害有常勢，取捨無定姿。焉能使我心，皎皎遠憂疑。

落葉送陳羽

落葉不更息，斷蓬無復歸。飄颻終自異，邂逅暫相依。
悄悄深夜語，悠悠寒月輝。誰云少年別，流淚各霑衣。

歸彭城

天下兵又動，太平竟何時。訏謨者誰子，無乃失所宜。
前年關中旱，閭井多死飢。去歲東郡水，生民爲流屍。
上天不虛應，禍福各有隨。我欲進短策，無由至彤墀。
刳肝以爲紙，瀝血以書辭。上言陳堯舜，下言引龍夔。
言詞多感激，文字少葳蕤。一讀已自怪，再尋良自疑。
食芹雖云美，獻御固已癡。緘封在骨髓，耿耿空自奇。
昨者到京師，屢陪高車馳。周行多俊異，議論無瑕疵。
見待頗異禮，未能去毛皮。謂不能披肝瀝膽豁露天真猶今諺云客氣也 到

口不敢吐徐徐俟其戲歸來戎馬閒驚顧似羇雌連
日或不語終朝見相欺乘閒輒騎馬茫茫詣空陂遇
酒卽酩酊君知我爲誰

醉後

煌煌東方星柰此衆客醉初喧或忿爭中靜雜嘲戲
淋漓身上衣顛倒筆下字人生如此少酒賤且勤置

醉贈張祕書

人皆勸我酒我若耳不聞今日到君家呼酒持勸君
爲此座上客及余各能文君詩多態度藹藹春空雲
東野動驚俗天葩吐奇芬張籍學古淡軒鶴避雞羣
阿買不識字頗知書八分詩成使之寫亦足張吾軍
所以欲得酒爲文俟其醺酒味既冷冽酒氣又氛氳
性情漸浩浩諧笑方云云此誠得酒意餘外徒繽紛
長安衆富兒盤饌羅羶葷不解文字飲惟能醉紅裙

雖得一餉樂有如聚飛蚊今我及數子固無蕕與薰
險語破鬼膽高詞媲皇墳至寶不雕琢神功謝鋤耘
方今向太平元凱承華勳吾徒幸無事庶以窮朝曛

同冠峽

南方二月半春物亦已少維舟山水間晨坐聽百鳥
宿雲尚含姿朝日忽升曉羈旅感和鳴囚拘念輕矯
潺湲淚久迸詰曲思增繞行矣且無然蓋棺事乃了

送惠師

惠師浮屠者乃是不羈人十五愛山水超然謝朋親
脫冠翦頭髮飛步遺蹤塵發迹入四明梯空上秋旻
遂登天台望衆壑皆嶙峋夜宿最高頂舉頭看星辰
光芒相照燭南北爭羅陳茲地絕翔走自然嚴且神
微風吹木石澎湃聞韶鈞夜半起下視溟波銜日輪
魚龍驚踊躍叫嘯成悲辛怪氣或紫赤敲磨共輪囷

金雞既騰耈六合俄清新自遂登天台至此敘天台觀日出常聞禹穴奇東去窺甌閩越俗不好古流傳失其真幽蹤邈難得聖路嗟長堙迴臨浙江濤屹起高峨岷壯志死不息千年如隔晨是非竟何有棄去非吾倫已上敘會稽觀禹穴浙江觀潮淩江詰廬嶽浩蕩極遊巡崔崒沒雲表陂陀浸湖淪是時雨初霽懸瀑垂天紳前年往羅浮步戛南海濱大哉陽德盛榮茂恆留春鵬騫墮長翮鯨戲側修鱗已上敘江州觀廬山南海觀羅浮自來連州寺曾未造城闉日攜青雲客探勝窮崖濱太守邀不去羣官請徒頻囊無一金資翻謂富者貧已上敘惠至連州徧遊諸勝昨日忽不見我今訪其鄰奔波自追及把手問所因顧我卻與歎君甯異於民離合自古然辭別安足珍吾聞九疑好鳳志今欲伸斑竹唬舜婦清湘沈楚臣衡山與洞庭此固道所循尋嵩方抵洛歷華遂之秦浮游靡定

處偶往卽通津（已上敘惠別韓公之辭）吾言子當去子道非吾遵江魚不池活野鳥難籠馴吾非西方教憐子狂且醇吾嫉惰遊者憐子愚且諄去矣各異趣何爲浪霑巾（已上韓公送惠之辭）

送靈師（此詩貞元十九年復在連州陽山作也云王員外者仲舒也仲舒時亦謫連州司戶見宴喜亭記）

佛法入中國爾來六百年齊民逃賦役高士著幽禪官吏不之制紛紛聽其然耕桑日失隸朝署時遺賢靈師皇甫姓胤胄本蟬聯少小涉書史早能綴文篇中閒不得意失迹成延遷逸志不拘教軒騰斷牽攣（首八句論佛法爲世大害靈師八句敘其少時事軒騰句謂其棄俗而爲僧也）圍棊鬭白黑生死隨機權六博在一擲梟盧叱迴旋戰詩誰與敵浩汗橫戈鋋飲酒盡百醆嘲諧思逾鮮有時醉花月高唱清且緜四座咸寂默杳如奏湘絃（已上敘其博弈詩酒之能）

尋勝不憚險黔江屢洄沿瞿塘五六月驚電讓歸船怒水忽中裂千尋墮幽泉環迴勢益急仰見團團天投身豈得計性命甘徒捐淚沫涌翻浦漂浮再生全同行二十人魂骨俱坑填靈師不挂懷冒涉道轉延開忠二州牧詩賦時多傳失職不把筆珠璣爲君編强留費日月密席羅嬋娟（已上敘其遊黔蜀及在瞿塘落水得生事）昨者至林邑使君數開筵逐客三四公盈懷贈蘭荃湖游泛漭沆溪宴駐潺湲別語不許出行裾動遭牽鄰州競招請書札何翩翩（已上敘遊林邑）十月下桂嶺乘寒恣窺緣落落王員外（謂王仲舒自戶部員外郎貶爲連州司戶）爭迎獲其先自從入賓館占悋久能專吾徒頗攜被接宿窮歡妍聽說兩京事分明皆眼前縱横雜謠俗瑣屑咸羅穿材調真可惜朱丹在磨研方將斂之道且欲冠其顛（已上敘其在連州久聚）韶陽李太守高步淩雲煙得客輒忘食開

囊乞緡錢手持南曹敘字重青瑤鐫古氣參象繫高標摧太玄維舟事干謁披讀頭風痊還遊如舊相識傾壺暢幽悁以此復留滯歸驂幾時鞭已上敘其由連至韶

縣齋有懷此詩陽山縣齋作貞元十九年公以言事出至是二十一年順宗即位而作是詩嗣皇新繼明謂順宗也

少小尚奇偉平生足悲咤猶嫌子夏儒肎學樊遲稼事業窺皐稷文章蔑曹謝濯纓起江湖綴珮雜蘭麝悠悠指長道去去策高駕誰爲傾國媒自許連城價初隨計吏貢屢入澤宮射雖免十上勞何能一戰霸公自貞元八年中進士第貢于京師至貞元十年屢試博學宏詞不中○已上敘少年中進士試宏博時事人情忌殊異世路多權詐蹉跎顏遂低摧折氣愈下治長信非罪侯生或遭罵懷書出皇都銜淚渡清灞身將老寂寞志欲死閑暇朝食不盈腸冬衣纔掩骼軍書既頻召戎馬乃連跨大梁從相公彭城赴僕

射弓箭圍狐兔絲竹羅酒肴之夜切卽爻字兩府變荒涼三
年就休假已上敘出都從董晉張建封幕事求官去東洛公自貞元十六年張
建封甍歸洛陽至十九年始除監察御史犯雪過西華塵埃紫陌春風兩
靈臺夜名聲荷朋友援引乏姻婭雖陪彤庭臣詎縱
青冥靶寒空聳危闕曉色曜修架捐軀辰在丁貞元十九
年十二月公以監察御史上天旱人飢疏貶陽山令辰在丁謂上疏之日也鎩翮時方䄍
音作投荒誠職分領邑幸寬赦已上敘爲御史上疏被謫事湖波翻
日車嶺石坼天罅毒霧恆熏晝炎風每燒夏雷威固
已加颶勢仍相借氣象杳難測聲音吁可怕夷言聽
未慣越俗循猶乍指摘兩憎嫌睢盱互猜訝祇緣恩
未報豈謂生足藉已上敘道塗及陽山之苦嗣皇新繼明率土日
流化惟思滌瑕垢長去事桑柘斸嵩開雲扃壓潁抗
風榭禾麥種滿地梨棗栽繞舍兒童稍長成雀鼠得
驅嚇官租日輸納村酒時邀迓閑愛老農愚歸弄小

女姹如今便可爾何用畢婚嫁已上思得赦宥而歸故土

合江亭 一作題合江亭寄刺史鄒君○鄒君逸其名亭故相齊映所作故曰維昔經營初邦君實王佐前刺史元澄無政廉使中丞楊公憑奏黜之遂用鄒公其曰中丞黜凶邪指此意也公承貞元年七月初自陽山量移江陵道衡山詩所以作

紅亭枕湘江蒸水會其左瞰臨眇空闊綠淨不可唾
維昔經營初邦君實王佐翦林遷神祠買地費家貨
梁棟宏可愛結構麗匪過伊人去軒騰茲宇遂頹挫
老郎來何暮高唱久乃和樹蘭盈九畹栽竹逾萬个
長綆汲滄浪幽蹊下坎坷波濤夜俯聽雲樹朝對臥
初如遺宦情終乃最郡課人生誠無幾事往悲豈奈
蕭條綿歲時契闊繼庸懦勝事誰復論醜聲日已播
中丞黜凶邪天子閔窮餓君侯至之初閭里自相賀
淹滯樂閑曠勤苦勸慵惰爲余掃塵階命樂醉衆坐
窮秋感平分新月憐半破願書巖上石勿使泥塵涴

邦君指齊映初建此亭者也老郎繼齊而樹蘭栽竹者也庸儒指元澄被楊憑劾去者也君侯指鄭君款接韓公者也鄭君逸其名老郎並逸其姓

陪杜侍御遊湘西兩寺獨宿有題一首因獻楊常侍 此自陽山北還過潭作永貞元年秋也湘西寺在潭州楊常侍憑也時為潭州刺史湘西觀察使云

長沙千里平勝地猶在險況當江闊處斗起勢匪漸深林高玲瓏青山上琬琰路窮臺殿闢佛事煥且儼剖竹走泉源開廊架崖广 說文因巖為屋曰广 是時秋之殘暑氣尚未斂羣行忘後先朋息棄拘檢客堂喜空涼華榻有清簟澗蔬煑蒿芹水果剝菱芡伊余夙所慕陪賞亦云忝 已上敘陪杜侍御同遊 幸逢車馬歸獨宿門不掩山樓黑無月漁火燦星點夜風一何喧杉檜屢磨颭猶疑在波濤怵惕夢成魘靜思屈原沈遠憶賈誼貶椒蘭爭妬忌絳灌共讒諂誰令悲生腸坐使淚盈臉翻

飛乏羽翼指擿困瑕玷以上敘獨宿珥貂藩維重政化類

分陝禮賢道何優奉己事苦儉大廈棟方隆巨川檝

行剡經營誠少暇遊宴固已歎旅程愧淹留徂歲嗟

荏苒平生每多感柔翰遇頻染展轉嶺猿鳴曙燈青

睒睒已上頌楊常侍

岳陽樓別竇司直竇司直名庠字冑卿韓臯鎮武昌辟庠幕府陟大理司直權領岳州公自陽山移江陵法曹道出岳陽樓作此詩永貞元年冬十月也劉禹錫有和篇足成六十韻見劉集

洞庭九州間厥大誰與讓南匯羣崖水北注何奔放

瀦爲七百里吞納各殊狀自古澄不清環混無歸向

炎風日搜攪幽怪多冗長軒然大波起宇宙隘而妨

巍峩拔嵩華騰踔較健壯聲音一何宏轟輵車萬兩

猶疑帝軒轅張樂就空曠蛟螭露筍簴縞練吹組帳

鬼神非人世節奏頗跌踼陽施見誇麗陰閉感悽愴

自軒然大波至此狀其洪濤壯觀朝過宜春口極北缺隄障夜纜巴
陵洲叢芮纔可傍星河盡涵泳俯仰迷下上餘瀾怒
不已喧聒鳴甕盎明登岳陽樓輝煥朝日亮飛廉戢
其威清晏息纖纊泓澄湛凝綠物影巧相況江豚時
出戲驚波忽蕩瀁時當冬之孟公永貞元年十月至岳州隙竅縮
寒漲前臨指近岸側坐眇難望滌濯神魂醒幽懷舒
以暢自朝過宜春至此狀其風息波恬主人孩童舊握手乍忻悵憐
我竄逐歸相見得無恙開筵交履舄爛漫倒家釀杯
行無留停高柱送清唱中盤進橙栗投擲傾脯醬歡
窮悲心生婉孌不能忘念昔始讀書志欲干霸王屠
龍破千金爲藝亦云亢愛才不擇行觸事得讒謗前
年出官由此禍最無妄公卿採虛名擢拜識天仗姦
猜畏彈射斥逐恣欺誑新恩移府庭逼側廁諸將于
嗟苦駑緩但懼失宜當追思南渡時魚腹甘所葬嚴

程迫風帆劈箭入高浪顛沈在須臾忠鯁誰復諒生還真可喜尅己自懲創庶從今日後麤識得與喪事多改前好趣有獲新尚誓耕十畝田不取萬乘相細君知蠶織稚子已能餉行當掛其冠生死君一訪公於竇氏兄弟最爲契好故於歡宴之餘追憶前事言之沈痛

送文暢師北遊

昔在四門館晨有僧來謁自言本吳人少小學城闕已窮佛根源麤識事輗軏攣拘屈吾真戒轄思遠發薦紳秉筆徒聲譽耀前閥從求送行詩屢造忍顛蹶今成十餘卷浩汗羅斧鉞先生閟窮巷未得窺剞劂又聞識大道何路補劓刖自言本吳人至此皆出述文暢在四門館之言其囊中文滿聽實清越謂僧當少安草序頗排訐上論古之初所以施賞罰下開迷惑胸窒豁斷株橜僧時不聽瑩若飲水救暍風塵一出門時日多如髮已上

敘從前作送文暢序贈別之事三年竄荒嶺守縣坐深樾徵租聚異物詭製怛巾韈幽窮共誰語思想甚含噦昨來得京官照壁喜見蝎况逢舊親識無不比鶼蟨長安多門戶弔慶少休歇而能勤來過重惠安可揭已上敘貶陽山及回京再見文暢當今聖政初恩澤完擺狘胡爲不自暇飄戾逐鸇鷙僕射領北門謂田季安爲魏博節度使威德壓胡羯相公鎮幽都謂劉濟爲幽州節度竹帛爛勳伐酒場舞閨姝獵騎圍邊月開張筵中寶自可得津筏從茲富裘馬寧復茹藜蕨余期報恩後謝病老耕垡庇身指蓬茅逞志縱獫猲僧還相訪來山藥煮可掘已上送文暢北遊而自擬歸耕

答張徹

辱贈不知報我歌爾其聆首敘始識面次言後分形道途綿萬里日月垂十齡謂自貞元十二年丙子至是元和改元丙戌十年也洿郊避兵亂睢岸連門停肝膽一古劍波濤兩浮萍

漬墨竄舊史磨丹注前經義苑手祕寶文堂耳驚霆暗晨躡露舄暑夕眠風櫺結友子讓抗請師我慙丁初味猶噉蔗遂通斯建瓴搜奇日有富嗜善心無甯石梁平侹侹沙水光泠泠乘枯摘野豔沈細抽潛腥遊寺去陟巘尋徑返穿汀緣雲竹竦竦失路麻冥冥淫潦忽翻野平蕪眇開溟防泄塹夜塞懼衝城書扃自盱眙一古劍至此皆敘貞元十五年睢岸連居與張徹相從之樂及去事戎轡公先居睢水久之建封以為節度推官相逢宴軍伶觥秋縱兀兀獵旦馳駉駉從賦始分手謂徹赴舉試也朝京忽同舲急時促暗棹戀月留虛亭畢事驅傳馬安居守窗螢梅花灞水別宮燭驪山醒省選逮投足鄉賓尚摧翎謂徹下第也徹後元和四年始登第塵祛又一摻淚皆還雙熒已上敘其以徐州從事朝正京師與徹同行之事塵祛二句公先出京徹後出京又與途中相見而再別也洛邑得休告華山窮絕陘倚巖睨海浪引袖拂天星日駕此迴轄金神所

司刑泉紳拖修白石劍攢高青磴蘚澾拳跼梯飆颸伶俜悔狂已咋指垂誡仍鐫銘公嘗過華山登絕頂發狂慟哭遺書爲誡見國史補〇已上敘登華山事峨豸忝備列伏蒲愧分涇微誠慕橫草瑣力摧撞筳疊雪走商嶺飛波航洞庭下險疑墮井守官類拘囹荒餐茹獠蠱幽夢感湘靈刺史肅著蔡吏人沸蝗螟黜綴簿上字趨蹌閤前鈴賴其飽山水得以娛瞻聽紫樹雕斐亹碧流滴瓏玲映波鋪遠錦插地列長屏愁狖酸骨死怪花醉魂馨潛苞絳實坼幽乳翠毛零已上敘爲御史上疏貶陽山事赦行五百里月變三十蓂漸階羣振鷺入學誨螟蛉華甘謝鳴鹿罍滿慙罄缾冏冏抱瑚璉飛飛聯鶺鴒魚鬣欲脫背虬光先照硎豈獨出醜類方當動朝廷勤來得晤語勿憚宿寒廳已上敘入爲國子博士因答徵詩

薦士孟東野貞元十一年進士爲溧陽尉時鄭餘慶尹河南公作是詩以薦之鄭辟爲水

陸運從事此詩作於郊爲尉後辟從事前歟觀公銘郊墓謂鄭公尹河南既辟從事後以節領興元復奏爲參謀皆公一時之薦也

周詩三百篇雅麗理訓誥曾經聖人手議論安敢到五言出漢時蘇李首更號東都漸瀰漫派別百川導建安能者七卓犖變風操逶迤抵晉宋氣象日凋耗中間數鮑謝比近最清奧齊梁及陳隋衆作等蟬噪搜春摘花卉沿襲傷剽盜國朝盛文章子昂始高蹈勃興得李杜萬類困陵暴後來相繼生亦各臻閫奧有窮者孟郊受材實雄驁冥觀洞古今象外逐幽好橫空盤硬語妥帖力排奡敷柔肆紆餘奮猛卷海潦榮華肖天秀捷疾逾響報行身踐規矩甘辱恥媚竈孟軻分邪正眸子看瞭眊杳然粹而清可以鎮浮躁酸寒溧陽尉五十幾何耄孜孜營甘旨辛苦久所冒俗流知者誰指注競嘲慠聖皇索遺逸髦士日登造

廟堂有賢相愛遇均覆燾況承歸與張（謂郊嘗爲歸登張建封所知）二公迭嗟悼青冥送吹噓强箭射魯縞胡爲久無成使以歸期告霜風破佳菊嘉節迫吹帽念將決焉去感物增戀嫪彼微水中荇尚煩左右芼魯侯國至小廟鼎猶納郜幸當擇珉玉甯有棄珪瑁悠悠我之思擾擾風中纛上言愧無路日夜惟心禱鶴翎不天生變化在啄菢通波非難圖尺地易可漕善善不汲汲後時徒悔懊救死具八珍不如一簞犒微詩公勿誚愷悌神所勞

喜侯喜至贈張籍張徹

昔我在南時數君長在念搖搖不可止諷詠日喁噞如以膏濯衣每漬垢逾染又如心中疾箴石非所砭常思得遊處至死無倦厭地遐物奇怪水鏡涵石劍荒花窮漫亂幽獸工騰閃礙目不忍窺忽忽坐昏墊

逢神多所祝豈忘靈卽驗依依夢歸路歷歷想行店
今者誠自幸所懷無一欠孟生去雖索侯氏來還歉
欹眠聽新詩屋角月豔豔雜作承閑騁交驚舌互譫
繽紛指瑕疵拒捍阻城塹以余經摧挫固請發鉛槧
居然妄推讓見謂爇天燄比疏語徒妍悚息不敢占
呼奴具盤飧飣餖魚菜贍人生但如此朱紫安足僭

駑驥

駑駘誠齷齪市者何其稠力小苦易制價微良易酬
渴飲一斗水飢食一束芻嘶鳴當大路志氣若有餘
騏驥生絕域自矜無匹儔牽驅入市門行者不爲留
借問價幾何黃金比嵩邱借問行幾何咫尺視九州
飢食玉山禾渴飲醴泉流問誰能爲御曠世不可求
惟昔穆天子乘之極遐遊王良執其轡造父挾其輈
因言天外事茫惚使人愁駑駘謂騏驥餓死余爾羞

有能必見用有德必見收孰云時與命通塞皆自由

騏驥不敢言低徊但垂頭人皆劣騏驥共以駑駘優

喟余獨興歎才命不同謀寄詩同心子爲我商聲謳

出門

長安百萬家出門無所之豈敢尚幽獨與世實參差

古人雖已死書上有其辭開卷讀且想千載若相期

出門各有道我道方未夷且於此中息天命不吾欺

烽火

登高望烽火誰謂塞塵飛王城富且樂曷不事光輝

勿言日已暮相見恐行稀願君熟念此秉燭夜中歸

我歌寧自感乃獨淚霑衣

齪齪 貞元十五年鄭滑大水公十六年自京師歸彭城詩云去歲東郡水而此詩亦云河隄決東郡老弱隨驚湍詩意皆相似大抵言當世士齪齪無能爲國慮者

齪齪當世士所憂在飢寒但見賤者悲不聞貴者歎

大賢事業異遠抱非俗觀報國心皎潔念時涕汍瀾
妖姬坐左右柔指發哀彈酒肴雖日陳感激寧爲歡
秋陰欺白日泥潦不少乾河隄決東郡老弱隨驚湍
天意固有屬誰能詰其端願辱太守薦得充諫諍官
排雲叫閶闔披腹呈琅玕致君豈無術自進誠獨難

洞庭湖阻風贈張十一署

十月陰氣盛北風無時休蒼茫洞庭岸與子維雙舟
霧雨晦爭泄波濤怒相投犬雞斷四聽糧絕誰與謀
相去不容步險如礙山邱清談可以飽夢想接無由
男女喧左右飢啼但啾啾非懷北歸興何用勝羇愁
雲外有白日寒光自悠悠能令暫開霽過是吾無求

青青水中蒲三首 按樂府亦作三首蓋興寄也當是婦人思夫之意文選古樂府飲馬長城窟行有青青河畔草長歌行有青青園中葵其大意與此相類

青青水中蒲下有一雙魚君今上隴去我在與誰居

青青水中蒲長在水中居寄語浮萍草相隨我不如
青青水中蒲葉短不出水。婦人不下。堂行子。在萬里。

孟東野失子并序

東野連產三子不數日輒失之幾老念無後以悲其友人昌黎韓愈懼其傷也推天假其命以喻之

失子將何尤吾將上尤天女實主下人與奪一何偏
彼於女何有乃令蕃且延此獨何罪辜生死旬日閒
上呼無時聞滴地淚到泉地祇爲之悲瑟縮久不安
乃呼大靈龜騎雲款天門問天主下人薄厚胡不均
天曰天地人由來不相關吾懸日與月吾繫星與辰
日月相噬齧星辰踣而顛吾不女之罪知非女由因
且物各有分。孰能使之然。有子與無子。禍福未可原
魚子滿母腹。一一欲誰憐。細腰不自乳。舉族長孤鰥。

鴟梟啄母腦。母死子始翻。蝮蛇生子時。坼裂腸與肝。
好子雖云好未還恩與勤惡子不可說。鴟梟蝮蛇然。
有子且勿喜。無子固勿歎。上聖不待教賢聞語而遷
下愚聞語惑雖教無由悛大靈頓頭受卽日以命還
地祇謂大靈女往告其人東野夜得夢有夫玄衣巾
闖然入其戶三稱天之言再拜謝玄夫收悲以歡忻

縣齋讀書 貞元二十年在陽山縣齋作

出宰山水縣。讀書松桂林。蕭條捐末事。邂逅得初心。
哀狖醒俗耳。清泉潔塵襟。詩成有共賦酒熟無孤斟
青竹時默釣白雲日幽尋南方本多毒北客恆懼侵
謫譴甘自守滯留愧難任投章類縞帶佇答逾兼金

新竹

筍添南階竹日日成清閟縹節已儲霜黃苞猶揜翠
出欄抽五六當戶羅三四高標陵秋嚴貞色奪春媚

稀生巧補林並出疑爭地縱橫乍依行爛漫忽無次
風枝未飄吹露粉先涵淚何人可攜翫清景空瞪視

晚菊

少年飲酒時踊躍見菊花今來不復飲每見恆咨嗟
佇立摘滿手行行把歸家此時無與語棄置奈悲何

落齒

去年落一牙今年落一齒俄然落六七落勢殊未已
餘存皆動搖盡落應始止憶初落一時但念豁可恥
及至落二三始憂衰即死每一將落時懍懍恆在己
叉牙妨食物顛倒怯漱水終焉捨我落意與崩山比
今來落既熟見落空相似餘存二十餘次第知落矣
儻常歲落一自足支兩紀如其落並空與漸亦同指
人言齒之落壽命理難恃我言生有涯長短俱死爾
人言齒之豁左右驚諦視我言莊周云木鴈各有喜

語訛默固好嚼廢輙還美因歌遂成詩時用詫妻子

哭楊兵部凝陸歙州參

人皆期七十纔半豈蹉跎公生大歷戊申至是貞元十九年癸未則年三十有六矣豈非七十之半乎併出知己淚自然白髮多晨輿爲誰慟還坐久滂沱論文與晤語已矣可如何

苦寒

公此詩意蓋有所諷猶訟風伯之吹雲而雨不得作也謂隆寒奪春序而肆其寒猶權臣之用事太昊之畏避則猶當國者畏權臣取充位而已其下反覆所言無易此意其末謂天王哀無辜則望人主進賢退不肖使恩澤下流施及草木其愛君憂民之意具見於此按韋渠牟傳自陸贄免德宗不復委權於下宰相充位行文書而已所倚信者裴延齡李齊運王紹李實韋執誼與渠牟等其權侔人主此詩所以諷也時賈耽齊抗之徒當國公爲四門博士貞元十九年春作

四時各平分一氣不可兼隆寒奪春序顓頊固不廉太昊弛維綱畏避但守謙遂令黃泉下萌牙夭句尖草木不復抽百味失苦甜凶飆攪宇宙鋩刃甚割砭

日月雖云尊不能活烏蟾羲和送日出恇怯頻窺覘
炎帝持祝融呵噓不相炎而我當此時恩光何由沾
肌膚生鱗甲衣被如刀鐮氣寒鼻莫齅血凍指不拈
濁醪沸入喉口角如銜箝將持七箸食觸指如排籤
侵鑪不覺暖熾炭屢已添探湯無所益何況纊與縑
虎豹僵穴中蛟螭死幽潛熒惑喪躔次六龍冰脫髯
芒碭大包內生類恐盡殲啾啾窗間雀不知己微纖
舉頭仰天鳴所願晷刻淹不如彈射死卻得親炰燖
鸞皇苟不存爾固不在占其餘蠢動儔俱死誰恩嫌
伊我稱最靈不能女覆苫悲哀激憤歎五藏難安恬
中宵倚牆立淫淚何漸漸天王哀無辜惠我下顧瞻
褰旒去耳纊（旒垂目纊塞耳褰旒去纊謂明目達聰也）調和進梅鹽賢能
日登御黜彼傲與憸生風吹死氣豁達如褰簾懸乳
零落墮晨光入前檐雪霜頓銷釋土脈膏且黏豈徒

蘭蕙榮施及艾與蒹日夢行鑠鑠風條坐襜襜天乎

苟其能吾死死意亦厭

崔十六少府攝伊陽以詩及書見投因酬三十韻

崔君初來時相識頗未慣但聞赤縣尉不比博士慢
賃屋得連牆往來忻莫閒我時亦新居觸事苦難辦
蔬飧要同喫破襖誰來綻謂言安堵後貸借更何患
不知孤遺多舉族仰薄宦有時來朝餐得米日已晏
隔牆聞讙呼衆口極鵝雁前計頓乖張居然見眞贗
嬌兒好眉眼袴腳凍兩骭捧書隨諸兄累累兩角丱
冬惟茹寒虀秋始識瓜瓣問之不言飢飫若厭芻豢
才名三十年久合居給諫白頭趨走裏閉口絕謗訕
府公舊同袍拔擢宰山澗寄詩雜詼俳有類說鵬鷃
上言酒味酸冬衣竟未擐下言人吏稀惟足虎與虥

又言致豬鹿此語乃善幻三年國子師腸肚習藜莧況住洛之涯魴鱒可罩汕按崔詩必言將以豬鹿野鮮餉公公詩辭之善幻猶云善戲漢書西域傳有善眩之語顏注云眩讀與幻同住洛之涯公時以國子博士分教東都謂但食藜莧魴鱒不勞致豬鹿異味也冐效屠門嚼久嫌弋者簒謀拙日焦拳活計似鋤刬男寒澁詩書妻瘦剩腰襻爲官不事職厥罪在欺謾行當自劾去漁釣老葭亂歲窮寒氣驕氷雪滑磴棧音問難屢通何由覿清昐

送侯參謀赴河中幕侯繼時從王諤辟繼與公同舉貞元八年進士元和四年又同官學省公博士繼助教六月公分司東都而繼參河中幕此詩是年冬作也

憶昔初及第各以少年稱君頤始生鬚我齒清如氷爾時心氣壯百事謂己能一別詎幾何忽如隔晨興我齒豁可鄙君顏老可憎相逢風塵中相視迭嗟矜幸同學省官末路再得朋東司絕教授遊宴以爲恆秋漁蔭密樹夜博然明燈雪逕抵樵叟風廊折談僧

陸渾桃花間有湯沸如蒸三月崧少步躑躅紅千層
洲沙厭晚坐嶺壁窮晨昇洸冥不計日爲樂不可勝
還滿一己異乖離坐難憑行行事結束人馬何驕騰
感激生膽勇從軍豈嘗曾洸洸司徒公元和三年九月以淮南節度使王諤檢校司徒爲河中尹河中晉絳慈隰節度使司徒公王諤也四年冬辟繼爲府從事天子
爪與肱提師十萬餘四海欽風稜河北兵未進蔡州
帥新薨曷不請掃除活彼黎與烝鄙夫誠怯弱受恩
愧徒宏猶思脫儒冠棄死取先登又欲面言事上書
求詔徵侵官固非是妄作譴可懲惟當待責免耕斸
歸溝塍今君得所附勢若脫韝鷹檄筆無與讓幕謀
職其膺收績閒史牒翰飛逐溟鵬男兒貴立事流景
不可乘歲老陰沴作雲頹雪翻崩別袪拂洛水征車
轉崤陵勸勤酒不進勉勉恨已仍送君出門歸愁腸
若牽繩默坐念語笑癡如遇寒蠅策馬誰可適晤言

誰爲應席塵惜不掃殘罇對空凝信知後會時日月屢環絙生期理行役歡緒絶難承寄書惟在頻無悋簡與繒

東都遇春

少年氣真狂有意與春競行逢二三月九州花相映川原曉服鮮桃李晨粧靚荒乘不知疲醉死豈辭病飲噉惟所便文章倚豪横爾來曾幾時白髮忽滿鏡舊遊喜乖張新輩足嘲評音病心腸一變化羞見時節盛得閒無所作貴欲辭視聽深居疑避仇默臥如當暝朝曦入牖來鳥喚昏不醒爲生鄙計算鹽米告屢罄坐疲都忘起冠側懶復正幸蒙東都官獲離機與穽公時分教東都生李習之狀公行云自江陵掾入爲國子博士宰相有愛公文者將以文學職處公有爭先者譖公公恐及難遂求分司東都此公所以有獲離機穽之語乖慵遭傲僻漸染生弊性既去焉能追有來猶莫騁有船魏王池往

往縱孤泳水容與天色此處皆綠淨岸樹共紛披諸牙相緯經（音徑）懷歸苦不果郎事取幽迸貪求匪名利所得亦已併悠悠度朝昏落落捐季子孟羣公一何賢上戴天子聖謀謨收禹績四面出雄勁轉輸非不勤稽逋有軍令在庭百執事奉職各祗敬我獨胡爲哉坐與億兆慶譬如籠中鳥仰給活性命爲詩告友生負愧終究竟

酬裴十六功曹巡府西驛塗中見寄

相公罷論道（相公鄭餘慶也元和元年罷相出爲河南尹）聿至活東人御史坐言事作吏府中塵（御史裴度也元和初度密疏論權倖忤旨出爲河南府功曹）遂令河南治今古無儔倫四海日富庶道途隘蹄輪府西三百里候館同魚鱗相公謂御史勞子去自巡是時山水秋光景何鮮新哀鴻鳴清耳宿霧褰高旻遺我行旅詩軒軒有風神譬如黃金盤照耀荆璞

真我來亦已幸事賢友其仁持竿洛水側孤坐屢窮辰多才自勞苦無用祇因循辭免期匪遠行行及山春

燕河南府秀才據詩云元和五年冬房公尹東京房公者房式也時爲河南尹公時爲河南令故曰忝縣尹權德輿時爲宰相故曰作邦楨云

吾皇紹祖烈天下再太平詔下諸郡國歲貢鄉曲英元和五年冬房公尹東京功曹上言公是月當登名乃選二十縣試官得鴻生羣儒負己材相賀簡擇精怒起簸羽翮引吭吐鏗轟此都自周公文章繼名聲自非絕殊尤難使耳目驚今者遭震薄不能出聲鳴鄙夫忝縣尹愧慄難爲情惟求文章寫不敢妬與爭還家敕妻兒具此煎炰烹柿紅蒲萄紫肴果相扶檠芳茶出蜀門好酒濃且清何能充歡燕庶以露厥誠昨聞詔書下權公作邦楨文人得其職文道當大行

陰風攪短日冷雨澀不晴勉哉戒徒馭家國遲子榮

送李翱翱字習之隴西人貞元十六年娶公兄弇之女元和三年四月乙亥戶部侍郎楊於陵出爲廣州刺史嶺南節度使表翱佐其府四年正月己酉翱自東都旌善坊以妻子上船於漕乙未去東都公與石洪假舟送之丁酉同登嵩山題姓名紀別故有此詩

廣州萬里途山重江逶迤行行何時到誰能定歸期揖我出門去顏色異恆時雖云有追送足迹絕自茲人生一世閒不自張與施譬如浮江木縱横豈自知寗懷別時苦勿作別後思

送石處士赴河陽幕

長把種樹書人云避世士忽騎將軍馬自號報恩子風雲入壯懷泉石別幽耳鉅鹿師欲老常山險猶恃常山鎮州今爲真定府元和四年節度使王承宗反詔中人吐突承璀以兵討之無功遂赦王承宗豈惟彼相憂固是吾徒恥去去事方急酒行可以起

送湖南李正字歸

長沙入楚深洞庭值秋晚人隨鴻雁少江共蒹葭遠
歷歷余所經悠悠子當返孤游懷耿介旅宿夢婉娩
風土稍殊音魚蝦日異飯親交俱在此誰與同息偃

辛卯年雪

元和六年春寒氣不肎歸河南二月末雪花一尺圍
崩騰相排拶龍鳳交横飛波濤何飄揚天風吹幡旗
白帝盛羽衞鬖髿振裳衣白霓先啓途從以萬玉妃
翕翕陵厚載譁譁弄陰機生平未曾見何暇議是非
或云豐年祥飽食可庶幾善禱吾所慕誰言寸誠微

招揚之罘

柏生兩石閒萬歲終不大野馬不識人難以駕車蓋
柏移就平地馬羈入廐中（柏移平地謂去荒陋之邦而漸染雅化馬入廐中謂去覊駕之習而範我馳驅皆裁成之罘之意）馬思自由悲柏有傷根容傷
根柏不死千丈日以至馬悲罷還樂振迅矜鞍轡之

罘南山來文字得我驚館置使讀書日有求歸聲我令之罘歸失得柏與馬之罘別我去計出柏馬下我自之罘歸入門思而悲之罘別我去能不思我為灑掃縣中居引水經竹間囂譁所不及何異山中閑前陳百家書食有肉與魚先王遺文章綴緝實在余禮稱獨學陋易貴不遠復作詩招之罘晨夕抱飢渴

送無本師歸范陽

無本於為文身大不及膽吾嘗示之難勇往無不敢蛟龍弄角牙造次欲手攬衆鬼囚大幽下覷襲玄窅天陽熙四海注視首不頷（頷李本作顉說文顉低頭也列子巧夫顉其頭）鯨鵬相摩窣兩舉快一噉夫豈能必然固已謝黯黮狂詞肆滂葩低昂見舒慘姦窮怪變得往往造平澹蜂蟬碎錦纈綠池披菡萏芝英擢荒蓁孤翮起連菼家住幽都遠未識氣先感來尋吾何能無殊嗜昌歜始

見洛陽春桃枝綴紅糝遂來長安里時卦轉習坎老懶無鬭心久不事鉛槧欲以金帛酬舉室常顚頷念當委我去霜雪刻以憯獰飆攪空衢天地與頓撼勉率吐歌詩慰女別後覽

雙鳥詩

雙鳥海外來飛飛到中州一鳥落城市一鳥集巖幽朱子以雙鳥指己與孟郊而作落城市者己也集巖幽者孟也韻語陽秋已有此說不得相伴鳴爾來三千秋兩鳥各閉口萬象銜口頭春風捲地起百鳥皆飄浮兩鳥忽相逢百日鳴不休有耳聒皆聾有口反自羞百舌舊饒聲從此恆低頭得病不呻喚泯默至死休雷公告天公百物須膏油自從兩鳥鳴聒亂雷聲收鬼神怕嘲詠造化皆停留草木有微情挑抉示九州蟲鼠誠微物不堪苦誅求不停兩鳥鳴百物皆生愁不停兩鳥鳴自此無春秋不停兩鳥

鳴日月難旋斡不停兩鳥鳴大法失九疇周公不爲公孔丘不爲丘天公怪兩鳥各捉一處囚百蟲與百鳥然後鳴啾啾兩鳥既別處閉聲省愆尤朝食千頭龍暮食千頭牛朝飲河生塵暮飲海絕流還當三千秋更起鳴相酬

題炭谷湫祠堂

萬物都陽明幽暗鬼所寰嗟龍獨何智出入人鬼間不知誰爲助若執造化關厭處平地水巢居插天山列峯若攢指石盂仰環環巨靈高其捧保此一掬慳森沈固含蓄本以儲陰奸魚鼈蒙擁護羣嬉傲天頑翾翾棲託禽飛飛一何閑祠堂像侔真擢玉紆煙鬟羣怪儼伺候恩威在其顏我來日正中悚惕思先還寄立尺寸地敢言來途艱吁無吹毛刃血此牛蹄殷退之剛正傲岸不信神道如衡山詩則曰神縱欲福難爲功紀夢詩則曰乃知神人未賢聖此詩則曰血

此牛虢殷皆凜凜有生氣 至今來水旱鼓舞寡與鰥林叢鎮冥冥窮年無由刪姸英雜豔實星瑣黃朱班石級皆險滑顛躋莫牽攀龍區雖衆碎付與宿已頒棄去可奈何吾其死茅菅

送陸暢歸江南 暢字達夫嘗著蜀道易詩元和元年進士董溪壻也溪丞相董晉第二子貶死湘中事見墓誌公嘗佐董晉幕

舉舉江南子名以能詩聞一來取高第官佐東宮軍迎婦丞相府誇映秀士羣鸞鳴桂樹間觀者何繽紛人事喜顛倒旦夕異所云蕭蕭青雲幹遂逐荊棘焚歲晚鴻鴈過鄉思見新文踐此秦關雪家彼吳洲雲悲嗁上車女骨肉不可分 按董晉家洛陽觀悲嗁上車女句陸自董府攜婦歸吳而公在洛時送之也 感槩都門別丈夫酒方醺我實門下士力薄蚋與蚊受恩不即報永負湘中墳 墓誌云溪除名徙死湘中明年有詔令許歸葬元和八年葬河南此云湘中墳蓋公作此詩時尚藁葬湘中也

送進士劉師服東歸

猛虎落檻穽坐食如孤㹠丈夫在富貴豈必守一門公心有勇氣公口有直言奈何任埋沒不自求騰軒僕本亦進士頗嘗究根源由來骨鯁材喜被軟弱吞低頭受侮笑隱忍硉兀冤泥雨城東路夏槐作雲屯還家雖闕短指日親晨飧攜持令名歸自足貽家尊時節不可翫親交可攀援勉來取金紫勿久休中園

嘲魯連子

魯連細而黠有似黃鷂子田巴兀老蒼憐汝矜爪觜開端要驚人雄跨吾厭矣高拱禪鴻聲若轂一杯水獨稱唐虞賢顧未知之耳（按此當有與公爭名者而公甘以名讓之禪讓也鴻聲大名也）

贈張籍

吾老著讀書餘事不掛眼有兒雖甚憐教示不免簡

君來好呼出踉蹡越門限懼其無所知見則先愧赧
昨因有緣事上馬插手版留君住廳食使立侍盤餞
薄暮歸見君迎我笑而莞指渠相賀言此是萬金產
吾愛其風骨粹美無可揀試將詩義授如以肉貫弗
開袪露毫末自得高蹇嵼我身蹈邱軻爵位不早綰
固宜長有人文章紹編剗自此是萬金產至此句皆張籍之辭我身疑當作君身蓋籍稱公不應我之也感荷君子德怳若乘朽棧召令吐所記
解摘了瑟僩顧視窗壁閒親戚競覘矕喜氣排寒冬
逼耳鳴睍睆如今更誰恨便可耕灞滻

調張籍

李杜文章在光熖萬丈長不知羣兒愚那用故謗傷
蚍蜉撼大樹可笑不自量伊我生其後舉頸遙相望
夜夢多見之晝思反微茫徒觀斧鑿痕不矚治水航
想當施手時巨刃磨天揚垠崖劃崩豁乾坤擺雷硠

惟此兩夫子家居率荒涼帝欲長吟哦故遣起且僵翦翎送籠中使看百鳥翔平生千萬篇金薤垂琳琅仙官敕六丁雷電下取將流落人間者太山一豪芒我願生兩翅捕逐出八荒精誠忽交通百怪入我腸刺手拔鯨牙舉瓢酌天漿騰身跨汗漫不著織女襄顧語地上友經營無太忙乞君飛霞珮與我高頡頏

寄皇甫湜

敲門驚晝睡問報睦州吏手把一封書上有皇甫字拆書放牀頭涕與淚垂四昏昏還就枕惘惘夢相值悲哉無奇術安得生兩翅

病中贈張十八

中虛得暴下避冷臥北窗不蹋曉鼓朝安眠聽逄逄籍也處閭里抱能未施邦文章自娛戲金石日擊撞龍文百斛鼎筆力可獨扛談舌久不掉非君亮誰雙

扶几導之言曲節初摐摐半塗喜開鑿派別失大江
吾欲盈其氣不令見麾幢牛羊滿田野解旆束空杠
傾樽與斟酌四壁堆罌缸玄帷隔雪風照鑪釘（音定）明
釭夜闌縱捭闔哆口疏眉厖勢侔高陽翁坐約齊橫
降連日挾所有形軀頓胮肛將歸乃徐謂子言得無
哤迴軍與角逐斫樹收窮龐雌聲吐款要酒壺綴羊
腔君乃崑崙渠籍乃嶺頭瀧譬如蟻垤微詎可陵崆
[山兌]幸願終賜之斬拔栟與椿從此識歸處東流水淙
淙

雜詩

古史散左右詩書置後前豈殊蠹書蟲生死文字閒
古道自愚惷古言自包纏當今固殊古誰與爲欣懽
獨携無言子共昇崑崙顛長風飄襟裾遂起飛高圓
下視禹九州一塵集豪端遨嬉未云幾下已億萬年

向者夸奪子萬墳厭其巔惜哉抱所見白黑未及分
慷慨爲悲咤淚如九河翻指摘相告語雖還今誰親
翩然下大荒被髮騎騏驎

寄崔二十六立之

西城員外丞心迹兩屈奇往歲戰詞賦不將勢力隨
下驢入省門左右驚紛披傲兀坐試席深叢見孤羆
文如翻水成初不用意爲四座各低面不敢捩眼窺
升階揖侍郎歸舍日未欹佳句喧衆口考官敢瑕疵
連年收科第若摘頷底髭迴首卿相位通途無他岐
豈論校書郎袍笏光參差童稺見稱說祝身得如斯
儕輩妬且熱喘如竹筒吹老婦願嫁女約不論財貲
老翁不量分累月笞其兒攪攪爭附託無人角雄雌
自往歲戰詞賦至此敘崔技能之高科名之震由來人間事翻覆不可知安
有巢中鷇插翅飛天陲駒麛著爪牙鷇鳥子駒馬子麛鹿子皆喻新

進少年不得自由處處爲世法所束縛猛虎借與皮汝頭有韁繫汝腳有索縻陷身泥溝閑誰復稟指撝不脫吏部選可見偶與奇又作朝士貶得非命所施客居京城中十日營一炊逼迫走巴蠻恩愛座上離昨來漢水頭始得完孤羇裄掛新衣裳盎棄食殘縻苟無飢寒苦那用分高卑自由來人閒事至此敘崔登科後仕宦不遂所如不偶憐我還好古宦途同險巇每旬遺我書竟歲無差池新篇奚其思風幡肆逶迤又論諸毛功劈水看蛟螭雷電生睒睗角鬣相撐披諸毛方氏以爲筆也朱子以爲必是爲毛穎傳而發國藩按韓公毛穎傳柳州曾贊歎之崔之來書及詩當亦贊毛穎傳之奇偉蛟螭雷電等或即來詩中語耶屬我感窮景抱華不能擿倡來和相報愧歎俾我疵又寄百尺綵緋紅相盛衰巧能喻其誠深淺抽肝脾開展放我側方餐涕垂匙朋交日凋謝存者逐利移子甯獨迷誤綴綴意益彌舉頭庭樹豁狂飆卷寒曦迢遞山水隔

何由應壎篪別來就十年君馬記騧驪長女當及事誰助出帨縭諸男皆秀朗幾能守家規文字銳氣在輝輝見旌麾摧腸與慼容能復持酒卮我雖未耋老髮禿骨力羸所餘十九齒飄颻盡浮危玄花著兩眼視物隔褷䙰燕席謝不詣游鞍懸莫騎敦敦凭書案敦敦卽敦彼獨宿之敦謂凝坐不動也賈捐之傳中有所謂顓顓者義亦略同譬彼鳥黏黐自憐我還好古至此敘與崔交誼之厚且吾聞之師不以物自隳孤豚眠糞壤不慕太廟犧君看一時人幾輩先騰馳過半黑頭死陰蟲食枯骴歡華不滿眼咎責塞兩儀觀名計之利詎足相陪裨仁者恥貪冒受祿量所宜無能食國惠豈異哀癃罷久欲辭謝去休令衆睢睢況又嬰疹疾甯保軀不貲不能前死罷內實慙神祇舊籍在東都茅屋枳棘籬還歸非無指灞滻揚春澌生兮耕吾疆死也埋吾陂文書自傳道不仗史筆垂夫子

固吾黨新恩釋銜羈去來伊洛上相待安罛算自且吾聞之師至此言名位不足戀當以文章傳後約崔同歸偕隱我有雙飲醆其銀得朱提黃金塗物象雕鐫妙工倕乃令千里鯨么麽微螽斯猶能爭明月擺掉出渺瀰野草花葉細不辨薋菉蘤綿綿相糾結狀似環城陴四隅芙蓉樹擢豔皆猗猗鯨月草花芙蓉皆醆上所畫者鯨以興君身失所逢百罹月以喻夫道僶俛勵莫虧草木明覆載妍醜齊榮萎願君恆御之行止雜燧觿異日期對舉當如合分支自我有雙飲醆至此敘其以雙醆之一遺崔所以報百尺綵也

孟生詩

孟生江海士古貌又古心嘗讀古人書謂言古猶今作詩三百首窅默咸池音騎驢到京國欲和熏風琴豈識天子居九重鬱沈沈一門百夫守無籍不可尋晶光蕩相射旗戟翩以森遷延乍卻走驚怪靡自任

舉頭看白日，泣涕下霑襟。朅來遊公卿，莫肎低華簪。
諒非軒冕族，應對多差參。萍蓬風波急，桑榆日月侵。
奈何從進士，此路轉嶇嶔。異質忌處羣，孤芳難寄林。
誰憐松桂性，競愛桃李陰。朝悲辭樹葉，夕感歸巢禽。
顧我多慷慨，窮簷時見臨。清宵靜相對，髮白聆苦吟。
採蘭起幽念，眇然望東南。秦吳修且阻，兩地無數金。
我論徐方牧，好古天下欽。竹實鳳所食，德馨神所歆。
求觀衆邱小，必上泰山岑。求觀衆流細，必泛滄溟深。
子其聽我言，可以當所箴。既獲則思返，無爲久滯淫。
卞和試三獻，期子在秋碪。

將歸贈孟東野房蜀客 蜀客名次卿

君門不可入，勢利互相推。借問讀書客，胡爲在京師。
舉頭未能對，閉眼聊自思。倏忽十六年，終朝苦寒飢。
宦途竟寥落，鬢髮坐差池。潁水清且寂，箕山坦而夷。

如今便當去咄咄無自疑

答孟郊

規模背時利文字覷天巧人皆飲酒肉子獨不得飽
纔春思已亂始秋悲又攪朝餐動及午夜諷恆至卯
名聲暫羶腥腸肚鎮煎熇古心雖自鞭世路終難拗
弱拒喜張臂猛拏閑縮爪見倒誰肎扶從嗔我須敲

從仕

居閑食不足從仕力難任兩事皆害性一生恆苦心
黃昏歸私室惆悵起歎音棄置人間世古來非獨今

送劉師服

夏半陰氣始淅然雲景秋蟬聲入客耳驚起不可留
草草具盤饌不待酒獻酬士生爲名累有似魚中鉤
齎財入市賣貴者恆難售豈不畏顦顇爲功忌中休
勉哉耘其業以待歲晚收

符讀書城南 城南公別墅符公之子孟東野有喜符郎詩有遊城南韓氏莊之作

按公墓銘及登科記公之子曰昶登長慶四年進士第符豈昶之小字耶

木之就規矩在梓匠輪輿人之能爲人由腹有詩書詩書勤乃有不勤腹空虛欲知學之力賢愚同一初由其不能學所入遂異閭兩家各生子提孩巧相如少長聚嬉戲不殊同隊魚年至十二三頭角稍相疏二十漸乖張清溝映汙渠三十骨骼成乃一龍一豬飛黃騰踏去不能顧蟾蜍一爲馬前卒鞭背生蟲蛆一爲公與相潭潭府中居問之何因爾學與不學歟金璧雖重寶費用難貯儲學問藏之身身在則有餘君子與小人不繫父母且 詩悠悠昊天曰父母且且語助也 不見公與相起身自犂鉏不見三公後寒飢出無驢文章豈不貴經訓乃菑畬潢潦無根源朝滿夕已除人不通古今馬牛而襟裾行身陷不義況望多名譽時秋積

雨霽新涼入郊墟燈火稍可親簡編可卷舒豈不旦
夕念爲爾惜居諸恩義有相奪作詩勸躊躇

示爽

宣城去京國里數逾三千念汝欲別我解裝具盤筵
日昏不能散起坐相引牽冬夜豈不長達旦燈燭然
座中悉親故誰肎捨汝眠念汝將一身西來曾幾年
名科掎衆俊州考居吏前今從府公召府公又時賢
時輩千百人孰不謂汝妍汝來江南近里閭故依然
昔日同戲兒看汝立路邊人生但如此其實亦可憐
吾老世味薄因循致留連强顏班行內何實非罪愆
才短難自力懼終莫洗湔臨分不汝誑有路卽歸田
汝來江南近二句不可解韓公本貫在河內之修武
又曾還居洛陽爽自江南赴長安二處皆其經過之
地或謂其過河內洛陽與里閭相近二句作一句讀
耶不然則上句有訛誤耶公作女挐銘云歸骨於河
南之河陽韓氏墓是河陽亦可以河南稱之洛陽則
自古久稱河南妄意此句當作河南近箋以俟博聞

君子

人日城南登高

初正候纔兆涉七氣已弄靄靄野浮陽暉暉水披凍聖朝身不廢佳節古所用親交既許來子姪亦可從盤蔬冬春雜罇酒清濁共令徵前事爲觴詠新詩送扶杖凌圯阯刺船犯枯葑戀池羣鴨迴釋嶠孤雲縱人生本坦蕩誰使妄倥傯直指桃李闌幽尋寗止重

病鴟

屋東惡水溝有鴟墮鳴悲青泥揜兩翅拍拍不得離羣童叫相召瓦礫爭先之計校生平事殺卻理亦宜奪攘不愧恥飽滿盤天嬉晴日占光景高風送追隨遂淩紫鳳羣肎顧鴻鵠卑今者運命窮遭逢巧丸兒中汝要害處汝能不得施於吾乃何有不忍乘其危丏汝將死命浴以清水池朝餐輟魚肉暝宿防狐貍

自知無以致蒙德久猶疑飽入深竹叢飢來傍階基亮無責報心固以聽所爲昨日有氣力飛跳弄藩籬今晨忽徑去曾不報我知僥倖非汝福天衢汝休窺京城事彈射豎子豈易欺勿諱泥坑辱泥坑乃良規

讀皇甫湜公安園池詩書其後

晉人目二子其猶吹一吷區區自其下顧肓掛牙舌春秋書王法不誅其人身爾雅注蟲魚定非磊落人湜也困公安不自閑窮年枉智思掎摭糞壤汚穢豈有臧誠不如兩忘但以一槩量我有一池水蒲葦生其閒蟲魚沸相嚼日夜不得閑我初往觀之其後益不觀觀之亂我意不如不觀完用將濟諸人捨得業孔顏百年詎幾時君子不可閑古本只如此一本不自閑下有其閑一字糞壤下有閑字蜀本閑字下有糞壤多字豈字下有必字有字下有否字又一本無必字否字而臧字下有不臧字謝本窮年作至閑而注云近本增足八字不知所校之自語淺俗非韓文胡元任云我有一池已

下當爲別篇恐或然也

路傍堠

堆堆路傍堠一雙復一隻迎我出秦關送我入楚澤千以高山遮萬以遠水隔。吾君勤聽治照與日月敵臣愚幸可哀臣罪庶可釋何當迎送歸緣路高歷歷

食曲河驛

驛在商鄧之閒公之潮州自藍田關入商陵將過鄧州而作

晨及曲河驛淒然自傷情羣烏巢庭樹乳雀飛檐楹而我抱重罪孑孑萬里程親戚頓乖角圖史棄縱橫下負明義重。上孤朝命榮。殺身諒無補。何用答生成。

過南陽

南陽郭門外桑下麥青青行子去未已春鳩鳴不停秦商邈既遠湖海浩將經孰忍生以感吾其寄餘齡

瀧吏

南行逾六旬始下昌樂瀧險惡不可狀船石相舂撞

往問瀧頭吏潮州尚幾里行當何時到土風復何似
瀧吏垂手笑官何問之愚譬官居京邑何由知東吳
東吳遊宦鄉官知自有由潮州底處所有罪乃竄流
儂幸無負犯何由到而知官今行自到那遽妄問為
不虞卒見困汗出愧且駭吏曰聊戲官儂嘗使往罷
嶺南大抵同官去道苦遼下此三千里有州始名潮
惡溪瘴毒聚雷電常洶洶鱷魚大如船牙眼怖殺儂
州南數十里有海無天地颶風有時作掀簸真差事
聖人於天下於物無不容比聞此州囚亦有生還儂
官無嫌此州固罪人所徙官當明時來事不待說委
官不自謹慎宜即引分往胡為此水邊神色久戃慌
瓬大缾甖小所任自有宜官何不自量滿溢以取斯
工農雖小人事業各有守不知官在朝有益國家不
得無蝨其間不武亦不文仁義飾其躬巧姦敗羣倫

叩頭謝吏言始慙今更羞歷官二十餘國恩並未酬凡吏之所訶嗟實頗有之不卽金木誅敢不識恩私潮州雖去遠雖惡不可過於身實已多敢不持自賀

贈別元十八協律六首 元十八蓋將裴行立之命以書及藥物勞公於途次者

知識久去眼吾行其既遠曹曹莫訾省默默但寢飯子兮何爲者冠珮立憲憲何氏之從學蘭蕙已滿畹於何翫其光以至歲向晚治惟尚和同無俟於謇謇或師絕學賢不以藝自輓子兮獨如何能自媚婉娩金石出聲音宮室發關楗何人識章甫而知駿蹏踠 章甫適越不爲時用駿蹏歷險或致蹉跌二端皆公以自喻者識知二字則謂元能知之亮之也 惜乎吾無居不得留息偃臨當背面時裁詩示繾綣

英英桂林伯 裴行立元和十二年以御史中丞爲桂管觀察使伯侯伯也 實維文武特遠勞從事賢來弔逐臣色南裔多山海道里屢

紆直風波無程期所憂動不測子行誠艱難我去未
窮極臨別且何言有淚不可拭吾友柳子厚其人藝
且賢吾未識子時已覽贈子篇子厚集有送元十八南遊序公嘗有書與子厚謂見送元生序已覽贈子篇蓋謂是也寤寐想風采於今已三年不
意流竄路旬日同食眠所聞昔已多所得今過前如
何又須別使我抱悁悁
勢要情所重排斥則埃塵骨肉未免然又況四海人
嶷嶷桂林伯矯矯義勇身生平所未識待我逾交親
遺我數幅書繼以藥物珍藥物防瘴癘書勸養形神
不知四罪地豈有再起辰窮途致感激肝膽還輪囷
讀書患不多思義患不明患足己不學既學患不行
子今四美具實大華亦榮王官不可闕未宜後諸生
嗟我擯南海無由助飛鳴
寄書龍城守柳子厚時守柳州龍城柳州也君驥何時秣峽山逢颶

風雷電助撞捽乘潮簸扶胥近岸指一髮兩巖雖云

牢木石互飛發屯門雖云高亦映波浪沒余罪不足

惜子生未宜忽胡爲不忍別感謝情至骨

初南食貽元十八協律

鱟實如惠文骨眼相負行蠔相黏爲山百十各自生

蒲魚尾如蛇口眼不相營蛤即是蝦蟇同實浪異名

章舉馬甲柱鬬以怪自呈其餘數十種莫不可歎驚

我來禦魑魅。自宜味南烹。調以鹹與酸。芼以椒與橙

腥臊始發越咀吞面汗騂惟蛇舊所識實憚口眼獰

開籠聽其去。鬱屈尚不平。賣爾非我罪不屠豈非情

不祈靈珠報幸無嫌怨幷聊歌以記之又以告同行

宿曾江口示姪孫湘二首

雲昏水奔流天水漭相圍三江滅無口其誰識涯圻

暮宿投民邨高處水半扉犬雞俱上屋不復走與飛

篙舟入其家暝聞屋中唏問知歲常然哀此爲生微
海風吹寒晴波揚衆星輝仰視北斗高不知路所歸
舟行士故道屈曲高林閒林閒無所有奔流但潺潺
嗟我亦拙謀致身落南蠻茫然失所詣無路何能還

答柳柳州食蝦蟇

蝦蟇雖水居水特變形貌强號爲蛙蛤於實無所校
雖然兩股長其奈脊皴皰跳躑雖云高意不離濘淖
鳴聲相呼和無理祇取鬧周公所不堪灑灰垂典教
我棄愁海濱恆願眠不覺叵堪朋類多沸耳作驚爆
端能敗笙磬仍工亂學校雖蒙句踐禮竟不聞報效
大戰元鼎年孰彊孰敗橈居然當鼎味豈不辱釣罩
余初不下喉近亦能稍稍常懼染蠻夷失平生好樂
而君復何爲甘食比豢豹獵較務同俗全身斯爲孝
哀哉思慮深未見許迴櫂

別趙子

我遷於揭陽君先揭陽居揭陽去京華其里萬有餘不謂小郭中有子可與娛心平而行高兩通詩與書婆娑海水南簸弄明月珠及我遷宜春元和十四年七月己丑憲宗上尊號大赦天下十二月二十四日公自潮州量移袁州郡即宜春郡也意欲攜以俱擺頭笑且言我豈不足歟又奚為於北往來以紛如海中諸山中幽子頗不無相期風濤觀已久不可渝又嘗疑龍蝦果誰雄牙鬢蚌蠃魚鱉蟲瞿瞿以狙狙識一已忘十。大同細自殊欲一窮究之時歲屢謝除。今子南且北。豈非亦有圖人心未嘗同不可一理區。宜各從所務。未用相賢愚。

除官赴闕至江州寄鄂岳李大夫謂李程也元和十五年。

九月公自袁州召拜國子祭酒行次盆城作

盆城去鄂渚風便一日耳不枉故人書無因帆江水

故人辭禮闈旌節鎮江圻舊史程元和十三年四月拜禮部侍郎六月出爲鄂州刺史鄂岳觀察使程自禮闈出鎮明矣而我竄逐者龍鍾初得歸別來已三歲望望長迢遞咫尺不相聞平生那可計我齒落且盡君鬢白幾何年皆過半百來日苦無多少年樂新知衰暮思故友譬如親骨肉寧免相可不我昔實愚惷不能降色辭子犯亦有言臣猶自知之公其務貰過我亦請改事桑榆儻可收願寄相思字

南山有高樹行贈李宗閔

南山有高樹花葉何衰衰上有鳳皇巢鳳皇乳且棲四旁多長枝羣鳥所託依黃鵠據其高衆鳥接其卑不知何山鳥羽毛有光輝飛飛擇所處正得衆所希上承鳳皇恩自期永不衰中與黃鵠羣不自隱其私下視衆鳥羣汝徒竟何爲不知挾丸子心默有所規彈汝枝葉間汝翅不覺摧或言由黃鵠黃鵠豈有之

慎勿猜衆鳥衆鳥不足猜無人語鳳皇汝屈安得知
黃鵠得汝去婆娑弄毛衣前汝下視鳥各議汝瑕疵
汝豈無朋匹有口莫肯開汝落蒿艾閒幾時復能飛
哀哀故山友中夜思汝悲路遠翅翎短不得持汝歸

猛虎行

猛虎雖云惡亦各有匹儕羣行深谷閒百獸望風低
身食黃熊父子食赤豹麛擇肉於熊豹肯視兔與貍
正晝當谷眠眼有百步威自矜無當對氣性縱以乖
朝怒殺其子暮還食其妃匹儕四散走猛虎還孤棲
狐鳴門兩旁烏鵲從噪之出逐猴入居虎不知所歸
誰云猛虎惡中路正悲嗁豹來銜其尾熊來攫其頭
猛虎死不辭但慙前所爲虎坐無助死況如汝細微
故當結以信親當結以私親故且不保人誰信汝爲

山南鄭相公樊員外酬答爲詩其末咸有見及

語樊封以示愈依賦十四韻以獻
梁維西南屏山厲水刻屈稟生肖勦剛難諧在民物
滎公鼎軸老鄭餘慶封滎陽郡公烹斡力健倔帝咨汝予往牙
纛前坌坲威風挾惠氣蓋壤兩廟拂茫漫華黑閒指
畫變怳欻誠既富而美章稟霍炳蔚日延講大訓龜
判錯衮黻樊子坐賓署演孔刮老佛金春撼玉應厥
臭劇蕙鬱遺我一言重䟽受惕齋慄辭慳義卓闊呀
豁疚掊掘如新去町疃雷霆逼颶䬠綴此豈爲訓俚
言紹莊屈

奉和武相公鎮蜀時詠使宅韋太尉所養孔雀

武元衡韋皐也諸本無奉字○元衡以八年三月召還秉政其詩鎮蜀時作公詩則召還後追和也

穆穆鸞鳳友何年來止茲飄零失故態隔絕抱長思
翠角高獨聳金華煥相差坐蒙恩顧重畢命守階墀

感春三首

偶坐藤樹下暮春下旬閒藤陰已可庇落蘂還漫漫亹亹新葉大瓏瓏晚花乾青天高寥寥兩蝶飛翻翻時節適當爾懷悲自無端

黃黃蕪菁花桃李事已退狂風簸枯榆狼籍九衢內春序一如此汝顏安足賴誰能駕飛車相從觀海外

晨遊百花林朱朱兼白白柳枝弱而細懸樹垂百尺左右同來人金紫貴顯劇嬌童爲我歌哀響跨箏笛豔姬蹋筵舞清眸刺劍戟心懷平生友莫一在燕席死者長眇芒生者困乖隔少年眞可喜老大百無益

早赴街西行香贈盧李二中舍人 盧汀 李逢吉

天街東西異祇命遂成游月明御溝曉蟬吟隄樹秋老僧情不薄僻寺境還幽寂寥二三子歸騎得相收

晚寄張十八助教周郎博士 張籍周況也籍字文昌時爲國子助

教兒娶禮部侍郎韓雲卿之孫開封尉俞之女蓋公之從壻時爲四門博士

日薄風景曠出歸偃前檐晴雲如擘絮新月似磨鎌
田野興偶動衣冠情久厭吾生可攜手歎息歲將淹

題張十八所居

君居泥溝上溝濁萍青青蛙讙橋未埽蟬嘒門長扃
名秩後千品詩文齊六經端來問奇字爲我講聲形

奉和錢七兄曹長盆池所植

翻翻江浦荷而今生在此擢擢菰葉長芳根復誰徙
露涵雨鮮翠風蕩相磨倚但取主人知誰言盆盎是

南內朝賀歸呈同官

薄雲蔽秋曦清雨不成泥罷賀南內衙歸涼曉淒淒
綠槐十二街渙散馳輪蹄余惟戇書生孤身無所齎
三黜竟不去致官九列齊豈惟一身榮珮玉冠簪犀
滉蕩天門高著籍朝厥妻文才不如人行又無町畦

問之朝廷事略不知東西況於經籍深豈究端與倪
君恩太山重不見酬稗稊所職事無多又不自提撕
明庭集孔鸞曷取於鳧鷖樹以松與柏不宜間蒿藜
婉孌自媚好幾時不見擠貪食以忘軀尠不調鹽醯
調鹽醯似寓韓彭葅醢之意 法吏多少年磨淬出角圭將舉汝愆
尤以爲己階梯收身歸關東期不到死迷

朝歸

峨峨進賢冠耿耿水蒼珮服章豈不好不與德相對
顧影聽其聲赬顏汗漸背進乏犬雞效又不勇自退
坐食取其肥無堪等聾瞶長風吹天墟秋日萬里曬
抵暮但昏眠不成歌慷慨

雜詩四首

朝蠅不須驅暮蚊不可拍蠅蚊滿八區可盡與相格
得時能幾時與汝恣啖咋涼風九月到埽不見蹤迹

鵲鳴聲楂楂烏噪聲擭擭爭鬬庭宇閒持身博彈射
黃鵠能忍飢兩翅久不擘蒼蒼雲海路歲晚將無獲
截橑爲欂櫨斲楹以爲椽束蒿以代之小大不相權
雖無風雨災得不覆且顛解轡棄騏驥蹇驢鞭使前
崐崙高萬里歲盡道苦邅停車臥輪下絕意於神仙
雀鳴朝營食鳩鳴暮覓羣獨有知時鶴雖鳴不緣身
喑蟬終不鳴有抱不列陳蛙黽鳴無謂閤閤祇亂人

讀東方朔雜事

嚴嚴王母宮下維萬仙家噫欠爲飄風濯手大雨沱
方朔乃豎子驕不加禁訶偷入雷電室輷輘掉狂車
王母聞以笑衛官助呀呀不知萬萬人生身埋泥沙
簸頓五山踣流漂八維蹉曰吾兒可憎柰此狡獪何
方朔聞不喜褫身絡蛟蛇瞻相北斗柄兩手自相挼
羣仙急乃言百犯庸不科向觀睥睨處事在不可赦

音奢欲不布露言外口實誼譁王母不得已顏嚬口齎嗟頷頭可其奏送以紫玉珂方朔不懲創。挾恩更矜誇詆欺劉天子。正晝溺殿衙一旦不辭訣攝身凌蒼霞。

譴瘧鬼 漢舊儀顓頊氏有三子生而亡去爲疫鬼一居江水是爲瘧鬼此詩首云屑屑水帝魂謝謝無餘輝末云湛湛江水清歸居安汝妃者此也與前詩皆有所諷當是元和十三年爲刑部侍郎時作

屑屑水帝魂謝謝無餘輝如何不肖子尚奮瘧鬼威乘秋作寒熱。翁嫗所罵譏。求食歐泄間不知臭穢非醫師加百毒熏灌無停機。灸師施艾炷酷若獵火圍詛師毒口牙。舌作霹靂飛。符師弄刀筆。丹墨交橫揮。咨汝之胄出門戶何巍巍祖軒而父頊未沫於前徽不修其操行賤薄似汝稀豈不忝厥祖靦然不知歸湛湛江水清歸居安汝妃清波爲裳衣白石爲門畿

呼吸明月光手掉芙蓉旂降集隨九歌飲芳而食菲
贈汝以好辭出汝去莫違

示兒

始我來京師止攜一束書辛勤三十年以有此屋廬
此屋豈爲華於我自有餘中堂高且新四時登牢蔬
前榮饌賓親冠婚之所於庭內無所有高樹八九株
有藤婁絡之春華夏陰敷東堂坐見山雲風相吹噓
松果連南亭外有瓜芋區西偏屋不多槐榆翳空虛
山鳥日夕鳴有類澗谷居主婦治北堂膳服適戚疏
恩封高平君子孫從朝裾開門問誰來無非卿大夫
不知官高卑玉帶懸金魚問客之所爲峨冠講唐虞
酒食罷無爲碁槊以相娛凡此座中人十九持鈞樞
又問誰與頻莫與張樊如來過亦無事考評道精麤
躚躚媚學子牆屏日有徒以能問不能其蔽豈可袪

嗟我不修飾事與庸人俱安能坐如此比肩於朝儒詩以示兒曹其無迷厥初

庭楸

庭楸止五株共生十步閒各有藤繞之上各相鉤聯下葉各垂地樹顛各雲連朝日出其東我常坐西偏夕日在其西我常坐東邊當晝日在上我在中央閒仰視何青青上不見纖穿朝暮無日時我且八九旋濯濯晨露香明珠何聯聯夜月來照之蒨蒨自生煙我已自頑鈍重遭五楸牽客來尚不見肎到權門前權門衆所趨有客動百千九牛亡一毛未在多少閒往既無可顧不往自可憐

翫月喜張十八員外以王六祕書至

前夕雖十五月長未滿規君來晤我時風露渺無涯浮雲散白石天宇開青池孤質不自憚中天爲君施

翫翫夜遂久亭亭曙將披况當今夕圓又以嘉客隨惜無酒食樂但用歌嘲爲

和李相公攝事南郊覽物興懷呈一二知舊李逢吉也當是長慶二年再相後作

燦燦辰角曙亭亭寒露朝川原共澄映雲日還浮飄上宰嚴祀事清途振華鑣圓邱峻且坦前對南山標村樹黃復綠中田稼何饒顧瞻想巖谷興歎倦塵囂惟彼顛瞑者去公豈不遼爲仁朝自治用靜兵以銷勿憚吐捉勤可歌風雨調聖賢相遇少功德今宣昭

和裴僕射相公假山十一韻裴謂裴度也度爲李逢吉所閒長慶二年六月罷相爲尚書左僕射公有此和篇及感恩言志與朝回見寄之作

公乎真愛山看山旦連夕猶嫌山在眼不得著腳歷枉語山中人匄我澗側石有來應公須歸必載金帛當軒乍騈羅隨勢忽開坼有洞若神剜有巖類天劃

終朝巖洞閒歌鼓燕賓戚孰謂衡霍期近在王侯宅傅氏築已卑磻溪釣何激逍遙功德下不與事相撫樂我盛明朝於焉傲今昔

與張十八同效阮步兵一日復一夕

一日復一日一朝復一朝祇見有不如不見有所超食作前日味事作前日調不知久不死憫憫尚誰要富貴自縶拘貧賤亦煎焦俯仰未得所一世已解鑣譬如籠中鶴六翮無所搖譬如兎得蹏安用東西跳還看古人書復舉前人瓢未知所究竟且作新詩謠

送諸葛覺往隨州讀書

鄴侯家多書插架三萬軸一一懸牙籤新若手未觸爲人彊記覽過眼不再讀偉哉羣聖文磊落載其腹行年餘五十出守數已六京邑有舊廬不容久食宿臺閣多官員無地寄一足我雖官在朝氣勢日局縮

屢爲丞相言雖懇不見錄送行過滻水東望不轉目
今子從之游學問得所欲入海觀龍魚矯翮逐黃鵠
勉爲新詩章月寄三四幅

南溪始泛三首

榜舟南山下上上不得返幽事隨去多孰能量近遠
陰沈過連樹藏昂抵橫坂石麤肆磨礪波惡厭牽挽
或倚偏岸漁竟就平洲飯點點暮雨飄梢梢新月偃
餘年懍無幾休日愴已晚自是病使然非由取高蹇
南溪亦清駛而無檝與舟山農驚見之隨我觀不休
不惟兒童輩或有杖白頭饋我籠中瓜勸我此淹留
我云以病歸此已頗自由幸有用餘俸置居在西疇
囷倉米穀滿未有旦夕憂上去無得得下來亦悠悠
但恐煩里閭時有緩急投願爲同社人雞豚燕春秋
足弱不能步自宜收朝蹟羸形可輿致佳觀安可擲

卽此南坂下久聞有水石挖舟入其間溪流正清澈隨波吾未能峻瀨乍可刺鷺起若導吾前飛數十尺亭亭柳帶沙團團松冠壁歸時還盡夜誰謂非事役

聯句

城南聯句

竹影金瑣碎郊 泉音玉淙琤瑠璃翦木葉愈 翡翠開園英流滑隨仄步郊 搜尋得深行遙岑出寸碧愈 遠目增雙明乾穟紛拄地郊 化蟲枯挶莖木腐或垂耳愈 草珠競駢睛浮虛有新斸郊 摧扤饒孤撐因飛黏網動愈 盜啅接彈驚脫實自開坼郊 牽柔誰繞縈禮鼠拱而立愈 駭牛躅且鳴蔬甲喜臨社郊 田毛樂寬征露螢不自暖愈 凍蝶尚思輕宿羽有先曉郊 食鱗時半橫菱翻紫角利愈 荷折碧圓傾楚膩鱣鮪亂郊 獠羞螺蟹幷桑蠖見虛指愈 宂狸聞鬭獰逗翳翅相

築郊○鳥也擺幽尾交撈蛇類蔓涎角出縮愈○蝸牛也樹啄頭

敲鏗啄木鳥也修簳褭金餌郊○竹也羣鮮沸池羹魚也岸殼坼

玄兆愈○殼也蟲野麰漸豐萌麥也窰煙冪疏島郊沙篆印

迴平平者地之平處也如華山有青柯平種藥平之類瘁肌遭蚝刺愈啾耳

聞雞生奇慮恣迴轉郊遐睎縱逢迎巔林戢遠睫愈

縹氣夷空情歸迹歸不得郊捨心捨還爭靈麻撮狗

蝨愈○胡麻狀如狗蝨村穉嘑禽猩兒嘑如猩猩紅皺曬檐瓦郊○果也

黃團繫門衡瓜也得雋蠅虎健愈相殘雀豹趟束枯樵

指禿郊刈熟擔肩頳澀旋皮卷臠愈○卷臠不舒放也見莊子苦

開腹彭亨機舂潺湲力郊○水碓也吹簸飄颻精賽饌木

盤簇愈鞍妖藤索絣自首至此雜敘城南所見景物荒學五六卷郊

古藏四三塋里儒拳足拜愈土怪閃眸偵䟤道補復

破郊絲窠埽還成暮堂蝙蝠沸愈破竈伊威盈追此

訊前主郊答〻云皆冢卿敗壁剝寒月愈折篁嘯遺笙

袪熏霏霏在 郊 綦迹微微呈劍石猶竦檻 愈 獸材尚挐楹寶唾拾未盡 郊 玉啼墮猶鎗窗綃疑閟豔 愈 妝燭已銷檠綠髮抽珉甃 郊○綠髮細草也 青膚聳瑤楨 青膚苔也 白蛾飛舞地 愈 幽蠹落書棚 自荒學五六卷至此敘荒郊塋域淒涼之狀 惟昔集嘉詠 郊 吐芳類鳴嚶窺奇摘海異 愈 恣韻激天鯨腸胃繞萬象 郊 精神驅五兵蜀雄李杜拔 愈 嶽力雷車轟大句斡玄造 郊 高言軋霄崢芒端轉寒燠 愈 神助溢杯觥巨細各乘運 郊 湍瀾亦騰聲淩花咀粉蘂 愈 削縷穿珠櫻綺語洗晴雪 郊 嬌辭弄雛鶯酣歡雜弁珥 愈 繁價流金瓊菡萏寫江調 郊 萎蕤綴藍瑛 萎蕤玉竹也藍瑛藍田之玉也 庖霜膾玄鯽 愈 淅玉炊香粳朝饌已百態 郊 春醪又千名哀匏蹙駛景 愈 冽唱凝餘晶 餘晶日光也凝猶遏也謂其聲能遏日光使不動也 解魄不自主 郊 痺肌坐空瞠扳援賤蹊絕 愈 炫曜仙選更藂巧競採笑 郊 駢鮮

互探嬰桑變忽蕪蔓愈樟裁浪登丁霞闢詎能極郊

風期誰復賡自維昔集嘉詠至此言城南乃昔日文人詞客遊詠宴集之地今無復往時雲霞之興風期之盛矣皐區扶帝壤愈瓌蘊郁天京祥色被文彥郊良才插杉檉隱伏饒氣象愈興潛示堆坑擘華露神物郊擁終儲地禎此上土壤訏謨壯締始愈輔弼登階清坌秀恣填塞郊呀靈滀渟澄益大聯漢魏愈肇初邁周嬴積照涵德鏡郊傳經儷金籝食家行鼎鼐愈寵族飫弓旌弈制盡從賜郊殊私得逾程此上人才飛橋上架漢愈繚岸俯規瀛瀟碧遠輸委郊○瀟碧竹也湖嶔費攜擊湖嶔石也萄苜從大漠愈楓櫧至南荊嘉植鮮危朽郊膏理易滋榮懸長巧紐翠愈象曲善攢珩魚口星浮沒郊馬毛錦斑騂五方亂風土愈百種分鉏耕葩䕼相妒出郊菲茸共舒晴類招臻儷詭愈翼萃伏衿纓危望跨飛動郊冥升躡登閎此上物產春游轢靃靡愈

彩伴颯娑媖遺燦飄的皪郊淑顏洞精誠嬌應如在

寤愈頺意若含酲鵶毿翔衣帶郊鵝肪截佩璜文昇

相照灼愈武勝屠攙槍割錦不酬價郊構雲有高營

此上治遊通波牣鱗介愈疏畹富蕭蘅買養馴孔翠郊遠

苞樹蕉栟鴻頭排刺芡愈鵜鶘攢瓌橙自皋區扶帝壤至此歷敘

土壤之美因及人才之俊物產之富治遊之盛鷟廣雜良牧郊蒙休賴先盟

罷旄奉環衛愈守封踐忠貞戰服脫明介郊朝冠飄

彩紘爵勳逮僮隸愈簪笏自懷繃乳下秀嶷嶷郊椒

蕃泣喤喤貌鑑清溢匣愈眸光寒發硎館儒養經史

郊綴戚觴孫甥考鍾饋肴核愈戛鼓侑牢牲飛膳自

北下郊函珍極東烹如瓜煮大卵愈比線茹芳菁海

嶽錯口腹郊趙燕錫媌娙一笑釋仇恨愈百金交弟

兄貨至貊戎市郊呼傳鸚鴿令順居無鬼瞰愈抑橫

免官評自鷟廣雜良牧至此敘簪纓世族之豪橫殺候肆凌翦郊籠原巾

罝紅羽空顛雉鷃愈血路迸狐麑折足去跙踔郊蹷

鬐怒鬉鬣躍犬疾翥鳥愈呀鷹甚飢蚩算號計功賞

郊裂腦擒摚振猛奱牛馬樂愈妖殘梟鴟惸窟窮尚

瞋視郊箭出方驚抨連箱載已實愈礙轍棄仍贏喘

覷鋒刃點郊困衝株枿盲掃淨豁曠曠愈騁遙略芊

芊饞拟飽活臠郊惡嚼嚀腥鯖自殺候肆淩翦至此敘射獵之樂歲

律及郊至愈古音命韶韺旗旆流日月郊帳廬扶棟

甍磊落奠鴻璧愈參差席香藚玄祇祉兆姓郊黑秬

鐻豐盛慶流蠲瘥癘愈威暢捐轙輣靈燔望高冏郊

龍駕聞敲颸是惟禮之盛愈永用表其宏德孕厚生

植郊恩熙完刖刻自歲律及郊至至此敘郊祀之禮宅土盡華族愈

運田閱彊町蔭庾森嶺檜郊豖場翽祥鵰畦肥翦韭

薤愈陶固收盆罌利養積餘健郊孝思事嚴祊掘雲

破嵽嵲愈採月漉坳泓寺砌上明鏡郊僧盂敲曉鉦

泥像對騁怪 愈 鐵鐘孤舂鍠瘻頸閙鳩鴿 郊 蜿垣亂

蛷蠑甚黑老蠹蝎 愈 麥黃韻鸝鶊韶曙遲勝賞 郊 賢

朋戒先庚馳門填偪仄 愈 競墅輾砯砰碎纈紅滿杏

郊 稠凝碧浮錫蹙繩覲娥嫈 愈〇 蹴繩覲娥嫈蓋美女爲秋千戲者亦遊寺所見也 鬬草擷璣珵粉汗澤廣額 郊 金星墮連瓔鼻偷

困淑郁 愈 眼剽彊盯矖 自宅士盡華族至此敘民居寺宇之麗因及遊寺之人

是節飽顏色 郊 茲疆稱都城書鐃罄魚蘥 愈 紀聖播

琴箏奚必事遠覿 郊 無端逐羈倫將身親魍魅 愈 浮

迹侶鷗鷺腥味空奠屈 郊 天年徒羨彭驚魂見蛇蚓

愈 觸嗅值蝦蟇幸得履中氣 郊 忝從拂天根歸私暫

休暇 愈 驅明出庠黌鮮意竦輕暢 郊 連輝照瓊瑩陶

暄逐風乙 愈 躍視舞晴蜻足勝自多詰 郊 心貪敵無

勍始知樂名教 愈 何用苦拘儒畢景任詩趣 郊 焉能

守磽磽 愈

會合聯句

離別言無期會合意彌重 籍 病添兒女戀老喪丈夫

勇 愈 劍心知未死詩思猶孤聳 郊 愁去劇箭飛讙來

若泉涌 徹 析言多新貫攄抱無昔壅 籍 念難須勤追

悔易勿輕踵 愈○謂念往時之艱難悔出言之輕易也 吟巴山犖峃說楚

波堆壟 郊 馬辭虎豹怒舟出蛟鼉恐 徹 狂鯨時孤軒

幽狖雜百種 愈 瘴衣常腥膩蠻器多疏冗 籍 剡苔弔

斑林 二妃也 角飯餌沈冢 愈○屈原也 忽爾銜遠命歸歟舞

新寵 郊 鬼窟脫幽妖天居覿清栱 愈 京遊步方振謫

夢意猶恟 籍○自念難須勤追至此敘韓公以言事謫貶陽山還朝爲國子博士郊籍徹三人皆在弟子之列詩意仍以韓公爲主 詩書誇舊知酒食接新奉 愈 嘉言

寫清越瘉病失肬腫 郊 夏陰偶高庇宵魄接虛擁 愈

雪絃寂寂聽茗盌纖纖捧 郊 馳輝燭浮螢幽響泄潛

蛬 愈 詩老獨何心江疢有餘㾗 郊 我家本瀍穀有地

介皐鞏休迹憶沈冥峨冠慹闒㝢 愈 升朝高轡逸振物羣聽悚徒言濯幽泌誰與薙荒茸 籍 朝紳鬱青綠馬飾曜珪珙國讎未銷鑠我志蕩邛隴 郊 君才誠倜儻時論方洶溶格言多彪蔚懸解無梏拲張生得淵源寒色拔山冢堅如撞羣金眇若抽獨蛹 愈 伊余何所擬跛鼈詎能踊塊然墮岳石飄爾胃巢氄 郊 龍旆垂天衞雲韶凝禁甬君胡眠安然朝鼓聲洶洶 愈

鬭雞聯句

大雞昂然來小雞竦而待 愈 崢嶸顛盛氣洗刷凝鮮彩 郊 高行若矜豪側睨如伺殆 愈 精光目相射劍戟心獨在 郊 旣取冠為冑復以距為鐵天時得清寒地利挾爽塏 愈 磔毛各噤瘁怒癭爭硍磊俄膺忽爾低植立瞥而改 郊 腷膊戰聲喧繽翻落羽皠中休事未決小挫勢益倍 愈 妬腸務生敵賊性專相醢裂血失

鳴聲啄殷甚飢餒 郊 對起何急驚隨旋誠巧紿毒手
飽李陽神槌困朱亥 愈 惻心我以仁碎首爾何罪獨
勝事有然旁驚汗流浼 郊 知雄心動顏怯負愁看賄
爭觀雲填道助叫波翻海 愈 事爪深難解 漢書蒯通傳事刃公之腹中考工記菑蚤不齵註菑聲如胾泰山平原人謂樹立物為菑管子云傳戟十萬又云春有以剚耜然則事剚菑三字音義皆同皆謂物之深入而植立也 瞋睛時未怠一噴一醒
然再接再礪乃 郊 頭垂碎丹砂翼搨拖錦綵連軒尚
賈餘清厲比歸凱 愈 選俊感收毛受恩慙始隗英心
甘鬬死義肉恥庖宰君看鬬雞篇短韻有可採 郊

納涼聯句

遞嘯取遙風微微近秋朔 郊 金柔氣尚低火老候愈
濁熙熙炎光流竦竦高雲擢 愈 閃紅驚蚴虬凝赤聳
山嶽目林恐焚燒耳井憶瀺灂仰懼失交泰非時結
冰雹化鄧渴且多奔河誠已㲉喝道者誰子叩商者

何樂洗矣得滂沱感然鳴鸞鷟嘉願苟未從前心空
緬邈清砌千迴坐冷環再三握煩懷卻醒醒高意還
卓卓郊龍沈劇煮鱗牛喘甚焚角蟬煩鳴轉喝烏噪
飢不啄晝蠅食案繁宵蚋肌血渥單絺厭已褫長箑
倦還捉以上皆敍煩熱之狀以下乃敍納涼之事幸茲得佳朋於此蔭華
桷青熒文簟施淡瀲甘瓜濯大壁曠凝淨古畫奇駮
犖淒如珽寒門皓若攢玉璞掃寬延鮮飆汲冷積香
獮饌實摛林珍盤肴饋禽鸃空堂喜淹留貧饌羞齷
齪愈殷勤相勸勉左右加礱斵賈勇發霜硎爭前曜
冰槊微然草根響先被詩情覺感衰悲舊改工異逞
新兒誰言擯朋老猶自將心學危檐不敢憑朽机懼
傾撲青雲路難近黃鶴足仍鋜未能飲淵泉立滯叫
芳藥郊與子昔睽離嗟余苦屯剝直道敗邪徑拙謀
傷巧詠炎湖度氛氳熱石行犖硞痟飢夏尤甚瘧渴

秋更數君顏不可覿君手無由搦今來沐新恩庶見返鴻朴儒庠恣遊息聖籍飽商搉危行無低徊正言免咿喔車馬獲同驅酒醪欣共軟音朔惟憂棄菅蒯敢望侍帷幄此志且何如希君爲追琢 愈

秋雨聯句

萬木聲號呼百川氣交會 郊 庭翻樹離合牖變景明藹 愈 淙瀉殊未終飛浮亦云泰 郊 牽懷到空山屬聽邇驚瀨 愈 檐垂白練直渠漲清湘大 郊 甘津澤祥禾伏潤肥荒艾 愈 主人吟有歡客子歌無奈 郊 侵陽日沈玄剝節風搜兌 愈 坱圠遊峽喧颼飀臥江汰 郊 微飄來枕前高灑自天外 愈 螢穴何迫迮蟬枝埽鳴噦 郊 椶菊茂新芳椶或作園逕蘭銷晚藹 愈 地鏡時昏曉池星競漂沛 郊 讙呶尋一聲灌注咽羣籟 愈 儒宮煙火溼市舍煎熬忲 郊 臥冷空避門衣寒屢循帶 愈 水怒

已倒流陰繁恐凝害郊憂魚思舟楫感禹勤畎澮愈
懷襄信可畏疏決須有賴郊筮命或馮著下晴將問
蔡愈庭商忽驚舞墉禜亦親酹郊氛醨稍疏映霙亂
還擁薈醨薄也氛醨句謂雲氣稍薄霙亂句謂旋又擁塞也陰旌時摎流帝鼓
鎮訇磕陰旌謂雲氣如旌旆摎流猶周流也帝鼓謂雷棗圃落青璣瓜畦爛
文貝貧薪不燭竈富粟空塡廥愈秦俗動言利魯儒
欲何丐魯儒二公以魯兩生自比也以秦人好言利故魯儒無可丐貸深路倒羸驂
弱途擁行軑毛羽皆遭凍離褷不能翽翻浪洗虛空
傾濤敗藏蓋郊吾人猶在陳僮僕誠自鄙因思征蜀
士未免溼戎旆安得發商飈廓然吹宿靄白日懸大
野幽泥化輕塕戰場暫一乾賊肉行可膾愈搜心思
有效抽策期稱最豈惟慮收穫亦以救顚沛郊禽情
初嘯儔礎色微收霈庶幾諧我願遂止無已太愈

征蜀聯句

日王忿違慠有命事誅拔蜀險豁關防秦師縱橫猾
愈 風旗帀地揚雷鼓轟天殺竹兵彼皴脆鐵刃我鎗
鏦 郊 刑神咤犛旄陰燄颭犀札翻霓紛偃蹇塞野湏
坱圠 愈 生獰競掣跌癡突爭塡軋渴鬭信豗呶嗷姦
何噢嘈 郊 更呼相簸蕩交所雙缺齾火發激鉎腥血
漂騰足滑 愈 飛猱無整陣翩鶻有邪戞江倒沸鯨鯤
山搖潰猰㺀 郊 中離分二三外變迷七八逆頸盡徽
索仇頭恣髡鬜怒鬢猶鬇鬡斷臂仍敤䩭 愈 石潛設
奇伏穴覷騁精察中矢類妖㺐跳鋒狀驚豽蹋翻聚
林嶺斗起成埃圿 郊 旆亡多空杠軸折鮮聯轄剟膚
浹瘡痍敗面碎剠刮渾奔肆狂勷捷竄脫趫黠巖鉤
踔狙猿水漉雜鱣蝟投奅鬧碚礔（奅與礮同廣韻軍戰石也碚礔者奅石之聲）
塡隍儙㦬僨 愈 殭睛死不閉攢眼困逾眣爇堞
熇歊熺抉門呀拗閶（爇堞燒其城也抉門啓其門也熇歊焚城之聲疊韻字呀拗門）

天刀封未坼（闢之狀雙聲字）酋膽懾前揠跧梁排郁縮闖寶
楔窟窽迫脅閛雜驅咿呦叫宛䟢　郊　窮區指清夷兇
部坐雕鎩邛文裁斐亹巴豔收婠妠椎肥牛呼牟載
實騃鳴圖聖靈閔頑嚚壽養均草蔡下書遏雄虓（遏雄）
（虓令將帥無多殺也）解罪弔攣瞎　愈　戰血時銷洗劍霜夜清刮
漢棧罷囂闐（漢棧罷囂闐者謂自秦至蜀征人漸少不甚囂闐也）獠江息澎汃
戍寒絕朝乘刀暗歇宵詧始去杳飛蜂及歸柳嘶螿
廟獻繁馘級樂聲洞椌楬　郊　臺圖煥丹玄郊告儼匏
稽念齒慰黴黧視傷悼癈痆休輸任訛寢報力厚燅
秳公歡鐘晨撞室宴絲曉扴盃盂酬酒醪箱篋饋巾
帙小臣昧戎經維用贊勳劼　愈

同宿聯句

自從別君來遠出遭巧讒　愈　班班落春淚浩浩浮秋浸　郊　毛奇覩象犀羽怪見鵬鳩　愈　朝行多危棧夜臥

鐃驚枕郊生榮今分踰死棄昔情任愈鵷行參綺陌
雞唱聞清禁郊山晴指高標槐密鶩長蔭愈直辭一
以薦巧舌千皆矜郊○說文矜牛舌病也匡鼎惟說詩桓譚不
讀讖愈逸韻何嘈嗷高名俟沽貰郊紛葩歡屢填曠
朗憂早滲愈為君開酒腸顛倒舞相飲郊曦光霽曙
物景曜鑠宵祲愈儒門雖大啓姦首不敢闖義泉雖
至近盜索不敢沁清琴試一揮白鶴叫相喑欲知心
同樂雙繭抽作紝郊

雨中寄孟刑部幾道聯句

秋潦淹轍迹高居限參拜愈耿耿蓄良思遙遙仰嘉
話郊一晨長隔歲百步遠殊界愈商聽饒清聳悶懷
空抑噫郊美君知道腴逸步謝天械愈吟馨鑠紛雜
抱照瑩疑怪郊撞宏聲不掉輸邈瀾逾殺愈檐瀉碎
江喧街流淺溪邁郊念初相遭逢幸免因媒介祛煩

類決癰愜與劇爬痒研文較幽玄。呼博騁雄快。今君

輅方駞伊我羽已鎩溫存感惠深琢切奉明誡 愈 迨

玆更凝情暫阻若嬰瘵欲知相從盡靈珀拾纖芥欲

知相益多神藥銷宿憊德符仙山岸永立難欹壞氣

涵。秋。天。河。有。朗。無。驚。湃。 郊 祥鳳遺蒿鷃雲韶掩夷靺

爭名求鵲徒騰口甚蟬喝未來聲已赫始鼓敵前敗

鬭場再鳴先退路一飛居東野繼奇躅修綸懸衆犗

音戒 穿空細邱垤照日陋菅蒯 愈 小生何足道積慎如

觸蠆惜惜抱所諾翼翼自申戒聖書空勘讀盜食敢

求嘬惟當騎款段豈望覿珪玠弱操愧筠杉微芳比

蕭薙何以驗高明柔中有剛夬 郊

遠遊聯句 遠遊送東野之江南也公嘗有送東野序云東野之役於江南此所謂遠遊者亦其時歟公與東野共三十九韻李翺惟一聯莫知其故習之之詩見于世者此而已大率詩非其所長也劉貢父云唐時文人李習之不能爲詩聯句云云殊無可取○遠

遊名篇祖屈原也相如大人賦由遠遊發也自後劉向九歎曹子建樂府皆有遠遊篇然屈原相如則兼四方上下而言之公聯此詩以送東野所序只江南事大抵事意與大人賦九歎相同讀者宜詳味之

別腸車輪轉一日一萬周 郊 離思春水泮瀾漫不可收 愈 馳光忽以迫飛轡誰能留 郊 取之詎灼灼此去信悠悠 翱 楚客宿江上夜魂棲浪頭曉日生遠岸水芳綴孤舟村飲泊好木野蔬拾新柔獨含悽悽別中結鬱鬱愁人憶舊行樂鳥吟新得儔 郊 靈瑟時窅窅霧猿夜啾啾憤濤氣尚盛恨竹淚空幽長懷絕無已多感良自尤卽路涉獻歲歸期眇涼秋兩歡日牢落孤悲坐綢繆 愈 觀怪忽蕩漾叩奇獨冥搜海鯨吞明月浪島沒大漚我有一寸鉤欲釣千丈流良知忽然遠壯志鬱無抽 郊 魍魅暫出沒蛟螭互蟠蟉昌言拜舜禹舉颿凌斗牛懷糈餽賢屈乘桴追聖丘飄然天

外。步。豈。肎。區。中。囚。愈楚此些待誰弔賈辭緘恨投翳明

弗可曉祕魂安所求氣毒放逐域蓼雜芳菲疇當春

忽淒涼不枯亦颼颸貉謠衆猥款巴語相咿嗍默誓

去外俗嘉願還中州江生行既樂躬輩自相勠音留飲

醇趣明代味腥謝荒陬郊馳深鼓利檝趨險驚蜚轄

繫石沈斬尙開弓射鵰吸路暗執屏翳波驚戮陽侯。

廣泛信縹眇。高行恣浮游外患蕭蕭去。中悒稍稍瘳。

振衣造雲闕跪坐陳清猷德風變讒巧仁氣銷戈矛

名聲照四海淑問無時休歸哉孟夫子歸去無夷猶。

愈

晚秋郾城夜會聯句

元和十二年七月以裴度守門下侍郎同平章事充淮西宣慰處置使以韓愈兼御史中丞充行軍司馬以李正封兼侍御史爲判官從度出征詔以郾城爲行蔡州治所此篇公與正封作於郾城凡百餘韻東野死後公所與聯句者惟此可見耳洪慶善曰舊本註云正封上中丞中丞卽退之愈奉院長院長卽正封也

其稱王盧繆矣按鄘城今潁昌府

從軍古云樂談笑青油幕燈明夜觀棊月暗秋城柝

正封上中丞羈客方寂歷驚烏時落泊語闌壯氣衰酒醒寒砧作愈奉院長遇主貴陳力夷凶匪兼弱百牢犒輿師千戶購首惡正封平生恥論兵末暮不輕諾徒然感恩義誰復論勳爵愈多士被沾汙小夷施毒蠚何當鑄劍戟相與歸臺閣正封室婦歎鳴鸛家人祝喜鵲終朝考蓍龜何日覿烝礿愈閒使斷津梁潛軍索林薄紅塵羽書靖大水沙囊涸正封銘山子所工插羽余何怍未足煩刀俎祇應輸管鑰愈兩矢逐天狼電矛驅海若靈誅固無縱力戰誰敢卻正封峨峨雲梯翔赫赫火箭著連空隳雉堞照夜焚城郭愈軍門宣一令廟算建三略雷鼓揭千槍浮橋交萬筰正封蹂野馬雲騰映原旗火鑠疲氓墜將拯。殘虜狂可縛。愈摧鋒若貙兕

超乘如猱玃逢掖服翻慚漫胡纓可愕 正封 星殞聞雊
雉師興隨唳鶴虎豹貪犬牛鷹鸇憎鳥雀 愈 燒陂除
積聚灌壘失依託憑軾諭昏迷執殳征暴虐 正封 倉空
戰卒飢月黑探兵錯兇徒更蹈藉逆族相啗嚼 愈 軸
轤亙淮泗旆旌連夏鄂大野縱氐羌長河浴騮駱 正封
東西競角逐遠近施矰繳人怨童聚謠天殃鬼行瘧
愈 漢刑支郡黜周制閑田削侯社退無功鬼薪懲不
恪 正封 余雖司斧鑕情本尚卭壑且待獻俘囚終當返
耕穫 愈 槀街陳鈇鉞桃塞興錢鎛地理畫封疆天文
埽寥廓 正封 天子憫瘡痍將軍禁鹵掠策勳封龍頟歸
獸獲麟腳 愈 詰誅敬王怒給復哀民瘼。澤髮解兜牟
酡顏傾鑿落 正封 ○鑿落飲器白樂天詩銀杯傾鑿落 安存惟恐晚洗雪
不論昨暮烏已安巢春蠶看滿箔 愈 聲明動朝闕光
寵耀京洛旁午降絲綸中堅擁鼓鐸 正封 密坐列珠翠

高門塗粉雘跋朝賀書飛塞路歸鞍躍 愈 魏闕橫雲
漢秦關束巖嶤拜迎羅櫜鞬問遺結囊橐 正封 江淮永
清晏宇宙重開拓是日號昇平此年名作噩 愈 洪赦
方下究武颷亦旁魄南據定蠻陬北攫空朔漠 正封 儒
生愜教化武士猛刺斫吾相兩優游他人雙落莫 愈
明從負鼎佩門爲登壇鑿再入更顯嚴九遷彌謇諤
正封 賓筵盡孤趙導騎多衛霍國史擅芬芳宮娃分綽
約 愈 丹掖列鵷鷺洪爐衣狐貉摛文揮月毫講劍淬
霜鍔 正封 命衣備藻火賜樂兼拊搏兩廂鋪氍毹五鼎
調勺藥 愈 帶垂蒼玉佩轡蹙黃金絡誘接謂登龍趨
馳狀傾藿 正封 青娥翳長袖紅頰吹鳴籥儻不忍辛勤
何由恣歡謔 愈 惟當早貴富豈得暫寂寞但擲雇笑
金仍祈卻老藥 正封 殁廟配鐏斝生堂合馨鑮 爾雅大磬謂之
毊大鐘謂之鏞注亦名鑮 安行庇松篁高臥枕莞蒻 愈 洗沐恣蘭

芷割烹厭脾臄喜顏非忸怩達志無隕穫 正封○自再入更顯嚴至此皆敘裴相破賊還京後遷官宴客之事似非事前所作之詩而篇末雪下收新息亦非事前語豈在鄆城時作此詩還朝後更潤色之耶 詼諧酒席展慷慨戎裝著斬馬祭旄纛炰羔禮芒屩 愈 山多離隱豹野有求伸蠖推選閱羣材薦延搜一鶚 正封 左右供詔譽親交獻詼噱名聲載揄揚權勢實熏灼 愈 道舊生感激當歌發酬酢羣孫輕綺紈下客豐醴酪 正封 窮天貢琛異匝海賜酺醵作樂鼓還擂從禽弓何彍 愈 取歡移日飲求勝通宵博五白氣爭呼六奇心運度 正封 恩澤誠布濩嚚頑已簫勺告成上云亭考古垂矩矱 愈 前堂清夜吹東第良晨酌池蓮折秋房院竹翻夏籜 正封 五狩朝恆岱三畋宿楊柞農書乍討論馬法長懸格 愈 雪下收新息陽生過京索爾牛時寢訛我僕或歌咢 正封 帝載彌天地臣辭劣螢爝為詩安能詳庶用存糟粕 愈

十八家詩鈔卷九

十八家詩鈔卷十目錄

李太白七古百五十七首

與諸公送陳郎將歸衡陽

宣州謝脁樓餞別校書叔雲

酬宇文少府見贈桃竹書筒

早秋單父南樓酬竇公衡

酬張司馬贈墨

酬中都小吏攜斗酒雙魚於逆旅見贈

答王十二寒夜獨酌有懷

醉後答丁十八以詩譏予搥碎黃鶴樓

答杜秀才五松山見贈

攜妓登梁王棲霞山孟氏桃園中

把酒問月

下途歸石門舊居

夜泊黃山聞殷十四吳吟

觀博平王志安少府山水粉圖

十八家詩鈔卷十目錄

珍倣宋版印

十八家詩鈔卷十

湘鄉曾國藩纂

合肥李鴻章審訂
東湖王定安校

李太白七古百五十七首

遠別離 雜曲歌辭

遠別離古有黃英之二女乃在洞庭之南瀟湘之浦海水直下萬里深誰人不言此離苦日慘慘兮雲冥冥猩猩啼煙兮鬼嘯雨我縱言之將何補皇穹竊恐不照余之忠誠雷憑憑兮欲吼怒堯舜當之亦禪禹君失臣兮龍爲魚權歸臣兮鼠變虎或云堯幽囚舜野死九疑聯綿皆相似重瞳孤墳竟何是帝子泣兮綠雲間隨風波兮去無還慟哭兮遠望見蒼梧之深山蒼梧山崩湘水絕竹上之淚乃可滅

公無渡河 相和歌辭○樂府詩集箜篌引序云箜篌引一曰公無渡河崔豹古今注曰箜篌引者朝鮮津卒霍里子高妻麗玉所作也子高晨起刺船有一白首狂夫被髮提

壺亂流而渡其妻隨而止之不及遂墮河而死於是援箜篌而歌曰公無渡河公竟渡河墮河而死當柰公何聲甚悽慘曲終亦投河而死子高還以語麗玉麗玉傷之乃引箜篌而寫其聲聞者莫不墮淚飲泣麗玉以其曲傳鄰女麗容名曰箜篌引又有箜篌謠不詳所起大略言結交當有終始與此異也

黃河西來決崑崙咆哮萬里觸龍門波滔天堯咨嗟大禹理百川兒啼不窺家殺湍堙洪水九州始蠶麻其害乃去茫然風沙被髮之叟狂而癡清晨徑一作臨流欲奚爲旁人不惜妻止之公無渡河苦渡之虎可搏河難馮公果溺死流海湄有長鯨白齒若雪山公乎公乎挂骨於其間箜篌所悲竟不還

蜀道難諷章仇兼瓊也○相和歌辭國藩按曰樂府解題曰蜀道難備言銅梁玉壘之阻與蜀國弦頗同尚書談錄曰李白作蜀道難以罪嚴武後陸暢作蜀道易以頌韋皐而公所自注則曰諷章仇兼瓊或故亂其詞耶

噫吁嚱危其高哉蜀道之難難於上青天蠶叢及魚

鳧開國何茫然爾來四萬八千歲不一作乃與秦塞通
人煙西當太白有鳥道何一作可以橫絕峨眉巔地崩
山摧壯士死然後天梯石棧方一作相鉤連上有六龍
回日之高標一作橫河斷海之浮雲下有衝波逆折之回川黃
鶴之飛尚不得一作過猨猱欲度愁攀緣青泥何盤盤
百步九折縈巖巒捫參歷井仰脅息以手撫膺坐長
歎問君西遊何時還畏途巉巖不可攀但見悲鳥號
古木雄飛雌從遶林間又聞子規啼夜月愁空山蜀
道之難難於上青天使人聽此凋朱顏連峯去天不
盈尺一作入煙幾千尺枯松倒挂倚絕壁飛湍暴流爭喧豗
砯崖轉石萬壑雷其嶮也若此嗟爾遠道之人胡爲
乎來哉劍閣崢嶸而崔嵬一夫當關萬人一作夫莫開
所守或匪親一作人化爲狼與豺朝避猛虎夕避長蛇
磨牙吮血殺人如麻錦城雖云樂不如早還家蜀道

之難難於上青天側身西望長咨嗟

梁甫吟（相和歌辭國藩按李勉琴說言曾子思其父母撰梁甫吟郭茂倩謂梁甫吟者言人死葬此山亦葬歌也諸葛武侯之梁甫吟似弔賢士之冤死太白此詩則抱才而專俟際會之時）

長嘯梁甫吟何時見陽春君不見朝歌屠叟辭棘津八十西來釣渭濱甯羞白髮照淥水逢時壯（一作吐）氣思經綸廣張三千六百鉤（一作釣）風期暗與文王親大賢虎變愚不測當年頗似尋常人君不見高陽酒徒起草中長揖山東隆準公入門開說（一作一開游說）騁雄辯兩女輟洗來趨風東下齊城七十二指麾楚漢如旋蓬狂客（一作生）落拓尚如此何況壯士當羣雄我欲攀龍見明主雷公砰訇震天鼓帝旁投壺多玉女三時大笑開電光倏爍晦冥起風雨閶闔九門不可通以額叩關閽者怒白日不照吾精誠杞國無事憂天傾

猰貐磨牙競人肉，騶虞不折生草莖。手接飛猱搏彫虎，側足焦原未言苦。智者可卷愚者豪，世人見我輕鴻毛。力排南山三壯士，齊相殺之費二桃。吳楚弄兵無劇孟，亞夫咍爾爲徒勞。梁甫吟，聲正悲。張公兩龍劒，神器合有時。風雲感會起屠釣，大人𡵓屼當安之。

烏夜啼 清商曲辭國藩按郭集所引唐書樂志教坊記皆云宋彭城王義康聞烏夜啼被赦而作此曲今郭集所錄諸詩殊無及赦事者

黃雲城邊烏欲棲，歸飛啞啞枝上啼。機中織錦秦川女，一作閨中織婦一作秦家女 碧紗如煙隔窗語。停梭悵然一作望憶遠人，一作問人憶故夫 獨宿孤房一作獨宿空堂一作知在流沙淚如雨。一作停梭向人問故夫知在關西淚如雨

烏棲曲 清商曲辭

姑蘇臺上烏棲時，吳王宮裏醉西施。吳歌楚舞歡未畢，青山猶銜半邊日。銀箭金壺一作金壺丁丁漏水多，起看

秋月墜江波東方漸高柰樂（一作爾）何

戰城南（鼓吹曲辭漢鐃歌）

去年戰桑乾源今年戰蔥河道洗兵條支海上波放馬天山雪中草萬里長征戰三軍盡衰老匈奴以殺戮爲耕作古來唯見白骨黃沙田秦家築城備胡處漢家還有烽火然烽火然不息征戰（一作長征）無已時野戰格鬭死敗馬號鳴向天悲烏鳶啄人腸銜飛上挂枯樹枝（一作上枯枝）士卒塗草莽將軍空爾爲乃知兵者是凶器聖人（一作君）不得已而用之

將進酒（一作惜空罇酒○鼓吹曲辭漢鐃歌）

君不見黃河之水天上來奔流到海不復回君不見高堂明鏡悲白髮朝如青絲暮成（一作如）雪人生得意須盡歡莫使金樽空對月天生我材必有用（一作開又云天生我身必有財又作天生吾徒有俊材）千（一作黃）金散盡還復來烹羊宰

牛且爲樂會須一飲三百杯岑夫子丹邱生進酒君莫停（一作將進酒杯莫停）與君歌一曲請君爲我傾耳聽鐘鼓饌玉不足貴（一作玉帛豈足貴）但願長醉不用（一作復）醒古來聖賢皆寂寞（一作死盡）唯有飲者留其名陳王昔時（一作日）宴平樂斗酒十千恣歡謔主人何爲言少錢徑須沽酒對君酌（一作且須沽酒共君酌）五花馬千金裘呼兒將出換美酒與爾同銷萬古愁

行行且遊獵篇（雜曲歌辭郭集作行行遊且獵篇樂府解題曰梁劉孝威遊獵篇備言遊行射獵之事亦謂之行行遊且獵篇）

邊城兒生平不讀一字書但知遊獵誇輕趫胡馬秋肥宜白草騎來躡影何矜驕（一作可憐驕）金鞭拂雪揮鳴鞘半酣呼鷹出遠郊弓彎（一作彎弧）滿月不虛發雙鶬迸落連飛髇海邊觀者皆辟易猛氣英風振沙磧儒生不及遊俠人白首垂帷復何益

飛龍引二首 琴曲歌辭郭集錄者二家

黃帝鑄鼎於荊山鍊丹砂丹砂成黃金騎龍飛去太上家雲愁海思令人嗟宮中綵女顏如花飄然揮手淩紫霞從風縱體登鑾一作鸞車登鑾車侍軒轅遨遊青天中其樂不可言

鼎湖流水清且閑軒轅去時有弓劍古人傳道留其閒後宮嬋娟多花顏乘鸞飛煙亦不還騎龍攀天造天關造天關聞天語屯雲河車載玉女載玉女過紫皇紫皇乃賜白兔所擣之藥方後天而老凋三光下視瑤池見王母蛾眉蕭颯如秋霜

天馬歌 郊廟歌辭漢郊祀歌中題

天馬來出月支窟背爲虎文龍翼骨嘶青雲振綠髮蘭筋權奇走滅沒騰崑崙歷西極四足無一蹶雞鳴刷燕晡秣越神行電邁躡恍惚天馬呼飛龍一作黃趨

目明長庚臆雙鳧尾如流星首渴烏口噴紅光汗溝珠曾陪時龍躍天衢羈金絡月照星（一作皇）都逸氣稜稜凌九區白璧如山誰敢沽回頭笑紫鷰但覺爾輩愚天馬奔戀君軒駷躍驚矯浮雲翻萬里足躑躅遙瞻閶闔門不逢寒風子誰採逸景孫白雲在青天邱陵遠崔嵬鹽車上峻坂倒行逆施畏日晚伯樂翦拂中道遺少盡其力老棄之願逢田子方惻然爲我思（一作悲）雖有玉山禾不能療苦（一作我）飢嚴霜五月凋桂枝伏櫪銜冤摧兩眉請君贖獻穆天子猶堪弄影舞瑤池

行路難三首（第三首一作古興○雜曲歌辭樂府解題曰行路難備言世路艱難離別悲傷之意）

金罇清酒斗十千玉盤珍羞直萬錢停杯投筯不能食拔劒四顧心茫然欲渡黃河冰塞川將登太行雪

暗天（一作滿山）閑來垂釣坐（一作碧）溪上忽復乘舟夢日邊
行路難行路難多歧路今安在長風破浪會有時直
挂雲帆濟滄海
大道如青天我獨不得出羞逐長安社中兒赤雞白
狗（一作雉）賭梨栗彈劒作歌奏苦聲曳裾王門不稱情
淮陰市井笑韓信漢朝公卿忌賈生君不見昔時燕
家重郭隗擁篲折節無嫌猜劇辛樂毅感恩分輸肝
剖膽効英（一作俊）才昭王白骨縈蔓草誰人更掃黃金
臺行路難歸去來
有耳莫洗潁川水有口莫食首陽蕨含光混世貴無
名何用孤高比雲月吾觀自古賢達人功成不退皆
殞身子胥既棄吳江上屈原終投湘水濱陸機雄才
豈自保李斯稅駕苦不早華亭鶴唳詎可聞上蔡蒼
鷹何足道君不見吳中張翰稱達生秋風忽憶江東

行且樂生前一杯酒何須身後千載名

長相思

雜曲歌辭○郭集古詩曰客從遠方來遺我一書札上言長相思下言久離別李陵詩曰行人難久留各言長相思蘇武詩曰生當復來歸死當長相思長者久遠之辭言行人久成寄書以遺所思也古詩又曰客從遠方來遺我一端綺文采雙鴛鴦裁爲合歡被著以長相思緣以結不解謂被中著緜以致相思緜緜之意故曰長相思也又有千里思與此相類

長相思在長安絡緯秋啼金井闌微一作凝霜淒淒簟色寒孤燈不明一作寐又作眠思欲絕卷帷望月空長歎美人如花一作佳期迢迢隔雲端上有青冥之高天下有淥水之波瀾天長路遠魂飛苦夢魂不到關山難長相思摧心肝

日色已盡花含煙月明欲素愁不眠趙瑟初停鳳凰柱蜀琴欲奏鴛鴦絃此曲有意無人傳願隨春風寄燕然憶君迢迢隔青天昔日橫波目今成流淚泉不

信妾腸斷歸來看取明鏡前

美人在時花滿堂美人去後空餘牀牀中繡被卷不寢至今三載猶聞香香亦竟不滅人亦竟不來相思黃葉落白露點青苔

上留田 相和歌辭○郭集古今樂錄曰王僧虔技錄有上留田行今不歌崔豹古今注曰上留田地名也人有父母死不字其孤弟者鄰人爲其弟作悲歌以風其兄注曰上留田樂府廣題曰蓋漢世人也云里中有啼兒似類親父子回車問啼兒慷慨不可止

行至上留田孤墳何崢嶸積此萬古恨春草不復生悲風四邊來腸斷白楊聲借問誰家地埋沒蒿里塋古老向余言言是上留田蓬科馬鬣今已平昔之弟死兄不葬他人於此舉銘旌一鳥死百鳥鳴一獸走百獸驚桓一作常山之禽別離苦欲去回翔不能征田氏倉卒骨肉分青天白日摧紫荊交讓之木本同形東枝顦顇西枝榮無心之物尚如此參商胡乃尋天

兵孤竹延陵讓國揚名高風緬邈頹波激清尺布之謠塞耳不能聽

春日行 雜曲歌辭○鮑照春日行言春日泛舟飲酒張籍春日行言春日入園賞花太白此詩言泛舟而不願學仙

深宮高樓入紫清金作蛟龍盤繡楹一作繡作楹佳人當窗弄白日絃將手語彈鳴箏春風吹落君王耳此曲乃是昇天行因出天池汎蓬瀛樓船蹙沓波浪驚三千雙蛾獻歌笑撾鐘考鼓宮殿傾萬姓聚舞歌太平我無爲人自寗三十六帝欲相迎仙人飄翩下雲軿帝不去留鎬京安能爲軒轅獨往入窅冥小臣拜獻南山壽陛下萬古垂鴻名

前有樽酒行二首 雜曲歌辭○郭集作前有一樽酒行此題郭集錄者四家

大抵及時行樂之意

春風東來忽相過金樽淥酒生微波落花紛紛稍覺

多美人欲醉朱顏酡青軒桃李能幾何流光欺人忽蹉跎君起舞日西一作將夕當年意氣不肯傾白髮如絲一作首垂歎何益

琴奏龍門之綠桐玉壺美酒清若空催絃拂柱與君飲看朱成碧顏始紅一作眼白看杯顏色紅胡姬貌如花當壚笑春風笑春風舞羅衣君今不醉欲安歸

夜坐吟 雜曲歌辭○郭集錄者三家

冬夜夜寒覺夜長沈吟久坐坐北堂氷合井泉月入閨金釭青凝照悲啼金釭滅啼轉多掩妾淚聽君歌歌有聲妾有情情聲合兩無違一語不入意從君萬曲梁塵飛

野田黃雀行 相和歌辭○郭集古今樂錄曰王僧虔技錄有野田黃雀行今不歌樂府解題曰晉樂奏東阿王置酒高殿上始言豐膳樂飲盛賓主之獻酬中言歡極而悲嗟盛時不再終言歸於知命而無憂也箜篌引亦用此曲按漢鼓吹鐃歌亦有黃雀行不

知與此同否

遊莫逐炎洲翠棲莫近吳吳宮火起焚爾窠炎洲洲逐翠遭綱羅蕭條兩翅蓬蒿下縱有鷹鸇奈若一作爾何

箜篌謠 續古詞亦曰引國藩按此六字必非太白所注失之遠矣郭云箜篌謠不詳所起大略言結交當有終始與公無渡河之稱箜篌引者迥異

攀天莫登龍走山莫騎虎貴賤結交心不移唯有嚴陵及光武周公稱大聖管蔡寧相容漢謠一斗粟不與淮南春兄弟尚路人一作行路吾心安所從他人方寸間山海幾千重輕言託朋友對面九疑峯多花必早落桃李不如松管鮑久已死何人繼其蹤

雉朝飛 琴曲歌辭○郭集錄者七家國藩按雉朝飛齊宣王時處士泯宣年五十無妻出見雉雌雄相隨而作

麥隴青青三月時白雉朝飛挾兩雌錦衣綺翼何離

縱犢牧採薪感之悲春天和白日暖啄食飲泉勇氣滿爭雄鬬死繡頸斷雉子班奏急管絃心傾美酒盡玉椀枯楊枯楊爾生荑我獨七十而孤棲彈絃寫恨意不盡瞑目歸黃泥

上雲樂 老胡文康詞或云范雲及周捨所作今擬之○清商曲辭郭茂錄者四家

金天之西白日所沒康老胡雛生彼月窟巉巖容儀戌削風骨碧玉炅炅雙目瞳黃金拳拳兩鬢紅華蓋垂下睫嵩岳臨上脣不覩譎詭貌豈知造化神大道是文康之嚴父元氣乃文康之老親撫頂弄盤古推車轉天輪云云見日月初生時鑄冶火精與水銀陽烏未出谷顧兔半藏身女媧戲黃土團作愚下人散在六合間濛濛若沙塵生死了不盡誰明此胡是仙真西海栽若木東溟植扶桑別來幾多時枝葉萬里長中國有七聖半路頹鴻荒陛下應運起龍飛入咸陽

赤眉立盆子白水興漢光叱咤四海動洪濤爲籛揚舉足蹋紫微天關自開張老胡感至德東來進仙倡五色師子九苞鳳凰是老胡雞犬鳴舞飛帝鄉淋漓颯沓進退成行能胡歌獻漢酒跪雙膝並兩肘散花指天舉素手拜龍顏獻聖壽北斗戾南山摧天子九九八十一萬歲長傾萬歲杯（一作年）

夷則格上白鳩拂舞辭（舞曲歌辭○古今樂錄曰鞞鐸巾拂四舞梁幷夷則格鍾磬鳩拂和故白擬之爲夷則格上白鳩拂舞辭云）

鏗鳴鐘考朗鼓歌白鳩引拂舞白鳩之白誰與鄰霜衣雪襟誠可珍含哺七子能平均食不咽性安（一作可）馴首農政鳴陽春天子刻玉杖鏤形賜耆人白鷺（一作鷹）亦白非純真外潔其色心匪仁闕五德無司晨胡爲啄我葭下之紫鱗鷹鸇鵰鶚貪而好殺鳳皇雖大聖不顧以爲臣

日出入行相和歌辭○郭集作日出東南隅行錄者十三家

日出東方隈似從地底來歷天又復入西海六龍所舍安在哉其始與終古不息一作其行終古不休息人非元氣安得與之久徘徊草不謝榮於春風木不怨落於秋天。誰揮鞭策驅四運萬物興歇皆自然羲和羲和汝奚汩沒於荒淫之波魯陽何德駐景揮戈逆道違天矯誣實多吾將囊括大塊浩然與溟涬同科

胡無人相和歌辭○郭集錄者五家大約皆努力破胡之意

嚴風吹霜海草凋筋幹精堅胡馬驕漢家戰士三十萬將軍兼領一作誰家霍嫖姚流星白羽腰間插劍花秋蓮光出匣天兵照雪下玉關虜箭如沙射金甲雲龍風虎盡一作畫交回太白入月敵可摧敵可摧旄頭滅履胡之腸涉胡血懸胡青天上埋胡紫塞旁胡無人。漢道昌。陛下之壽三千霜但歌大風雲飛揚安用猛

士兮守四方。

北風行 雜曲歌辭○鮑照及太白皆言北風雨雪而行人不歸

燭龍棲寒門。光耀猶旦開。日月照之何不及此一作日月之陽不及此唯有北風號怒天上來。燕山雪花大如席。片片吹落軒轅臺。幽州思婦十二月。停歌罷笑雙蛾摧。倚門望行人。念君長城苦寒良可哀。別時提劍救邊去。遺此虎文金鞞靫。中有一雙白羽箭。蜘蛛結網生塵埃。箭空在。人今戰死不復回。不忍見此物。焚之已成一作以為灰。黃河捧土尚可塞。北風雨雪恨難裁一作哉

獨漉篇 舞曲歌辭

獨漉水中泥。水濁不見月。不見月尚可。水深行人沒。越鳥從南來。胡鴈亦北度。我欲彎弓向天射。惜其中道失歸路。落葉別樹。飄零隨風。客無所託。悲與此同。羅帷舒卷。似有人開。明月直入。無心可猜。雄劍挂壁。

時時龍鳴不斷犀象羞澀苦生國恥未雪何由成名
神鷹夢澤不顧鴟鳶爲君一擊摶鵬九天

登高邱而望遠海（相和歌辭）

登高邱望遠海六鼇骨已霜三山流安在扶桑半摧
折白日沈光彩銀臺金闕如夢中秦皇漢武空相待
精衞費木石黿鼉無所憑君不見驪山茂陵盡灰滅
牧羊之子來攀登盜賊劫寶玉精靈竟何能窮兵黷
武今如此鼎湖飛龍安可乘

陽春歌（清商曲辭○郭集錄者六家）

長安白日照春空。綠楊結煙桑（一作垂）裊風。披香殿前
花始紅流芳發色繡戶中繡戶中相經過飛鷰皇后
輕身舞紫宮夫人絕世歌聖君三萬六千日。歲歲年
年柰樂何。

楊叛兒（清商曲辭○郭集錄者四家郭集唐書樂志曰楊伴兒本童謠歌也齊隆昌時）

女巫之子曰楊旻少時隨母入內及長爲何后寵童謠云楊婆兒共戲來所歡語訛遂成楊伴兒古今樂錄曰楊叛兒送聲云叛兒教儂不復相思

君歌楊叛兒妾勸新豐酒何許最關人烏啼白門柳烏啼隱楊花君醉留妾家博山鑪中沈香火雙煙一氣凌紫霞

雙鷰離 琴曲歌辭○郭集錄者三家

雙鷰復雙鷰雙飛令人羨玉樓珠閣不獨棲金窗繡戶常相見柏梁失火去因入吳王宮吳宮又焚蕩雛盡巢亦空憔悴一身在孀雌憶故雄雙飛難再得傷我寸心中

山人勸酒 琴曲歌辭

蒼蒼雲松落落綺皓春風爾來爲阿誰胡蝶忽然滿芳草秀眉霜雪桃花貌青髓綠髮長美好稱是秦時避世人勸酒相歡不知老各守兔一作麋鹿志恥隨龍

虎爭歘起佐（一作安）太子漢皇乃復驚顧謂戚夫人彼
翁羽翼成歸來商山下泛若雲無情舉觴酹巢由洗
耳何獨（一作太）清浩歌望嵩嶽意氣還（一作遙）相傾

于闐採花（雜曲歌辭○郭集錄者二家）

于闐採花人自言花相似明妃一朝西入胡胡中美
女多羞死乃知漢地多名姝胡中無花可方比丹青
能令醜者妍無鹽翻在深宮裏自古妬蛾眉。胡沙埋
皓齒。

鞠歌行（相和歌辭○郭集錄者四家按鞠歌行言知己難逢之意郭集古今樂錄曰王僧虔技錄平調又有鞠歌行今無歌者陸機序曰按漢宮閣有含章鞠室靈芝鞠室後漢馬防第宅卜臨道連閣通池鞠城彌於街路鞠歌將謂此也又東阿王詩連騎擊壤或謂蹵鞠乎三言七言雖奇寶名器不遇知己終不見重願逢知己以託意焉）

玉。不。自。言。如桃李魚目笑之卞和恥楚國青蠅何太
多連城白璧遭讒毀荊山長號泣血人忠臣死爲刖

足鬼聽曲知甯戚夷吾因小妻秦穆五羊皮買死百里奚洗拂青雲上當時賤如泥朝歌鼓刀叟虎變蟠溪中一舉釣六合遂荒營邱東平生渭水曲誰識此老翁奈何今之人雙目送飛鴻

幽澗泉 琴曲歌辭

拂彼白石彈吾素琴幽澗愀兮流泉深善手明徽高張清心寂歷似千古松颼飀兮萬尋中見愁猨弔影而危處兮叫秋木而長吟客有哀時失志而聽者淚淋浪以沾襟乃緝商綴羽瀉潺湲成音吾但寫聲發憤於妙指殊不知此曲之古今幽澗泉鳴深林

王昭君二首 一作昭君怨○相和歌辭郭集錄者二十一家

漢家秦地月流影照一作送明妃一上玉關道天涯去不歸漢月還從東海一作方出明妃西嫁無來日燕支長寒雪作花娥眉憔悴沒胡沙生乏黃金枉圖畫死

留青冢使人嗟。

昭君拂玉鞍上馬啼紅頰今日漢宮人明朝胡地妾

中山孺子妾歌 雜歌謠辭○郭集漢書曰詔賜中山靖王子噲及孺子妾冰未央才人歌詩四篇如淳曰孺子幼少稱孺子妾宮人也顏師古曰孺子王妾之有品號者妾王之衆妾也冰其名才人天子內官按此謂以歌詩賜中山王及孺子妾未央才人等爾累言之故云及也而陸厥作歌乃謂之中山孺子妾失之遠矣藝文志又曰臨江王及愁思節士歌詩四篇李夫人及幸貴人歌詩三篇亦皆累辭也國藩按如郭之說則靖王子噲也孺子妾冰也未央才人也三者平列陸厥及太白詞皆失之然則古詞之郢書燕說者亦多矣

中山孺子妾特以色見珍雖不如延年妹亦是當時絕世人桃李出深井花豔驚上春一貴復一賤關天豈由身芙蓉老秋霜團扇羞網塵戚姬髡翦入春市萬古共悲辛

荊州樂 雜曲歌辭○郭云荊州樂蓋出於清商曲之江陵樂荊州即江陵也又有紀南

歌亦出於此

白帝城邊足風波瞿塘五月誰敢過荊州麥熟繭成蛾繰絲憶君頭緒多撥穀飛鳴奈妾何

設辟邪伎鼓吹雉子班曲辭鼓吹曲辭○郭集錄者四家

辟邪伎作鼓吹驚雉子班之奏曲成喔咿振迅欲飛鳴扇錦翼雄風生雙雌同飲啄趫悍誰能爭乍向草中耿介死不求黃金籠下生天地至廣大何惜遂物情鼓吹曲皆軍中之樂耿介死四句亦烈士報國之志也善卷讓天子務光亦逃名所貴曠士懷朗然合太清

古有所思鼓吹曲辭○郭集錄者二十四家大抵皆思婦之詞

我思仙一作佳人乃在碧海之東隅海寒多天風白波連山一作天倒蓬壺長鯨噴湧不可涉撫心茫茫淚如珠西來青鳥東飛去願寄一書謝麻姑

久別離雜曲歌辭○郭集與遠別離長別離爲類

別來幾春未還家玉窗五見櫻桃花況有錦字書開緘使令一作人嗟至此腸斷彼心絕雲鬟綠鬢罷攬結愁如回飆亂白雪去年寄書報陽臺今年寄書重相催胡爲東風爲我吹行雲使西來待來竟不來落花寂寂委青苔。

採蓮曲 清商曲辭○郭集錄者二十二家

若耶溪旁採蓮女。笑隔荷花共人語。日照新妝水底明。風飄香袖空中舉。岸上誰家遊冶郎。三三五五映垂楊。紫騮嘶入落花去。見此踟躕空斷腸。

白頭吟 相和歌辭○郭集錄者六家郭集古今樂錄曰王僧虔技錄曰白頭吟行歌古皚如山上雪篇西京雜記曰司馬相如將聘茂陵人女爲妾卓文君作白頭吟以自絕相如乃止樂府解題曰古辭云皚如山上雪皎若雲間月又云願得一心人白頭不相離始言良人有兩意故來與之相決絕次言別於溝水之上敘其本情終言男兒重意氣何用錢刀爲若宋鮑照直如朱絲繩陳張正見平生懷直道唐虞世南氣如幽徑蘭皆自傷清

直芬馥而遭鑠金玷玉之謗君恩以薄與古文近焉一說云白頭吟疾人相知以新間舊不能至於白首故以爲名唐元稹又有決絕詞亦出於此

錦水東流碧波蕩雙鴛鴦雄巢漢宮樹雌弄秦草芳相如去蜀謁武帝赤車駟馬生輝光一朝再覽大人作萬乘忽欲淩雲翔聞道阿嬌失恩寵千金買賦要君王相如不憶貧賤日官高金多聘私室茂陵姝子皆見求文君歡愛從此畢淚如雙泉水行墮紫羅襟五起雞三唱清晨白頭吟長吁不整綠雲鬢仰訴青天哀怨深城崩杞梁妻誰道土無心東流不作西歸水落花辭枝羞故林頭上玉燕釵是妾嫁時物贈君表相思羅袖幸時拂莫卷龍鬚席從他生網絲且留琥珀枕還有夢來時鷫鸘裘在錦屏上自君一挂無由一作人披妾有秦樓鏡照心勝照井願持照新人。雙對可憐影。覆水卻收不滿杯相如還謝文君回古來

得意不相負祇今唯有青陵臺

臨江王節士歌（漢書藝文志云臨江王及愁思節士歌詩四篇是臨江王也愁思節士也二者平列陸厥及太白之詞皆失之庾信賦云臨江王有愁思之歌亦失之矣）

洞庭白波木葉稀燕鴈始入吳雲飛吳雲寒燕鴈苦風號沙宿瀟湘浦節士感秋淚如雨白日當天心照之可以事明主壯士（一作氣）憤雄（一作寒）風生安得倚天劒跨海斬長鯨

司馬將軍歌（代隴上健兒陳安按劉曜之將平先破陳安於隴上安部下為隴上歌太白作此擬之而無悲傷壯士戰死之意未詳何說）

狂風吹古月竊弄章華臺北落明星動光彩南征猛將如雲雷（一作南方有事將軍來）手中電曳（一作曳電）倚天劒直斬長鯨海水開我見樓船壯心目頻似龍驤下三蜀揚兵習戰張虎旗江中白浪如銀屋身居玉帳臨河魁紫髯若戟冠崔嵬細柳開營揖天子始知灞上為嬰

羌笛橫吹阿嚲回向月樓中吹落梅將軍自起舞長劍壯士呼聲動九垓功成獻凱見明主丹青畫像麒麟臺

君道曲（梁之雅歌有五篇今作一章○清商曲辭）

大君若天覆廣運無不至軒后爪牙常先太山稽如心之使臂小白鴻翼於夷吾劉葛魚水本無二士扶可成牆積德為厚地

結襪子（雜曲歌辭按漢書王生使張釋之結襪而釋之名愈重太白此辭大抵言感恩之重而以命相許也）

燕南壯士吳門豪筑中置鉛魚隱刀感君恩重許君命太山一擲輕鴻毛

白紵辭三首（舞曲歌辭○郭集白紵曲白紵歌白紵辭錄者共十四家）

揚清歌（一作音）發皓齒北方佳人東鄰子且吟白紵停綠水長袖拂面為君起寒雲夜卷霜海空胡風吹天

飄塞鴻玉顏滿堂樂未終館娃日落歌吹濛
月寒江清夜沈沈美人一笑千黃金垂羅舞縠揚哀
音郢中白雪且莫吟子夜吳歌動君心動君心冀君
賞願作天池雙鴛鴦一朝飛去青雲上
吳刀翦綵一作綺縫舞衣。明粧麗服奪春輝。揚眉轉袖
若雪飛。傾城獨立世所稀激楚結風醉忘歸高堂月
落燭已微玉釵挂纓君莫違

鳴鴈行 雜曲歌辭○郭集錄者六家

胡鴈鳴辭燕山昨發委羽朝度關一一銜蘆枝南飛
散落天地閑連行接翼往復還客居煙波寄湘吳淩
霜觸雪毛體枯畏逢矰繳驚相呼聞弦虛墜良可吁
君更彈射何爲乎

鳳笙篇

仙人十五愛吹笙學得崑丘彩鳳鳴始聞鍊氣飡金

淩復道朝天赴玉京玉京迢迢幾千里鳳笙去去無窮已欲歎離聲發絳脣更嗟別調流纖指此時惜別詎堪聞此地相看未忍分重吟真曲和清吹卻奏仙歌響綠雲綠雲紫氣向函關訪道應尋緱氏山莫學吹笙王子晉一遇浮邱斷不還

清平調詞三首

雲想衣裳花想容春風拂檻露華濃若非羣玉山頭見會向瑤臺月下逢

一枝紅豔露凝香雲雨巫山枉斷腸借問漢宮誰得似可憐飛燕倚新妝

名花傾國兩相歡長得君王帶笑看解釋春風無限恨沈香亭北倚闌干

白鼻騧 橫吹曲辭○郭集錄者二家

銀一作金鞍白鼻騧綠地障泥錦細雨春風花落時一作

春風細雨花落時揮鞭直就胡姬飲

猛虎行 一作吟○相和歌辭郭集錄者十家國藩按猛虎行多言不以艱險改節太白此詩則自傷不遇耳

朝作猛虎行暮作猛虎吟 一作行亦猛虎吟坐亦猛虎吟 腸斷非關隴頭水淚下不爲雍門琴旌旆 一作旌旗 繽紛兩河道戰鼓驚山欲傾倒秦人半作燕地囚胡馬翻銜洛陽草一輪一失關下兵朝降夕叛幽薊城巨鰲未斬海水動魚龍奔走安得甯頗似楚漢時翻覆無定止朝過博浪沙暮入淮陰市張良未遇韓信貧劉項存亡在兩臣暫到下邳受兵略來投漂母作主人賢哲栖栖古如此今時亦棄青雲士有策不敢犯龍鱗竄身南國避胡塵寶書玉劍挂高閣金鞍駿馬散故人昨日方爲宣城客掣鈴交通二千石有時六博快壯心 一作快心 遶牀三匝呼一擲楚人每道張旭奇心藏風雲

世莫知三吳邦伯皆皆（一作多）顧眄四海雄俠兩追隨（一作皆相推）蕭曹曾作沛中吏攀龍附鳳當有時溧陽酒樓三月春楊花茫茫（一作漠漠）愁殺人胡鶵綠眼吹玉笛吳歌白紵飛梁塵丈夫相見（一作到處）且爲樂槌牛撾鼓會衆賓我從此去釣東海得魚笑寄情相親（旍旌以下八句敘述安史之亂頗似楚漢時以下十句借張韓以自喻有策不敢犯龍鱗以下則自敘其落魄不偶宣城溧陽皆其所經之地也）

少年行二首（雜曲歌辭○郭集錄者十四家）

五陵年少金市東銀鞍白馬度春風落花踏盡遊何處笑入胡姬酒肆中

君不見淮南少年遊俠客白日毬獵夜擁擲呼盧百萬終不惜報讎千里如咫尺少年遊俠好經過渾身裝束皆綺羅蘭蕙相隨喧妓女風光去處滿笙歌驕矜自言不可有俠士堂中養來久好鞍好馬乞與人

十千五千旋沽酒赤心用盡爲知己黄金不惜栽桃李桃李栽來幾度春一回花落一回新府縣盡爲門下客王侯皆是平交人男兒百年且樂命何須徇書受貧病男兒百年且榮身何須徇節甘風塵衣冠半是征戰士窮儒浪作林泉民遮莫枝根長百丈不如當代多還往遮莫親姻連帝城不如當身自簪纓看取富貴眼前者何用悠悠身後名

擣衣篇

閨裏佳人年十餘嚬蛾對影恨離居忽逢江上春歸鷰銜得雲中尺素書玉手開緘長歎息狂夫猶戍交河北萬里交河水北流願爲雙鳥泛中洲君邊雲擁青絲騎妾處苔生紅粉樓樓上春風日將歇誰能攬鏡看愁髮曉吹員管隨落花夜擣戍衣向明月明月高高刻漏長真珠簾箔掩蘭堂横垂寶幄同心結半

拂瓊筵蘇合香瓊筵寶幄連枝錦燈燭熒熒照孤寢有使憑將金翦刀爲君留下相思枕摘盡庭蘭不見君紅巾拭淚坐氤氳明年若更征邊塞願作陽臺一段雲（以上樂府）

襄陽歌

落日欲沒峴山西倒著接䍦（一作行客辭歸）花下迷襄陽小兒齊拍手攔街爭唱白銅鞮傍人借問笑何事笑殺山公醉似泥鸕鶿杓鸚鵡杯百年三萬六千日一日須傾三百杯遙看漢水鴨頭綠恰似蒲萄初醱醅此江若變作春酒壘麴便築糟邱臺千金駿馬換少妾醉坐雕鞍歌落梅車傍側挂一壺酒鳳笙龍管行相催咸陽市中歎黃犬何如月下傾金罍君不見晉朝羊公一片古碑材龜頭剝落生莓苔淚亦不能爲之墮心亦不能爲之哀誰能憂彼身後事金鳧銀鴨葬

死灰清風朗月不用一錢買玉山自倒非人推舒州杓力士鐺（一作黃金爵白玉瓶）李白（一作酒仙）與爾同死生襄王雲雨今安在江水東流猿夜聲

江上吟（一作江上遊）

木蘭之枻沙棠舟玉簫金管坐兩頭美酒樽（一作當）中置千斛載妓隨波任去留仙人有待乘黃鶴海客無心隨白鷗屈平詞賦懸日月楚王臺榭空山邱興酣落筆搖五岳詩成嘯傲凌滄洲功名富貴若長在漢水亦應西北流

侍從宜春苑奉詔賦龍池柳色初青聽新鶯百囀歌　長安

東風已綠瀛洲草紫殿紅樓覺春好池南柳色半青青縈煙裊娜拂綺城垂絲百尺挂雕楹上有好鳥相和鳴間關早得春風情春風卷入碧雲去千門萬戶

皆春聲是時君王在鎬京五雲垂暉耀紫清仗出金宮隨日轉天回玉輦繞花行始向蓬萊看舞鶴還過茝若聽新鶯新鶯飛繞上林苑願入簫韶雜鳳笙

玉壺吟

烈士擊玉壺壯心惜暮年三杯拂劍舞秋月忽然高詠涕泗漣（一作秋月忽高懸）鳳凰初下紫泥詔謁帝稱觴登御筵揄揚九重萬乘主謔浪赤墀青瑣賢朝天數換飛龍馬敕賜珊瑚白玉鞭世人不識東方朔大隱金門是謫仙西施宜笑復宜嚬醜女效之徒集身君王雖愛蛾眉好無柰宮中妬殺人（鳳凰以下八句皆自贊之詞西施四句傷不遇也○此間有笑歌行悲歌行二首未抄實非太白詩也郭茂倩以悲歌行錄入雜曲歌辭以笑歌行錄入新樂府辭不知有何區別殆亦强作解事不辨其爲贗作耳）

豳歌行上新平長史兄粲 陝西

豳谷稍稍振庭柯涇水浩浩揚湍波哀鴻酸嘶暮聲

急愁雲蒼慘寒氣多憶昨去家此爲客荷花初紅柳陰碧中宵出飲三百杯明朝歸揖二千石甯知流寓變光輝胡霜蕭颯繞客衣寒灰寂寞竟誰暖落葉飄揚何處歸吾兄行樂窮曛旭滿堂有美顏如玉趙女長歌入彩雲燕姬醉舞嬌紅燭狐裘獸炭酌流霞壯士悲吟甯見嗟前榮後枯相翻覆何惜餘光及棣華

西嶽雲臺歌送丹邱子

西嶽崢嶸何壯哉黃河如絲天際來黃河萬里觸山動盤渦轂轉秦地雷榮光休氣紛五彩千年一清聖人在巨靈咆哮擘兩山洪波噴流射東海一作箭射流東海三峯卻立如欲摧翠崖丹谷高掌開白帝精光運元氣石作蓮花雲作臺雲臺閣道連窈冥一作不到人中有不死丹邱生明星玉女備灑掃麻姑搔背指爪輕我皇手把天地戶丹邱談天與天語九重出入生光輝

東求蓬萊復西歸玉漿儻惠故人飲騎二茅龍上天飛

元丹邱歌

元丹邱愛一作好神仙朝飲潁川之清流暮還嵩岑之紫煙三十六峯長周旋長周旋躡星虹身騎飛龍耳生風橫河跨海與天通我知爾遊心無窮

扶風豪士歌

洛陽三月飛胡沙洛陽城中人怨嗟天津流水波赤血白骨相撐如亂麻我亦東奔向吳國一作來奔溧溪上浮雲四塞道路賒東方日出啼早鴉城門人開掃落花梧桐楊柳拂金井來醉扶風豪士家洛陽三月四句言安祿山破東京我亦東奔四句自敘避亂來吳因至扶風豪士之家扶風豪士當亦秦人而同時避亂於吳者扶風豪士天下奇意氣相傾山可移作人不倚將軍勢飲酒豈顧尚書期雕盤綺食會衆客吳歌趙舞香風

吹原嘗春陵六國時開心寫意君所知堂中各有三千士明日報恩知是誰撫長劍一揚眉清水白石何離離脫吾帽向君笑飲君酒爲君吟張良未逐赤松去橋邊黃石知我心（扶風豪士天下奇以下十句專贊其豪俠奇偉撫長劍以下九句自述其高懷逸志）

同族弟金城尉叔（一作升）卿燭照山水壁畫歌

高堂粉壁圖蓬瀛燭前一見滄洲清洪波洶湧山崢嶸皎若丹邱隔海望赤城光中乍喜嵐氣滅謂逢山陰晴後雪迴谿碧流寂無喧又如秦人月下窺花源了然不覺清心魂祇將疊嶂鳴秋猿與君對此歡未歇放歌行吟達明發卻顧海客揚雲帆便欲因之向溟渤

白毫子歌

淮南小山白毫子乃在淮南小山裏夜臥松下雲朝

飧石中髓小山連聯一作緜向山開碧峯巉巖淥水迴
余配白毫子獨酌流霞杯拂花弄琴坐青苔綠蘿樹
下春風來南窗蕭颯松聲起憑崖一聽清心耳可得
見未不一作得親八公攜手五雲去空餘桂樹愁殺人

梁園吟一作梁園醉酒歌○玩詩指蓋公泝黃河而西赴長安過梁園時懷古而作也不知定在何時或祿山未亂以前耳

我浮一作乘黃河一作雲去京闕挂席欲進一作往波連山
天長水闊厭遠涉訪古始及平臺閒平臺為客憂思
多對酒一作醉來遂作梁園歌卻憶蓬池阮公詠因吟淥
水揚洪波洪波浩蕩迷舊國路遠西歸安可得人生
達命豈假愁且飲美酒登高樓平頭奴子搖大扇五
月不熱疑一作如清秋玉一作素盤楊一作青梅為君設吳
鹽如花皎白一作如雪持鹽把酒但飲之莫學夷齊事
高潔一作何用孤高比雲月又作咄咄書空字還滅昔人豪賢信陵君今人

耕種信陵墳荒城虛一作遠照碧山月古木盡入蒼梧雲梁王宮闕一作賓客今安在枚馬先歸不相待舞影歌聲散淥池空餘汴水東流海沈吟此事淚滿衣黃金買醉未能一作莫言歸連呼五白行一作投六博分曹賭酒酣一作看馳暉歌且謠意方遠東山高臥時一作忽又作還起來欲濟蒼生未應晚

鳴皐歌送岑徵君時梁園三尺雪在清泠池作

若有人兮思鳴皐阻積雪兮心煩勞洪河淩兢不可以徑度冰龍鱗兮難容舠邈仙山一作神仙之峻極兮聞天籟之嘈嘈霜崖縞皓以合沓兮若長風一作虹扇海湧滄溟之波濤元猿綠羆舔舕岌一作崟危咆柯振石駭膽慄魄羣呼而相號峯崢嶸以路絕挂星辰於巖嶔送君之歸兮動鳴皐之新作交鼓吹兮彈絲觴清泠之池閣君不行兮何待若返顧之黃鶴掃梁園之

羣英振大雅於東洛巾征軒兮歷阻折尋幽居兮越巘崿盤白石兮坐素月琴松風兮寂一作昇萬壑望不見兮心氛氳蘿冥冥兮霰紛紛水橫洞以下綠波小聲而上聞虎嘯谷而生風龍藏谿而吐雲冥一作寡鶴清唳飢鼯嚬呻塊獨處此幽默兮愀一作啼空山而一作兮愁人雞聚族以爭食鳳孤飛而無鄰蝘蜓嘲龍魚目混珍嫫母衣錦西施負薪若使巢由桎梏於軒冕兮亦奚異乎夔龍蹩躠於風塵哭何苦而救楚笑何誇而卻秦吾誠不能學二子沽名矯節以耀世兮固將棄天地而遺身白鷗兮飛來長與君兮相親

鳴皋歌奉餞從翁清歸五崖山居

昨憶鳴皋夢裏還。手弄素月清潭間。覺時枕席非碧山。側身西望阻秦關。麒麟閣上春還早。著書卻憶伊陽好青松來風吹石道綠蘿飛花覆煙草我家仙公愛清真才雄草聖淩古人欲臥鳴皐絕世塵鳴皐微茫在何處五崖峽(一作溪)水橫樵路身披翠雲裘袖拂紫煙(一作雲)去去時應過嵩少閒相思爲折三花樹(鳴皐山在河南府陸渾縣故曰伊陽公此時與從翁俱在梁園故從翁歸鳴皐應由嵩少經過也)

僧伽歌

真僧法號號僧伽。有時與我論三車。問言誦咒幾千徧。口道恆河沙復沙。此僧本住南天竺爲法頭陀來此國戒得長天秋月明。心如世上青蓮色。意清淨貌稜稜亦不減亦不增瓶裏千年舍利骨手中萬歲胡孫藤嗟予落泊江淮久罕遇真僧說空有一言懺盡波羅夷再禮渾除犯輕垢

白雲歌送劉十六歸山

楚山秦山皆白雲白雲處處長隨君長隨君君入楚山裏雲亦隨君渡湘水湘水上。女蘿衣。白雲堪臥君

早歸。

金陵歌送別范宣（金陵）

石頭巉巖如虎踞。凌波欲過滄江去。鍾山龍盤走勢來。秀色橫分歷陽樹。四十餘帝三百秋。功名事蹟隨東流。白馬小兒誰家子。泰清之歲來關囚。（一作白馬金鞍誰家子吹唇虎嘯鳳皇樓）金陵昔時何壯哉。席卷英豪天下來。冠蓋散爲煙霧盡。金輿玉座成寒灰。扣劍悲吟空咄嗟。梁陳白骨亂如麻。天子龍沈景陽井。誰歌玉樹後庭花。此地傷心不能道。目（一作日）下離離長春草。送爾長江萬里心。他年來訪南山皓。

勞勞亭歌（在江甯縣南十五里古送別之所一名臨滄觀）

金陵勞勞送客堂。蔓草離離生道旁。古情不盡東流水。此地悲風愁白楊。我乘素舸同康樂。朗詠清川飛夜霜。昔聞牛渚吟五章。今來何謝袁家郎。苦竹寒聲

動秋月獨宿空簾歸夢長既以康樂自比又以袁宏自比但恨無邂逅相知如謝尚者致寂寂獨宿空簾耳

金陵城西樓月下吟

金陵夜寂一作靜涼風發獨上高一作西樓望吳越白雲映水搖空一作秋城白露垂珠滴秋月一作沾衣澄秋月月下沈一作長吟久不歸古來一作今相接眼中稀解道澄江淨如練。令人長一作還憶謝元暉。

東山吟去江甯城三十五里晉謝安攜妓之所一云醉過謝安東山

攜妓東土山悵然悲謝安我妓今朝如花月他妓古墳荒草寒白雞夢後五一作三百歲。謝安嘗夢見白雞後太歲在酉而卒灑酒澆君同所懽。酣來自作青海舞秋風吹落紫綺冠彼亦一時此亦一時浩浩洪流之一作高詠何必奇浩浩洪流帶我邦畿稽康詩也太白之意謂不戀戀於王畿耳

當塗趙炎少府粉圖山水歌

峨眉高出西極天羅浮直與南溟連名工繹思揮彩筆驅山走海置眼前滿堂空翠如可掃赤城霞氣蒼梧煙洞庭瀟湘意渺緜三江七澤情洄沿驚濤洶湧向何處孤舟一去迷歸年征帆不動亦不旋飄如隨風落天邊心搖目斷興難盡幾時可到三山巔西峯崢嶸噴流泉橫石蹙水波潺湲東崖合沓蔽輕霧深林雜樹空芊緜此中冥昧失晝夜隱机寂聽無鳴蟬長松之下列羽客對坐不語南昌仙南昌仙人趙夫子妙年歷落青雲士訟庭無事羅衆賓杳然如在丹青（一作霄）裏五色粉圖安足珍真山可以全吾身若待功成拂衣去武陵桃花笑殺人

峨眉山月歌送蜀僧晏入中京

我在巴東三峽時西看明月憶峨眉月出峨眉（一作峨眉山月）照滄海與人萬里長相隨黃鶴樓前月華白此中

忽見峨眉客峨眉山月還送君風吹西到長安陌長安大道橫九天峨眉山月照秦川黃金師子承高座白玉麈尾談重元我似浮雲滯吳越君逢聖主遊丹闕一振高名滿帝都歸時（一作來）還弄峨眉月（觀黃鶴樓前二句太白時在江夏見僧晏也我滯吳越句當指前事言之耳）

赤壁歌送別（江夏）

二龍爭戰決雌雄赤壁樓船掃地空烈火張天照雲海周瑜於此破曹公君去滄江望（一作弄）澄碧鯨鯢唐突留餘跡一一書來報故人我欲因（一作觀）之壯心魄

江夏行

憶昔嬌小姿春心亦自持爲言嫁夫壻得免長相思誰知嫁商賈令人卻愁苦自從爲夫妻何曾在鄉土去年下揚州相送黃鶴樓眼看帆去遠心逐江水流只言期一載誰謂歷三秋使妾腸欲斷恨君情悠悠

東家西舍同時發北去南來不逾月未知行李遊何方作箇音書能斷絕適來往南浦欲問西江船正見當壚女紅妝二八年一種爲人妻獨自多悲悽對鏡便垂淚逢人只欲啼不如輕薄兒旦暮長追隨悔作商人婦青春長別離如今正好同懽樂君去容華誰得知

懷仙歌

一鶴東飛過滄海放心散漫知何在仙人浩歌望我來應攀玉樹長相待堯舜之事不足驚自餘嚣嚣直可輕巨鼇莫載三山去吾（一作我）欲蓬萊頂上行

酬殷佐明見贈五雲裘歌（謝朓宅在當塗青山下）

我吟謝朓詩上語朔風颯颯吹飛雨謝朓已沒青山空後來繼之有殷公粉圖珍裘五雲色曄如晴天散綵虹文章彪炳光陸離應是素娥玉女之所爲輕如

松花落金粉濃似苔錦含碧滋遠山積翠橫海島殘霞霏丹映江草凝毫採掇花露容幾年功成奪天造故人贈我我不違著令山水含晴暉一作清輝頓驚謝康樂詩興生我衣襟前林瑩斂瞑色。袖上煙霞收夕霏。羣仙長歎驚此物千崖萬嶺相縈鬱身騎白鹿行飄颻手翳紫芝笑披拂相如不足誇鸕鷀王恭鶴氅安可方瑤臺雪花數千點片片吹落春風香爲君持此淩蒼蒼上朝三十六玉皇下窺夫子不可及矯手相思空斷腸

臨路歌

大鵬飛兮振八裔中天摧兮力不濟餘風激兮萬世遊扶桑兮挂石袂後人得之傳此仲尼亡乎誰爲出涕

草書歌行

少年上人號懷素草書天下稱獨步墨池飛出北溟魚筆鋒殺盡中山兔八月九月天氣涼酒徒詞客滿高堂牋麻素絹排數箱宣州石硯墨色光吾師醉後倚繩牀須臾掃盡數千張飄風驟雨驚颯颯落花飛雪何茫茫起來向壁不停手一行數字大如斗怳怳如聞神鬼驚時時只見龍蛇走左盤右旋如驚電狀同楚漢相攻戰湖南七郡凡幾家家家屏障書題徧王逸少張伯英古來幾許浪得名張顛老死不足數我師此義不師古古來萬事貴天生何必要公孫大娘渾脫舞

山鷓鴣詞

苦竹嶺頭秋月輝苦竹南枝鷓鴣飛嫁得燕山胡鴈壻欲銜我向鴈門歸山雞翟雉來相勸南禽多被北禽欺紫塞嚴霜如劍戟蒼梧欲巢難背違我心誓死

不能去哀鳴驚叫淚霑衣

和盧侍御通塘曲

君誇通塘好通塘勝耶溪通塘在何處宛在尋陽西
青蘿裊裊拂煙樹白鷳處處聚沙堤石門中斷平湖
出百丈金潭照雲日何處滄浪垂釣翁鼓棹漁歌趣
非一相逢不相識出沒繞通塘浦邊清水明素足別
有浣紗吳女郎行盡綠潭潭轉幽疑是武陵春碧流
秦人雞犬桃花裏將比通塘渠見羞通塘不忍別十
去九遲迴偶逢佳境心已醉忽有一鳥從天來月出
青山送行子四邊苦竹秋聲起長吟白雪望星河雙
垂兩足揚素波梁鴻德耀會稽日甯知此中樂事多

結句似與起句相應言會稽雖有耶溪尚不如尋陽之通塘會稽之梁孟尚不如尋陽之盧侍御也

少贈郭將軍

將軍　年出武威入掌銀臺護紫微平明拂劍朝天

去薄暮垂鞭醉酒歸愛子臨風吹玉笛美人騰一作向又作嬌月舞羅衣嚋昔雄豪如夢裏相逢且欲醉春輝一云今日相逢俱失路何年灞上弄春輝

駕去溫泉宮後贈楊山人

少年落拓楚漢閒風塵蕭瑟多苦顏自言介蠆一作管葛竟誰許長吁莫錯還閉關一朝君王垂拂拭剖心輸丹雪胸臆忽逢白日迴景光直上青雲生羽翼幸陪鑾輦出鴻都身騎飛龍天馬駒王公大人借顏色金章紫綬來相趨當時結交何紛紛片言道合唯有君待吾盡節報明主然後相攜一作攜手滄州臥白雲

贈裴十四

朝見裴叔則朗如行玉山黃河落天走東海萬里寫入胸懷閒身騎白黿不敢度金高南山買君顧徘徊六合無相知飄若浮雲且西去

上李邕

大鵬一日同風起摶搖直上九萬里假令風歇時下來猶能擲卻滄溟水世人見我恆殊調見余大言皆冷笑宣父猶能畏後生丈夫未可輕年少

述德兼陳情上哥舒大夫

天爲國家孕英才森森矛戟擁靈臺浩蕩深謀噴江海縱橫逸氣走風雷丈夫立身有如此一呼三軍皆披靡衞青漫作大將軍白起眞成一豎子

走筆贈獨孤駙馬

都尉朝天躍馬歸香風吹人花亂飛銀鞍紫鞚照雲日左顧右盼生光輝是時僕在金門裏待詔公車謁天子長揖蒙垂國士恩壯心剖出酬知己一別蹉跎朝市間青雲之交不可攀儻其公子重迴顧何必侯嬴長抱關此闕有雜言用投丹陽知己兼奉宣慰判官一首幾不可句讀不復抄之

醉後贈從甥高鎮

馬上相逢揖馬鞭客中相見客中憐欲邀擊筑悲歌飲正值傾家無酒錢江東風光不借人枉殺落花空自春黃金逐手快意盡昨日破產今朝貧丈夫何事空嘯傲不如燒卻頭上巾君爲進士不得進我被秋霜生旅鬢時清不及英豪人三尺童兒唾廉藺匣中盤卻裴鋸魚閑在腰間未用渠且將換酒與君醉醉歸託宿吳鱄諸

贈潘侍御論錢少陽

繡衣柱史何昂藏鐵冠白筆橫秋霜三軍論事多引納堦前虎士羅干將雖無二十五老者且有一翁錢少陽眉如松雪齊四皓調笑可以安儲皇君能禮此最下士九州拭目瞻清光

流夜郎贈辛判官流夜郎

昔在長安醉花柳五侯七貴同杯酒氣岸遙凌豪士前風流肯落他一作誰又作諸人後夫子紅顔我少年章臺走馬著金鞭文章獻納麒麟殿歌舞淹留玳瑁筵與君自謂長如此甯知草動風塵起函谷忽驚胡馬來秦宮桃李向胡開我愁遠謫夜郎去何日金雞放赦迴

江上贈竇長史

漢求季布魯朱家楚逐伍胥去章華萬里南遷夜郎國三年歸及長風沙聞道青雲貴公子錦帆遊弈西江水人疑天上坐樓船水淨霞明兩重綺相約相期何太深棹歌搖艇月中尋不同珠履三千客別欲論交一片心

贈漢陽輔錄事

鸚鵡洲橫漢陽渡水引寒煙沒江樹南浦登樓不見

君君今罷官在何處漢口雙魚白錦鱗令傳尺素報情人其中字數無多少祇是相思秋復春

江夏贈韋南陵冰

胡驕馬驚沙塵起胡雛飲馬天津水君爲張掖近酒泉我竄三巴九千里天地再新法令寬夜郎遷客帶霜寒西憶故人不可見東風吹夢到長安甯期此地忽相遇驚喜茫如墮煙霧玉簫金管喧四筵苦心不得申一一作長句以上喜遷謫後相遇昨日繡衣傾綠樽繡衣當即指潘侍御病如桃李竟何言昔騎天子大宛馬今乘款段諸侯門賴遇南平豁方寸南平指從弟之遙也復兼夫子持清論有似山開萬里雲四望青天解人悶人悶還心悶苦辛長苦辛愁來飲酒二千石寒灰重暖生陽春山公醉後能騎馬別是風流賢主人頭陀雲月多僧氣頭陀寺在鄂州宋大明五年建山水何曾稱人意不然一作能鳴笳按鼓

戲滄流呼取江南女兒歌棹謳我且爲君搥碎黃鶴樓君亦爲吾倒卻鸚鵡洲赤壁爭雄如夢裏且須歌舞寬離憂

贈從弟南平太守之遙（時因飲酒過度貶武陵後詩故贈）

少年不作意落拓無安居願隨任公子欲釣吞舟魚常時飲酒逐風景壯心遂與功名疏蘭生谷底人不鋤雲在高山空卷舒漢家天子馳駟馬赤車蜀道迎相如天門九重謁聖人龍顏一解四海春彤庭左右呼萬歲拜賀明主收沈淪翰林秉筆迴英眄麟閣崢嶸誰可見承恩初入銀臺門（一作承恩侍從甘泉宮）著書獨在金鑾殿龍駒雕鐙白玉鞍象牀綺食（一作席）黃金盤當時笑我微賤者卻來請謁爲交歡一朝謝病遊江海疇昔相知幾人在前門長揖後門關今日結交明日改愛君山嶽心不移隨君雲霧迷所爲夢得池塘生

春草使我長價登樓詩別後遙傳臨海作可見羊何共和之（謝靈運與從弟惠連東海何長瑜潁川荀雍太山羊璿爲四友）

對雪醉後贈王歷陽

有身莫犯飛龍鱗有手莫辮猛虎鬚君看昔日汝南市白頭仙人隱玉壺子猷聞風動窗竹相邀共醉杯中綠歷陽何異山陰時白雪飛花亂人目君家有酒我何愁客多樂酣秉燭遊謝尚自能鸜鵒舞相如免脫鷫鸘裘清晨興罷（一作鼓棹）過江去他日西看卻月樓（一作千里相思明月樓）

春日獨坐寄鄭明府

鷰麥青青遊子悲河堤弱柳鬱金枝長條一拂春風去盡日飄揚無定時我在河南別離久那堪對此當窗牖情人道來竟不來何人共醉新豐酒

寄王屋山人孟大融

我昔東海上勞山飡紫霞親見安期公食棗大如瓜中年謁漢主不愜還歸家朱顏謝春暉白髮見生涯所期就金液飛步登雲車願隨夫子天壇上閑與仙人掃落花

憶舊遊寄譙郡元參軍 金陵

憶昔洛陽董糟丘爲余天津橋南造酒樓黃金白璧買歌笑一醉累月輕王侯海內賢豪青雲客就中與君一作與君一見心莫逆迴山轉海不作難傾情倒意無所惜我向淮南攀桂枝君留洛北愁夢思以上洛陽相會旋即相別不忍別還相隨相隨迢迢訪仙城三十六曲水迴縈一溪初入千花明萬壑度盡松風聲銀鞍金絡到平地漢東太守來相迎紫陽之真人邀我吹玉笙飡霞樓上動仙樂嘈然宛似鸞鳳鳴袖長管催欲輕舉漢中太守醉起舞一作漢東太守醉歌舞手持錦袍覆我身我醉

橫眠枕其股以上漢陽相會旋又相別當筵意氣淩九霄星離雨

散不終朝分飛楚關山水遙余既還山尋故巢君亦

歸家度渭橋君家嚴君勇貔虎作尹并州遏戎虜五

月相呼度太行摧輪不道羊腸苦行來北涼歲月深

感君貴義輕黃金瓊杯綺食青玉案使我醉飽無歸

心時時出向城西曲晉祠流水如碧玉浮舟弄水簫

鼓鳴微波龍鱗莎草綠興來攜妓恣經過其若楊花

似雪何紅一作鮮妝欲醉宜斜日一作如花落百尺清潭寫

翠娥翠娥嬋娟初月輝美人更唱舞羅衣清風吹歌

入空去歌曲自繞行雲飛以上晉州相會旋又相別此時行一作歡

樂難再遇西遊因獻長楊賦北闕青雲不可期東山

白首一作髮還歸去渭橋南頭一作渦水橋南一遇君酇臺之

北又離羣以上關中相會旋又相別四會四別統名曰憶舊遊問余別恨今多

少落花春暮爭紛紛一作鶯飛求友滿芳樹落花送客何紛紛言一作情亦

不可盡情（一作言）亦不可極呼兒長跪緘此辭寄君千里遙相憶

寄韋南陵冰余江上乘興訪之遇尋顏尚書笑有此贈

南船正東風北船來自緩江上相逢借問君語笑（一作聲）未了風吹斷聞君攜妓訪情人應爲尚書不顧身堂上珠履三千客甕中百斛金陵春恨我阻此樂淹留楚（一作此）江濱月色醉遠客山花開欲然春風狂殺人一日劇三年乘興嫌太遲焚卻子猷船夢見五柳枝已堪挂馬鞭何日到彭澤長（一作狂）歌陶令前

廬山謠寄盧侍御虛舟

我本楚狂人鳳謌笑（一本作哭）孔邱手持綠玉杖（一作枝）朝別黃鶴樓五嶽尋仙不辭遠一生好入名山遊廬山秀出南斗傍屏風九疊雲錦張影落明湖青黛光金

闕前開二峯帳銀河倒挂（一作瀉）三石梁香爐瀑布遙相望迴崖沓嶂（一作何）蒼蒼翠影紅霞映朝日（一作照千里）鳥飛不到吳天長登高壯觀天地閒大江茫茫去不還黃雲萬里動風色白波九道流雪山好爲廬山謠興因廬山發閑窺石鏡清我心謝公行處蒼苔沒（一作綠蘿開處懸明月）早服還丹無世情琴心三疊道初成遙見仙人綵雲裏手把芙蓉朝玉京先期汗漫九垓上願接盧敖遊太清

自漢陽病酒歸寄王明府（回江夏）

去歲左遷夜郎道琉璃硯水長枯槁今年勅放巫山陽蛟龍筆翰生輝光聖主還聽子虛賦相如卻欲論文章願掃鸚鵡洲與君醉百場嘯起白雲飛七澤歌吟綠水動三湘莫惜連船沽美酒千金一擲買春芳

早春寄王漢陽

聞道春還未相識走傍寒梅訪消息昨夜東風入武陽（一作昌）陌頭楊柳黃金色碧水浩浩雲茫茫美人不來空斷腸預拂青山一片石與君連日醉壺觴

涇溪東亭寄鄭少府諤（宣城）

我遊東亭不見君沙上行將白鷺羣白鷺閑時散飛去又如雪點青山雲欲往涇溪不辭遠龍門蹙波虎眼轉杜鵑花開春已闌歸向陵陽釣魚晚

夢遊天姥吟留別（一作別東魯諸公）

海客談瀛洲煙濤微茫（一作瀰漫）信難求越人語（一作道）天姥雲霓明滅或（一作安）可覩天姥連天向天橫勢拔五嶽掩赤城天台四萬八千丈對此欲（一作絕）倒東南傾我欲因之（一作冥搜）夢吳越一夜飛度鏡湖月湖月照我影送我至剡谿謝公宿處今尚在綠水蕩漾清猿啼腳著謝公屐身登青雲梯半壁見海日空中聞天雞

千巖萬轉路不定迷花倚石忽已暝熊咆龍吟殷巖泉慄深林兮驚層巔雲（一作楓）青青兮欲雨水澹澹兮生煙列缺霹靂邱巒崩摧洞天石扇（一作扉）訇然中（一作而）開青冥浩蕩不見底日月照耀金銀臺霓爲衣兮鳳爲馬雲之君兮紛紛而來下虎鼓瑟兮鸞回車仙之人兮列如麻忽魂悸以魄動怳驚起而長嗟惟覺時之枕席失向來之煙霞世間行樂亦如此古來萬事東流水別君去兮何時還且放白鹿青崖間須行卽騎訪名山安能摧眉折腰事權貴使我不得開心顏

留別于十一兄逖裴十三遊塞垣

太公渭川水李斯上蔡門釣周獵秦安黎元小魚鯢兎何足言天張雲卷有時節吾徒莫歎羝觸藩于公白首大梁野使人悵望何可論既知朱亥爲壯士且

願東心秋毫裏秦趙虎爭血中原當去抱關救公子裴生覽千古龍鸞炳天章悲（一作高）吟雨雪動林木放書輟劍思（一作悲）高堂勸爾一杯酒拂爾裘上霜爾爲我楚舞吾爲爾楚歌且探虎穴向沙漠鳴鞭走馬凌黃河恥作易水別臨岐淚滂沱

金陵酒肆留別

白門柳花滿（一作酒）店香吳姬壓酒喚客嘗金陵子弟來相送欲行不行各盡觴請君問取東流水別意與之誰短長

南陵別兒童入京（一云古意）

白酒新（一作初）熟山中歸黃雞啄黍秋正肥呼童烹雞酌白酒兒女歌笑牽人衣高歌取醉欲自慰起舞落日爭光輝遊說萬乘苦不早著鞭跨馬涉遠道會稽愚婦輕買臣余亦辭家西入（一作西方）秦仰天大笑出門

去我輩豈是蓬蒿人

別山僧 涇縣作

何處名僧到水西乘舟一作杯弄月宿涇溪平明別我上山去手攜金策踏雲梯騰身轉覺三天近舉足迴看萬嶺低謔浪肯居支遁下風流還與遠公齊此度別離何日見相思一夜暝猿啼

魯郡堯祠送竇明府薄華還西京 時久病初起作

朝策犂眉騧舉鞭力不堪强扶愁疾向何處角巾微服一作步堯祠南長楊掃地不見日石門噴作金沙潭笑誇故人一作笑謔伯明指絕境山光水色青於藍廟中往往來擊鼓堯本無心爾何苦門前長跪雙石人有女如花日歌舞銀鞭繡轂往復迴簸林蹶石鳴風雷遠煙空翠時明滅白鷗歷亂長飛雪紅泥亭子赤一作朱欄干碧流環轉青錦湍深沈百丈洞海底那知不有

蛟龍盤（以上均敘堯祠風景以下詠詭跌宕變化離合不可方物矣）君不見綠珠潭水流東海綠珠紅粉沉光彩（一作白首同歸翳光彩）綠珠樓下花滿園今日曾無一枝在昨夜秋聲閶闔來洞庭木落騷人哀遂將三五少年輩登高送遠（一作遠望）形神開生前一笑輕九鼎魏武何悲銅雀臺我歌白雲倚窗牖（一作大開口）爾聞其聲但揮手長風吹月渡海來遙勸仙人一杯酒酒中樂酣宵向分舉觴酹堯堯可聞何不令皐繇（一作陶）擁篲橫八極直上青天揮（一作掃）浮雲高陽小飲真瑣瑣山公酩酊何如我竹林七子去道賒蘭亭雄筆安足誇（賒遠也謂竹林諸子去道甚遠也四句評貶古人之豪飲嘉宴不足尚也）堯祠笑殺五（一作鏡）湖水至今憔悴空荷花爾向西秦我東越暫向瀛洲訪金闕藍田太白若可期爲余掃灑石上月

單父東樓秋夜送族弟沉之秦（一作西京）時凝弟在

席

爾從咸陽來問我何勞苦沐猴而冠不足言身騎土牛滯東魯況弟欲行凝弟留孤飛一鴈秦雲秋坐來黃葉落四五北斗已（一作稍）挂西城樓絲桐感人絃亦已（一作絕）滿堂送客皆惜別卷簾見月清興來疑是山陰夜中雪明日斗酒別惆悵清路塵遙望長安日不見長安人長安宮闕九天上此地曾經爲近臣一朝復一朝白髮心不改屈平顦顇滯江潭亭伯流離放遼海折翮翻飛隨轉蓬（一作翼短天長去不窮）聞弦虛墜下霜空聖朝久棄青雲士他日誰憐張長公（一作誰肯相思張長公）○

自長安宮闕至末皆太白自傷曾爲近臣有流落天涯之感

灞陵行送別 長安

送君灞陵亭灞水流浩浩上有無花之古樹下有傷心之春草我向秦人問路岐云是王粲南登之古道

古道連緜走西京紫闕落日浮雲生正當今夕斷腸處驪歌愁絕不忍聽

送羽林陶將軍

將軍出使擁樓船江上旌旗拂紫煙萬里橫戈探虎穴三杯拔劍舞龍泉莫道詞人無膽氣臨行將贈繞朝鞭

送程劉二侍御兼獨孤判官赴安西幕府

安西幕府多才雄喧喧唯道三數公繡衣貂裘明積雪飛書走檄如飄風朝辭明主出紫宮銀鞍送別金城空天外飛霜下蔥海火旗雲馬生光彩胡塞塵清計日歸漢家草綠遙相待

同王昌齡送族弟襄歸桂陽 一作同王昌齡崔國輔送李舟歸郴州

爾家何在瀟湘川青莎白石長江邊昨夢江花照江

日幾枝正發東窗前覺來欲往心悠然魂隨越鳥飛南天秦雲連山海相接桂水橫煙不可涉送君此去令人愁風帆茫茫隔河洲春潭瓊草綠可折西寄長安明月樓

送別

尋陽五溪水沿洄直入巫山裏勝境由來人共傳君到南中自稱美送君別有八月秋颯颯蘆花復益愁雲帆望遠不相見日暮長江空自流

送族弟綰一作琯從軍安西

漢家兵馬乘北風鼓行而一作向西破犬戎爾隨漢將一作揮長劍爾出門去剪虜若草收奇功君王按劍望邊色旄頭已落胡天空匈奴繫頸數應盡明年應一作驅入蒲桃宮

送祝八之江東賦得浣紗石 峽西

西施越溪女明豔光雲海未（一作來）入吳王宮殿時浣紗古石（一作石古）今猶在桃李新開映古（一作杏）査菖蒲猶短出平沙昔時紅粉照流水今日青苔覆落花君去西秦適東越碧山青江幾超忽若到天涯思故人浣紗石上窺明月

送蕭三十一之魯中兼問稚子伯禽

六月南風吹白沙吳牛喘月氣成霞水國鬱（一作歊）蒸不可處時炎道遠無行車夫子如何涉江路雲帆嫋嫋金陵去高堂倚門望伯魚魯中正是趨庭處我家寄在沙邱傍三年不歸空斷腸君行既識伯禽子應駕小車騎白羊

白雲歌送友人

楚山秦山多白雲白雲處處長隨君君今還入楚山裏雲亦隨君渡湘水水上女蘿衣白雲早臥早行君

早起

送舍弟

吾家白額駒遠別臨東道他日相思一夢君應得池塘生春草

與諸公送陳郎將歸衡陽 并序

仲尼旅人文王明夷苟非其時聖賢低眉況僕之不肖者而遷逐枯槁固非其宜朝心不開暮髮盡白而登高送遠使人增愁陳郎將義風凜然英思逸發來下曹城之榻去邀才子之詩動清興於中流泛素波而徑去諸公仰望不及連章祖之序慙起予輒冠名賢之首作者嗤我乃爲撫掌之資乎

衡山蒼蒼入紫冥下看南極老人星迴飆吹散五峯雪往往飛花落洞庭氣清嶽秀有如此郎將一家拖

金紫門前食客亂浮雲世人皆比孟嘗君江上送行
無白璧臨歧惆悵若爲分

宣州謝脁樓餞別校書叔雲（一作陪侍御叔華登樓歌）

棄我去者昨日之日不可留亂我心者今日之日多
煩憂長風萬里送秋鴈對此可以酣高樓蓬萊文章
建安骨中閒小謝又清發俱懷逸興壯思飛欲上青
天（一作雲）攬明月抽刀斷水水更流舉杯消愁愁更（一作
復）愁人生（一作男兒）在世不稱意明朝散髮弄扁舟（一作舉棹
還滄洲）

酬宇文少府見贈桃竹書筒

桃竹書筒綺繡文良工巧妙稱絕羣靈心圓映三江
月彩質疊成五色雲中藏寶訣峨眉去千里提攜長
憶君

早秋單父南樓酬竇公衡

白露見日滅紅顏隨霜凋別君若俯仰春芳辭秋條
太山嵯峨夏雲在疑是白波漲東海散爲飛雨川上
來遙帷卻卷清浮埃知君獨坐青軒下此時結念同
懷者我閉南樓著道書幽簾清寂若仙居曾無好事
來相訪賴爾高文一起予

酬張司馬贈墨 吳中

上黨碧松煙夷陵丹沙末蘭麝凝珍墨精光乃堪掇
黃頭奴子雙鴉鬟錦囊養之懷袖閒今日贈余蘭亭
去興來灑筆會稽山

酬中都小吏攜斗酒雙魚於逆旅見贈 齊魯

魯酒若琥珀（一作琥珀色）汶魚紫錦鱗山東豪吏有俊氣
手攜（一作持）此物贈遠人意氣相傾兩相顧斗酒雙魚
表情素酒來我飲之鱠作別離處雙鰓呀呷鰭鬣張
跋刺銀盤欲飛去呼兒拂几霜刃揮紅肥花落白雪

霏爲君下筯一餐飽（一作罷）醉著金鞭上（一作走）馬歸

答王十二寒夜獨酌有懷（再入吳中）

昨夜吳中雪子猷佳興發萬里浮雲卷碧山青天中道流孤月孤月蒼浪河漢清北斗錯落長庚明懷余對酒夜霜白玉牀金井冰崢嶸人生飄忽百年內且須酣暢萬古情君不能狸膏金距學鬬雞坐令鼻息吹虹霓君不能學哥舒橫行青海夜帶刀西屠石堡取紫袍吟詩作賦北窗裏萬言不直一杯水世人聞此（一作之）皆掉頭有如東風射馬耳魚目亦笑我請（一作謂）與明月同騂騮拳跼不能食蹇驢得志鳴春風折楊黃花合流俗晉君聽琴枉清角巴（一作幾）人誰肯和陽春楚地由來賤奇璞黃金散盡交不成白首爲儒身被輕一談一笑失顔色蒼蠅貝錦喧謗聲曾參豈是殺人者讒言三及慈母驚與君論心握君手榮辱

於余亦何有孔聖猶聞傷鳳麟董龍更是何雞狗一生傲岸苦不諧恩疏媒勞志多乖嚴陵高揖漢天子何必長劍拄頤事玉階達亦不足貴窮亦不足悲韓信羞將絳灌比禰衡恥逐屠沽兒君不見李北海英風豪氣今何在君不見裴尚書土墳三尺蒿棘一作下居少年早欲五湖去見此彌將鐘鼎疏

醉後答丁十八以詩譏予搥碎黃鶴樓

黃鶴高樓已搥碎黃鶴仙人無所依黃鶴上天訴玉帝卻放黃鶴江南歸神明太守再雕飾新圖粉壁還芳菲一州笑我爲狂客少年往往來相譏君平簾下誰家子云是遼東丁令威作詩掉我驚逸興白雲遶筆窗前飛待取明朝酒醒罷與君爛漫尋春暉

答杜秀才五松山見贈五松山南陵銅坑西五六里○宣城

昔獻長楊賦天開雲雨歡當時待詔承明裏皆道揚

雄才可觀勅賜飛龍二天馬黃金絡頭白玉鞍浮雲
蔽日去不返總爲秋風摧紫蘭角巾東出商山道採
秀行歌詠芝草路逢園綺笑向人而君解來一何好
聞道金陵龍虎盤還同謝朓望長安千峯夾水向秋
浦五松名山當夏寒銅井炎鑪敲九天秋浦有銅有銀南陵有銅
官冶卽梅根冶也赫如鑄鼎荊山前陶公攫爍呵赤電回祿
睢盱揚紫煙此中豈是久留處便欲燒丹從列仙愛
聽松風且高臥颼颼吹盡炎氛過登崖獨立望九州
陽春欲奏誰相和聞君往年遊錦城章仇尚書倒屣
迎飛牋絡繹奏明主天書降問迴恩榮骯髒不能就
珪組至今空揚高蹈名夫子工文絕世奇五松新作
天下推吾非謝尚邀彥伯異代風流各一時一時相
逢樂在今袖拂白雲開素琴彈爲三峽流泉音從茲
一別武陵去去後桃花春水深

攜妓登梁王棲霞山孟氏桃園中

碧草已滿地與柳梅爭春謝公自有東山妓金屏笑坐如花人今日非昨日明日還復來白髮對綠酒强歌心已摧君不見梁王池上月昔照梁王樽酒中梁王已去明月在黃鸝愁醉啼春風分明感激眼前事莫惜醉臥桃園東

把酒問月 故人賈淳令余問之

青天有月來幾時我今停杯一問之人攀明月不可得月行卻與人相隨皎如飛鏡臨丹闕綠煙滅盡清暉發但見宵從海上來寧知曉向雲間沒白兔擣藥秋復春姮娥孤棲與誰鄰今人不見古時月今月曾經照古人古人今人若流水共看明月皆如此唯願當歌對酒時月光長照金罇裏

下途歸石門舊居 吳中

吳山高越水清握手無言傷別情將欲辭君挂帆去
離魂不散煙郊樹此心鬱悵誰能論有愧叨承國士
恩雲物共傾三月酒歲時同餞五侯門羨君素書常
滿篋含丹照白霞色爛余嘗學道窮冥筌夢中往往
遊仙山何當脫屣謝時去壺中別有日月天俛仰人
閒易凋朽鑪峯五雲在軒牖惜別愁窺玉女窗歸來
笑把洪崖手隱居寺隱居山陶公鍊液棲其閒靈神
閉氣昔登攀恬然但覺心緒閑數人不知幾甲子昨
來猶帶冰霜顏我離雖則歲物改如今了然識所在
別君莫道不盡懽懸知樂客遙相待石門流水徧桃
花我亦曾到秦人家不知何處得雞豕就中仍見繁
桑麻翛然遠與世事閒裝鸞駕鶴又服遠何必長從
七貴遊勞生徒聚萬金產挹君去長相思雲遊雨散
從此辭欲知悵別心易苦向暮春風楊柳絲

夜泊黃山聞殷十四吳吟

昨夜誰爲吳會吟風生萬壑振空林龍驚不敢水中臥猿嘯時聞巖下音我宿黃山碧溪月。聽之却罷松閒琴。朝來果是滄洲逸酤酒提盤飯霜栗。半酣更發江海聲。客愁頓向杯中失。

觀博平王志安少府山水粉圖

粉壁爲空天丹青狀江海游雲不知歸日見白鷗在博平真人王志安沈吟至此願挂冠松溪石磴帶秋色愁客思歸生曉寒

觀元丹邱坐巫山屛風

昔遊三峽見巫山見畫巫山宛相似疑是天邊十二峯飛入君家綵屛裏寒松蕭颯如有聲陽臺微茫如有情錦衾瑤席何寂寂楚王神女徒盈盈高咫尺如千里翠屛丹崖粲如綺蒼蒼遠樹圍荊門歷歷行舟

汎巴水水石潺湲萬壑分煙光草色俱氳氛溪花笑日何年發江客聽猿幾歲聞使人對此心緬邈疑入高邱夢綵雲

暖酒

熱暖將來賓鐵文暫時不動聚白雲撥卻白雲見青天掇頭裏許便乘仙

對酒

蒲萄酒金叵羅吳姬十五細馬馱青黛畫眉紅錦靴道字不正嬌唱歌玳瑁筵中懷裏醉芙蓉帳底柰君何

怨情

新人如花雖可寵故人似玉由來重花性飄揚不自持玉心皎潔終不移故人昔新今尚故還見新人有故時請看陳后黃金屋寂寂珠簾生綱絲

思邊 一作春怨

去年何時君別妾南園綠草飛蝴蝶今歲何時妾憶君西山白雪暗秦雲玉關去此三千里欲寄音書那可聞

代美人愁鏡

美人贈此龍盤之寶鏡燭我金縷之羅衣時將紅袖拂明月為惜普照之餘輝影中金鵲飛不滅臺下青鸞思獨絕藁砧一別若箭弦去有日來無年狂風吹卻妾心斷玉筋併墮菱花前

示金陵子 一作金陵子詞

金陵城東誰家子 一作金陵子 竊聽琴聲碧 一作夜 窗裏落花一片天上來隨人直渡西江水楚歌吳語嬌不成似能未能最有情謝公正要東山妓攜手林泉處處行

十八家詩鈔卷十

十八家詩鈔卷十一目錄

杜工部七古百四十六首

三絶句

十八家詩鈔卷十一目錄

十八家詩鈔卷十一

湘鄉曾國藩纂　合肥李鴻章審訂
東湖王定安校

杜工部七古百四十六首

元都壇歌 寄元逸人○此下皆天寶未亂以前之詩

故人昔隱東蒙峯已佩含景蒼精龍故人今居子午谷獨在一作址陰崖結一作白茅屋屋前太古元都壇青石漠漠常風寒子規夜啼山竹裂王母晝下雲旗翻一作蟠知君此計成或作誠長往芝草琅玕日應長鐵鏁高垂不可攀致身福地何蕭爽

今夕行 自齊趙西歸至咸陽作

今夕何夕歲云徂更長燭明不可孤咸陽客舍一事無相與博塞一云賭博為歡娛馮陵大叫呼五白袒跣不肯成梟盧一作牟英雄有時亦如此邂逅豈即非良圖君莫笑劉毅從來布衣願家無儋石輸百萬

貧交行

翻手作雲覆手雨紛紛輕薄何須數君不見管鮑貧時交此道今人棄如土

兵車行

車轔轔馬蕭蕭行人弓箭各在腰耶孃妻子走相送塵埃不見咸陽橋牽衣頓足攔（一作橋）道哭哭聲直上干雲霄道傍過者問行人行人但云點行頻或從十五北防河便至四十西營田去時里正與裹頭歸來頭白還戍邊邊亭（一作庭）流血成海水武（一作我）皇開邊意未已君不聞漢家山東二百州千村萬落生荆杞縱有健婦把鋤犂禾生隴畝無東西況復秦兵耐苦戰被驅不異犬與雞長者雖有問役夫敢申恨且如今年冬未休關（一作隴）西卒（一云役夫心益憤如今縣縱得休還爲隴西卒）官急索租（草堂本作縣官云急索）租稅從何出信知生男惡反

是生女好生女猶是一作得嫁比鄰生男一作兒埋沒隨
百草君不見青海頭古來白骨無人收新鬼煩冤舊
鬼哭天陰雨溼聲一作悲啾啾

高都護驄馬行

安西都護胡青驄聲價欻然來向東此馬臨陣久無
敵與人一心成大功功成惠養隨所致飄飄遠自流
沙至雄姿未受伏櫪恩猛氣猶思戰場利腕促蹄高
如踣鐵交河幾蹴曾冰裂五花散作雲滿身萬里方
看汗流血長安壯兒不敢騎走過掣電傾城知青絲
絡頭爲君老何由卻出橫門道

天育驃騎歌

吾聞天子之馬走千里今之畫圖無乃是是何意態
雄且傑駿一作駿尾蕭梢朔風起毛爲綠縹兩耳黃眼
有紫燄雙瞳方矯矯一作矯然龍性一云矯龍性逸合草堂本云東坡書作

含變化卓立天骨森開張伊昔太僕張景順監牧攻

駒一云考牧攻駒一云考牧神駒閱清峻遂令大奴守一作字天育別

養驥子憐神俊當時四十萬匹馬張公歎其才盡下

故獨寫真傳世人見之座右久更新年多物化空形

影嗚呼健步無由騁如今豈無腰褭與驊騮時無王

良伯樂死即休

白絲行

繰絲須長不須白越羅蜀錦金粟尺象一作牙床玉手

亂殷紅萬草千花動凝碧已悲素質隨時染一作改裂

下鳴機色相射美人細意熨帖平裁縫滅盡針線跡

春天衣著爲君舞蛺蝶飛來黃鸝語落絮遊絲亦有

情隨風照日宜一作疑輕舉香汗輕塵污顏色一云香汗清塵

似微污又云香汗清塵污不著陳浩然本一云香汗清塵似顏色開新合故置何一作

相許君不見才一作志士汲引難恐懼棄捐忍羇旅首六

句言白絲之美自喻喻其材質美人六句言製衣之精自喻喻其技能末四句言汚壞棄置自喻喻其不見珍於時

秋雨歎三首

雨中百草秋爛死。階下決明顏色鮮。著葉滿枝翠羽蓋。開花無數黃金錢。涼風蕭蕭吹汝急。恐汝後時難獨立。堂上書生空白頭。臨風三嗅馨香泣。

闌一作蘭風長去聲一作伏荊公作仗雨一作東風細雨秋紛紛。四海一云萬里八荒同一雲。去馬來牛不復辨。濁涇清渭何當分。禾一作木頭生耳黍穗黑。農夫田婦一作父無消息。城中斗米換一作抱衾裯。相許寧論兩相直。

長安布衣誰比數。反鏁衡門守環堵。老夫不出長蓬蒿。稚子無憂走讀作奏風雨。雨聲颼颼催早寒。胡鴈翅溼高飛難。秋來未曾陳浩然本作省見白日。泥汚后一作厚土何時乾。

歎庭前甘菊花

檐（一作階一作庭）前甘菊移時晚，青蘂重陽不堪摘。明日蕭條醉盡醒（一作盡醉醒），殘花爛漫開何益。籬邊野外多衆芳，采擷細瑣升中堂。念茲空長大枝葉，結根失所纏（一作埋）風霜。

醉時歌（贈廣文館博士鄭虔）

諸公袞袞登臺（一作華）省，廣文先生官獨冷。甲第紛紛厭粱肉，廣文先生飯不足。先生有道出羲皇，先生有才（一作所談一作所該一作所抱）過屈宋（一云有才或屈宋）。德尊一代常坎軻（一作壈），名垂萬古知何用。杜陵野客人更（一作見）嗤，被褐短窄（一作穴）鬢如絲。日糴太（一作泰）倉五升米，時赴鄭老同襟期。得錢卽相覓，沽酒不復疑。忘形到爾汝，痛飲真（一作直）吾師。清夜沈沈動容酌，燈前細雨檐花落（一作檐前細雨燈花落）。但覺高歌有（一作感）鬼神，焉知餓死填溝

鑾相如逸才親滌器子雲識字終投閣先生早賦歸
去來石田茅屋荒蒼苔儒術於我何有哉孔丘盜跖
俱塵埃不須聞此意慘愴生前相遇且銜杯

醉歌行 別從姪勤落第歸

陸機二十作文賦汝更小年能綴文總角草書又神
速世上兒子徒紛紛驊騮作駒已汗血鷙鳥舉翮連
青雲詞源一作賦倒流三峽水筆陣獨掃千人軍只今
年浩然本作生纔十六七射策君門期第一舊穿楊葉真
自知暫蹶霜蹄未爲失偶然擢秀非難取會是排風
有毛質汝身已一作卽見唾成珠汝伯何由髮如漆春
光淡沱草堂本作潭沲沲徒可切秦東亭渚蒲芽白水荇青風吹
客衣日杲杲樹攪離思花冥冥酒盡沙頭雙玉瓶衆
賓皆一作已醉我獨醒乃知貧賤別更苦吞聲躑躅涕
淚零

送孔巢父謝病歸遊江東兼呈李白

巢父掉頭不肯住東將入海隨煙霧詩卷長留天地間釣竿欲拂珊瑚（一云三珠樹）深山大澤龍蛇遠春寒野陰風景暮（一云花繁草青春日暮）蓬萊織女迴雲車指點虛無是征路（一作引歸路）自是君身有仙骨世人那得知其故惜君只欲苦死留富貴何如草頭露蔡侯靜者意有餘清夜置酒臨前除罷琴惆悵月照席幾歲寄我空中書南尋禹穴見李白道甫問信今何如

飲中八仙歌

知章騎馬似乘船眼花落井水底眠汝陽三斗始朝天道逢麴車口流涎恨不移封向酒泉左相日興費萬錢飲如長鯨吸百川銜杯樂聖稱世（邵刊作避）賢宗之蕭灑美少年舉觴白眼望青天皎如玉樹臨風前蘇晉長齋繡佛前醉中往往愛逃禪李白一斗詩百篇

長安市上酒家眠天子呼來不上船自稱臣是酒中仙張旭三杯草聖傳脫帽露頂王公前揮毫落紙如雲煙焦遂五斗方卓然高談雄辯驚四筵

曲江三章章五句

曲江蕭條秋氣高菱荷枯折隨風濤遊子空嗟垂二毛白石素沙亦相蕩哀鴻獨叫求其曹

即事非今亦非古長歌激越梢林莽比屋豪華固難數吾人甘作心似灰弟姪何傷淚如雨

自斷此生休問天杜曲幸有桑麻田故將移住南山邊短衣匹馬隨李廣看射猛虎終殘年

麗人行

三月三日天氣新長安水邊多麗人態濃意遠淑且真肌理細膩骨肉勻繡（一作畫）羅衣裳照暮春蹙金孔雀銀麒麟頭上何所有翠微㔩（烏合反 一作匐）葉垂鬢脣背

後何所見珠壓腰衱穩稱身楊慎曰古本稱身下有足下何所著紅渠羅襪穿鐙銀偏考宋刻本竝無知楊氏僞託也今删正就中雲幕椒房親賜名大國號與秦紫駝之峯一作珍出翠釜水精之盤行素鱗犀筯厭飫久未下鑾刀縷切空紛綸黃門飛鞚不動塵御廚絡繹送八珍簫鼓一作管哀吟感鬼神賓從雜一作合遝實要津後來鞍馬何逡巡當軒下馬入錦茵楊花雪落覆音副白蘋青鳥飛去銜紅巾炙手可熱勢絕倫愼莫近一作向前丞相嗔

樂遊園歌晦日賀蘭楊長史筵醉中作

樂遊古園崒一作萃森爽煙緜碧草萋萋長公子華筵勢最高秦川對酒平如掌長生木瓢示真率更調鞍馬狂歡賞青春波浪芙蓉園白日雷霆夾一作甲城仗閶闔晴開詄蕩蕩曲江翠幕排銀牓拂水低徊舞袖翻緣雲清切歌聲上卻憶年年人醉時只今未醉已

先悲數莖白髮那拋得百罰深杯亦不辭聖朝亦一作
已知賤士醜一物自一作但荷皇天慈一作私此身飲罷
無歸處獨立蒼茫自咏詩

渼陂行

岑參兄弟皆好奇攜我遠來遊渼陂天地黤慘忽異
色波濤萬頃堆琉璃琉璃汗漫泛舟入事殊興極憂
思集鼉作鯨吞不復知惡風白浪何嗟及主人錦帆
相爲開舟子喜甚無氛埃鳧鷖散亂棹謳發絲管啁
啾空翠來沈竿續蔓深莫測菱葉荷花靜一作淨如拭
宛在中流渤海清下歸無極一云下臨無地終南黑半陂已
南純浸山動影裊窕沖融閒船舷暝戛雲際寺水面
月出藍田關此時驪龍亦吐珠馮夷擊鼓羣龍趨湘
妃漢女出歌舞金支翠旗光有無咫尺但愁雷雨至
蒼茫不曉神靈意少壯幾時奈老何向來哀樂何其

多

沙苑行

君不見左輔白沙如白水（一作如水白）繚以周牆百餘里龍媒昔是渥洼生汗血今稱獻於此苑中騋牝三千匹豐草青青寒不死食之豪健西域無（一云西域騰）每歲攻（一作收一作牧）駒冠邊鄙王有虎臣司苑門入門天廄皆雲屯驌驦一骨獨當御春秋二時歸（一作朝）至尊至尊內外馬盈億（鮑作內外馬數將盈億）伏櫪在坰空大存逸羣絕足信殊傑倜儻權奇難具論纍纍塠阜藏奔突往往坡陀縱超越角壯翻同（一作騰）麋鹿遊浮深簸蕩黿鼉窟泉（一作海）出巨魚長比人丹砂作尾黃金鱗豈知異物同精氣雖未成龍亦有神

驄馬行

（自注太常梁卿敕賜馬也李鄧公愛而有之命甫製詩）

鄧公馬癖人共知初得花驄大宛種夙昔傳聞思一

見牽來左右神皆竦雄姿逸態何崷崒顧影驕嘶自矜寵隅目青熒夾鏡懸肉駿荊作騣碨礧連錢動朝來久草堂作少試華軒下未覺千金滿高價赤汗微生白雪毛銀鞍卻覆香羅帕卿家舊賜公取之一云能取一云有之天廄真龍此其亞晝洗須騰涇渭深朝荊作夕一作晨趨可刷幽并夜吾聞良驥老始成此馬數年人更驚豈有四蹄疾于鳥不與八駿俱先鳴時俗造次那得致雲霧晦冥方降精近聞下詔喧都邑肯使一作知有騏驎地上行

去矣行

君不見鞲上鷹一飽則飛掣焉能作堂上燕銜泥附炎熱野人曠蕩無靦顏豈可久在王侯間未試囊中餐玉法明朝且入藍田山

奉先劉少府新畫山水障歌英華題云新畫山水障歌奉先尉劉

單宅作

堂上不合生楓樹怪底江山一作山川起煙霧聞君掃卻赤縣圖乘輿遣畫滄洲趣畫師亦無數好手不可遇對此融心神知君重毫素豈但祁岳與鄭虔筆迹遠過楊契丹得非元圃裂一作坼無乃瀟湘翻悄然坐我天姥下耳邊已似聞清猿反思前夜風雨急乃一作恐是蒲一作滿城鬼神入元氣淋漓障猶溼真宰上訴天應泣野亭春還雜花遠漁翁暝踏孤舟立滄浪水深青溟闊英華云滄浪之水深且闊欹岸側島英華云欹岸側峯秋毫末不見湘妃鼓瑟時至今斑竹臨江活劉侯天機精愛畫入骨髓自有兩兒郎揮灑亦莫比大兒聰明到能添老樹巔崖裏小兒心孔開貌音邈得山僧及童子若耶溪雲門寺吾獨胡為在泥滓青鞋布襪從此始

悲陳陶錢箋至德元載十月房琯請為兵馬元帥收復西京辛丑與賊將安守忠戰于

咸陽縣之陳濤斜官軍敗績時琯用春秋車戰之法以車二千乘馬步夾之既戰賊順風揚塵鼓譟牛皆震駭因縛芻縱火焚之人畜撓敗爲所殺傷者四萬餘人存者數千而已雍錄陳濤斜在咸陽李晟自東渭橋移軍西上與李懷光會於陳濤斜是也未戰陳濤斜時琯已先至便橋據要既敗又爲中人所促竝與南軍而敗人事失之也○以下皆天寶十五載以後亂離之詩

孟冬十郡良家子血作陳陶澤中水野曠天清無戰聲四萬義軍同日死羣胡歸來血洗箭仍唱胡歌飲都市都人迴面向北啼日夜更望官軍至一云前後官軍苦如此

悲青坂

錢箋癸卯琯又率南軍即戰復敗東坡曰琯既敗猶欲持重有所伺而中人邢延恩等促戰倉皇失據遂及于敗故後篇云安得附書與我軍忍待明年莫倉卒青坂地名未詳陳濤斜在咸陽房琯師次便橋在咸陽縣西南十里架渭水上則青坂去陳濤便橋當不遠

我軍青坂在東門天寒飲馬太白窟黃頭奚兒日向

西數騎彎弓敢馳突山雪河氷野（樊作晚樂府作已）蕭颼（一作颯）青是烽（一作人）煙白人骨焉得附書與我軍忍待明年莫倉卒

哀江頭

少陵野老吞聲哭春日潛行曲江曲江頭宮殿鎖千門細柳新蒲爲誰綠憶昔霓旌下南苑苑中萬物生顏色昭陽殿裏第一人同輦隨君侍君側輦前才（一作詞）人帶弓箭白馬嚼（一作嚙）黃金勒翻身向天（一作空）仰射雲一箭（考異作笑蔡君謨作發）正墜雙飛翼明眸皓齒今何在血汚遊魂歸不得清渭東流劍閣深去住彼此無消息人生有情淚沾臆江水（一作草）江花豈終極黃昏胡騎塵滿城欲往城南忘南北（一云望城北國藩按哀江頭弔楊妃也憶昔八句極敘昔年貴寵奢麗明眸四句敘貴妃縊死明皇入蜀生死去住彼此心傷末四句言其悲感）

哀王孫

長安城頭頭白烏樊作多白烏夜飛延秋門上呼又向一作來人家啄大屋屋底達官走避胡金鞭斷折九馬死骨肉不待一作得同馳驅腰下寶玦青珊瑚可憐王孫泣路隅問之不肯道姓名但道困苦乞爲奴已經百日竄荆棘身上無有完肌膚高帝子孫盡隆準龍種自與常人殊豺狼在邑龍在野王孫善保千金軀不敢長語臨交衢且爲王孫立斯須昨夜東一作春風吹血腥東來橐一作駱駝滿舊都朔方健兒好身手昔何勇鋭今何愚竊聞天子已傳位聖德北服南單于花門剺面請雪恥慎勿出口他人狙一作徂哀哉王孫慎勿疏五陵佳氣無時無

蘇端薛復筵簡薛華醉歌

文章有骨交有道端復得之名譽早愛客滿堂盡豪

翰一作傑開筵上日一作月思芳草安得健步移遠梅亂插繁花向晴昊千里猶殘舊冰雪百壺且試開懷抱垂老惡聞戰鼓悲急一作羽觴爲緩憂心擣少年努力縱談笑看我形容已枯槁坐中薛華一作能善醉歌歌辭自作風格老近來海內爲一作無長句汝與山東李白好何劉沈謝力未工才兼鮑照愁絕倒諸生頗盡新知樂萬事終傷不自保氣酣日落西風來願吹野水添一作注金杯如澠之酒常快意亦知荆作不知窮愁英華作未知窮達安在哉忽憶雨時秋井塌古人白骨生青苔如何不飲令心哀

徒步歸行 贈李特進○自鳳翔赴鄜州途經邠州作

明公壯年值時危經濟實藉英雄姿國之社稷今若是武定禍亂非公誰鳳翔千官且飽飯衣馬不復能輕肥青袍朝士最困者白頭拾遺徒步歸人生交契

無老少論交一作心何必先同調妻子山中哭向天須

公櫪上追風驃

偪仄行贈畢曜一云傯傯行篇中亦作傯傯英華作贈畢四曜

偪仄何偪仄我居巷南子巷北可恨鄰里閒十日不

一見顏色自從官馬送還官行路難行澁如棘我貧

無乘非無足昔者相過今不得實不是一作未敢愛微軀

一云慵相訪又非關足無力徒步翻愁官長怒此心炯炯

君應識曉來急雨春風顛睡美不聞鐘鼓傳東家蹇

驢許借我泥滑不敢騎朝天已令請急會通籍一云已令

把牒還請假男兒信一作性命絕可憐焉能終日心拳拳憶

君誦詩神凜然辛夷始花亦一作又已落況我與子非

壯年街頭酒價常苦貴方外酒徒稀醉眠速宜一作須徑

相就飲一斗恰有三百青銅錢

洗兵馬收京後作

中興諸將收山東捷書日（荆作夜又作夕）報清晝同河廣傳聞一葦過胡危命在破竹中祇殘鄴城不日得獨任朔方無限功京師皆騎汗血馬回紇餧肉葡萄宮已喜皇威清海岱常思仙仗過崆峒三年笛裏關山月萬國兵前草木風成王功大心轉小郭相謀深（一作謀猶）（一作深謀）古來少司徒清鑒懸明鏡尚書氣與秋天杳二三豪俊爲時出整頓乾坤濟時了東走無復憶鱸魚南飛覺有安巢鳥青春復隨冠冕入紫禁（吴本作駕）正耐煙花繞鶴禁通霄鳳輦備雞鳴問寢龍樓曉攀龍附鳳勢（一作世）莫當天下盡化爲侯王汝等豈知蒙帝力時來不得誇身強關中既留蕭丞相幕下復用張子房張公一生江海客身長九尺鬚眉蒼徵起適遇風雲會扶顛始知籌策良青袍白馬更何有後漢今周喜再昌寸地尺天皆入貢奇祥異瑞爭來送不知何

國致白環復道諸山得銀甕隱士休歌紫芝曲詞人解（西溪叢語舊本作角）撰河清（一云清河）頌田家望望惜雨乾布穀處處催春種淇上健兒歸莫懶城南思婦愁多夢安得壯士挽天河淨洗甲兵長不用（按錢箋謂此詩刺肅宗而作句句指摘難未必盡然成王六句係指收京者乃二三豪傑非靈武之從臣也鶴禁二句譏肅宗之有虧子道攀龍四句譏靈武諸臣之驟貴皆詩旨之顯而易見者）

病後遇（一作過）王倚飲贈歌

麟角（一作麟魚）鳳觜世莫識（一作辨）煎膠續弦奇自見尚看王生抱此懷在于甫也何由羨且遇王生慰疇昔素知賤子甘貧賤酷見凍餒不足恥多病沈年苦無健王生怪我顏色惡答云伏枕艱難遍瘧癘三秋孰可忍寒熱百日相交戰頭白眼暗坐有胝肉黃皮皺命如綫惟生哀我未平復惟我力致美肴膳遣人向市賒香粳喚婦出房親自饌長安冬菹酸且綠金城土

酥靜如練兼求富豪一作畜家且割鮮密沽斗酒諧終宴

故人情義一作味晚誰似令我手腳輕欲漩一作旋老馬

爲駒信一作總不虛當時得意況深眷但使殘年飽喫

飯只願無事常相見

湖城東遇孟雲卿復歸劉顥宅宿宴飲散因爲

醉歌蔡本題上有冬末以事之東都七字

疾風吹塵暗河縣行子隔手不相見湖城城南一作東

一開眼駐馬偶識雲卿面向非劉顥爲地主嬾迴鞭

轡成高一作城南宴劉侯歎一作歎我攜客來置酒張燈促

華饌且將款曲終今夕一云今夕經休語一作話艱難尚酣

戰照室紅爐促曙光一作英華作簇曙花縈窗素月垂文一作秋練

天開地裂長安陌。一作春寒盡春生一作紫陌春寒洛陽殿豈

知驅車復同軌可惜刻漏隨更箭人生會合不可常

庭樹雞鳴淚如綫一去霰

閿鄉姜七少府設鱠戲贈長歌

姜侯設鱠當嚴冬昨日今日皆天風河凍未漁取一云魚不易得鑿冰恐侵河伯宮饔人受魚鮫人手洗一云魚美魚磨刀魚眼紅無聲細下飛碎一作素雪有骨已剁觜春蔥偏勸腹腴愧年少軟炊香飯一作粳緣老翁落碪何曾白紙溼放筯未覺金盤空新歡便飽姜侯德清觴異味情屢極東歸貪一作貧路自覺難欲別上馬身無力可憐爲人好心事於我見子真顏色不恨我衰子貴時悵望且爲今相憶

戲贈閿鄉秦少公陳浩然本作翁草堂作少府短歌

去年行宮當一作守太白朝迴君是同舍客同心不減骨肉親每語見許文章伯今日時清兩京道相逢苦覺人情好昨夜邀歡樂更無多才依舊能潦倒

李鄠縣丈人胡馬行

丈人駿馬名胡騮前年避胡（一作賊）過金牛迴鞭卻走見天子朝飲漢水暮靈州自矜胡騮奇絕代乘出千人萬人愛一聞說盡急難材轉益愁向駑駘輩頭上銳耳批秋竹腳下高蹄削寒玉始知神龍別有種不比俗（一作凢）馬空多肉洛陽大道時再清累日喜得俱東行鳳臆龍鬐（一作龍鱗）未易識側身注目長風生

瘦馬行（英華作老馬）

東郊瘦馬（瘦亦作老）使我傷骨骼（一作骸）硉兀如堵牆絆之欲動轉欹側此豈有意仍騰驤細看六（一作火非）印帶官字衆道三（一作官）軍遺路旁皮乾剝落雜（一作盡）泥滓毛暗蕭條連雪霜去歲奔波逐餘寇驊騮不慣不得將士卒多騎內廄馬惆悵恐是病乘黃當時歷塊誤一蹶委棄非汝能（一作難）周防見人慘淡若哀訴失主錯莫無晶光天寒遠放雁爲伴（一作侶）日暮不（一作未）收烏

啄瘡誰家且養願終惠更試明年春草長

早秋苦熱堆案相仍時任華州司功

七月六日苦炎蒸一作熱對食暫餐還不能每一作常愁夜中一作來自足蠍況一作仍乃秋後轉一作復多蠅束帶發狂欲大叫簿書何急來相仍南望青松架短一作絕壑安得一作能赤腳踏層冰

乾元中寓居同谷縣作歌七首以上皆自秦入蜀後之詩

有客有客字子美白頭亂一作短髮垂過一作兩耳歲拾橡栗隨狙公天寒日暮山谷裏中原無書一作主歸不得手腳凍皴皮肉死嗚呼一歌兮歌已一作獨哀悲風爲我從天一作東來

長鑱長鑱白木柄我生託子以爲命黃精一作獨無苗山雪盛短衣數挽不掩脛此時與子空一作同歸來男呻女吟四壁靜嗚呼二歌兮歌始放鄰一作閭里爲我

色惆悵
有弟有弟在遠方一作各方三人各瘦何人强生別展
轉不相見胡塵暗天道路長東飛駕鵝後鶖鶬安得
送我置汝旁嗚呼三歌兮歌三發汝歸何處收一作取
兄骨
有妹有妹在鍾離良人早歿諸孤癡長淮浪高蛟龍
怒十年不見來何時一作遲扁舟欲往箭滿眼杳杳南
國多旌旗嗚呼四歌兮歌四奏林猿爲我嗁清晝
四山多風溪水急寒雨一作風颯颯枯樹一云樹枝溼黃蒿
古城雲不開白一作元狐跳梁黃狐立我生何爲在窮
谷中夜起坐萬感集嗚呼五歌兮歌正長魂招不來
歸故鄉
南有龍兮在山湫古木巃嵸枝相樛木葉黃落龍正
蟄蝮蛇東來水上遊我行怪此安一作寒敢出拔劍欲

斬且復休嗚呼六歌兮歌思遲溪壑爲我迴春姿男兒生不成名身已老三（一作十）年飢走荒山道長安卿相多少年富貴應須致身早山中儒生舊相識但話宿昔傷懷抱嗚呼七歌兮悄終曲仰視皇天白日速

石笋行

君不見益州城西門陌（一作街）上石笋雙高蹲古來相傳是海眼苔蘚蝕（舊作食）盡波濤痕雨多（一作來）往往得瑟瑟此事恍惚難明論恐是昔時卿相墓（一作塚）立石爲表今仍存惜哉俗態好蒙蔽亦如小臣媚至尊政化錯迕失大體坐看傾危受厚恩嗟爾石笋擅虛名後來未識猶駿奔安得壯士擲天外使人不疑見本根

石犀行

君不見秦時蜀太守刻石立作三犀牛（草堂本注云當作五犀牛）自古雖有厭勝法天生江水向（一作須）東流蜀人矜誇一千載泛溢不近張儀樓今年灌口（一作注）損戶口此事或恐爲神羞終藉（草堂作修築）隄防出衆力高擁木石當清秋先王作法皆正道詭怪何得參人謀嗟爾三犀不經濟缺訛只與長川逝但見元氣常（一作相）調和自免洪濤恣凋瘵安得壯士提天綱再平水土犀奔蒼（一作茫兩詩皆前六句立案後半乃譏議之石筍則譏其不實石犀則譏其無益趙氏以爲石筍譏李輔國恐未必然）

杜鵑行

君不見昔日蜀天子化作杜鵑似老烏寄巢生子不自啄羣烏至今與哺雛雖同君臣有舊禮骨肉滿眼身羈孤業工竄伏深樹裏四月五月偏號呼其聲哀痛口流血所訴何事常區區爾豈摧殘始（晉作如）發憤

羞帶羽翮傷形愚蒼天變化誰料得萬事反覆何所

無萬事反覆何所無豈憶當殿羣臣趨此詩錢箋以爲哀上皇遷居西內幽鬱孤寂之狀似爲得之

題壁畫馬歌 韋偃畫○陳浩然草堂本作題壁上韋偃畫馬歌

韋侯別我有所適知我憐君一作渠畫無敵戲陳浩然本作試拈禿筆掃驊騮歘見騏驎出東壁一匹齕草一匹嘶坐看千里當霜蹄時危安得真致此與人同生亦同死

戲題畫山水圖歌 王宰畫宰丹青絕倫

十日畫一水五日畫一石能事不受相促迫王宰始肯留真跡壯哉崑崙方壺一作丈圖挂君高堂之素壁巴陵洞庭日本東赤一作南岸水與銀河通中有雲氣隨飛龍舟人漁子入浦漵山木盡亞一作帶洪濤風尤工遠勢古莫比咫尺應須論一作千一作行萬里焉得并州

快翦刀翦取吳松半江水

題李尊師松樹障子歌

老夫清晨梳白頭元都道士來相訪握髮(一作手)呼兒延入戶手提新畫青松障障子松林靜杳冥憑軒忽若無丹青陰崖卻承霜雪(一云露一云霧)幹偃蓋反走虬龍形老夫平生好奇古對此興與精靈聚已知仙客意相親更覺良工心獨苦松下丈人巾屨同偶坐似(一作自)是商(一作南)山翁悵望(一作惆悵)聊歌紫芝曲時危慘澹來悲風

戲爲雙松圖歌(韋偃畫)

天下幾人畫古松(一作樹)畢宏已老韋偃少絕筆長風起纖末滿堂動色嗟神妙兩株慘裂苔蘚皮屈鐵交錯迴高枝白摧朽骨龍虎死黑入太陰雷雨垂松根胡僧憩寂寞龐眉皓首無住著偏袒右肩露雙腳葉

裏松子僧前落韋侯韋侯數相見我有一匹好東一作素絹重之不滅錦繡段已令拂拭光凌亂請公放筆爲直幹

投簡成華兩縣諸子

赤縣官曹擁材傑軟裘快馬當冰雪長安一作夜苦寒誰獨悲杜陵野老骨欲折南山豆苗早荒穢青門瓜地新凍裂鄉里兒童項領成朝廷故舊禮數絕自然棄擲與時異況乃疏頑臨事拙飢臥動即向一旬敝裘何啻聯百結君不見空牆日色晚此老無聲淚垂血韓公學杜與此等最相似

徐卿二子歌

君不見徐卿二子生絕奇感應吉夢相追隨孔子釋氏親抱送並是天上麒麟兒大兒九齡色清徹秋水爲神玉爲骨小兒五歲氣食牛滿堂賓客皆回頭吾

知徐公百不憂積善衮衮生公侯丈夫生兒有如此二雛者名位豈肯卑微休（一云異時名位豈肯卑微休）

丈人山

自爲青城客不唾青城地爲愛丈人山丹梯近幽意丈人祠西佳氣濃緣雲擬住最高峯掃除白髮黃精在君看他時氷雪容

百憂集行

憶年十五心尚孩健如黃犢走復來庭前八月梨棗熟一日上樹能千迴即今倏忽已五十（一作即今年纔五六十）坐臥只多少行立强將笑語供主人悲見生涯百憂集入門依舊四壁空老妻覩我顏色同癡兒未知父子禮叫怒索飯啼門東

戲作花卿歌（吳若本注題下謂段子璋反東川李奐走成都崔光遠討平之時事也崔大夫謂光遠子章即子璋李侯疑即奐嘗領東川以子璋亂出奔及平復得之鎮故）

云重有此節度也

成都猛將有花卿學語小兒知姓名用如快鶻風火生見賊唯多身始輕綿州副使著柘黃我卿掃除卽日平子章髑髏血糢糊手提擲還崔大夫李侯重有此節度人道我卿絕世（一作代）無既稱絕世無天子何不喚取守京都

入奏行（贈西山檢察使竇侍御）

竇侍御驥之子鳳之雛年未三十忠義俱骨鯁絕代無炯如一段清冰出萬壑置在迎風寒露之玉壺蔗漿歸廚金盌凍洗滌煩熱足以寧君軀政（一作整）用疏通合典則戚聯豪貴耽文儒兵革未息人未蘇天子亦念西南隅吐蕃憑陵氣頗麤竇氏檢察應時須（樊作才能俱）運糧繩橋壯士喜斬木火井窮猿呼八州刺史思一戰三城守邊卻可圖此行入奏計未小密奉聖

旨恩宜一作應殊繡衣春當一云飄飄霄漢立綵服日向一云粲粲庭闈趨樊本此下有開濟人所仰飛騰正時須省郎京尹必俯拾一云相付江花未落還成都江花未落還成都此句一云還成都多眼肯訪浣花老翁無一云公來肯訪浣花老爲君酤酒滿眼酤二句一云攜酒肯訪浣花老爲君著衫扶鬢與奴白飯馬青芻

柟樹爲風雨所拔歎柟一作高

倚江柟樹草堂前故一作古老相傳二百年誅茅卜居總爲此五月髣髴聞寒蟬東南飄風動地至江翻石走流雲氣幹晉作幹排雷雨猶力爭根斷泉源豈天意滄波一云蒼茫老樹性所愛浦上童童一青蓋野客頻留懼雪霜行人下過聽竽籟虎倒龍顛委榛樊作荊棘淚痕血點垂胸臆我有新詩何處吟草堂自此無顏色

茅屋爲秋風所破歌

八月秋高風怒號卷我屋上三重茅茅飛渡江灑一作

滿江郊高者掛罥長林梢下者飄轉沈塘坳南村羣童欺我老無力忍能對面爲盜賊公然抱茅入竹去脣焦口燥呼不得歸來倚杖自歎息俄頃風定雲墨色秋天漠漠向昏黑布衾多年冷似（一作象）鐵驕兒惡臥踏裏裂牀牀屋漏無乾處雨腳如麻未斷絕自經喪亂少睡眠長夜沾溼何由徹安得廣廈千萬閒大庇天下寒士俱歡顏風雨不動安如山嗚呼何時眼前突兀見此屋吾廬獨破受凍死（一作意）亦足

漁陽

漁陽突騎猶精銳赫赫雍王都（一作前）節制猛將飄然恐後時本朝不入非高計祿山北築雄武城舊防敗走歸其營繫書請問燕者舊今日何須十萬兵

黃河二首

黃河北岸海西軍椎鼓鳴鐘天下聞鐵馬長鳴不知

一作如數胡人高鼻動成羣

黃河西岸是吾一作故蜀欲須供給家無粟願驅衆庶

戴君王混一車書棄金玉

天邊行

天邊老人歸未得日暮東臨大江哭隴右河源不種田胡騎羌兵入巴蜀洪濤滔天風拔木前飛禿鶖後鴻一作黃鵠九度附書向洛陽十年骨肉無消息

大麥行

大麥乾枯小麥黃婦女一作人行泣夫走藏東至集壁西梁洋錢箋四州皆屬山南西道寶應元年建卯月羌渾奴剌寇梁州建辰月党項奴剌寇洋州此詩當是寶應元年作問誰腰鎌胡與羌豈無蜀兵三千人一云千人去部一作簿領辛苦江山長安得如鳥有羽翅託身白雲還故鄉

苦戰行

苦戰身死馬將軍自云伏波之子孫干戈未定失壯士使我歎恨傷精魂去年江南英華作南行討狂賊臨江把臂難再得別時孤雲今不飛時獨看雲淚橫臆

去秋行

去秋涪江木落時臂槍一作蒼走馬誰家兒到今不知白骨處部曲有去皆無歸遂州城中漢節在遂州城外巴人稀戰場冤魂每夜哭空令野營猛士悲

觀打魚歌

綿州江水之一作水東津魴魚鱍鱍色勝銀漁人漾舟沈大網截江一擁數百鱗衆魚常才盡卻棄赤鯉騰出如有神潛龍無聲老蛟怒迴晉作西風颯颯吹沙塵饔子左右揮霜刀鱠飛金盤白雪高徐州禿尾不足憶一作惜漢陰槎頭遠遁逃魴魚肥美知第一既飽歡娛亦蕭瑟君不見朝來割素鬐咫尺波濤永相失

又觀打魚

蒼江漁子清晨集設網提綱萬一作取魚急能者操舟疾若風撐突波濤挺叉入小魚脫漏不可記一作紀半死半生猶戢戢大魚傷損皆垂頭屈強泥沙一作沙頭有時立東津觀魚已再來主人罷鱠還傾杯日暮蛟龍改窟穴山根鱣鮪隨雲雷干戈兵革鬭未止一云干戈格鬭尚未已鳳凰麒麟安在哉吾徒胡爲縱此樂暴殄天物聖所哀

越王樓歌

綿州州府何磊落顯慶年中越王作孤城西北起高樓碧瓦朱甍照城郭樓下長江百丈清山頭落日半輪明君王舊跡今人賞轉見千秋萬古情

海椶行

左綿公館清江濆海椶一株高入雲龍鱗犀甲相錯

落蒼稜白皮十抱文自。（一作但）是。衆。木。亂。紛。紛。海。棕。焉。知。身。出。羣。移。栽北辰不可得時有西域胡僧識

姜楚公畫角鷹歌

楚公畫鷹鷹戴角殺氣森森（一作如）到幽朔觀者貪愁（舊作徒驚）掣臂（一作壁）飛畫師不是無心學此鷹寫真在左綿卻嗟真骨遂虛傳。梁。間。燕。雀。休。驚。怕。亦。未。摶。空。上。九。天。

相從歌贈嚴二別駕（一云嚴別駕相逢歌）

我行入東川十步一迴首成都亂罷氣蕭颯（一作瑟一作索）浣花草堂亦何有梓中（一作州）豪俊（一作貴）大者誰本州從事知名久把臂開樽飲我酒酒酣擊劍蛟龍吼烏帽拂塵青螺（一作騾）粟紫衣將炙緋衣走銅盤燒蠟光吐日夜如何其初促膝黃昏始扣主人門誰謂俄頃（晉作我傾）膠在漆萬事盡付形骸外百年未見（一作及）歡娛

畢神傾意豁眞佳士久客多憂今愈疾高視乾坤又
可一作何愁一軀交態同一作眞悠悠垂老遇君未恨晚
似君須向古人求

光祿坂行

山行落日下絕壁西望千山萬山一作水赤樹枝有鳥
亂鳴一作棲時暝色無人獨歸客馬驚不憂深谷墜草
動只怕長弓射安得更似開元中道路即今多一作何
擁隔

陪王侍御同登東山最高頂宴姚通泉晚攜酒

泛江

姚公美政誰與儔不減昔時陳太邱邑中上客有杜
史多暇日陪驄馬游東山高頂羅珍羞下顧城郭銷
我憂清江白日落欲盡復攜美人登綵舟笛聲憤怨
一作怒哀中流妙舞逶迤夜未休燈前往往大魚出聽

曲低昂如有求三更風起寒浪湧取樂喧呼覺船重滿空星河光破碎四座賓客色不動請公臨深一作江莫相違迴船罷酒上馬歸人生歡會豈有極無使霜過一作露霑人衣

春日戲題惱郝使君兄

使君意氣淩青霄憶昨歡娛常見招細馬時鳴金騕褭佳人屢出董嬌饒東流江水西飛鷰可惜春光不相見願攜王趙兩紅顏再騁肌膚如素練通泉百里近梓州請一作諸公一來開我愁舞處重看花滿面尊前還有錦纏頭

短歌行 贈王郎司直

王郎酒酣拔劍斫地歌莫哀我能拔爾抑塞磊落之奇才豫樟翻風白日動鯨魚跋浪滄溟開且脫佩劍休徘徊西得諸侯棹錦水欲向何門趿吳作颯珠履仲

宣樓頭春色（一作已）深青眼高歌望吾子眼中之人吾老矣（瓌瑋頓挫跌宕票姚可謂空前絕後）

短歌行（送祁錄事歸合州因寄蘇使君○草堂本作邛州錄事）

前者途中一相見人事經年記君面後生相動（一作勸）何寂寥君有長才不貧賤君今起柁春江流余亦沙邊具小舟幸為達書賢府主江花未盡會江樓

桃竹杖引（贈章留後）

江心（一作上）蟠石生桃竹蒼波噴浸尺度足斬根削皮如紫玉江妃水仙惜不得梓潼使君（一作者）開一束滿堂賓客皆歎息憐我老病贈兩莖出入爪甲鏗有聲老夫復欲東南征乘濤鼓枻（一作棹）白帝城路幽必為鬼神奪拔（一作杖）劍或與蛟龍爭重為告曰杖兮杖兮爾之生也甚正直慎勿見水踴躍學變化為龍使我不得爾之扶持滅跡于君山湖上之青峯噫風塵澒

洞兮豺虎咬人忽失雙杖兮吾將曷從

韋諷錄事宅觀曹將軍畫馬圖

國初已來畫鞍馬神妙獨數江都王〔錢箋名畫記江都王緒霍王元軌之子太宗皇帝猶子也多才藝善書畫鞍馬擅名垂拱中官至金州刺史〕將軍得名三〔樊作四〕十載人閒又見真乘黃曾貌先帝照夜白〔明皇雜錄上所乘馬有玉花驄照夜白畫鑑曹霸人馬圖紅衣美髯奚官牽玉面騂綠衣閹官牽照夜白〕龍池十日飛霹靂內府殷紅馬腦盌〔一作盤〕婕好傳詔才人索盌賜將軍拜舞歸輕紈細綺相追飛〔一作隨〕貴戚權門得筆跡始覺屏障生光輝昔日太宗拳毛騧〔金石錄太宗六馬其一曰拳毛騧黃馬黑喙平劉黑闥時所乘〕近時郭家師子花〔杜陽雜編代宗自陝還命御馬九花虬竝紫玉鞭轡以賜郭子儀九花虬卽范陽節度使李德山所貢也額高九寸毛拳如鱗以身被九花文號九花虬亦有師子驄皆其類天中記載杜詩師子花卽九花虬也〕今之新〔一作畫〕圖有二馬復令識者久歎嗟此皆騎戰一敵萬縞素漠漠開風沙其餘七匹亦殊絕迥若寒空動煙

雪霜蹏蹴踏長楸間馬官廝養森成列可憐九馬爭神駿顧視清高氣深穩借問苦心愛者誰後有韋諷前支遁憶昔巡幸新豐宮翠華拂天來向東騰驤磊落三萬匹皆與此圖筋骨同自從獻寶朝河宗無復射蛟江水中君不見金粟堆前松柏裏龍媒去盡鳥呼風舊書明皇親拜五陵至睿宗橋陵見金粟山岡有龍盤虎踞之勢復近先塋謂侍臣曰吾千秋後宜葬此地長安志明皇泰陵在蒲城東北三十里金粟山

丹青引 贈曹將軍霸

將軍魏武之子孫於今爲庶爲清門英雄割據雖一作皆已矣文彩風流猶荊作今尚存學書初學衛夫人但恨無晉作未過王右軍丹青不知老將至富貴於我如浮雲開元之中一作年常引見承恩數上南薰殿淩煙功臣少顏色將軍下筆開生面良相頭上進賢冠猛將腰間大羽箭褒公鄂公毛髮動英姿颯爽一作颯颯來

樊作猶酣戰先帝天一作御馬玉花驄畫工如山貌不同是日牽來赤墀下迥一作敻立閶闔生長風詔謂將軍拂絹素意匠慘澹經營中斯須九重真龍出一洗萬古凡馬空玉花卻在御榻上榻上庭前屹相向至尊含笑催賜金圉人太僕皆惆悵弟子韓幹早入室亦能畫馬窮殊相一作狀幹惟畫肉不畫骨忍使驊騮氣凋喪將軍畫一作盡善一作妙蓋有神必一作偶逢佳士亦寫真即今飄泊干戈際屢貌尋常行路人途窮反遭俗眼白世上未有如公貧但看古來盛名下終日坎壈纏其身首八句贊其畫開元八句敘其畫凌煙功臣先帝十六句敘其畫馬末八句敘其寫真

嚴氏溪放歌行

天下甲晉作兵馬未盡銷豈免溝壑常漂漂劍南歲月不可度邊頭公卿仍獨驕樊作何其驕費心姑息是一役

肥肉大酒徒相要嗚呼古人已糞土獨覺志士甘漁樵況我飄轉無定所終日慽慽忍羇旅秋宿樊作夜霜一作清溪素月高喜得與子長夜語東遊西還力實倦從此將身更何許知子松根長茯苓遲暮有意來同煑

發閬中

前有毒蛇後猛虎溪行盡日無村塢江風蕭蕭雲拂地山木慘慘天欲雨女病妻憂歸意速一作急秋花錦石誰復樊作能數別家三月一得書一作書來避地何時免愁苦

寄韓諫議錢箋程嘉燧曰此詩蓋爲李泌而作余考之是也按史及家傳泌從肅宗于靈武既立大功而倖臣李輔國害其能因表乞遊衡岳優詔許之山居累年代宗即位累有頒賜號天柱峯中岳先生無幾徵入翰林公此詩蓋當鄴侯隱衡山之時勸勉韓諫議欲其貢置之玉堂也安劉帷幄在玄肅之代舍泌其誰韓諫議舊本名注余考韓休之

子汯上元中爲諫議大夫有學尚風韻高雅當卽其人注字蓋傳寫之誤

今我不樂思岳陽身欲奮飛病在牀美人娟娟隔秋水濯足洞庭望八荒鴻飛冥冥日月白青楓葉赤天雨一作飛霜玉京羣帝集北斗或騎騏驎翳鳳皇芙蓉旌旗一作旄煙霧樂影動倒景搖瀟湘星宮之君醉瓊漿羽人稀少不在旁似聞昨者赤松子恐是漢代韓張良昔隨劉氏定長安帷幄未改神慘傷國家成敗吾豈敢色難腥腐餐風一作楓香周南留滯古所一作莫惜南極老人應壽昌美人胡爲隔秋水焉得置之貢玉堂按鄴侯外傳平生多遇異人頗修真仙之術此詩玉京以下六句蓋隱約指其事似聞四句指鄴侯於玄肅閒有定社稷之功國家二句言己雖位卑而不忍不言周南句杜公自指南極句仍指鄴侯耳

憶昔二首

憶昔先皇巡朔方千乘萬騎入咸陽陰山驕子汗血

馬長驅東胡胡走藏鄴城反覆不足怪關中小兒壞紀綱張后不樂上爲忙至今今上猶撥亂勞身焦思補四方我昔近侍叨奉引出兵（一作兵出）整肅不可當（一作忘）爲留猛士守未央（錢注東坡曰爲留猛士守未央謂奪郭子儀兵柄留宿衛也代宗即位子儀自河南入朝程元振數譖之子儀請解副元帥節度使留京師廣德元年十月吐蕃入寇上出幸陝州子儀收復京師十二月駕還長安）致使岐雍防西羌犬戎直來坐御牀百官跣足隨天王願見北地傅介子老儒不用尚書郎

憶昔開元全盛日小邑猶藏萬家室稻米流脂粟米白公私倉廩俱豐實九州道路無豺虎（晉作狼）遠行不勞吉日出齊紈魯縞車班班男耕女桑不相失宮中聖人奏雲門天下朋友皆膠漆百餘年間未災變叔孫禮樂蕭何律豈聞一絹直萬錢有田種穀今流血洛陽宮殿燒焚盡宗廟新除狐兔穴傷心不忍問耆

舊復恐初從亂離説小臣魯鈍無所能朝廷記識蒙祿秩周宣中興望我皇灑血一作淚江漢身荊作長衰疾

冬狩行 時梓州刺史章彝兼侍御史留後東川舊書嚴武傳上皇詔以劍兩川合爲一道是時已廢東川節度使故章以刺史領留後事詩云東川節度則循其舊稱也時代宗幸陝詔徵天下兵無一人應者故公感激言之

君不見東川節度兵馬雄校獵亦似觀成功夜發猛士三千人清晨合圍步驟同禽獸已斃十七八殺聲落日迴蒼穹幕前生致九青兕馲駝𡾟峗垂元熊東西南北百里閒髣髴蹴踏寒山空有鳥名鸜鵒力不能高飛逐走蓬肉味不足登鼎俎何爲見羈虞羅中春蒐冬狩侯一作候得同使君五馬一馬驄況今攝行大將權號令頗有前賢風飄然時危一老翁十年厭見旌旗紅喜君士卒甚整肅爲我迴轡擒西戎草中狐兔盡何益天子不在咸陽宮朝廷雖無幽王禍得

不哀痛塵再蒙嗚呼得不哀痛塵再蒙

自平

自平宮中（一作中宮 一作中官）呂太一收珠南海千餘日近供生犀翡翠稀復恐征戎（一作戍）干戈密蠻溪豪族小（一作出）動搖世封刺史非時（一作常）朝蓬萊殿前（一作裏）諸主將才如伏波不得驕

釋悶

四海十年不解兵犬戎（一作羊）也復臨咸京失道非關出襄野揚鞭忽是過胡（晉作湖）城豺狼塞路人斷絕烽火照夜屍縱橫天子亦應厭奔走羣公固合思昇平但恐誅求不改轍聞道嬖孽能（一作今）全生江邊老翁錯料事眼暗不見風塵清（按湖城在今閿鄉即漢之湖縣後魏之湖城縣也代宗由長安幸陝必過湖城錢箋引晉元帝至湖陰事失之矣）

閿山歌

閬州城東靈（一作雪）山白閬州城北玉臺（一作壺）碧松浮欲盡不盡雲江動將崩未崩石那知根無鬼神會已覺氣與嵩華敵中原格鬬且未歸應結茅齋看（一作著）青壁（一作應著茅齋向青壁）

閬水歌

嘉陵江色（一作山）何所似石黛碧玉相因依正憐日破浪花（一云閬山）出更復春從沙際歸巴童蕩槳欹側過水雞銜魚來去飛閬中勝事可腸斷閬州城南天下稀

三絕句

前（一作去）年渝州殺刺史今年開州殺刺史羣盜相隨劇虎狼食人更肯留妻子

二十一家同入蜀唯殘一人出駱谷自說二女齧臂時迴頭卻向秦雲哭

殿前兵馬雖驍雄縱暴略與羌渾同聞道殺人漢水

上婦女多在官軍中

莫相疑行

男兒生無所成頭皓白樊作男兒一生無成頭皓白牙齒欲落真可惜憶獻三賦蓬萊宮自怪一日聲輝一作輝荆一作烜赫集賢學士如堵牆觀我落筆中書堂往時文彩動人主此文粹作今日飢寒趨路旁晚將末契託年少文粹作晚將末節契年少當面輸一作論心背面笑寄謝悠悠世上兒不一作莫爭好惡莫相疑

青絲

青絲白馬誰家子麤豪且逐風塵起不聞漢主放妃嬪近靜潼關掃蜂蟻殿前兵馬破汝時十月即爲虀粉期未如一作知面縛歸金闕萬一皇恩下玉墀

近聞錢注永泰元年子儀與回紇定約請擊吐蕃爲效上停親征京師解嚴是年僕固名臣及党項帥皆來降次年二月命楊濟修好於吐蕃吐蕃遣首領論泣欽陵來朝此詩蓋

記其事也

近聞犬戎遠遁逃，牧馬不敢侵臨洮。渭水逶迤白日淨，隴山蕭瑟秋雲高。崆峒五原亦無事，北庭數有關中使。似聞贊普更求親，舅甥和好應難棄。

蠶穀行

天下郡國向萬城，無有一城無甲兵。焉得鑄甲作農器，一寸荒田牛得耕。牛盡耕（一有田字），蠶亦成。不勞烈士淚滂沱，男穀女絲行復歌。

折檻行（自此以上皆自秦入蜀居成都草堂中閬至青神新津暨居梓州閬州旋又歸居成都之詩）

嗚呼房魏不復見，秦王學士時難羨。青衿冑子困泥塗，白馬將軍若雷電。千載少似朱雲人，至今折檻空嶙峋。婁公不語宋公語，尚憶先皇容直臣。（錢箋：大歷初，國子監釋奠，魚朝恩率六軍諸將往聽講，子弟皆服朱紫為諸生，遂以朝恩判國子監事，故曰青衿冑子困泥塗。）

白馬將軍若雷電

引水

自此以下嚴武卒後公去成都東下寓居雲安夔州之詩

月峽瞿塘雲作頂亂石崢嶸俗無井雲安沽水奴僕悲魚復移居心力省白帝城西萬竹蟠接筒引水喉不乾人生留滯生理難斗水何直百憂寬

古柏行

孔明廟前一作墻有老柏柯如青銅根如石霜一作蒼皮溜雨一作水四十圍黛色參天二千尺君臣已與時際會樹木猶爲人愛惜雲來氣接巫峽長月出寒通雪山白憶昨路遶錦亭一作城東先主武侯同閟宮崔嵬枝幹郊原古窈窕丹青戶牖空落落盤踞雖得地冥冥孤高多烈風扶持自是神明力正直原因造化功大廈如傾要梁棟萬牛迴首邱山重不露文章世已驚未辭翦伐誰能送苦心豈免容螻蟻香一作密葉終

一作曾經一作鷲宿鸞鳳志士幽人莫怨嗟一作傷古來材

大難爲用

縛雞行

小奴縛雞向市賣雞被縛急相喧爭家中厭雞食蟲
蟻不知雞賣還遭烹蟲雞於人何厚薄吾叱奴人解
其縛雞蟲得失無了時注目寒江倚山閣

負薪行

夔州處女髮半華四十五十無夫家更遭喪亂嫁不
售一生抱恨堪一作長咨嗟土風坐男使女立應一作男
當門戶一作應門當戶女出入十猶一作有八九負薪歸賣薪
得錢應一作當供給至老雙鬟一作鐶只垂頸野花山葉
銀釵竝筋力登危集市門死生射利兼鹽井面妝首
飾雜啼痕地褊衣寒困石根若道巫山女麤醜何得
此有昭君村

最能行

峽中丈夫絕輕死少在公門多在水富豪有錢駕大舸貧窮取給行艓子小兒學問止論語大兒結束隨商旅欹帆側柂入波濤撇漩捎濆無險阻朝發白帝暮江陵頃來目擊信有徵瞿塘漫天虎鬚(一作眼)怒歸州長年行(一作與)最能此鄉之人氣(一作器)量窄誤競南風疏北客若道士(一作土)無英俊才何得山有屈原宅

寄裴施州

廊廟之具裴施州宿昔一逢無此(一作比)流金鐘大鏞在東序冰壺玉衡(英華作珩)懸清秋自從相遇感(晉作減)多病三歲為客寬邊愁堯有四岳明至理漢二千石真分憂幾度寄書白鹽北苦寒贈我青羔(一作絲)裘霜雪迴光避錦袖龍蛇(刊作蛟龍)動篋蟠銀鉤紫衣使者辭(一作辟)復命再拜故人謝佳政將老已失子孫憂後來況

接才華盛英華此句下有遙憶書樓碧池映七字

可歎

天上浮雲如一作似白衣斯須改變如蒼狗古往今來共一時人生萬事無不有近者抉眼去其夫陳作眯河東女兒身姓柳丈夫正色動引經酆城客子王季友羣書萬卷常暗誦孝經一通看在手貧窮老瘦家賣屐一作履好事就之爲攜酒豫章太守高帝孫引爲賓客敬頗久聞一作問道三年未曾語小心恐懼閉其口太守得之更不疑人生反覆看亦醜明月無瑕豈容易紫氣鬱鬱猶衝斗時危可仗眞豪俊二人得置君側否太守頃者領山南邦人思之比父母王生早曾拜顏色高山之外皆培塿用爲羲和天爲成用平水土地爲厚王也論道阻江湖李也丞疑曠前後死爲星辰終不滅致君堯舜焉肯朽吾輩碌碌飽飯行風

后力牧長迴首

觀公孫大娘弟子舞劍器行 并序

大歷二年十月十九日夔州府別駕元持一作特宅見臨潁李十二娘舞劍器壯其蔚跂問其所師一本此下有答字曰余公孫大娘弟子也開元三載一作五載時公年六歲公七齡思卽壯六歲觀劍似無不可詩云五十年閱似反掌自開元五年至是年凡五十一年草堂注云疑作十二載誤也余尚童穉記於郾城觀公孫氏舞劍器渾脫瀏灕頓挫獨出冠時自高頭宜春梨園二伎一作教坊內人洎外供奉曉是舞者聖文神武皇帝初公孫一人而已玉貌錦衣況余白首今玆弟子亦匪盛顏既辨其由來知波瀾莫二撫事慷慨聊爲劍器行往者吳人張旭善草書書帖數常於鄴一作葉縣見公孫大娘舞西河劍

器自此草書長進豪蕩感激即公孫可知矣

昔有佳人公孫氏一舞劍器動四方觀者如山色沮喪天地爲之久低昂㸌音酷如羿射九日落矯如羣帝驂龍翔來一作末如雷霆收震怒罷如江海凝清光絳脣珠袖兩寂寞況一作晚有弟子傳芬芳臨潁美人在白帝妙舞此曲神揚揚與余問答既有以感時撫事增惋傷先帝一作皇侍女八千人公孫劍器初第一五十年間似反掌風塵傾動一作澒洞昏王室梨園子弟散如煙女樂餘姿映寒日金粟堆南木已拱瞿唐石城草一作暮蕭瑟玳筵急管曲復終樂極哀來月東出老夫不知其所往足繭荒山轉愁疾一作寂

李潮八分小篆歌

蒼頡鳥跡既茫昧字體變化如浮雲陳倉石鼓又一作文已譌大小二篆生八分秦有李斯漢蔡邕中間作

者寂不聞嶧山之碑野火焚棗木傳刻肥失真苦縣光和尚骨立書一作畫貴瘦硬方通神惜哉李蔡不復一作可得吾甥李潮下筆親尚書韓擇木騎曹蔡有鄰開元已來數八分潮也奄有二子成三人況潮小篆逼秦相快劍長戟森相向八分一字直百一作千金蛟龍盤拏肉屈强吳郡張顛誇草書草書非古空雄壯豈如吾甥不流宕丞相中郎丈人行巴東一作江逢李潮逾月求我歌我今衰老才力薄潮乎潮乎奈汝何

荊南兵馬使太常卿趙公大食刀歌大食外國名在波斯之西兵刃勁利其俗勇于戰鬬

太常樓船聲嗷嘈問兵刮寇趨下牢楚地牧出令奔飛百艘猛蛟突獸紛騰逃白帝寒城駐錦袍元冬示我胡國刀壯士短衣頭虎毛憑軒拔鞘天爲高翻風轉日木一作水怒號冰翼雪淡傷哀猱鐫錯碧罌鸊鵜膏

鉏鋙一作銛鋒已瑩虛一作靈秋濤鬼神撇捩辭陳作亂坑壕蒼水使者捫赤條龍伯國人罷釣鼇芮公迴首顏色勞分閫救世用賢豪吳若本注芮公以唐書考之恐是衛伯玉趙公玉立高歌起攬環結佩相終始萬歲持之護天子得君亂絲與君理蜀江如線如針水一作如水針荊岑彈丸心未已賊臣惡子休干紀魑魅魍魎徒爲耳妖腰亂領敢欣喜用之不高亦不庳不似長劍須天倚吁嗟光祿英雄弭大食寶刀聊可比丹青宛轉麒麟裏光芒六合無泥滓

王兵馬使二角鷹

悲臺蕭颯一作瑟石巃嵸哀壑杈枒浩呼洶中有萬里之長江迴風滔陳作陷日孤光動角鷹翻倒壯士臂將軍玉帳軒翠一云昂氣甘泉賦颺翠氣之宛延李善注曰言宮觀之高故翠氣宛延在其側二鷹猛腦徐侯䍦荊作絛徐墜趙云徐侯䍦殊無理義介甫善本作絛徐墜於理

或然目如愁胡視天地杉雞竹兎不自惜溪一作谿虎野羊俱辟易韝上鋒稜十二翮將軍勇銳與之敵將軍樹勳起安西崑崙虞泉入馬蹏虞泉卽虞淵唐諱淵字也白羽曾肉三狻猊敢決豈不與之齊荆南芮公得將軍亦如角鷹下翔一作入朔雲惡烏飛飛啄金屋安得爾輩開其羣驅出六合梟鸞分

狄明府博濟○一作寄狄明府

梁公曾孫我姨弟不見十年官濟濟大賢之後竟淩遲浩蕩古今同一體比看叔伯四十人有才無命百寮底今者兄弟一百人幾人卓絕秉周禮在汝更用文章爲長兄白眉復天啓汝門請從曾翁一云公說太后當朝多巧詆一作計狄公執政在末年濁河終陳作中不汚清濟國嗣初將付諸武公獨廷諍守丹陛禁中決冊陳作冊決請一作詔房陵舊書中宗自房陵還宮則天匿之帳中召仁傑以廬陵爲

言仁傑慷慨敷奏言發涕流遽出中宗謂仁傑曰還卿儲君仁傑降階泣賀既已奏曰太子還宮人無知者物議安審是非則天以爲然乃復置中宗于龍門具禮迎歸人情感悅仁傑前後匡復奏對凡數萬言北海太守李邕撰爲梁公別傳備載其辭前（一作滿）朝長老皆流涕太宗社稷一朝正漢官威儀重昭洗時危始識不世才誰謂荼苦甘如薺汝曹又宜列土（一作鼎）食身使門戶多旌棨胡爲漂泊岷漢間干謁王侯頗歷抵（一作詆）況乃山高水有波秋風蕭蕭露泥泥虎之飢下巉喦蛟之橫出清泚早歸來黃土泥衣（陳作黃污人衣）眼易眯

秋風二首

秋風淅淅吹巫山上牢下牢修水關吳檣楚柁牽百丈暖向神（一作成）都寒未還要路何日罷長戟戰自青羌連百（一作白）蠻中巴不曾消息好瞑傳戍鼓長雲閒

秋風淅淅吹我衣東流之外西日微天清小城擣練急石古細路行人稀不知明月爲誰好早晚孤帆他

也一作夜歸會將白髮倚庭樹故園池臺今是非

久雨期王將軍不至

天一云山雨蕭蕭滯一作帶茅屋空山無以慰幽獨銳頭將軍來何遲令我心中苦不足數看黃霧亂元雲時聽嚴風折喬木泉源泠泠雜猿狖泥濘一作滓漠漠飢鴻鵠歲暮窮陰耿未已人生會面難再得憶爾腰下鐵絲箭射殺林中雪色鹿前者坐皮因問毛知子歷險人馬勞異獸如飛星宿落應弦不礙蒼山高安得突騎只五千崒然眉骨皆爾曹走平亂世相催促一豁明王正鬱陶憶一云恨昔范增碎玉斗未使吳兵著白袍昏昏閶闔閉氛祲十月荊南雷怒號

別李祕書始興寺所居

不見祕書心若失及見祕書失心疾安爲動主理信然我獨覺子神充實一作神實精重聞西方止觀經老身

古寺風泠泠妻兒待我一作來陳作米且歸去他日杖藜來細聽

虎牙行

秋一作北風欻吸晉作欻欻吹南國天地慘慘無顏色洞庭揚波江漢迴虎牙銅柱皆傾側巫峽陰岑朔漠氣峯巒窈窕谿谷黑杜鵑不來猿狖寒一作嘯山鬼幽憂雪霜逼楚老長嗟憶炎瘴三尺角弓兩斛力壁立石城橫塞起金錯旌竿滿雲直漁陽突騎獵青邱犬戎鏁甲聞丹極八荒十年防盜賊征戍誅求寡妻哭遠客中宵淚霑臆

錦樹行

今日苦短昨日休歲云暮矣增離憂霜凋碧樹待荆作行一作云錦樹萬壑東逝無停留荒戍之城石色古東郭老人住青邱飛書白帝營斗粟琴瑟几杖柴門幽青

荆作春草萋萋盡枯死天馬跂陳作與驥跂一作跛足隨氂牛自

古聖賢多薄命姦雄惡少皆封侯一作封公侯故國三年

一消息終南渭水寒悠悠五陵豪貴反顛倒鄉里小

兒狐白裘生男墮地要膂力一生一作生女富貴傾邦國

莫愁父母少黃金天下風塵兒亦得

赤霄行

孔雀未知牛有角渴飲寒泉逢觝觸赤霄元圃須往

來翠尾金花不辭辱江中淘河嚇飛鷰銜泥卻落羞

華屋皇孫猶曾蓮勺困衞一作飽莊見貶傷其足老翁

慎莫怪少年葛亮貴和書有篇丈夫垂名動萬年記

憶細故非高賢

前苦寒行二首

漢時長安雪一丈牛馬毛寒縮如蝟楚江巫峽氷入

懷虎豹哀號又堪記秦城老翁荆揚客慣習炎蒸歲

絺綌元冥祝融氣或交手持白羽未敢釋

去年白帝雪在山今年白帝雪在地凍埋蛟龍南浦縮寒刮（陳作劄）肌膚北風利楚人四時皆麻衣楚天萬里（英華作頭）無晶輝三足之烏足（英華作骨）恐斷羲和送將何所歸（一作迭送將安歸一作送之將安歸）

後苦寒行二首

南紀巫廬瘴不絕太古以來無尺雪蠻夷長老怨苦寒崑崙天關凍應（英華作欲）折元猿口噤不能嘯白鵠翅垂眼流（一作出）血安得春泥補地裂

晚（一作曉）來江門（一作邊）失大水猛風中夜吹（英華作飛）白屋天兵斬斷（英華作新斬）青海戎殺氣南行動地軸不爾苦寒何太（一作其）酷巴東之峽生凌澌彼蒼回軒（荊作斡）人得知

晚晴

高唐暮冬雪壯哉舊瘴無復似塵埃崖沈谷沒白皚皚江石缺裂青楓摧南天三旬苦霧開赤日照耀從西來六龍寒急光徘徊照我衰顏忽落地口雖吟咏心中哀未怪及時少年子揚眉結義黃金臺洎陳作泊乎吾生何飄零支離委絕同死灰

復陰

方冬合沓元陰塞昨日晚晴今日黑萬里飛蓬映天過孤城樹羽揚風直江濤簸一作欺岸黃沙走雲雪埋山蒼兕吼君不見夔子之國杜陵翁牙齒半落左耳聾

夜歸

夜半歸來衝虎過山黑家中已眠臥傍見北斗向江低仰看明星當空大庭前把燭嗔一作喚兩炬峽口驚猿聞一箇白頭老罷舞復歌杖藜不睡誰能那

寄柏學士林居

自胡之反持干戈天下學士亦奔波歎彼幽棲載典籍蕭然暴露依（一作向）山阿青山萬里（一作重）靜散地白雨一洗空垂蘿亂代飄零余（一作餘）到此古人成敗子如何荆揚春冬異風土巫峽日夜多雲（一作風）雨赤葉楓林百舌鳴黃泥（一作花）野岸天雞舞盜賊縱橫甚密邇形神寂寞甘辛苦幾時高議排金門各使蒼生有環堵

寄從孫崇簡

嵯峨白帝城東西南有龍湫北虎溪吾孫騎曹不騎馬業學尸鄉多養雞龐公隱時盡室去武陵春（一作記）樹他人迷與汝林居未相失近身藥裹酒長攜牧豎樵童亦無賴莫令斬斷青雲梯

醉爲馬墜諸公攜酒相看

甫也諸侯老賓客罷酒酣歌拓金戟騎馬復憶少年時散蹄迸落瞿塘石白帝城門水雲外低身直下八千尺粉堞電轉紫遊韁東得平岡出天壁江村野堂爭入眼垂鞭一作肩嚲鞚淩紫陌向來皓首驚萬人自倚紅顏能騎射安知決臆追風足朱汗驂驔猶噴玉不虞一蹶終損傷人生快意多所辱職當憂戚伏衾枕況乃遲暮加煩促明一作朋知來問腆我顏杖藜強起依僮僕語盡還成開口笑提攜別掃清溪曲酒肉如山又一時初筵哀絲動豪竹共指西日不相貸喧呼且覆杯中淥何必走馬來爲問一作不爲身君不見嵇康養生遭一作被殺戮

君不見簡蘇徯

君不見道邊廢棄池君不見前者摧折桐百年死樹中琴瑟一斛舊水藏蛟龍丈夫蓋棺事始定君今幸

未成老翁何恨憔悴在山中深山窮谷不可處霹靂魍魎兼（一作并）狂風

大覺高僧蘭若（和尚去冬往湖南○以上皆居川東雲安夔州之詩）

巫山不見廬山遠松林（一作閉）蘭若秋風晚一老猶鳴日暮鐘諸僧尚乞齋時飯香爐峯色隱晴湖種杏仙家近白榆飛錫去年嗁邑子獻花何日許門徒

憶昔行（此下皆寓居松陵公安及至湖南之詩）

憶昔北尋小有洞洪河怒濤過輕舸辛勤不見華蓋君艮岑青輝慘么麼千崖無人萬壑靜三步回頭五步坐秋山眼冷魂未歸仙賞心違淚交墮弟子誰依白茅（一作石）室盧老獨啓青銅鎖巾拂香餘擣藥塵階（一作前）除灰死燒丹火元圃滄洲莽空闊金節羽衣飄婀娜落日初霞閃餘映倏忽東西無不可松風磵水聲合時青兕黃熊嗁向我徒然咨嗟撫遺跡至今夢

想仍猶佐（一作左音如佐）祕訣隱文須內教晚歲何功使（一作收）願果更討（一作覓）衡陽董鍊師南浮（一作游）早鼓瀟湘枕

魏將軍歌

將軍昔著從事衫鐵馬馳突重兩銜被堅執銳略西極崑崙月窟東嶄巖（荊溪吳子良曰崑崙月窟在西南云東者謂將軍略地至西方之極而崑崙月窟反在東也）君門羽林萬猛士惡若哮虎子所監五年起家列霜戟一日過海收風帆平生流輩徒蠢蠢長安少年氣欲盡魏侯骨聳精爽緊華嶽峯尖見秋隼星纏寶校金盤陀夜騎天駟超天河欃槍熒惑不敢動翠蕤雲旓相蕩摩吾爲子起歌都護酒闌插劍肝膽露鉤陳蒼蒼風元武（一云元武暮）萬歲千秋奉明主臨江節士安足數

白鳧行

君不見黃鵠高于五尺童化爲白鳧似一作象老翁故畦遺穗已蕩盡天寒歲一作日暮波濤中鱗介腥羶素不食終日忍飢西復東魯門鶢鶋亦蹭蹬聞道如樊作于今猶避風黃鵠自喻其少年之遠志白鳧自喻其老年之貞節中四句自喻其窮困蹭蹬末二句言志士仁人蹭蹬者多非僅我也

朱鳳行

君不見瀟湘之山衡山高山巔一作巖朱鳳聲一作嗚嗷嗷側身長顧求其羣一作曹翅垂口噤心甚勞一作勞勞下愍百鳥在羅網黃雀最小猶難逃願分竹實及螻蟻盡使鴟梟相怒號此詩與鳳凰臺一首用意略同均以鳳自況而思有濟於世彼言鳳之心在致君此言鳳之心在澤民耳螻蟻黃雀皆民也鴟梟虐民之吏也

惜別行送向卿進奉端午御衣之上都

肅宗昔在靈武城指揮猛將收咸京向公泣血灑行殿一云向公亦衞伯玉蓋芮字傳寫之誤佐佑卿相乾坤平逆胡冥寞

隨煙燼卿家兄弟功名震麒麟圖一作閣畫鴻鴈行紫極出入黃金印尚書勳業超千古雄鎮荊州繼吾祖錢箋廣德元年衛伯玉拜江陵尹兼御史大夫荊南節度使尋加檢校工部尚書封陽城郡王此云鎮荊州知爲伯玉也繼吾祖者杜預以鎮南大將軍都督荊州諸軍事也向卿者尚書將命之人也裁縫雲霧成御衣拜跪題封向吳本作賀端午向卿將命寸心赤青山落日江潮白卿到朝廷說老翁漂零已是滄浪客

醉歌行贈公安顏少府請顧八題壁英華作贈公安縣顏十少府

神仙中人不易得顏氏之子才孤標天馬長鳴待駕馭秋鷹整翮當雲霄君不見東吳顧文學君不見西漢杜陵老詩家筆勢君不嫌詞翰升堂爲君掃是日霜風凍七澤烏蠻落照銜赤壁酒酣耳熱忘頭白感君意氣無所惜一爲歌行歌主客一本云醉歌行歌主客

夜聞觱篥

夜聞觱篥滄江上衰年側耳情所嚮鄰舟一聽多感傷塞曲三更欻悲壯積雪飛霜此夜寒孤燈急管復風（一作奔）湍君知天地（一作下）干戈滿不見江湖（一作湘）行路難

發劉郎浦

挂帆早發劉郎浦疾風颯颯昏亭午舟中無日不沙塵岸上空村盡豺虎十日北風風未迴客行歲晚晚（一作尤）相催白頭厭伴漁人宿黃帽青鞋歸去來

清明

著處繁花務（陳作華矜）是（一作足）日長沙千人萬人出渡頭翠柳豔明眉爭道朱蹄驕齧鄰此都好遊湘西寺諸將亦（一作遠一作方）自軍中至馬援征行在眼前葛彊（山簡愛將也）親近同心事金鐙（廣韻鐙與燈同）下山紅粉（一作日）晚牙檣

棙柂青樓遠（金鐙牙檣二句謂舍馬登舟也）古時喪亂皆可知人世

悲歡暫相遣弟姪雖存不得書干戈未息苦離（一作難）

居逢迎少壯非吾道況乃今朝更祓除

風雨看舟前落花戲爲新句

江上人家桃樹枝春寒細雨出疏籬影遭碧水潛句

引風妬紅花卻倒吹花困癲（一作嬾）傍舟楫水光風

力俱相怯赤憎輕薄遮入（一作人）懷（楊倫曰赤憎猶云生憎亦方言也）

珍重分明不來接（一作折）溼久飛遲半日（一作欲）高縈沙

惹草細於毛蜜蜂蝴蝶生情性（一作住）偷眼蜻蜓避百

勞

岳麓山道林二寺行

玉泉之南麓山殊道林林壑爭盤紆寺門高開洞庭

野殿腳插入赤沙湖五月寒風冷佛（一作拂）骨六時天

樂朝香爐地靈步步雪山草僧寶人人滄海珠塔劫

宮牆壯麗敞香〔一作石〕廚松道清涼〔樊作崇〕俱蓮花〔樊陳俱作池〕交響共命鳥金榜雙迴三足鳥方丈涉海費時節元圃尋河知有無暮年且喜經行近春日兼蒙暄暖扶飄然斑白身〔一作將〕奚適傍此煙霞茅可誅桃源人家易制度橘洲田土仍膏腴潭府邑中甚淳古太守庭內不喧呼昔遭衰世皆晦迹今幸樂國養微軀依止老宿亦未晚富貴功名焉足圖久爲野〔一作謝〕客尋幽慣細學何〔當作周〕顒免與孤〔錢箋石林詩話何顒見後漢黨錮傳與是詩之義不類當作周顒按南史周顒音辭辯麗長于佛理著三宗論言空假義西涼州智林道人遺顒書深相贊美于鍾山西立精舍休沐則歸之清貧寡欲終日長蔬雖有妻子獨處山舍公又曰何顒好不忘亦同此誤也又文選李善注引梁簡文帝草堂傳曰汝南周顒昔經在蜀以蜀草堂寺林壑可懷乃於鍾嶺雷次宗學館立寺因名草堂亦號山茨公以顒自喻言他日雖去蜀而周顒之與未忘也〕一重一掩〔山也〕吾肺腑山〔一作仙〕鳥山花吾友于〔宋公之問也〕放逐曾題壁物色分留與〔一作待〕老夫

暮秋枉裴道州手札率爾遣興寄近呈蘇渙侍

御

久客多枉友朋書素書一月凡一束虛名但蒙寒温問泛愛不救溝壑辱齒落未是無心人舌存恥作窮途哭道州手札適復至紙長要自三過讀盈把那須滄海珠入懷本倚崑山玉撥棄潭州百斛酒蕪沒瀟岸千株菊使我晝立煩兒孫令我夜坐費燈燭憶子初尉永嘉去紅顏白面花映肉軍符侯印取豈遲紫燕緑耳行甚速聖朝尚飛戰鬭塵濟世宜引英俊人黎元愁痛會蘇息夷狄跋扈徒逡巡授鉞築壇聞意旨頽綱漏網期彌綸郭欽上書見大計劉毅答詔驚羣臣他日更僕語不淺明公論兵氣益振傾壺簫管黑（一作理荊作動）白髮舞劍霜雪吹青春宴筵曾語蘇季子後來傑出雲孫比茅齋定王城郭門藥物楚老漁商

市市北肩輿每聯袂郭南抱甕亦隱几無數將軍西第成早作丞相東山起烏雀苦肥秋粟菽蛟龍欲蟄寒沙水天下鼓角何時休陣前部曲終日死附書與裴因示蘇此生已媿須人扶致君堯舜付公等早據要路思捐軀自首至費鐙燭極寫得書歡忭之情自憶子初尉句至吹青春敘遷官甚速冀其大用末四句憶其聚會燕語之時宴筵二句因裴公曾語及蘇因敘與蘇交情之密茅齋四句與蘇往還親密也無數三句言羣小得志蛟龍句言蘇不見用也。

歲暮行

歲云暮矣多北風瀟湘洞庭白雪一作雲中漁父天寒網罟凍莫徭射雁鳴桑弓隋地理志長沙郡雜有胡蜑名曰莫徭自言其先祖有功常免征役故以為名劉長卿連州臘日觀莫徭獵詩云莫徭自生長名字無符籍市易雜蛟人婚姻通木客廣異記蘭州莫徭以樵採為事去年米貴闕軍食今年米賤大傷農高馬達官厭酒肉此輩杼軸茅茨空楚人重魚不重鳥一作肉汝休枉殺南飛鴻況聞處處鬻男女割

慈忍愛還租庸往日用錢捉私鑄今許（一作來）鉛錫和青銅刻泥爲之最易得好惡不合長相蒙萬國城頭吹畫角此曲哀怨何時終

追酬故高蜀州人日見寄（並序）

開文書帙中檢所遺忘因得故高常侍適往居在成都時高任蜀州刺史人日相憶見寄詩淚灑行閒讀終篇末自枉詩已十餘年莫記存殁又六七年矣老病懷舊生意可知今海內忘形故人獨漢中王（樊作郡王）瑀與昭州敬使君超先在愛而不見情見乎辭大歷五年正月廿一日卻追酬高公此作因寄王及敬弟

自蒙（一作枉）蜀州人日作不意清詩又零落今晨散帙眼忽開（一作明）迸淚幽吟事如昨嗚呼壯士多慷慨合

沓高明動寥廓歎我悽悽求友篇感時鬱鬱匡君略

錦里春光空爛漫瑤墀侍臣已冥寞瀟湘水國傍黿

鼉鄠杜秋天失鵰鶚東西南北更誰吳作堪論白首扁

舟病獨存遙一作猶拱北辰纏寇盜欲傾東海洗乾坤

邊塞西蕃最充斥衣冠南渡多崩奔鼓瑟至今悲帝

子曳裾何處覓王門文章曹植波瀾闊服食劉安德

業尊長笛誰能一作鄰家亂愁思昭州詞翰與招魂

十八家詩鈔卷十一

十八家詩鈔卷十二目錄

韓昌黎七古七十八首

陵園妾

鹽商婦

杏爲梁

井底引銀瓶

官牛

紫毫筆

隋堤柳

草茫茫

古冢狐

黑潭龍

天可度

秦吉了

鵶九劒

采詩官

十八家詩鈔卷十二目錄

珍倣宋版印

十八家詩鈔卷十二

湘鄉曾國藩纂　合肥李鴻章審訂　東湖王定安校

韓昌黎七古七十八首

琴操十首並序

將歸操　孔子之趙聞殺鳴犢作

狄之水兮其色幽幽我將濟兮不得其由涉其淺兮石齧我足乘其深兮龍入我舟我濟而悔兮將安歸尤歸兮歸兮無與石鬭兮無應龍求

猗蘭操　孔子傷不逢時作

蘭之猗猗揚揚其香不採而佩於蘭何傷今天之旋其曷爲然我行四方以日以年雪霜貿貿薺麥之茂子如不傷我不爾覯薺麥之茂薺麥之有君子之傷君子之守

龜山操　孔子以季桓子受齊女樂諫不從

望龜山而作

龜之氣兮不能雲雨龜之枿兮不中梁柱龜之大兮祇以奄魯知將隳兮哀莫余伍周公有鬼兮嗟余歸輔

越裳操　周公作

雨之施物以孳我何意於彼爲自周之先其艱其勤以有疆宇私我後人我祖在上四方在下厥臨孔威敢戲以侮孰荒于門孰治于田四海既均越裳是臣

拘幽操　文王羑里作

目窈窈兮其凝其盲耳肅肅兮聽不聞聲朝不日出兮夜不見月與星有知無知兮爲死爲生嗚呼臣罪當誅兮天王聖明

岐山操　周公爲太王作

我家于豳自我先公伊我承序敢有不同今狄之人

將士我疆民爲我戰誰使死傷彼岐有岨我往獨處爾莫余追無思我悲

履霜操　尹吉甫子伯奇無罪爲後母譖而見逐自傷作

父兮兒寒母兮兒飢兒罪當笞逐兒何爲兒在中野以宿以處四無人聲誰與兒語兒寒何衣兒飢何食兒行于野履霜以足母生衆兒有母憐之獨無母憐兒甯不悲

雉朝飛操　牧犢子七十無妻見雉雙飛感之而作

雉之飛于朝日羣雌孤雄意氣橫出當東而西當啄而飛隨飛隨啄羣雌粥粥嗟我雖人曾不如彼雉雞生身七十年無一妾與妃

別鵠操　商陵穆子娶妻五年無子父母欲

其改娶其妻聞之中夜悲嘯穆子感之而作

雄鵠銜枝來雌鵠啄泥歸巢成不生子大義當乖離江漢水之大鵠身鳥之微更無相逢日且可繞樹相隨飛

殘形操　曾子夢見一貍不見其首作

有獸維貍兮我夢得之其身孔明兮而頭不知吉凶何爲兮覺坐而思巫咸上天兮識者其誰

嗟哉董生行

淮水出桐柏山東馳遙遙千里不能休淝水出其側不能千里百里入淮流壽州屬縣有安豐唐貞元時縣人董生召南隱居行義於其中刺史不能薦天子不聞名聲爵祿不及門門外惟有吏日來徵租更索錢嗟哉董生朝出耕夜歸讀古人書盡日不得息或

山而樵或水而漁入廚具甘旨上堂問起居父母不慼慼妻子不咨咨嗟哉董生孝且慈人不識惟有天翁知生祥下瑞無時期家有狗乳出求食雞來哺其兒啄啄庭中拾蟲蟻哺之不食鳴聲悲徬徨躑躅久不去以翼來覆待狗歸嗟哉董生誰將與儔時之人夫妻相虐兄弟爲讎食君之祿而令父母愁亦獨何心嗟哉董生無與儔

汴州亂

汴州自大歷後多兵劉元佐死子士甯代之無度其將李萬榮逐而代之萬榮死董晉寔代之晉卒陸長源總留後八日而軍亂長源死公是時已從晉喪出汴四日寔貞元十五年二詩之作蓋譏德宗姑息之政云

汴州城門朝不開天狗墮地聲如雷健兒爭誇殺留後連屋累棟燒成灰諸侯咫尺不能救孤士何者自興哀

母從子走者爲誰大夫夫人留後兒昨日乘車騎大

馬坐者起趨乘者下廟堂不肯用干戈嗚呼奈汝母子何

利劍

利劍光耿耿佩之使我無邪心故人念我寡徒侶持用贈我比知音我心如冰劍如雪不能刺讒夫使我心腐劍鋒折決雲中斷開青天噫劍與我俱變化歸黃泉

河之水二首寄子姪老成

河之水去悠悠我不如水東流我有孤姪在海陬三年不見兮使我生憂日復日夜復夜三年不見汝使我鬢髮未老而先化

河之水悠悠去我不如水東注我有孤姪在海浦三年不見兮使我心苦采蕨于山緡魚于淵我徂京師不遠其還

山石

山石犖确行徑微黃昏到寺蝙蝠飛昇堂坐階新雨足芭蕉葉大支子肥僧言古壁佛畫好以火來照所見稀鋪牀拂席置羹飯疏糲亦足飽我飢夜深靜臥百蟲絕清月出嶺光入扉天明獨去無道路出入高下窮煙霏山紅澗碧紛爛漫時見松櫪皆十圍當流赤足蹋澗石水聲激激風吹衣人生如此自可樂豈必局束爲人鞿嗟哉吾黨二三子安得至老不更歸

天星送楊凝郎中賀正

此詩貞元十二年作時楊凝以戶部郎中爲宣武軍判官公時與同佐董晉幕凝自汴朝正于京以詩送之

天星牢落雞喔咿僕夫起餐車載脂正當窮冬寒未已借問君子行安之會朝元正無不至受命上宰須及時侍從近臣有虛位公今此去歸何時

汴泗交流贈張僕射

貞元十五年公在徐州張建封幕汴水徐之西泗水

徐之南故以名篇公集有諫張僕射擊毬書此詩言此誠習戰非爲劇豈若安坐行良圖蓋亦以譏之也

汴泗交流郡城角築場千步平如削短垣三面繚逶迤擊鼓騰騰樹赤旗新秋朝涼未見日公早結束來何爲分曹決勝約前定百馬攢蹄近相映毬驚杖奮合且離紅牛纓紱黃金羈側身轉臂著馬腹霹靂應手神珠馳超遙散漫兩閑暇揮霍紛紜爭變化發難得巧意氣麤讙聲四合壯士呼此誠習戰非爲劇豈若安坐行良圖當今忠臣不可得公馬莫走須殺賊

忽忽

忽忽乎余未知生之爲樂也願脫去而無因安得長翮大翼如雲生我身乘風振奮出六合絕浮塵死生哀樂兩相棄是非得失付閑人

鳴鴈

嗷嗷鳴鴈鳴且飛窮秋南去春北歸去寒就暖識所依天長地闊棲息稀風霜酸苦稻粱微毛羽摧落身不肥徘徊反顧羣侶違哀鳴欲下洲渚非江南水闊朝雲多草長沙轉無網羅閒飛靜集鳴相和違憂懷惠性匪他淩風一舉君謂何此在幕府不得志之詩欲遠舉而他適也

龍移此詩謂南山湫也湫初在平地一日風雷移居山上其山下湫遂化爲土長安人至今謂之乾湫公題炭谷詩云厭處平地土巢居插天山其此之意歟

天昏地黑蛟龍移雷驚電激雄雌隨清泉百丈化爲土魚鼈枯死吁可悲

雉帶箭

原頭火燒靜兀兀野雉畏鷹出復沒將軍欲以巧伏人盤馬彎弓惜不發地形漸窄觀者多雉驚弓滿勁箭加衝人決起百餘尺紅翎白鏃相傾斜將軍仰笑軍吏賀五色離披馬前墮

條山蒼

條山蒼河水黃浪波沄沄去松柏在山岡波浪句喻世人隨俗波靡松柏句喻君子歲寒後凋亦自況之詩

贈鄭兵曹

罇酒相逢十載前君爲壯夫我少年罇酒相逢十載後我爲壯夫君白首我材與世不相當戢鱗委翅無復望當今賢俊皆周行君何爲乎亦遑遑杯行到君莫停手破除萬事無過酒

桃源圖

神仙有無何眇芒桃源之說誠荒唐流水盤迴山百轉生綃數幅垂中堂武陵太守好事者題封遠寄南宮下南宮先生忻得之波濤入筆驅文辭文工畫妙各臻極異境恍惚移於斯架巖鑿谷開宮室接屋連牆千萬日嬴顛劉蹶了不聞地坼天分非所惜種桃

處處惟開花川原近遠蒸紅霞初來猶自念鄉邑歲久此地還成家漁舟之子來何所物色相猜更問語大蛇中斷喪前王羣馬南渡開新主聽終辭絕共悽然自說經今六百年當時萬事皆眼見不知幾許猶流傳爭持酒食來相饋禮數不同樽俎異月明伴宿玉堂空骨冷魂清無夢寐夜半金雞啁哳鳴火輪飛出客心驚人閒有累不可住依然離別難為情船開棹進一迴顧萬里蒼蒼煙水暮世俗寧知偽與真至今傳者武陵人。

東方半明 此詩與煌煌東方星與寄頗同蓋指順宗即位不能親政而憲宗在東宮之時也時賈耽鄭珣瑜二相皆天下重望王叔文用事相繼引去此詩所以喻東方半明大星沒也執誼叔文初相汲引此詩所以喻獨有太白配殘月也順宗已厭機政執誼叔文尚以私意更相猜忌此詩所以有嗟爾殘月匆相疑同光共影須臾期也及憲宗立而叔文執誼竄猶東方明而殘月太白滅此詩所以喻殘月暉暉太白睒睒雞三號更五點

也意微而顯誠得詩人之旨

東方半明大星沒獨有太白配殘月嗟爾殘月勿相疑同光共影須臾期殘月暉暉太白睒睒雞三號更五點

贈唐衢

虎有爪兮牛有角虎可搏兮牛可觸奈何君獨抱奇材手把鋤犁餓空谷當今天子急賢良匭函朝出開明光胡不上書自薦達坐令四海如虞唐

貞女峽在連州桂陽縣貞元十九年冬公自監察御史謫連州陽山令有此詩荊州記秦時有女子化人石在東岸穴中

江盤峽束春湍豪雷風戰鬬魚龍逃懸流轟轟射水府一瀉百里翻雲濤漂船擺石萬瓦裂咫尺性命輕鴻毛

贈侯喜

吾黨侯生字叔起呼我持竿釣温水平明鞭馬出都門盡日行行荆棘裏温水微茫絶又流深如車轍闊容輈蝦蟇跳過雀兒浴此縱有魚何足求我爲侯生不能已盤針擘粒投泥滓晡時堅坐到黃昏手倦目勞方一起暫動還休未可期蝦行蛭渡似皆疑舉竿引綫忽有得一寸纔分鱗與鬐是日侯生與韓子良久歎息相看悲我今行事盡如此此事正好爲吾規半世遑遑就舉選一名始得紅顏衰人間事勢豈不見徒自辛苦終何爲便當提攜妻與子南入箕潁無還時叔起君今氣方銳我言至切君勿嗤君欲釣魚須遠去大魚豈肯居沮洳

古意

太華峯頭玉井蓮開花十丈藕如船冷比雪霜甘比蜜一片入口沈痾痊我欲求之不憚遠青壁無路難

貪緣安得長梯上摘實下種七澤根株連

八月十五夜贈張功曹署

纖雲四卷天無河清風吹空月舒波沙平水息聲影絕一杯相屬君當歌君歌聲酸辭且苦不能聽終淚如雨洞庭連天九疑高蛟龍出沒猩鼯號十生九死到官所幽居默默如藏逃下牀畏蛇食畏藥海氣溼蟄熏腥臊昨者州前搥大鼓嗣皇繼聖登夔皋赦書一日行萬里罪從大辟皆除死遷者追迴流者還滌瑕蕩垢朝清班州家申名使家抑使家謂湖南觀察使坎軻祇得移荆蠻判司卑官不堪說未免捶楚塵埃閒老杜送高書記詩脫身簿尉中始與捶楚辭按唐制參軍簿尉有過即受笞杖之刑杜牧詩云參軍與簿尉塵土驚劻勷一語不中治鞭笞身滿瘡同時輩流多上道天路幽險難追攀君歌且休聽我歌我歌今與君殊科一年明月今宵多人生由命非由他有酒不飲奈明何自洞庭連天至難追攀句

皆張署之歌辭末五句韓公之歌辭

謁衡嶽廟遂宿嶽寺題門樓

五嶽祭秩皆三公四方環鎮嵩當中火維地荒足妖怪天假神柄專其雄噴雲泄霧藏半腹雖有絕頂誰能窮我來正逢秋雨節陰氣晦昧無清風潛心默禱若有應豈非正直能感通須臾靜埽衆峯出仰見突兀撐青空紫蓋連延接天柱石廪騰擲堆祝融森然魄動下馬拜松柏一逕趨靈宮粉牆丹柱動光彩鬼物圖畫填青紅升階傴僂薦脯酒欲以菲薄明其衷廟令老人識神意睢盱偵伺能鞠躬手持杯珓導我擲云此最吉餘難同竄逐蠻荒幸不死衣食纔足甘長終侯王將相望久絕神縱欲福難爲功夜投佛寺上高閣星月掩映雲朣朧猿鳴鐘動不知曙杲杲寒日生於東

峋嶁山

峋嶁山尖神禹碑字青石赤形摹奇科斗拳身薤倒披鸞飄鳳泊拏龍螭事嚴跡祕鬼莫窺道人獨上偶見之我來咨嗟涕漣洏千搜萬索何處有森森綠樹猨猱悲

永貞行 貞元廿一年正月德宗崩順宗即位病不能視朝王伾王叔文用事四月冊皇太子八月立爲皇帝是爲憲宗順宗爲太上皇改元永貞此詩所以具載太皇謂順宗小人謂叔文元臣故老謂杜佑高郢鄭珣瑜等嗣皇謂憲宗郎官荒郡意指劉禹錫坐叔文黨貶連州也公方量移江陵而夢得出爲連州邂逅荊蠻故作是詩觀終篇之意可見其爲夢得作也或云自四門肅穆賢俊登下爲別篇非是

君不見太皇亮陰未出令小人乘時偷國柄北軍百萬虎與貔天子自將非他師一朝奪印付私黨是歲五月王叔文等以金吾大將軍范希朝爲左右神策京西諸城鎮行營節度使以度支郎中韓泰爲其行軍司馬叔文欲奪取宦官兵權以自固藉希朝老將使主其名而實以泰專其事人情不測其所爲益疑懼私

黨卿泰也懍懍朝士何能爲狐鳴梟噪爭署置睗睒跳踉相嫵媚夜作詔書朝拜官超資越序曾無難公然白日受賄賂火齊磊落堆金盤元臣故老不敢語晝臥涕泣何汍瀾王叔文用事一日諸相會食叔文至中書欲與韋執誼計事執誼起迎諸相停筯以待有頃報叔文索飯已與韋相同餐閣中杜佑高郢懼不敢言鄭珣瑜獨歎曰吾豈可復居此位索馬徑歸臥不起董賢三公誰復惜侯景九錫行可歎國家功高德且厚天位未許庸夫干嗣皇卓犖信英主文如太宗武高祖膺圖受禪登明堂共流幽州鯀死羽四門肅穆賢俊登數君匪親豈其朋郎官清要爲世稱荒郡迫野嗟可矜九月貶韓泰撫州司封郎中韓曄池州禮部員外郎柳宗元邵州屯田員外郎劉禹錫連州刺史皆自郎官遷謫湖禹錫至荊南改武陵司馬此詩未改武陵前作也波連天日相騰蠻俗生梗瘴癘烝江氛嶺祲昏若凝一蛇兩頭見未曾怪鳥鳴喚令人憎蠱蟲羣飛夜撲燈雄虺毒螫墮股肱食中置藥肝心崩左右使令詐

難憑慎勿淚信常兢兢吾嘗同僚情可勝具書目見非妄儆嗟爾既往宜爲懲

李花贈張十一署

江陵城西二月尾花不見桃惟見李風揉雨練雪羞比波濤翻空杳無涘君知此處花何似白花倒燭天夜明羣雞驚鳴官吏起金烏海底初飛來朱輝散射青霞開迷魂醉眼看不得照耀萬樹繁如堆念昔少年著遊燕對花豈省曾辭杯自從流落憂感集欲去未到先思迴祇今四十已如此後日更老誰論哉力攜一罇獨就醉不忍虛擲委黃埃

杏花

居鄰北郭古寺空杏花兩株能白紅曲江滿園不可到看此宥避雨與風二年流竄出嶺外所見草木多異同冬寒不嚴地恆泄陽氣發亂無全功浮花浪蘂

鎮長有纔開還落瘴霧中山榴躑躅少意思照耀黄
紫徒爲叢鷓鴣鉤輈猨叫歇杳杳深谷攢青楓豈如
此樹一來翫若在京國情何窮今旦胡爲忽惆悵萬
片飄泊隨西東明年更發應更好道人莫忘鄰家翁

感春四首 第二首 五言附

我所思兮在何所情多地遐兮徧處處東西南北皆
欲往千江隔兮萬山阻春風吹園雜花開朝日照屋
百鳥語三杯取醉不復論一生長恨奈何許
皇天平分成四時春氣漫誕最可悲雜花妝林草蓋
地白日座上傾天維蜂喧鳥咽留不得紅萼萬片從
風吹豈如秋霜雖慘冽摧落老物誰惜之爲此徑須
沽酒飲自外天地棄不疑近憐李杜無檢束爛漫長
醉多文辭屈原離騷二十五不肯餔啜糟與醨惜哉
此子巧言語不到聖處寧非癡幸逢堯舜明四目條

理品彙皆得宜平明出門暮歸舍酩酊馬上知爲誰朝騎一馬出暝就一牀臥詩書漸欲拋節行久已惰冠欹感髮禿語誤悲齒墮孤負平生心已矣知何奈我恨不如江頭人長網橫江遮紫鱗獨宿荒陂射鳧鴈賣納租賦官不嗔歸來歡笑對妻子衣食自給寧羞貧今者無端讀書史智慧只足勞精神畫蛇著足無處用兩鬢雪白趨埃塵乾愁漫解坐自累與衆異趣誰相親數杯澆腸雖暫醉皎皎萬慮醒還新百年未滿不得死且可勤買拋青春

寒食日出遊 張十一院長見示病中憶花九篇寒食日出遊夜歸因以投贈張十一即功曹署公與張同自御史貶官又同爲江陵掾公法曹參軍張功曹參軍元和元年時也

李花初發君始病我往看君花轉盛走馬城西惆悵歸不忍千株雪相映邇來又見桃與梨交開紅白如

爭競可憐物色阻攜手空展霜縑吟九詠紛紛落盡泥與塵不共新妝比端正桐華最晚今已繁君不強起時難更闕山遠別固其理寸步難見始知命憶昔與君同貶官夜渡洞庭看斗柄豈料生還得一處引袖拭淚悲且慶各言生死兩追隨直置心親無貌敬念君又署南荒吏（張在江陵未幾邕管經略使路恕署爲判官）路指鬼門幽且夐三公盡是知音人曷不薦賢陛下聖囊空甑倒誰救之我今一食日還併自然憂氣損天和安得康強保天性斷鶴兩翅鳴何哀縶驥四足氣空橫今朝寒食行野外綠楊市岸蒲生迸宋玉庭邊不見人輕浪參差魚動鏡自嗟孤賤足瑕疵特見放縱荷寬政飲酒寧嫌盞底深題詩尚倚筆鋒勁明宵故欲相就醉有月莫愁當火令

憶昨行和張十一

憶昨夾鍾之呂初吹灰上公禮罷元侯迴上公方以為當作社公敍荊帥裴均罷社而享客也朱子云上公卽社神也不必改為社公車載牲牢甕舁酒並召賓客延鄒枚腰金首翠光照耀絲竹迴發清以哀青天白日花草麗玉斝屢舉傾金罍張君名聲座所屬起舞先醉長松攉宿酲未解舊痁作深室靜臥聞風雷自期殞命在春序屈指數日憐嬰孩危辭苦語感我耳淚落不掩何漼漼自首至此敘張與裴帥賽社之宴酒後臥病念昔從君渡湘水大帆夜劃窮高桅陽山鳥路出臨武驛馬拒地驅頻隤踐蛇茹蠱不擇死忽有飛詔從天來伾文未揃崖州熾雖得赦宥恆愁猜近者三姦悉破碎羽窟無底幽黃能眼中了了見鄉國知有歸日眉方開自念昔從君至此敘與張同貶南荒而俱幸北歸今君縱署天涯吏投檄北去何難哉張在江陵雖經邕管經略使路恕奏署為判官而可以辭謝不往故勸其投檄北去投檄猶投紱投劾之投無妄之憂勿藥喜一善自

足。襪。千。災。頭輕目朗肌骨健古劍新斸磨塵埃殃銷

禍散百福并從此直至耇與鮐嵩山東頭伊洛岸勝

事不假須穿栽君當先行我待滿沮溺可繼窮年推

自今君縱署至此祝張病體

康復將耦耕於嵩山之下

劉生詩

生名師命其姓劉自少軒輕非常儔棄家如遺來遠

遊東走梁宋暨揚州遂凌大江極東陬洪濤舂天禹

穴幽越女一笑三年留南逾橫嶺入炎州青鯨高磨

波山浮怪魅炫曜堆蛟虬山獠讙譟猩猩游毒氣爍

體黃膏流問胡不歸良有由美酒傾水炙肥牛妖歌

慢舞爛不收倒心迴腸爲青眸千金邀顧不可酬乃

獨遇之盡綢繆瞥然一餉成十秋昔鬢未生今白頭

五管歷徧無賢侯迴望萬里還家羞陽山窮邑惟猨

猴手持釣竿遠相投我爲羅列陳前修芟蒿斬蓬利

鋤耰天星迴環數纔周文學穰穰囷倉稠車輕御良馬力優咄哉識路行勿休往取將相酬恩讎劉在廣南當有名妓聲價甚高而遇劉獨厚者美酒二句劉之治遊也倒心句傾情於名妓也千金句聲價高也綢繆句待劉厚也

鄭羣贈簟

蘄州笛竹天下知鄭君所寶尤瓌奇攜來當晝不得臥一府傳看黃琉璃體堅色淨又藏節盡眼凝滑無瑕瘢法曹貧賤衆所易腰腹空大何能爲自從五月困暑溼如坐深甑遭烝炊手磨袖拂心語口慢膚多汗真相宜日暮歸來獨惆悵有賣直欲傾家資誰謂故人知我意卷送八尺含風漪呼奴埽地鋪未了光彩照耀驚童兒青蠅側翅蚤蝨避肅肅疑有青飈吹倒身甘寢百疾愈卻願天日恆炎曦明珠青玉不足報贈子相好無時衰

豐陵行

羽衛煌煌一百里曉出都門葬天子羣臣雜沓馳後先宮官穰穰來不已是時新秋七月初金神按節炎氣除清風飄飄輕雨灑偃蹇旂旆卷以舒逾梁下坂笳鼓咽嵽嵲遂走玄宮閭哭聲訇天百鳥噪幽坎晝閉空靈輿皇帝孝心深且遠資送禮備無羸餘設官置衛鎖嬪妓供養朝夕象平居臣聞神道尚清淨三代舊制存諸書墓藏廟祭不可亂欲言非職知何如

遊青龍寺贈崔大補闕

（諸本大作羣崔羣字敦詩公同年進士也公元和元年在京師為國子博士時作詳詩意可見寺在京城南門之東洪慶善云詩中正值萬株紅葉滿謂柿也靈液屢進頗黎盌謂食柿也）

秋灰初吹季月管日出卯南暉景短友生招我佛寺行正值萬株紅葉滿光華閃壁見神鬼赫赫炎官張火傘然雲燒樹大實駢金烏下啄赬虬卵魂翻眼倒

忘處所赤氣沖融無間斷有如流傳上古時九輪照
燭乾坤旱二三道士席其間靈液屢進頗黎盌忽驚
顏色變韶穉卻信靈仙非怪誕桃源迷路竟茫茫棗
下悲歌徒纂纂前年嶺隅鄉思發躑躅成山開不算
去歲羇帆湘水明霜楓千里隨歸伴猨呼鼯嘯鷓鴣
啼側耳酸腸難濯澣思君攜手安能得今者相從敢
辭懶由來鈍騃寡參尋況是儒官飽閑散惟君與我
同懷抱鋤去陵谷置平坦年少得途未要忙時清諫
疏尤宜罕何人有酒身無事誰家多竹門可款須知
節候即風寒幸及亭午猶妍暖南山逼冬轉清瘦刻
畫圭角出崖窾當憂復被冰雪埋汲汲來窺誡遲緩

贈崔立之評事

崔侯文章苦捷敏高浪駕天輸不盡曾從關外來上
都隨身卷軸車連軫朝為百賦猶鬱怒暮作千詩轉

遒緊搖毫擲簡自不供頃刻青紅浮海蜃才豪氣猛
易語言往往蛟螭雜螻蚓知音自古稱難遇世俗乍
見那妨哂勿嫌法官未登朝猶勝赤尉長趨尹時命
雖乖心轉壯技能虛富家逾窘念昔塵埃兩相逢爭
名齟齬持矛楯子時專場誇觜距余始張軍嚴韅靮
爾來但欲保封疆莫學龐涓怯孫臏竄逐新歸厭聞
鬧齒髮早衰嗟可閔頻蒙怨句刺棄遺豈有閑官敢
推引深藏篋笥時一發戢戢已多如束筍可憐無益
費精神有似黃金擲虛牝當今聖人求侍從拔擢杞
梓收楛箘東馬嚴徐已奮飛枚皐即召窮且忍復聞
王師西討蜀霜風洌洌摧朝菌走章馳檄在得賢燕
雀紛拏要鷹隼竊料二途必處一豈比恆人長蠢蠢
勸君韜養待徵招不用雕琢愁肝腎牆根菊花好沽
酒錢帛縱空衣可準暉暉簷日暖且鮮摵摵井梧疏

更殞高士例須憐麴糵丈夫終莫生畦畛能來取醉任喧呼死後賢愚俱泯泯

送區弘南歸

穆昔南征軍不歸蟲沙猨鶴伏以飛洶洶洞庭莽翠微九疑巉天荒是非野有象犀水貝璣分散百寶人士稀我遷于南日周圍貞元十九年冬公謫陽山來明年冬弘來故云日周圍見者衆莫依俙爰有區子熒熒暉觀以彝訓或從違我念前人譬葑菲落以斧引以纆徽雖有不逮驅騑騑或採于薄漁于磯服役不辱言不譏從我荊州來京畿離其母妻絕因依嗟我道不能自肥子雖勤苦終何希王都觀闕雙巍巍騰蹋衆駿事鞍鞿佩服上色紫與緋獨子之節可嗟唏母附書至妻寄衣開書拆衣淚痕晞雖不敕還情庶幾朝暮盤羞惻庭闈幽房無人感伊威人生此難餘可祈子去矣時若發機

蜃沈海底氣昇霏彩雉野伏朝扇翬處子窈窕王所妃苟有令德隱不腓況今天子鋪德威蔽能者誅薦受禨出送撫背我涕揮行行正直慎脂韋業成志樹來頎頎我當爲子言天扉

三星行

我生之辰月宿南斗牛奮其角箕張其口牛不見服箱斗不挹酒漿箕獨有神靈無時停簸揚無善名已聞無惡聲已讙名聲相乘除得少失有餘三星各在天什伍東西陳嗟汝牛與斗汝獨不能神

剝啄行

剝剝啄啄有客至門我不出應客去而嗔從者語我子胡爲然我不厭客困于語言欲不出納以堙其源空堂幽幽有秸有莞門以兩版叢書於間窅窅深塹其墉甚完彼寧可隳此不可干從者語我嗟子誠難

子雖云爾其口益蕃我爲子謀有萬其全凡今之人急名與官子不引去與爲波瀾雖不開口雖不開關變化咀嚼有鬼有神今去不勇其如後艱我謝再拜汝無復云往追不及來不有年

陸渾山火和皇甫湜用其韻

皇甫補官古賁渾時當玄冬澤乾源山狂谷很相吐呑風怒不休何軒軒擺磨出火以自燔有聲夜中驚莫原天跳地踔顛乾坤赫赫上照窮崖垠截然高周燒四垣神焦鬼爛無逃門三光弛隳不復暾虎熊麋豬逮猴猨水龍鼉龜魚與黿鴉鴟鵰鷹雉鵠鵾燖炰煨爊孰飛奔已上渾寫野燒之盛祝融告休酌卑尊告休猶休暇也卑尊卿客也周禮小司徒云使各登其鄉之衆寡卿大夫云率其吏與其衆寡此云卑尊猶彼云衆寡耳錯陳齊玫闢華園芙蓉披猖塞鮮繁二句陳設千鐘萬鼓咽耳喧攢雜啾嚄沸篪塤二句音樂彤幢絳旃紫纛旛此句旌旗

炎官熱屬朱冠褌髹其肉皮通髀臀頹胷垤腹車掀轅此三句衆客之衣冠形狀緹顏靺股豹兩鞬霞車虹靷日轂轓丹蕤縓蓋緋繙旛此三句客之儀從紅帷赤幕羅脤膰衁池波風肉陵屯二句祭饌酒食谽呀鉅壑頗黎盆豆登五山瀛四罇二句器皿熙熙釂酬笑語言雷公擘山海水翻齒牙嚼齧舌齶反電光磹磹頳目暖四句笑語醉態自祝融告休至此設爲祝融宴客儀衞之盛賓從之豪笑語之譁頊冥收威避玄根斥棄輿馬背厥孫縮身潛喘拳肩跟拳肩跟者謂肩與足跟拳跼相連極言顓頊玄冥君臣失勢之狀君臣相憐加愛恩命黑螭偵焚其元天闕悠悠不可援夢通上帝血面論側身欲進叱於閽帝賜九河湔涕痕又詔巫陽反其魂徐命之前問何冤火行於冬古所存我如禁之絕其飧女丁婦壬傳世婚洪曰丁火也壬水也火女也水男也丁女而爲婦於壬故曰女丁婦壬一朝結讎奈後昆時行當反慎藏蹲視桃著花可小騫月及申酉利復

恕助汝五龍從九鶡溺厥邑囚之崐崙自火行於冬至此九句皆上帝勸慰水神之辭言不必與火結讎時至行將勝之也皇甫作詩止睡昏辭誇

出真遂上焚要余和增怪又煩雖欲悔舌不可捫自項冥收威至此皆水火相剋相濟之說

和虞部盧四汀酬翰林錢七徽赤藤杖歌

赤藤爲杖世未窺臺郎始攜自滇池滇王掃宮避使者跪進再拜語嗢咿繩橋拄過免傾墮性命造次蒙扶持途經百國皆莫識君臣聚觀逐旌麾共傳滇神出水獻赤龍拔鬚血淋漓又云羲和操火鞭暝到西極睡所遺幾重包裹自題署不以珍怪誇荒夷歸來捧贈同舍子浮光照手欲把疑空堂晝眠倚牖戶飛電著壁搜蛟螭東坡以鐵拄杖壽樂全詩有句云欻壁蛟龍護晝眠融化此兩句而爲之也南宮清深禁闈密唱和有類吹塤篪妍辭麗句不可繼見寄聊且慰分司

感春五首

辛夷高花最先開，青天露坐始此迴。已呼孺人戛鳴瑟，更遣稚子傳清杯。選壯軍興不爲用，坐狂朝論無由陪。如今到死得閑處，還有詩賦歌康哉。

洛陽東風幾時來，川波岸柳春全迴。宮門一鎖不復啓，雖有九陌無塵埃。策馬上橋朝日出，樓闕赤白正崔嵬。孤吟屢闋莫與和，寸恨至短誰能裁。

春出可耕時已催，王師北討何當迴。（元和四年討成德節度使王承宗）放車載草農事濟，戰馬苦飢誰念哉。蔡州納節舊將死，（是年彰義軍節度使吳少誠卒）起居諫議聯翩來。（裴度以河南府功曹召爲起居舍人孟簡孔戣皆爲諫議大夫聯翩相繼也）朝廷未省有遺策，肯不垂意缾與罍。

前隨杜尹拜表迴，笑言溢口何歡咍。孔丞別我適臨汝，風骨峭峻遺塵埃。音容不接祇隔夜，凶訃詎可相尋來（元和四年杜兼爲河南尹十一月無疾暴卒孔戡以衛尉寺丞分司東都五年正月將浴臨汝之陽泉至其縣遂卒凶訃相尋謂此）天公高居鬼神惡欲保性命誠難哉

辛夷花房忽全開將衰正盛須頻來清晨輝輝燭霞日薄暮耿耿和煙埃朝明夕暗已足歎況乃滿地成摧頹迎繁送謝別有意誰肯留念少環迴

醉留東野

昔年因讀李白杜甫詩長恨二人不相從吾與東野生並世如何復躡二子蹤東野不得官白首誇龍鍾韓子稍姦黠自慙青蒿倚長松低頭拜東野願得終始如駏蛩東野不迴頭有如寸莛撞鉅鐘吾願身爲雲東野變爲龍四方上下逐東野雖有離別無由逢

李花二首

平旦入西園梨花數株若矜夸旁有一株李顏色慘

慘似含嗟問之不肯道所以獨繞百帀至日斜忽憶前時經此樹正見芳意初萌牙奈何趁酒不省錄不見玉枝攢霜葩泫然爲汝下雨淚無由反旆羲和車東風來吹不解顏蒼茫夜氣生相遮冰盤夏薦碧實脆斥去不御慙其花

當春天地爭奢華洛陽園苑尤紛拏誰將平地萬堆雪翦刻作此連天花日光赤色照未好明月暫入都交加夜領張徹投盧仝乘雲共至玉皇家長姬香御四羅列縞裊練帨無等差靜濯明妝有所奉顧我未肯置齒牙清寒瑩骨肝膽醒一生思慮無由邪

寄盧仝 元和六年春公爲河南令作仝閉門不出時洛陽有留守鄭餘慶有尹李素仝皆不見水北謂石洪水南謂溫造皆繼往河陽幕少室謂李渤三人者皆仝所不爲也

玉川先生洛城裏破屋數間而已矣一奴長鬚不裹頭一婢赤腳老無齒辛勤奉養十餘人上有慈親下

妻子先生結髮憎俗徒閉門不出動一紀至令鄰僧乞米送僕忝縣尹能不恥俸錢供給公私餘時致薄少助祭祀勸參留守謁大尹言語纔及輒掩耳水北山人得名聲去年去作幕下士水南山人又繼往鞍馬僕從塞閭里少室山人索價高兩以諫官徵不起彼皆刺口論世事有力未免遭驅使先生事業不可量惟用法律自繩己春秋三傳束高閣獨抱遺經究終始往年弄筆嘲同異。怪辭驚衆謗不已。近來自說尋坦塗。猶上虛空跨綠駬。去歲生兒名添丁意令與國充耘耔國家丁口連四海豈無農夫親耒耜先生抱才終大用宰相未許終不仕假如不在陳力列立言垂範亦足恃苗裔當蒙十世宥豈謂貽厥無基阯故知忠孝生天性潔身亂倫安足擬昨晚長鬚來下狀隔牆惡少惡難似每騎屋山下窺闞渾舍驚怕走折趾憑依婚媾敖官吏不信令行能禁止先生受屈未曾語忽此來告良有以嗟我身爲赤縣令操權不用欲何俟立召賊曹呼伍伯盡取鼠輩尸諸市先生又遣長鬚來如此處置非所喜況又時當長養節都邑未可猛政理先生固是余所畏度量不敢窺涯涘放縱是誰之過歟效尤戮僕媿前史買羊沽酒謝不敏偶逢明月曜桃李先生有意許降臨更遣長鬚致雙鯉

酬司門盧四兄雲夫院長望秋作

長安雨洗新秋出極目寒鏡開塵函終南曉望蹋龍尾倚天更覺青巉巉自知短淺無所補從事久此穿朝衫歸來得便卽遊覽暫似壯馬脫重銜曲江荷花蓋十里江湖生目思莫緘樂遊下矚無遠近綠槐萍合不可芟白首寓居誰借問平地寸步扃雲巖雲夫

吾兄有狂氣嗜好與俗殊酸鹹日來省我不肯去論詩說賦相諵諵望秋一章已驚絕猶言低抑避謗讒若使乘酣騁雄怪造化何以當鐫鑱嗟我小生值強伴怯膽變勇神明鑒(平聲)馳坑跨谷終未悔為利而止真貪饞高揖羣公謝名譽遠追甫白感至誠樓頭完月不共宿其奈就缺行攕攕

誰氏子(呂氏子炅河南人元和中棄其妻著道士服謝母曰當學仙王屋山去數月復出見河南少尹李素素立之府門使吏卒脫道士服給冠帶送付其母公時為河南令作此詩有顧往教誨不從而誅之語至是素始歸之事見李素墓誌)

非癡非狂誰氏子去入王屋稱道士白頭老母遮門啼挽斷衫袖留不止翠眉新婦年二十載送還家哭穿市或云欲學吹鳳笙所慕靈妃媲蕭史又云時俗輕尋常力行險怪取貴仕神仙雖然有傳說知者盡知其妄矣聖君賢相安可欺乾死窮山竟何俟嗚呼

余心誠豈弟願往教誨究終始罰一勸百政之經不從而誅未晚耳誰其友親能哀憐寫吾此詩持送似

河南令舍池臺

灌池纔盈五六丈築臺不過七八尺欲將層級壓籬落未許波瀾量斗碩規摹雖巧何足誇景趣不遠真可惜長令人吏遠趨走已有蛙黽助狼藉

石鼓歌

張生手持石鼓文勸我試作石鼓歌少陵無人謫仙死才薄將奈石鼓何周綱陵遲四海沸宣王憤起揮天戈大開明堂受朝賀諸侯劍珮鳴相磨蒐于岐陽騁雄俊萬里禽獸皆遮羅鐫功勒成告萬世鑿石作鼓隳嵯峨從臣才藝咸第一揀選撰刻留山阿雨淋日炙野火燎鬼物守護煩撝呵（自周綱陵遲至此敘周宣蒐狩鐫功勒石）公從何處得紙本毫髮盡備無差訛辭嚴義密讀難

曉字體不類隸與科年深豈免有缺畫快劍斫斷生蛟鼉鸞翔鳳翥衆仙下珊瑚碧樹交枝柯金繩鐵索鎖紐壯古鼎躍水龍騰梭陋儒編詩不收入二雅褊迫無委蛇孔子西行不到秦掎摭星宿遺羲娥自公從何處至此敘搨本之精文字之古嗟余好古生苦晚對此涕淚雙滂沱憶昔初蒙博士徵其年始改稱元和故人從軍在右輔爲我量度掘臼科濯冠沐浴告祭酒如此至寶存豈多氈苞席裹可立致十鼓秖載數駱駝薦諸太廟比郜鼎光價豈止百倍過聖恩若許留太學諸生講解得切磋觀經鴻都尚填咽坐見舉國來奔波剜苔剔蘚露節角安置妥帖平不頗大廈深簷與蓋覆經歷久遠期無佗自嗟余好古至此議請移鼓於太學中朝大官老於事詎肯感激徒媕婀牧童敲火牛礪角誰復著手爲摩挲日銷月鑠就埋沒六年西顧空吟哦羲之俗書趁

姿媚數紙尚可博白鵝繼周八代爭戰罷無人收拾理則那方今太平日無事柄任儒術崇丘軻安能以此上論列願借辯口如懸河石鼓之歌止於此嗚呼吾意其蹉跎已上慨移鼓之議不遂施行恐其無人收拾

贈劉師服

羨君齒牙牢且潔大肉硬餅如刀截我今呀豁落者多所存十餘皆兀𪘂匙鈔爛飯穩送之合口軟嚼如牛呞妻兒恐我生悵望盤中不飣栗與梨衹今年纔四十五後日懸知漸莽鹵朱顏皓頸訝莫親此外諸餘誰更數憶昔太公仕進初口含兩齒無贏餘虞翻十三比豈少遂自惋恨形於書丈夫命存百無害誰能檢點形骸外巨緡東釣儻可期與子共飽鯨魚膾

聽頴師彈琴

昵昵兒女語恩怨相爾汝劃然變軒昂勇士赴敵場

浮雲柳絮無根蒂天地闊遠隨飛揚喧啾百鳥羣忽見孤鳳凰蹟攀分寸不可上失勢一落千丈强嗟余有兩耳未省聽絲簧自聞頴師彈起坐在一旁推手遽止之溼衣淚滂滂頴乎爾誠能無以氷炭置我腸

盧郎中雲夫寄示送盤谷子詩兩章歌以和之

昔尋李愿向盤谷正見高崖巨壁爭開張是時新晴天井溢誰把長劍倚太行衝風吹破落天外飛雨白日灑洛陽（天井關之水被風吹灑洛陽語則誕而情則奇）東蹈燕川食曠野有饋木蕨芽滿筐馬頭溪深不可厲借車載過水入箱平沙綠浪榜方口鴈鴨飛起穿垂楊窮探極覽頗恣橫物外日月本不忙（已上敘昔至盤谷訪李愿事）歸來辛苦欲誰爲坐令再往之計墮眇芒閉門長安三日雪推書撲筆歌慨慷旁無壯士遣屬和遠憶盧老詩顛狂開緘忽覩送歸作字向紙上皆軒昂又知李侯竟不顧

方冬獨入崔蒐藏已上敘盧寄示詩篇知李已入山矣我今進退幾時決十年蠢蠢隨朝行家請官供不報答無異雀鼠偷太倉行抽手版付丞相不待彈劾還耕桑已上敘己將歸耕

月蝕詩效玉川子作

元和庚寅斗插子月十四日三更中森森萬木夜僵立寒氣屓贔頑無風月形如白盤完完上天東忽然有物來噉之不知是何蟲如何至神物遭此狼狽凶星如撒沙出攢集爭强雄油燈不照席是夕吐燄如長虹玉川子涕泗下中庭獨行念此日月者為天之眼睛此猶不自保吾道何由行嘗聞古老言疑是蝦蟇精徑圓千里納女腹何處養女百醜形杷沙脚手鈍誰使女解緣青冥黃帝有四目帝舜重其明今天袛兩目何故許食使偏盲堯呼大水浸十日不惜萬國赤子魚頭生女於此時若食日雖食八九無嚵名

赤龍黑烏燒口熱翎鬣倒側相搪撐。婁酣大肚遭一
飽。飢腸徹死無由鳴。後時食月罪當死天羅磕帀何
處逃汝形玉川子立於庭而言曰地行賤臣仝再拜
敢告上天公臣有一寸刃可刳凶蟇腸無梯可上天
天階無由有臣蹤寄牋東南風天門西北祈風通丁
甯附耳莫漏洩薄命正值飛廉慵東方青色龍牙角
何呀呀從官百餘座嚼啜煩官家月蝕汝不知安用
爲龍窟天河赤烏司南方尾禿翅觰沙月蝕於汝頭
汝口開呀呀蝦蟇掠汝兩吻過忍學省事不以汝觜
啄蝦蟇於菟蹲於西旗旄衞毿氋既從白帝祠又食
於蜡禮有加忍令月被惡物食枉於汝口插齒牙烏
龜怯姦怕寒縮頸以殼自遮終令夸蛾抉汝出卜師
燒錐鑽灼滿板如星羅此外內外官瑣細不足科臣
請悉埽除愼勿許語令啾譁併光全耀歸我月盲眼

鏡淨無纖瑕樊蛙拘送主府官帝箸下腹嘗其皤依
前使兔操杵臼玉階桂樹閑婆娑嫦娥還宮室太陽
有室家天雖高耳屬地感臣赤心使臣知意雖無明
言潛喻厥旨有氣有形皆吾赤子雖忿大傷忍殺孩
稚還女月明安行于次盡釋衆罪以蛙磔死

射訓狐

有鳥夜飛名訓狐矜凶挾狡誇自呼乘時陰黑止我
屋聲勢慷慨非常麤安然大喚誰畏忌造作百怪非
無須聚鬼徵妖自朋扇擺掉拱桷頹墜塗慈母抱兒
怕入席那暇更護雞窠雛我念乾坤德泰大卵此惡
物常勤劬縱之豈即遽有害斗柄行拄西南隅誰謂
停姦計尤劇意欲唐突羲和烏斗柄拄西南謂天將明也唐突羲和烏謂侵陵主上也侵更歷漏氣彌厲何由僥倖休須臾咨余往
射豈得已候女兩眼張睢盱梟驚墮梁蛇走竄一夫

斬頸羣雛枯

短燈檠歌

長檠八尺空自長短檠二尺便且光黃簾綠幕朱戶閉風露氣入秋堂涼裁衣寄遠淚眼暗搔頭頻挑移近牀太學儒生東魯客二十辭家來射策夜書細字綴語言兩目眵昏頭雪白此時提攜當案前看書到曉那能眠一朝富貴還自恣長檠高張照珠翠吁嗟世事無不然牆角君看短檠棄

華山女

街東街西講佛經撞鐘吹螺鬧宮庭廣張罪福資誘脅聽衆狎恰排浮萍黃衣道士亦講說座下寥落如明星華山女兒家奉道欲驅異教歸仙靈洗妝拭面著冠帔白咽紅頰長眉青遂來昇座演真訣觀門不許人開扃不知誰人暗相報訇然振動如雷霆埽除

衆寺人跡絶驊騮塞路連輜軿觀中人滿坐觀外後至無地無由聽抽釵脱釧解環佩堆金疊玉光青熒天門貴人傳詔召六宮願識師顏形玉皇領首許歸去乘龍駕鶴來青冥豪家少年豈知道來繞百帀脚不停雲窗霧閣事慌惚重重翠幔深金屏仙梯難攀俗緣重浪憑青鳥通丁寧

雪後寄崔二十六丞公 崔二十六斯立也斯立是時爲藍田縣丞其曰藍田十月元和十年十月也孟郊已死張籍病眼故有詩翁壯士之句有懷立之且念朋友之不振也

藍田十月雪塞關我與南望愁羣山攢天嵬嵬凍相映君乃寄命於其間秩卑俸薄食口衆豈有酒食開容顏殿前羣公賜食罷驊騮躝路驕且閑稱多量少鑒裁密豈念幽桂遺榛菅幾欲犯嚴出薦口氣象硉兀未可攀歸來殞涕揜關臥心之紛亂誰能刪詩翁

憔悴斸荒棘清玉刻佩聯玦環腦脂遮眼臥壯士大弨挂壁無由彎乾坤惠施萬物遂獨於數子懷偏慳朝欷暮唶不可解我心安得如石頑

送僧澄觀 澄觀建僧伽塔於泗州詩語詳之公貞元十六年秋在洛陽作

浮屠西來何施爲擾擾四海爭奔馳構樓架閣切星漢誇雄鬬麗止者誰僧伽後出淮泗上勢到衆佛尤恢奇越商胡賈脫身罪珪璧滿船甯計資清淮無波平如席欄柱傾扶半天赤火燒水轉埽地空突兀便高三百尺影沈潭底龍驚遁當晝無雲跨虛碧借問經營本何人道人澄觀名籍籍愈昔從軍大梁下往來滿屋賢豪者皆言澄觀雖僧徒公才吏用當今無後從徐州辟書至紛紛過客何由記人言澄觀乃詩人一座競吟詩句新向風長歎不可見我欲收斂加冠巾洛陽窮秋厭窮獨丁丁啄門疑啄木有僧來訪

呼使前伏犀插腦高頰權惜哉已老無所及坐睨神骨空潸然臨淮太守初到郡遠遣州民送音問好奇賞俊直難逢去去爲致思從容

奉酬盧給事雲夫四兄曲江荷花行見寄並呈上錢七兄閣老張十八助教盧四名汀字雲夫錢七名徽字蔚章張十八即籍也

曲江千頃秋波淨平鋪紅雲蓋明鏡大明宮中給事歸走馬來看立不正遺我明珠九十六寒光映骨睡驪目我今官閒得婆娑問言何處芙蓉多撐舟昆明度雲錦腳敲兩舷叫吳歌太白山高三百里負雪崔嵬插花裏玉山前卻不復來曲江汀瀅水平盃我時相思不覺一迴首天門九扇相當開上界真人足官府豈如散仙鞭笞鸞鳳終日相追陪

記夢

夜夢神官與我言羅縷道妙角與根挈攜陬維口瀾

翻百二十刻須臾閒我聽其言未云足捨我先度横

山腹我徒三人共追之一人前度安不危我亦平行

蹋𧇊䖘神完骨蹻脚不掉側身上視溪谷盲杖撞玉

版聲彭觥神官見我開顔笑前對一人壯非少石壇

坡陀可坐臥我手承頦肘拄座隆樓傑閣磊嵬高天

風飄飄吹我過壯非少者哦七言六字常語一字難

我以指撮白玉丹行且咀噍行詰盤口前截斷第二

句綽虐顧我顔不歡乃知仙人未賢聖護短憑愚邀

我敬我能屈曲自世閒安能從女巢神山

白香山七古上五十首

新樂府 並序〇元和四年爲左拾遺時作

序曰凡九千二百五十二言斷爲五十篇篇

無定句句無定字繫於意不繫於文首句標

其目卒句顯其志詩三百之意也其辭質而
徑欲見之者易諭也其言直而切欲聞之者
深誡也其事覈而實使采之者傳信（一作有徵）也
其體順而律可以播於樂章歌曲也總而言
之爲君爲臣爲民爲物爲事而作不爲文而
作也

七德舞　美撥亂陳王業也（武德中天子始作秦王破陳樂以歌太宗之功業貞觀初太宗重制破陳樂舞圖詔魏徵虞世南等爲之歌詞名七德舞自龍朔已後詔郊廟奏之）

七德舞七德歌傳自武德至元和元和小臣白居易
觀舞聽歌知樂意樂終稽首陳其事太宗十八舉義
兵白旄黃鉞定兩京擒充戮竇四海清二十有四功
業成二十有九卽帝位三十有五致太平功成理定
何神速速在推心置人腹。亡卒遺骸散帛收（貞觀初詔收天

下陳死骸骨致祭而瘞埋之尋又散帛以求之也飢人賣子分金贖貞觀五年大饑
人有鬻男女者詔出御府金帛盡贖之還其父母魏徵夢見天子一作子夜泣魏徵
疾亟太宗夢與徵別既寤流涕是夕徵卒故御製碑文云昔殷宗得良弼于夢中今朕失賢臣于覺後
張謹哀聞辰日哭張公謹卒太宗爲之舉哀有司奏日在辰陰陽所忌不可哭上曰君
臣義重父子之情也情發於中安知辰日遂哭之慟怨女三千放出宮太宗常謂侍臣
曰婦人幽閉深宮情實可愍今將出之任求伉儷於是令左丞戴胄給事中杜正倫於西門揀多人放歸
死囚四百來歸獄貞觀六年親錄囚徒死罪者三百九十人放出歸家令明年秋來就
刑應期畢至詔悉原之翦鬚燒藥賜功臣李勣嗚咽思殺身李勣
嘗疾醫云得龍鬚燒灰方可療之太宗自翦鬚燒灰賜之服訖而愈勣叩頭泣涕而謝含血吮
瘡撫戰士思摩奮呼乞効死李思摩嘗中弩太宗親爲吮血不獨一作
則知不獨善戰善乘時以心感人人心歸爾來一百九十
載天下至今歌舞之歌七德舞七德聖人有作垂無
極豈徒耀神武豈徒誇聖文太宗意在陳王業王業
艱難示子孫

法曲 美列聖正華聲也元宗雜彝歌不能無所刺焉

法曲法曲歌大定積德重熙有餘慶永徽之人舞而詠永徽之時有貞觀遺風故高宗制一戎大定樂曲法曲法曲舞霓裳政和世理音洋洋開元之人樂且康霓裳羽衣曲起於開元盛於天寶也法曲法曲歌堂堂堂堂之慶垂無疆中宗肅宗復鴻業唐祚中興萬萬葉永隆元年太常寺李嗣貞善審音律能知興衰云近者樂府有堂堂之曲再言之者唐祚再興之兆也法曲法曲雜一作合夷歌夷聲邪亂華聲和以亂干和天寶末明年胡塵犯宮闕法曲雖似失雅音蓋諸夏之聲也故歷朝行焉玄宗雖雅好度曲然未嘗使蕃漢雜奏天寶十三載始詔諸道調法曲與胡部新聲合作識者深異之明年冬而安祿山反乃知法曲本華風。苟能審音與政通。一從胡曲相參錯。不辨興衰與哀樂願求牙曠正華音。不令夷夏相交侵。

二王後 明祖宗之意也

二王後彼何人介公酅公爲國賓周武隋文之子孫

古人有言天下者非是一人之天下周亡天下傳於隋隋人失之唐得之唐興十葉歲二百介公酅公世爲客明堂太廟朝享時引居賓位備威儀備威儀助郊祭高祖太宗之遺制不獨興滅國不獨繼絕世欲令嗣位守文君亡國子孫取爲戒

海漫漫　戒求仙也

海漫漫直下無底旁無邊雲濤煙浪最深處人傳中有三神山山上多生不死藥服之羽化爲天仙秦皇漢武信此語方士年年采藥去蓬萊今古但聞名煙水茫茫無覓處海漫漫風浩浩眼穿不見蓬萊島不見蓬萊不敢歸童男丱女舟中老徐福文成多誑誕上元太一虛祈禱君看驪山頂上茂陵頭畢竟悲風吹蔓草何況玄元聖祖五千言不言藥不言仙不言白日昇青天

立部伎　刺雅樂之替也太常選坐部伎無性識者退入立部伎又選立部伎絕無性識者退入雅樂部則雅樂之聲可知矣

立部伎。鼓笛諠。舞雙劍。跳七丸。嫋巨索。掉長竿。太常部伎有等級。堂上者坐。堂下立。堂上坐部笙歌清。堂下立部鼓笛鳴。笙歌一曲一作聲衆側耳。鼓笛萬曲無人聽。立部賤。坐部貴。坐部退爲立部伎。擊鼓吹笛和雜戲。立部又退何所任。始就樂懸操雅音。雅音替壞一至此。長令爾輩調宮徵。圓丘后土郊祀時。言將此樂感神祇。欲望鳳來百獸舞。何異北轅將適楚。工師愚賤安足云。太常三卿爾何人。

華原磬　刺樂工非其人也天寶中始廢泗濱磬用華原石代之詢之磬人則曰故老云泗濱磬下調之不能和得華原石考之乃和由是不改

華原磬。華原磬。古人不聽今人聽。泗濱石。泗濱石。今人不擊古人擊。今人古人何不同。用之捨之由樂工。

樂工雖在耳如壁不分清濁卽爲聾梨園弟子調律呂知有新聲不如古古稱浮磬出泗濱立辯致死聲感人宮懸一聽華原石君心遂亡封疆臣果然胡寇從燕起武臣少肯封疆死始知樂與時政通豈聽鏗鏘而已矣磬襄入海去不歸長安市兒爲樂師華原磬與泗濱石清濁兩音誰得知

上陽一本有白髮二字人　愍怨曠也天寶五載已後楊貴妃專寵後宮人無復進幸矣六宮有美色者輒置別所上陽是其一也貞元中尚存焉

上陽人上陽人紅顏暗老白髮新綠衣監使守宮門一閉上陽多少春玄宗末歲初選入入時十六今六十同時採擇百餘人零落年深殘此身憶昔吞悲別親族扶入車中不教哭皆云入內便承恩臉似芙蓉胸似玉未容君王得見面已被楊妃遙側目妬令潛配上陽宮一生遂向空房宿宿空房舊本皆作牀秋夜長

夜長無寐天不明耿耿殘燈背壁影蕭蕭暗雨打窗聲春日遲日遲獨坐天難暮宮鶯百囀愁厭聞梁燕雙棲老休妬鶯歸燕去長悄然春往秋來不記年唯向深宮望明月東西四五百迴圓今日宮中年最老大家遙賜尚書號小頭鞵履窄衣裳青黛點眉眉細長外人不見見應笑天寶末年時世（一作樣）妝上陽人苦最多少亦苦老亦苦少苦老苦兩如何君不見昔時呂尚美人賦（天寶末有密采豔色者當時號花鳥使呂尚獻美人賦以諷之）又不見今日上陽宮人白髮歌

胡旋女　戒近習也（天寶末康居國獻之）

胡旋女胡旋女心應絃手應鼓絃歌一聲雙袖舉迴雪飄颻（一作風飄颻）轉蓬舞左旋右轉不知疲千帀萬周無已時人間物類無可比奔車輪緩旋風遲曲終再拜謝天子天子爲之微啓齒胡旋女出康居徒勞東

來萬里餘中原自有胡旋者鬭妙爭能爾不如天寶季年時欲變臣妾人人學圓轉中有太眞外祿山二人最道能胡旋梨花園中冊作妃金雞障下養爲兒祿山胡旋迷君眼兵過黃河疑未反。貴妃胡旋惑君心。死棄馬嵬念更深從玆地軸天維轉五十年來制不禁胡旋女。莫空舞數唱此歌悟明主

折臂（一作新豐折臂）翁　戒邊功也

新豐老翁八十八頭鬢眉鬚皆似雪玄孫扶向店前行左（一作右）臂憑肩右（一作左）臂折問翁臂折來幾年兼問致折何因緣翁云貫屬新豐縣生逢聖代無征戰慣聽梨園歌管聲（一作唯聽驪宮歌吹聲）不識旗槍與弓箭無何天寶大徵兵戶有三丁點一丁點得驅將何處去五月萬里雲南行聞道雲南有瀘水椒花落時瘴煙起大軍徒涉水如湯未過（一作戰）十人二三死邨南邨

北哭聲哀一作悲兒別耶孃夫別妻皆云前後征蠻者千萬人行無一回是時翁年二十四兵部牒中有名字夜深不敢使人知偷將一作自把大石槌折臂張弓簸旗俱不堪從茲使免征雲南骨碎筋傷非不苦且圖揀退歸鄉土此臂折來六十年一肢雖廢一身全至今風雨陰寒夜直到天明痛不眠痛不眠終不悔且喜老身今獨在不然當時瀘水頭身死魂孤骨不收應作雲南望鄉鬼萬人冢上哭呦呦雲南有萬人冢即鮮于仲通李宓曾覆軍之所今冢猶存老人言君聽取君一作何不聞開元宰相宋開府不賞邊功防黷武開元初突厥數犯邊時天武軍牙將郝靈筌出使因引特勒回鶻部落斬突厥默啜獻首于闕下自謂有不世之功時宋璟為相以天子年少好武恐徼功者生心痛抑其黨逾年始授郎將靈筌遂痛哭嘔血而死又不聞天寶宰相楊國忠欲求恩幸立邊功邊功未立生民怨請問新豐折臂翁天寶末楊國忠為相重構閣羅鳳之役募人討之前後發二十餘萬衆去無返者又捉人連枷

趨役天下怨哭人不聊生故祿山得乘人心而盜天下元和初而折臂翁猶存因備歌之

太行路

借夫婦以諷君臣之不終也

太行之路能摧車若比君心（一作人心下同）是坦途巫峽之水能覆舟若比君心是安流君心好惡苦不常好生毛羽惡生瘡與君結髮未五載豈期牛女爲參商古稱色衰相棄背當時美人猶怨悔何況如今鸞鏡中妾顏未改君心改爲君薰衣裳君聞蘭麝不馨香爲君盛容飾君看珠翠無顏色行路難難重陳人生莫作婦人身百年苦樂由他人行路難難於山險於水不獨人家夫與妻近代君臣亦如此君不見左納言右納史朝承恩暮賜死行路難不在水不在山只在人情反覆閒

司天臺

引古以儆今也

司天臺仰觀俯察天下際羲和死來職事廢官不求

賢空取藝昔聞西漢元成閒下陵上替譴見天北辰微暗少光色四星煌煌如火赤耀芒動角射三台上台半滅中台圻是時非無太史官眼見心知不敢言明朝趨入明光殿唯奏慶雲壽星見天文時變兩如斯九重天子不得知安用臺高百尺爲

捕蝗　刺長吏也

捕蝗捕蝗誰家子。天熱日長飢欲死。興元兵久一作華傷陰陽。和氣蠱蠹化爲蝗始自兩河及三輔薦食如蠶飛似雨。雨飛蠶食千里閒不見青苗空赤土河南長吏言憂農課人晝夜捕蝗蟲是時粟斗錢三百蝗蟲之價與粟同捕蝗捕蝗竟何利徒使飢民重勞費一蝗雖死百蝗來豈將人力競天災我聞古之良吏有善政以政驅蝗蝗出境又聞貞觀之初道欲昌文皇仰天吞一蝗一人有慶兆民賴是歲雖蝗不爲害

貞觀二年太宗呑蝗蟲事具貞觀實錄

昆明春

思王澤之廣被也（貞元中始漲之）

昆明春昆明春春池岸古春流新影浸南山青滉瀁波沈西日紅奫淪往年因旱靈池竭龜尾曳塗魚喣沫詔開八水注恩波千介萬鱗同日活今來淨淥水照天游魚鱍鱍蓮田田洲香杜若抽心短沙暖鴛鴦鋪翅眠動植飛沈性皆遂皇澤如春無不被漁者仍豐網罟資貧人又獲菰蒲利詔以昆明近帝城官家不得收其征菰蒲無租魚無稅近水之人感君惠感君惠獨何人吾聞率土皆王民遠民何疏近何親願推此惠及天下無遠無近同（一作皆）忻忻吳興山中罷榷茗鄱陽坑裏休稅銀天涯地角無禁利熙熙同似昆明春

城鹽州

美聖謨而誚邊將也（貞元壬申歲特詔城之）

城鹽州城鹽州城在五原原上頭蕃東節度鉢闡布忽見新城當要路金鳥飛傳贊普聞建牙傳箭集羣臣君臣赭面有憂色皆言勿謂唐無人自築鹽州十餘載左衽氈裘不犯塞晝牧牛羊夜捉生長去新城百里外諸邊急警勞戍人唯此一道無煙塵靈夏潛安誰復辯秦原暗通何處見鄜州驛路好馬來長安藥肆黃蓍賤城鹽州鹽州未城天子憂德宗按圖自定計非關將略與廟謀吾聞高宗中宗世北虜猖狂最難制韓公創築受降城三城鼎峙屯漢兵東西亙絕數千里耳冷不聞胡馬聲如今邊將非無策心笑韓公築城壁相看養寇爲身謀各握強兵固恩澤願分今日邊將恩褒贈韓公封子孫誰能將此鹽州曲翻作歌詞聞至尊

道州民　美賢臣遇明主也

道州民多侏儒長者不過三尺餘市作矮奴年進奉
號爲道州任土貢任土貢寧若斯不聞使人生別離
老翁哭孫母哭兒一自陽城來守郡不進矮奴頻詔
問城云臣按六典書任土貢有不貢無道州水土所
生者只有矮民無矮奴吾君感悟璽書下歲貢矮奴
宜悉罷道州民老者幼者何欣欣父兄子弟始相保
從此得作良人身道州民民到于今受其賜欲說使
君先下淚仍恐兒孫忘使君生男多以陽爲字

馴犀　感爲政之難終也（貞元丙戌歲南海進馴犀詔納苑中至十三年冬大寒馴犀死矣按李紳傳作貞元丙子且貞元至甲申乙酉而止無丙戌年此注當屬傳寫之誤也）

馴犀馴犀通天犀軀貌駭人角駭雞海蠻聞有明天
子驅犀乘傳來萬里一朝得謁大明宮歡呼拜舞自
論功五年馴養始堪獻六譯語言方得通上嘉人獸

俱來遠蠻館四方犀入苑秣以瑤蒭鏁以金故鄉迢遞君門深海鳥不知鐘鼓樂池魚空結江湖心馴犀生處南方熱秋無白露冬無雪一入上林三四年又逢今歲苦寒月飲冰臥霰苦蹉跼角骨凍傷鱗甲縮犀有回紋毛如鱗身項有肉甲馴犀死蠻兒啼向闕再拜顏色低奏乞生歸本國去恐身凍死似馴犀君不見建中初馴象生還放林邑建中元年詔盡出苑中馴象放歸南方君不見貞元末馴犀凍死蠻兒泣所嗟建中異貞元象生犀死何足言

五絃彈　惡鄭之奪雅也

五絃彈五絃彈聽者傾耳心寥寥趙璧知君入骨愛五絃一一爲君調第一第二絃索索秋風拂松疏韻落第三第四絃泠泠夜鶴憶子籠中鳴第五絃聲最掩抑隴水凍咽流不得五絃並奏君試聽淒淒切切

復錚錚鐵擊珊瑚一兩曲冰寫玉盤千萬聲鐵聲殺冰聲寒(今本遺此六字不聯貫矣)殺聲入耳膚血慘寒氣中人肌骨酸曲終聲盡欲半日。四座相對愁無言。座中有一遠方士唧唧咨咨聲不已自歎今朝初得聞始知孤負平生耳唯憂趙璧白髮生老死人間無此聲遠方士耳(一作爾)聽五絃信爲美吾聞正始之音不加是正始之音其若何朱絃疏越清廟歌一彈一唱再三歎曲淡節稀聲不多融融曳曳召元氣聽之不覺心平和人情重今多賤古。古琴有絃人不撫更從趙璧藝成來。二十五絃不如五。

蠻子朝　刺將驕而相備位也(貞元末蜀中始通蠻會)

蠻子朝汎皮船兮渡繩橋來自嶲州道路遙入界先經蜀川(一作道)過蜀將收功先表賀臣聞雲南六詔蠻東連牂牁西接蕃六詔星居初瑣碎合爲一詔漸強

大開元皇帝雖聖神唯蠻倔强不來賓鮮于仲通六萬卒征蠻一陳全軍沒至今西洱河岸邊箭孔刀痕滿枯骨天寶十三載鮮于仲通統兵六萬討雲南王閤羅鳳于西洱河全軍覆歿誰知今日慕華風不勞一人蠻自通誠由陛下休明德亦賴徵臣誘諭功德宗省表知如此笑令中使迎蠻子。蠻子道從者誰何。摩挲俗羽雙隈伽清平官持赤藤杖。大將軍繫金呿嗟皮帶也異牟尋男尋閣勸特勅召對延英殿上心貴在懷遠蠻引臨玉座近天顏冕旒不垂親勞倈。賜衣賜食移時對移時對不可得大臣相看有羨色可憐宰相拖紫佩金章。朝日唯聞對一刻

驃國樂　欲王化之先邇後遠也貞元十七年來獻之

驃國樂驃國樂出自大海西南角。雍羌之子舒難陀來獻南音奉正朔。德宗立仗御紫庭。黈纊不塞爲爾聽玉螺一吹椎髻聳銅鼓一擊文身踊。珠纓炫轉星

宿搖花鬘抖擻龍蛇動曲終王子啟聖人臣父願為
唐外臣左右歡呼何翕習至尊德廣之所及須臾百
辟詣閤門俯伏拜表賀至尊伏見驃人獻新樂請書
國史傳子孫時有擊壤老農父暗測君心閑獨語聞
君政化甚聖明欲感人心致太平感人在近不在遠
太平由實非由聲觀身理國國可濟君如心兮民如
體體生疾苦心慘悽民得和平君愷悌貞元之民若
未安。驃樂雖聞君不歡。貞元之民苟無病。驃樂不來
君亦聖。驃樂驃樂徒喧喧。不如聞此芻蕘言。

縛戎人　達窮民之情也　元云近制西邊每擒蕃酋例皆傳置南方不加勦戮

縛戎人縛戎人耳穿面破驅入秦天子矜憐不忍殺
詔徙東南吳與越黃衣小使錄姓名領出長安乘遞
行身被金瘡面多瘠扶病徒行日一驛朝飡飢渴費

杯盤夜臥腥臊汚牀席忽逢江水憶交河垂手齊聲（一作唱）嗚咽歌其中一虜語諸虜爾苦非多我苦多同伴行人因借問欲說喉中氣憤憤自云鄉管（一作貫）本涼原大歷年中沒落蕃一落蕃中四十載身（一作遣）著皮裘繫毛帶唯許正朝（一作朔）服漢儀斂衣整巾潛（一作雙）淚垂誓心密定歸鄉計不使蕃中妻子知（有李如暹者蓬子將軍之子也嘗沒蕃中自云蕃法惟正歲一日許唐人之沒蕃者服唐衣冠由是悲不自勝遂密定歸計也）暗思幸有殘筋骨（一作力）更恐年衰歸不得蕃候嚴兵鳥不飛脫身冒死奔逃歸晝伏宵行經大漠雲陰月黑風沙惡驚藏青冢寒草疏偷度黃河夜冰薄忽聞漢軍鼙鼓聲路旁走出再拜迎游騎不聽能漢語將軍遂縛作蕃生配向江南卑溼地定無存卹空防備念此吞聲仰訴天若爲辛苦度殘年涼原鄉井不得見胡地妻兒虛棄捐沒蕃被囚思漢土歸漢被劫

爲蕃虜早知如此悔歸來兩地寧如一處苦縛戎人
戎人之中我苦辛自古此冤應未有漢心漢語吐蕃
身

驪宮高　美天子重惜人之財力也

高高驪山上有宮朱樓紫殿三四重遲遲兮春日玉甃煖兮溫泉溢嫋嫋兮秋風山蟬鳴兮宮樹紅翠華不來兮歲月久牆有衣兮瓦有松吾君在位已五載何不一幸於（一作乎）其中西去都門幾多地吾君不遊有深意一人出兮不容易六宮從兮百司備八十一車千萬騎朝有宴飫暮有賜中人之產數百家未足充君一日費吾君修己人不知不自逸兮不自嬉吾君愛人人不識不傷財兮不傷（一作奪）力驪宮高兮高入雲君之來兮爲一身君之不來兮爲（一本有千字）萬人

百鍊鏡　辨皇王鑒也

百鍊鏡鎔範非常規日辰置處靈且奇江心波上舟中鑄五月五日日午時瓊粉金膏磨瑩已化爲一月秋潭水鏡成將獻蓬萊宮揚州長吏手自封（一作鈿函金匣鑠幾重）人間臣妾不合照（一作用）背有九五飛天龍人人呼爲天子鏡我有一言聞太宗太宗常以人爲鏡鑒古鑒今不鑒容四海安危居掌內百王治亂懸心中乃知天子別有鏡不是揚州百鍊銅

青石　激忠烈也

青石出自藍田山兼車運載來長安工人磨琢欲何用石不能言我代言不願作人家墓前神道碣墳土未乾名已滅不願作官家道傍德政碑不鐫實錄鐫虛辭願爲段氏顏氏碑雕鏤太尉與太師刻此兩片堅貞質狀彼二人忠烈姿義心如石屹不轉死節如石確不移如觀奮擊朱泚日似見叱呵希烈時各於

其上題名謚一置高山一沈水陵谷雖遷碑獨存骨化爲塵名不死長使不忠不烈臣覩碑改節慕爲人慕爲人勸事君

兩朱閣　刺佛寺寖多也

兩朱閣南北相對起借問何人家貞元雙帝子帝子吹簫雙得仙五雲飄飄飛上天第宅亭臺不將去化爲佛寺在人間妝閣妓樓何寂靜柳似舞腰池似鏡花落黃昏悄悄時不聞鼓吹聞鐘磬寺門勅牓金字書尼院佛庭寬有餘青苔明月多閑地比屋齊民無處居憶昨平陽宅初置吞幷平人幾家地仙去雙雙作梵宮漸恐人家盡爲寺

西涼伎　刺封疆之臣也

西涼伎假面胡人假獅子刻木爲頭絲作尾金鍍眼睛銀帖齒奮迅毛衣擺雙耳如從流沙來萬里紫髯

深目兩胡兒鼓舞跳梁前致辭應似涼州未陷日安西都護進來時須臾云得新消息安西路絕歸不得泣向獅子涕雙垂涼州陷沒知不知獅子回頭向西望哀吼一聲觀者悲貞元邊將愛此曲醉坐笑看看不足享一作娛賓犒士宴監軍獅子胡兒長在目有一征夫年七十見弄涼州低面泣泣罷斂手白將軍主憂臣辱昔所聞自從天寶兵戈起犬戎日夜吞西鄙涼州陷來四十年河隴侵將七千里平時安西萬里疆今日邊防在鳳翔緣邊空屯十萬卒飽食溫衣閑過日遺民腸斷在涼州將卒相看無意收天子每思常痛惜將軍欲說合慚羞奈何仍看西涼伎取笑資歡無所媿縱無智力未能收忍取西涼弄爲戲

八駿圖　誡奇物懲佚游也

穆王八駿天馬駒後人愛之寫爲圖背如龍兮頸如

象一作烏骨竦筋高脂月壯一作少日行萬里疾如飛穆
王獨乘何所之四荒八極踏欲遍三十二蹄無歇時
屬車軸折趁不及黃屋草生棄若遺瑤池西赴王母
宴七廟經年不親薦璧臺南與盛姬遊明堂不復朝
諸侯白雲黃竹王母瑤池宴穆天子所歌之曲也歌聲動一人荒樂
萬人愁周從后稷至文武積德累功世勤苦豈知纔
及五代孫心輕王業如灰土由來尤物不在大能蕩
君心卽爲害文帝卻之不肯乘千里馬去漢道興穆
王得之不爲戒八駿駒來周室壞至今此物世稱珍
不知房星之精下爲怪八駿圖君莫愛

澗底松　念寒雋也

有松百尺大十圍生在澗底寒且卑澗深山險人路
絕老死不逢工度之天子明堂欠梁木此求彼有兩
不知誰諭蒼蒼造物意但與之材不與地金張世祿

黃憲賢牛衣寒賤貂蟬貴貂蟬與牛衣高下雖有殊高者未必賢下者未必愚君不見沈沈海底生珊瑚歷歷天上種白榆

牡丹芳　美天子憂農也

牡丹芳牡丹芳黃金蕊綻紅玉房千片赤英霞爛爛百枝絳焰燈煌煌照地初開錦繡段當風不結蘭麝囊仙人琪樹白無色王母桃花小不香宿露輕盈泛紫豔朝陽照耀生紅光紅紫二色閒深淺向背萬態隨低昂映葉多情隱羞面臥叢無力含醉妝低嬌笑容疑掩口凝思怨人如斷腸穠姿貴彩信奇絕雜卉亂花無比方石竹金錢何細碎芙蓉芍藥苦尋常遂使王公與卿相遊花冠蓋日相望庳車軟轝貴公主香衫細馬豪家郎衛公宅靜閉東院西明寺深開北廊戲蝶雙舞看人久殘鶯一聲春日長（一作嬌）共愁日

照芳難駐仍張帷幕垂陰涼花開花落二十日一城之人皆若狂三代以還文勝質人心重華不重實重華直至牡丹芳其來有漸非今日元和天子憂農桑卹下動天天降祥去歲嘉禾生九穗田中寂寞無人至今年瑞麥分兩岐君心獨喜無人知無人知可歎息我願暫求造化力減卻牡丹妖豔色少迴卿士愛花心同似吾君憂稼穡

紅線毯　憂蠶桑之費也

紅線毯擇繭繰絲清水煑練絲練線紅藍染染爲紅線紅於花織作披香殿上毯披香殿廣十丈餘紅線織成可殿鋪綵絲茸茸香拂拂線輭花虛不勝物美人蹋上歌舞來羅襪繡鞋隨步沒太原毯澀毳縷硬蜀都褥薄錦花冷不如此毯温且柔年年十月來宣州宣州太守加樣織自謂爲臣能竭力百夫同擔進

宮中線厚綵多卷不得宣州太守知不知一丈毯用

（一本無用字）千兩絲地不知寒人要暖少奪人衣作地衣

（貞元中宣州進開樣加絲毯）

杜陵叟　傷農夫之困也

杜陵叟杜陵居歲種薄田一頃餘三月無雨旱風起麥苗不秀多黃死九月降霜秋早寒禾穗未熟皆青乾長吏明知不申破急斂暴徵求考課典桑賣地納官租明年衣食將何如剝我身上帛奪我口中粟虐人害物即豺狼何必鉤爪鋸牙食人肉不知何人奏皇帝帝心惻隱知人弊白麻紙上書德音京畿盡放今年稅昨日里胥方到門手持尺牒牓鄉村十家租稅九家畢虛受吾君蠲免恩

繚綾　念女工之勞也

繚綾繚綾何所似不似羅綃與紈綺應似天台山上

明月一作月明前四十五尺瀑布泉中有文章又奇絕地鋪白煙花簇雪織者何人衣者誰越溪寒女漢宮姬去年中使宣口勅天上取樣人間織織爲雲外秋鴈行染作江南春水色廣裁衫袖長製裙金斗熨波刀翦紋異彩奇文相隱映轉側看花花不定昭陽舞人恩正深春衣一對直千金汗沾粉汙不再著曳土蹋泥無惜心繚綾織成費功績莫比尋常繒與帛絲細繰多女手疼扎扎千聲不盈尺昭陽殿裏歌舞人若見織時應也合一作惜

賣炭翁　苦宮市也

賣炭翁伐薪燒炭南山中滿面塵灰煙火色兩鬢蒼蒼十指黑賣炭得錢何所營身上衣裳口中食可憐身上衣正單心憂炭賤願天寒夜來城外一尺雪曉駕炭車輾冰轍牛困人飢日已高市南門外泥中歇

兩騎翩翩來是誰黃衣使者白衫兒手把文書口稱敕迴車叱牛牽向北一車炭重一本無重字千餘斤宮使驅將惜不得半匹紅紗一丈綾繫向牛頭充炭直

母別子　刺新閒舊也

母別子子別母白日無光哭聲苦關西驃騎大將軍去年破虜新策勳勅賜金錢二百萬洛陽迎得如花人新人迎來舊人棄掌上蓮花眼中刺迎新棄舊未足悲悲在君家留兩兒一始扶行一初坐坐嗁行哭牽人衣以汝夫婦新嬿婉使我母子生別離不如林中烏與鵲母不失雛雄伴雌應似園中桃李樹花落隨風子住一作在枝新人新人聽我語洛陽無限紅樓女但願將軍重立功更有新人勝於汝

陰山道　疾貪虜也　按李傳云元和二年有詔悉以金銀酬回鶻馬價

陰山道陰山道紇邏敦肥水果好每至戎人送馬時道傍千里無纖草草盡泉枯馬病羸飛龍但印骨與皮五十匹縑易一匹縑去馬來無了日養無所用去非宜每歲死傷十六七縑絲不足女工苦疏織短截充匹數藕絲蛛網三丈餘回鶻訴稱無用處咸安公主號可胡賈反敦遠爲可音克汗頻奏論元和二年下新勅內出金帛酬馬直仍詔江淮馬價縑從此不令疏短織合羅將軍呼萬歲捧授金銀與縑綵誰知黠虜啓貪心明年馬多來一倍縑漸好馬漸多陰山虜柰爾何

時世妝　警將變也

時世妝時世妝出自城中傳四方時世流行無遠近顋不施朱面無粉烏膏注脣脣似泥雙眉畫作八字低妍媸黑白失本態妝成盡似含悲啼圓鬟無鬢椎

髻樣斜紅不暈赭面狀昔聞被髮伊川中辛有見之知有戎元和妝梳君記取髻椎面赭非華風

李夫人　鑒嬖惑也

漢武帝初喪李夫人夫人病時不肯別死後留得生前恩君恩不盡念未已甘泉殿裏令寫真丹青寫出竟何益不言不笑愁殺人又令方士合靈藥玉釜煎鍊金爐焚九華帳深夜悄悄反魂香降夫人魂夫人之魂在何許香煙引到焚香處既來何苦不須臾縹緲悠揚還滅去去何速兮來何遲是邪非邪兩不知翠蛾髣髴平生貌不似昭陽寢疾時魂之不來君心苦魂之來兮君亦悲背燈隔帳不得語安用暫來還見違傷心不獨漢武帝自古及今皆若斯君不見穆王三日哭。重壁臺前傷盛姬。又不見太陵一掬淚。馬嵬坡下念楊妃縱令妍姿豔質化爲土此恨長在無

銷期生亦惑死亦惑尤物惑人忘不得人非木石皆
有情不如不遇傾城色

陵園妾　託幽閉喻被讒遭黜也

陵園妾顏色如花命如葉命如葉薄將奈何一奉寢
宮年月多年月多時光換春愁秋思知何限青絲髮
落叢鬢疏紅玉膚銷繫裠縵憶昔宮中被妬猜因讒
得罪配陵來老母嗁呼趁車別中官監送鏁門迴山
宮一閉無開日未死此身不令出松門到曉月徘徊
柏城盡日風蕭瑟松門柏城幽閉深聞蟬聽燕感光
陰眼看菊蕊重陽淚手把梨花寒食心把花掩淚無
人見綠蕪牆遶青苔院四季徒支妝粉錢三朝不識
君王面遙想六宮奉至尊宣徽雪夜浴堂春雨露之
恩不及者猶聞不啻三千人我爾君恩何厚薄願令
輪轉直陵園三歲一來均苦樂

鹽商婦　惡幸人也

鹽商婦多金帛不事田農與蠶績南北東西不失家風水爲鄉船作宅本是揚州小家女嫁得西江大商客綠鬟溜去金釵多皓腕肥來銀釧窄前呼蒼頭後叱婢問爾因何得如此壻作鹽商十五年不屬州縣屬天子每年鹽利入官時少入官家多入私官家利薄私家厚鹽鐵尚書遠不知何況江頭魚米賤紅鱠黃橙香稻飯飽食濃妝倚柁樓兩朵紅顋花欲綻鹽商婦有幸嫁鹽商終朝美飯食終歲好衣裳好衣美食來何處亦須慚媿桑弘羊桑弘羊死已久不獨漢世今亦有

杏爲梁　刺居處僭也

杏爲梁桂爲柱何人堂室李開府碧砌紅軒色未乾去年身沒今移主高其牆大其門誰家第宅盧將軍

素泥朱板光未滅今歲官收賜別人開府之堂將軍宅造未成時頭已白逆旅重居逆旅中心是主人身是客更有愚夫念身後心雖甚長計非久窮奢極麗越規模付子傳孫令保守莫教門外過客聞撫掌回頭笑殺君君不見馬家宅尚猶存宅門題作奉誠園君不見魏家宅屬他人詔贖賜還五代孫（元和四年詔特以官錢贖魏徵勝業坊中舊宅以還其孫用獎忠儉）儉存奢失今在目安用高牆圍大屋

井底引銀瓶　止淫奔也

井底引銀瓶銀瓶欲上絲繩絕石上磨玉簪玉簪欲成中央折瓶沈簪折知奈何似妾今朝與君別憶昔在家爲女時人言舉動有殊姿嬋娟兩鬢秋蟬翼宛轉雙蛾遠山色笑隨女伴後園中此時與君未相識妾弄青梅倚短牆君騎白馬傍垂楊牆頭馬上遙相

顧一見知君即斷腸知君斷腸共君語君指南山松柏樹感君松柏化爲心暗合雙鬟逐君去到君家舍五六年君家大人頻有言聘則爲妻奔是妾不堪主祀奉蘋蘩終知君家不可住其奈出門無去處豈無父母在高堂亦有親情滿故鄉潛來更不通消息今日悲羞歸不得爲君一日恩誤妾百年身寄言癡小人家女愼勿將身輕許人

官牛　諷執政也

官牛官牛駕官車滻水岸邊驅載沙一石沙幾斤重朝載暮載將何用載向五門官道西綠槐陰下鋪沙隄昨來新拜右丞相恐怕泥塗汙馬蹄右丞相馬蹄蹋沙雖淨潔牛領牽車欲流血右丞相但能濟人治國調陰陽官牛領穿亦無妨

紫毫筆　譏失職也

紫毫筆尖(一作纖)如錐兮利如刀江南石上有老兔喫竹飲泉生紫毫宣城工人采為筆千萬毛中選(一作揀)一毫毫雖輕功甚重管勒工名充歲貢君兮臣兮勿輕用勿輕用將何如願賜東西府御史願頒左右臺起居搦(一作握)管趨入黃金闕抽毫立在白玉墀(一作除)臣有奸邪正衙奏君有動言直筆書起居郎侍御史爾知紫毫不易致每歲宣城進筆時紫毫之價如金貴慎勿空將彈失儀慎勿空將錄制詞

隋堤柳　憫亡國也

隋堤柳歲久年深盡衰朽風飄飄兮雨蕭蕭三株兩株汴河口老枝病葉愁殺人曾經大業年中春大業年中煬天子種柳成行夾流水西至黃河東至淮綠影一千三百里大業末年春暮月柳色如煙絮如雪南幸江都恣佚遊應將此樹蔭龍舟紫髯郎將護錦

纜青蛾御史直迷樓海內財力此時竭舟中歌笑何日休上荒下困勢不久宗社之危如綴旒煬天子自言福祚長垂一作無窮豈知皇子封酅公龍舟未過彭城閤義旗已入長安宮蕭牆禍生人事變晏駕不得歸秦中土墳數尺何處葬吳公臺下多悲風二百年來汴河路沙草和煙朝復暮後王何以鑒前王請看隋堤亡國樹一本綴旒下多煬天子自言殊無極豈知明年正朔歸

草茫茫　懲厚葬也

草茫茫土蒼蒼蒼蒼茫茫在何處驪山腳下秦皇墓墓中下涸二重泉當時自以爲深固下流水銀象江海上綴珠光作烏兔別爲天地於其間擬將富貴隨身去一朝盜掘墳陵破龍椁神堂三月火可憐寶玉歸人間暫借泉中買身禍奢者狼藉儉者安一凶一吉在眼前憑君回首向南望漢文葬在灞陵原

古冢狐　戒豔色也

古冢狐妖且老化爲婦人顏色好頭變雲鬟面變妝大尾曳作長紅裳徐徐行傍荒邨路日欲暮時人靜處或歌或舞或悲啼翠眉不舉花鈿（一作顏）低忽然一笑千萬態見者十人八九迷假色迷人猶若是真色迷人應過此彼真此假俱迷人人心惡假貴重真狐假女妖害猶淺一朝一夕迷人眼女爲狐媚害則（一作御）深日增月長溺人心何況褒妲之色善蠱惑能喪人家覆人國君看爲害淺深間豈將假色同真色

黑潭龍　疾貪吏也

黑潭水深色如墨傳有神龍人不識潭上架屋官立祠龍不能神人神之（神一作異）災凶水旱與疾疫鄉里皆言龍所爲家家養豚漉清酒朝祈暮賽依巫口神之來兮風飄飄紙錢動兮錦繖搖神之去兮風亦靜香

火滅兮盃盤冷肉堆潭岸石酒潑廟前草不知龍神
享幾多林鼠山狐長醉飽狐何幸豚何辜年年殺豚
將餧狐狐假龍神食豚盡九重泉底龍知無

天可度　惡詐人也

天可度地可量唯有人心不可防但見丹誠赤如血
誰知僞言巧似簧勸君掩鼻君莫掩使君夫婦爲參
商勸君掇蜂君莫掇使君父子成豺狼海底魚兮天
上鳥高可射兮深可釣唯有人心相對時咫尺之間
不能料君不見李義府之輩笑欣欣笑中有刀潛殺
人陰陽神變皆可測不測人間笑是瞋

秦吉了　哀寃民也

秦吉了出南中彩毛青黑花頸紅耳聰心慧舌端巧
鳥語人言無不通昨日長爪鳶今朝大觜烏鳶捎乳
燕一窠覆烏啄母雞雙眼枯雞號墮地燕驚去然後

拾卵攫其雛豈無鵰與鶚嗉中肉飽不肯搏亦有鸞鶴羣閑立颺高如不聞秦吉了人云爾是能言鳥豈不見雞燕之冤苦吾聞鳳皇百鳥主爾竟不爲鳳皇之前致一言安用噪噪（一作嗏嗏）閑言語

鵶九劍　思決壅也

歐冶子死千年後精靈暗授張鵶九鵶九鑄劍吳山中天與日時神借功金鐵騰精火翻燄踴躍求爲鏌鋣劍劍成未試十餘年有客持金買一觀誰知閑匣長思用三尺青蛇不肯蟠客有心劍無口客代劍言告鵶九君勿矜我玉可切君勿誇我鐘可剸不如持我決浮雲無令漫漫蔽白日爲君使無私之光及萬物蟄蟲昭蘇萌草出

采詩官　監前王亂亡之由也

采詩官采詩聽謌導人言言者無罪聞者誡下流上

通上下泰周滅秦興至隋氏十代采詩官不置郊廟登歌讚君美樂府豔詞悅君意若求興諭規刺言萬句千章無一字。不是章句無規刺漸恐朝廷絕諷議諍臣杜口爲冗員諫鼓高懸作虛器一人負扆常端默百辟入門皆自媚夕郎所賀皆德音春官每奏唯祥瑞君之堂兮千里遠君之門兮九重閟君耳唯聞堂上言君眼不見門前事貪吏害民無所忌奸臣蔽君無所畏君不見厲王胡亥一作煬帝之末年羣臣有利君無利君兮君兮願聽此欲開壅蔽一本作君兮君兮若要除貪害開壅蔽達人情先向歌詩求諷刺

十八家詩鈔卷十二

十八家詩鈔卷十三目錄

白香山七古下六十四首

哭師臯
感舊
達哉樂天行
蘇東坡七古上七十四首
辛丑十一月十九日旣與子由別於鄭州西門
之外馬上賦詩一篇寄之
和子由踏青
和子由蠶市
記所見開元寺吳道子畫佛滅度以答子由
石鼓歌
王維吳道子畫
維摩像唐楊惠之塑在天柱寺
秦穆公墓
將往終南和子由見寄

游道場山何山

至秀州贈錢端公安道竝寄其弟惠山老

法惠寺横翠閣

住富陽新城李節推先行三日留風水洞見待

自普照游二菴

月兔茶

薄命佳人

於潛令刁同年野翁亭

於潛女

於潛僧綠筠軒

與臨安令宗人同年劇飲

東陽水樂亭

宿海會寺

再游徑山

十八家詩鈔卷十二目錄

十八家詩鈔卷十三

湘鄉曾國藩纂　合肥李鴻章審訂

白香山七古下六十四首　東湖王定安校

短歌行

曈曈太陽如火色上行千里下一刻出爲白晝入爲夜圓轉如珠住不得住不得可奈何爲君舉酒歌短歌歌聲苦詞亦苦四座少年君聽取今夕未竟明旦一作夕催秋風纔往春風迴人無根蔕時不駐朱顏白日相隳頹勸君且強笑一面勸君復強飲一杯人生不得長歡樂年少須臾老到來

生離別

食蘗不易食梅難蘗能苦兮梅能酸未如生別之爲難苦在心兮酸在肝晨雞再鳴殘月沒征馬連嘶一作嘶風行人出回看骨肉哭一聲梅酸蘗苦甘如蜜黃河

水白黃雲秋行人河邊相對愁天寒野（一作路）曠何處宿棠梨葉戰風颼颼生離別生離別憂從中來無斷絕憂極（一作積）心勞血氣衰未年三十生白髮

浩歌行

天長地久無終畢昨夜今朝又明日鬢髮蒼浪牙齒疏不覺身年四十七前去五十有幾年把鏡照面心茫然既無長繩繫白日又無大藥駐朱顏朱顏日漸不如故青史功名在何處欲留年少待富貴富貴不來年少去去復去兮如長河東流赴海無迴波賢愚貴賤同歸盡北邙冢墓高嵯峨古來如此非獨我未死有酒且高歌顏回短命伯夷餓我今所得亦已多功名富貴須待（一作推）命命若（一作苟）不來爭柰何

王夫子

王夫子送君爲一尉東南三千五百里道途雖遠位

雖卑月俸猶堪活妻子男兒口讀古人書束帶斂手來從事近將徇祿給一家遠則行道佐時理行道佐時須待命委身下位無爲取命苟未來且求食官無卑高及遠邇男兒上既未能濟天下下又不至飢寒死吾觀九品至一品其閒氣味都相似紫綬朱紱青布衫顏色不同而已矣王夫子別有一事欲勸君逢一作遇酒逢春且歡喜

江南遇天寶樂叟

白頭老一作病叟泣且言祿山未亂入梨園能彈琵琶和法曲多在華清隨至尊是時天下太平久年年十月坐朝元千官起居環珮合萬國會同車馬奔金鈿照耀石甕寺蘭麝熏煮溫湯源貴妃宛轉侍君側體弱不勝珠翠繁冬雪飄颻錦袍暖春風蕩漾霓裳翻歡娛未足燕寇至弓勁馬肥胡語喧豳土人遷避夷

狄鼎湖龍去哭軒轅從此漂淪落南土萬人死盡一身存秋風江上浪無限暮雨舟中酒一樽涸魚久失風波勢枯草曾沾雨露恩我自秦來君莫問驪山渭水如荒村新豐樹老籠明月長生殿闇鎖春雲(一作黄昏)紅葉紛紛蓋欹瓦綠苔重重封壞垣唯有中官作宮使每年寒食一開門

送張山人歸嵩陽

黄雲慘慘天微雪循行坊西鼓聲絶張生馬瘦衣且單夜扣柴門與我別媿君冒寒來別我爲君沽酒張燈火酒酣火煖與君言何事出關又入關(一作君何入關又出關)答云前年偶下山四十餘月客長安長安古來名利地空手無金行路難朝遊九城陌肥馬輕車欺殺客暮宿五侯門殘茶冷酒愁殺人春明門外城(一作高)高處直下(一作門前)便是嵩山路幸有雲泉容此身明日

辭君且歸去

醉後走筆酬劉五主簿長句之贈兼簡張太賈

二十四先輩昆季

劉兄文高行孤立十五年前名翕習是時相遇在符離我年二十君三十得意志年心跡親寓居同縣日知聞衡門寂寞朝尋我古寺蕭條暮訪君朝來暮去多攜手窮巷貧居何所有秋燈夜寫聯句詩春雪朝傾煖寒酒陴湖綠愛白鷗飛濉水清憐紅鯉肥偶語閒攀芳樹立相扶醉蹋落花歸張賈弟兄同里巷乘閑數數來相訪雨天連宿草堂中月夜徐行石橋上已上敘昔年與劉及張賈兄弟同居符離我年漸長忽自驚鏡中冉冉髭鬢生心畏後時同勵志身牵前事各求名問我栖栖何所適鄉人薦爲鹿鳴客二千里別謝交游三十韻詩慰行役出門可憐唯一身敝裘瘦馬入咸秦鼕鼕

街鼓紅塵暗晚到長安無主人二賈二張與余弟驅車邐迤來相繼操詞握賦爲干戈鋒鋭森然勝氣多齊入文場同苦戰五人十載九登科二張得雋名居甲美退爭雄重告捷棠棣輝榮竝桂枝芝蘭芬馥和荆葉唯有沉犀屈未伸握中自謂駭雞珍三年不鳴鳴必大豈獨駭雞當駭人已上敘公與張賈先後十科唯劉未得科第元和運啓千年聖同遇明時余最幸始辭祕閣吏王畿遽列諫垣升禁闈蹇步何堪鳴佩玉衰容不稱著朝衣閶闔晨開朝百辟冕旒不動香煙碧步登龍尾上虛空立去天顏無咫尺宮花似雪從乘輿禁月如霜坐直廬身賤每驚隨內宴才微常媿草天書已上公自敘遭際明時得官禁近晚松寒竹新昌第職居密近門多閑日暮銀臺下直回故人到門門蹔開回頭下馬一相顧塵土滿衣何處來斂手炎涼敘未畢先説舊山今悔出

岐陽旅宦少歡娛江左羈游費時日贈我一篇行路
吟吟之句句披沙金歲月徒催白髮貌泥塗不屈青
雲心誰會茫茫天地意短才獲用長才棄我隨鵷鷺
入煙雲謬上丹墀爲近臣君同鸞鳳棲荆棘猶著青
袍作選人惆悵知賢不能薦徒爲出入蓬萊殿月慚
諫紙二百張歲媿俸錢三十萬大抵浮榮何足道幾
度相逢即身老且傾斗酒慰羈愁重話符離問舊遊
北巷鄰居幾家去東林舊院何人住武里邨花落復
開流溝山色應如故感此酬君千字詩醉中分手又
何之須知通塞尋常事莫歎浮沈先後時慷慨臨歧
重相勉殷勤別後加餐飯君不見買臣衣錦還故鄉
五十身榮未爲晚已上敘重與劉君相聚劉有贈詩而公酬之

和錢員外答盧員外早春獨遊曲江見寄長句

春來有色闇融融先到詩情酒思中柳岸霏微裛塵

雨杏園淡蕩開花風聞君獨遊心鬱鬱薄晚新晴騎
馬出醉思詩侶有同年春歎翰林無暇日雲夫首倡
寒玉音蔚章繼和春搜吟此時我亦閑門坐一日風
光三處心自注雲夫蔚章同年及第時予與蔚章同在翰林

東墟晚歇時退居渭村

涼風冷露蕭索天黄蒿紫菊荒涼田遶冢秋花少顏
色細蟲小蝶飛翻翻中有騰騰獨行者手拄漁竿不
騎馬晚從南澗釣魚回歇此墟中白楊下褐衣半故
白髮新人逢知我是何人誰言渭浦棲遲客曾作甘
泉侍從臣

挽歌詞

丹旐何飛揚素驂亦悲鳴晨光照閭巷輀車儼欲行
蕭條九月天晚出洛陽城一作哀挽出重城借問送者誰妻
子與弟兄蒼蒼古原上峨峨開新塋含酸一慟哭異

口同哀聲舊壠轉蕪絕新墳日羅列春風秋草一作草綠北邙山。此地年年生死別。

山鷓鴣

山鷓鴣朝朝暮暮啼復啼啼時露白風淒淒黃茅岡頭秋日晚苦竹嶺下寒月低畬田有粟何不啄石楠有枝何不棲迢迢不緩復不急樓上舟中聲闇入夢鄉遷客展轉臥。抱兒寡婦彷徨立。山鷓鴣爾本此鄉鳥生不辭巢不別羣何苦聲聲啼到曉啼到曉唯能愁北人南人慣聞如不聞

放旅鴈元和十年冬作

九江十年冬大雪江水生冰樹枝折百鳥無食東西飛中有旅鴈聲最飢雪中啄草冰上宿翅冷騰空飛動遲江童持網捕將去手攜入市生賣之我本北人今譴謫人鳥雖殊同是客見此客鳥傷客人贖汝放

汝飛入雲鴈鴈汝飛向何處第一莫飛西北去淮西有賊討未平百萬甲兵久屯聚官軍賊軍相守老食盡兵窮將及汝健兒飢餓射汝喫拔汝翅翎爲箭羽。

送春歸元和十一年三月三十日作

送春歸三月盡日日暮時去年杏園花飛御溝綠何處送春曲江曲今年杜鵑花落子規啼送春何處西江西帝城送春猶怏怏天涯送春能不加惆悵莫惆悵送春人冗員無替五年罷應須準擬再送潯陽春五年炎涼凡十變安知此身健不健好送今年江上春明年未死還相見

山石榴寄元九

山石榴一名山躑躅一名杜鵑花杜鵑啼時花撲撲九江三月杜鵑來一聲催得一枝開江城上佐閒無事山下斸得廳前栽爛漫一欄十八樹根株有數花

無數千房萬葉一時新嫩紫殷紅鮮麴塵淚痕裛損臙脂臉剪刀裁破紅綃巾謫仙初墮愁在世姹女新嫁嬌泥去聲春日射血珠將滴地風翻火燄欲燒人閑折兩枝持在手細看不似人間有花中此物是西施芙蓉芍藥皆嫫母奇芳絕豔別者誰通州遷客元拾遺拾遺初貶江陵去去時正值青春暮商山秦嶺愁殺人山石榴花紅夾路題詩報我何所云苦云色似石榴裙當時叢畔唯思我今日欄前只憶君憶君不見坐銷落日西風起紅紛紛

畫竹歌竝引

協律郎蕭悅善畫竹舉時無倫蕭亦甚自祕重有終歲求其一竿一枝而不得者知予天與好事忽寫一十五竿惠然見投予厚其意高其藝無以答貺作歌以報之凡一百八十

六字云

植物之中竹難寫古今雖畫無似者蕭郎下筆獨逼真丹青以來唯一人人畫竹身肥擁腫蕭畫莖瘦節節竦人畫竹梢死羸垂蕭畫枝活葉葉動不根而生從意生不笋而成由筆成野塘水邊碕岸側森森兩叢十五莖嬋娟不失筠粉態蕭颯盡得風煙情舉頭忽看不似畫低耳靜聽疑有聲西叢七莖勁而健省向天竺寺前石上見東叢八莖疏且寒憶曾湘妃廟裏雨中看幽姿遠思少人別與君相顧空長歎蕭郎蕭郎老可惜手顫（一作戰）眼昏頭雪色自言便是絕筆時從今此竹尤難得

真孃墓（墓在虎邱寺）

真孃墓虎邱道不識真孃鏡中面唯見真孃墓頭草霜摧桃李風折蓮真孃死時猶少年脂膚荑手不牢

固世間尤物難留連難留連易消歇塞北花江南雪

長恨歌

漢皇重色思傾國御宇多年求不得楊家有女初長成養在深閨人未識天生麗質難自棄一朝選在君王側迴眸一笑百媚生六宮粉黛無顏色春寒賜浴華清池溫泉水滑洗凝脂侍兒扶起嬌無力始是新承恩澤時雲鬢花顏（一作冠）金步搖芙蓉帳暖度春宵（一作帳裡暖春宵）春宵苦短日高起從此君王不早朝承歡侍宴（一作寢）無閒暇春從春遊夜專夜後（一作漢）宮佳麗三千人三千寵愛在一身金屋妝成嬌侍夜玉樓宴罷醉和春姊妹弟兄皆列土可憐光彩生門戶遂令天下父母心不重生男重生女驪宮高處入青雲仙樂風飄處處聞緩歌謾舞凝絲竹盡日君王看（一作聽）不足漁陽鞞鼓動地來驚破霓裳羽衣曲九重城闕

煙塵生千乘萬騎西南行翠華搖搖行復止西出都
門百餘里六軍不發無奈何宛轉蛾眉馬前死花鈿
委地無人收翠翹金雀玉搔頭君王掩面救不得回
看血淚相和流黃埃散漫風蕭索雲棧縈紆登劍閣
峨嵋山下少人行旌旗無光日色薄蜀江水碧蜀山
青聖主朝朝暮暮情行宮見月傷心色夜雨聞鈴腸
斷聲天旋日轉迴龍馭到此躊躇不能去馬嵬坡下
泥一作塵土中不見玉顏空死處君臣相顧盡沾衣東
望都門信馬歸歸來池苑皆依舊太液芙蓉未央柳
芙蓉如面柳如眉對此如何不淚垂春風桃李花開
日一作夜秋雨梧桐葉落時西宮南內多秋草落葉滿
階紅不掃梨園弟子白髮新椒房阿監青娥老夕殿
螢飛思悄然孤一作秋燈挑盡未成眠遲遲鐘鼓初長
夜耿耿星河欲曙天鴛鴦瓦冷霜華重翡翠衾寒誰

與共（一作舊枕故衾誰與共）悠悠生死別經年魂魄不曾來入
夢臨邛道士鴻都客能以精誠致魂魄爲感君王展
轉思（一作恩）遂教方士殷勤覓排雲馭氣奔如電升天
入地求之遍上窮碧落下黄泉兩處茫茫皆不見忽
聞海上有仙山山在虚無縹緲間樓閣（一作殿）玲瓏五
雲起其中綽約多仙子中有一人字太真（一作字玉真又作名玉妃）
雪膚花貌參差是金闕西廂叩玉扃轉教小玉報
雙成聞道漢家天子使九華帳裏夢魂驚攬衣推枕
起徘徊珠箔銀屏迤邐開雲髻半偏新睡覺花冠不
整下堂來風吹仙袂飄颻舉猶似霓裳羽衣舞玉容
寂寞淚闌干梨花一枝春帶雨含情凝涕（一作睇）謝君
王一別音容兩渺茫昭陽殿裏恩愛絶蓬萊宮中日
月長回頭下望人寰處不見長安見塵霧唯將（一作空持）
舊物表深情鈿合金釵寄將去釵留一股合一扇釵

擘黄金合分鈿但教心似金鈿堅天上人間會相見臨別殷勤重寄詞詞中有誓兩心知七月七日長生殿夜半無人私語時在天願作比翼鳥在地願爲連理枝天長地久有時盡此恨緜緜無絕期

長安道

花枝缺處青樓開豔歌一曲酒一杯美人勸我急行樂自古朱顏不再來君不見外州官客長安道一迴來時一迴老

潛別離

不得哭潛別離不得語暗相思兩心之外無人知深籠夜鏁獨棲鳥利劍春斷連理枝河水雖濁有清日烏頭雖黑有白時唯有潛離與暗別彼此甘心無後期

隔浦蓮

隔浦愛紅蓮昨日看猶在夜來風吹落只得一回採花開雖有明年期復愁明年還暫時

寒食野望吟

邱墟郭門外寒食誰家哭風吹曠野紙錢飛古墓纍纍春草綠棠梨花映白楊樹盡是死生離別處冥漠重泉哭不聞蕭蕭暮雨人歸去

琵琶行并序

元和十年予左遷九江郡司馬明年秋送客湓浦口聞舟中夜彈琵琶者聽其音錚錚然有京都聲問其人本長安倡女嘗學琵琶於穆曹二善才年長色衰委身爲賈人婦遂命酒使快彈數曲曲罷憫然自敘少小時歡樂事今漂淪憔悴轉徙於江湖閒予出官二年恬然自安感斯人言是夕始覺有遷謫意因

爲長句歌以贈之凡六百一十二言命曰琵琶行

潯陽江頭夜送客楓葉荻花秋瑟瑟主人下馬客在船舉酒欲飲無管絃醉不成歡慘將別別時茫茫江浸月忽聞水上琵琶聲主人忘歸客不發尋聲暗問彈者誰琵琶聲停欲語遲移船相近邀相見添酒回燈重開宴千呼萬喚始出來猶抱一作把琵琶半遮面轉軸撥絃三兩聲未成曲調先有情絃絃掩抑聲聲思似訴平生不得志一作意低眉信手續續彈說盡心中無限事輕攏慢撚抹復挑初爲霓裳後六么一作綠腰大絃嘈嘈如急雨小絃切切如私語嘈嘈切切錯雜彈大珠小珠落玉盤閒關鶯語花底滑幽咽泉流水一作冰下灘一作難水泉冷澁絃疑絕疑絕不通聲暫歇別有幽情暗恨生此時無聲勝有聲銀瓶乍破水漿

迸鐵騎突出刀鎗鳴曲終收撥當心畫四絃一聲如裂帛東船西舫悄無言唯見江心秋月白沈吟放撥插絃中整頓衣裳起斂容自言本是京城女家在蝦蟇陵下住十三學得琵琶成名屬教坊第一部曲罷曾教善才伏妝成每被秋孃妒五陵年少爭纏頭一曲紅綃不知數鈿頭銀篦擊節碎血色羅裙翻酒汙今年歡笑復明年秋月春風等閒度弟走從軍阿姨死暮去朝來顏色故門前冷落鞍馬稀老大嫁作商人婦商人重利輕別離前月浮梁買茶去去來江口守空船遶船月明江水寒夜深忽夢少年事夢啼妝淚紅闌干（一作啼妝淚落紅闌干）我聞琵琶已歎息又聞此語重唧唧同是天涯淪落人相逢何必曾相識我從去年辭帝京謫居臥病潯陽城潯陽地僻（一作小處）無音樂終歲不聞絲竹聲住近湓江地低溼黃蘆苦竹遶宅

生其閒旦暮聞何物杜鵑啼血猨哀鳴春江花朝秋
月夜往往取酒還獨傾豈無山歌與村笛嘔啞嘲哳
難爲聽今夜聞君琵琶語如聽仙樂耳暫明莫辭更
坐彈一曲爲君翻作琵琶行感我此言良久立卻坐
促絃絃轉急淒淒不似向前聲滿座重聞皆掩泣座
一作中泣下一作誰最多江州司馬青衫溼
就 淚

簡簡吟

蘇家小女名簡簡芙蓉花腮柳葉眼十一把鏡學點
妝十二抽針能繡裳十三行坐事調品不肯迷頭白
地藏玲瓏雲髻生花樣飄颻風袖薔薇香殊姿異態
不可狀忽忽轉動如有光二月繁霜殺桃李明年欲
嫁今年死丈人阿母勿悲啼此女不是凡夫妻恐是
天仙謫人世只合人間十三歲大都好物不堅牢彩
雲易散琉璃脆

花非花

花非花霧非霧夜半來天明去來如春夢幾多時去似朝雲無覓處

醉後狂言酬贈蕭殷二協律

餘杭邑客多羈貧其間甚者蕭與殷天寒身上猶衣葛日高甑中未拂塵江城山寺十一月北風吹沙雪紛紛賓客不見綈袍惠黎庶未沾襦袴恩此時太守自慚愧重衣複衾有餘温因命染人與針女先製兩裘贈二君吳緜細軟桂布密柔如狐腋白似雲勞將詩書投贈我如此小惠何足論我有大裘君未見寬廣和暖如陽春此裘非繒亦非纊裁以法度絮以仁刀尺鈍拙製未畢出亦不獨裹一身若令在郡得五考與君展覆杭州人

夜哭李夷道

逝者絶影響空庭朝復昏家人哀臨畢夜鏁壽堂門
無妻無子何人葬空見銘旌向月翻

醉歌 示妓人商玲瓏

罷胡琴掩秦瑟玲瓏再拜歌初畢誰道使君不解歌
聽唱黄雞與白日黄雞催曉丑時鳴白日催年酉時
沒腰間紅綬繫未穩鏡裏朱顔看已失玲瓏玲瓏柰
老何使君歌了汝更歌

寒食臥病

病逢佳節長歎息春雨濛濛楡柳色羸坐全非舊日
容扶行半是他人力誼誼里巷蹋青歸笑閉柴門度
寒食

長安早春旅懷

軒車歌吹誼都邑中有一人向隅立夜深明月卷簾
愁日暮青山望鄉泣風吹新緑草芽折雨灑輕黄柳

條逕此生知負少年春不展愁眉欲三十

晚秋夜

碧空溶溶月華靜月裏愁人弔孤影花開殘菊傍疏籬葉下衰桐落寒井塞鴻飛急覺秋盡鄰雞鳴遲知夜永凝情不語空所思風吹白露衣裳冷

秋晚

籬菊花稀砌桐落樹陰離離日色薄單幕疏簾貧寂寞涼風冷露秋蕭索光陰流轉忽已晚顏色凋殘不如昨萊妻臥病月明時不擣寒衣空擣藥

謫居

面瘦頭班四十四遠謫江州爲郡吏逢時棄置從不才未老衰羸爲何事火燒寒澗松爲燼霜降春林花委地遭時榮悴一時間豈是昭昭上天意

偶然二首

楚懷邪亂靈均直放棄合宜何惻惻漢文明聖賈生
賢謫向長沙堪歎息人事多端何足怪天文至信猶
差忒月離于畢合滂沲有時不雨誰能測
火發城頭魚水裏救火竭池魚失水乖龍藏在牛領
中雷擊龍來牛枉死人道著神龜骨聖試卜魚牛那
至此六十四卦七十鑽畢竟不能知所以

喜山石榴花開自注去年自廬山移來

忠州州裏今日花廬山山頭去年樹已憐根損斬新
栽還喜花開依舊數赤玉何人小琴軫紅纈誰家合
羅袴但知爛漫恣情開莫怕南賓桃李妒

惻惻吟

惻惻復惻惻逐臣返鄉國前事難重論少年不再得
泥塗絳老頭斑白炎瘴靈均面黎黑六年不死卻歸
來道著姓名人不識

席上答微之

我住浙江西君去浙江東勿言一水隔便與千里同
富貴無人勸君酒今宵爲我盡杯中

蘇州李中丞以元日郡齋感懷詩寄微之及予
輒依來篇七言八韻走筆奉答兼呈微之

白首餘杭白太守落魄拋名來已久一辭渭北故園
春再把江南新歲酒杯前笑歌徒勉强鏡裏形容漸
衰朽領郡慚當潦倒年鄰州喜得平生友長洲草接
松江岸曲水花連鏡湖口老去還能痛飲無春來曾
作閑遊否憑鶯傳語報李六倩鴈將書與元九莫嗟
一日日催人且貴一年年入手

九日宴集醉題郡樓兼呈周殷二判官

前年九日在餘杭呼賓命宴虛白堂去年九日到東
洛今年九日來吳鄉兩邊蓬鬢一時白三處菊花同

色黃一日日知添老病(一作態)一年年又惜重陽江南九月未搖落柳青蒲綠稻穟香姑蘇臺榭倚蒼靄太湖山水含清光可憐假日好天色公門吏靜風景涼榜舟鞭馬取賓客掃樓拂席排壺觴胡琴錚鏦指撥刺吳娃美麗眉眼長笙歌一曲思凝絕金鈿再拜光低昂日腳欲落備燈燭風頭漸高加酒漿觥盞灩飛菡萏葉舞鬟擺落茱萸房半酣憑檻起四顧七堰八門六十坊遠近高低寺間出東西南北橋相望水道脈分棹鱗次里閭棊布城冊方人煙樹色無隙罅十里一片青茫茫自問有何才與政。高廳大館居中央銅魚今乃澤國節刺史自古吳都王郊無戎馬郡無事門有棨戟腰有章盛時儻來合慚媿壯歲忽去還感傷從事醒歸應不可使君醉倒亦何妨請君停杯聽我語此語真實非虛狂五旬已過不為夭七十為

期蓋是常須知菊酒登高會從此多無二十場

霓裳羽衣舞歌和微之

我昔元和侍憲皇曾陪內宴宴昭陽千歌萬舞一作百武不可數就中最愛霓裳舞舞時寒食春風天玉鉤欄下香案前案前舞者顏如玉不著人家俗衣服虹裳霞帔步搖冠鈿瓔纍纍珮珊珊娉婷似不任羅綺顧聽樂懸行復止磬簫箏笛遞相攙擊擫彈吹聲邐迤公自注凡法曲之初眾樂不齊唯金石絲竹次第發聲霓裳序初亦復如此散序六奏未動衣陽臺宿雲慵不飛自注散序六遍無拍故不舞也中序擘騞初入拍秋竹竿裂春冰坼自注中序始有拍亦名拍序飄然轉旋迴雪輕嫣然縱送游龍驚小垂手後柳無力斜曳裾時雲欲生自注四句皆霓裳舞之初態煙蛾斂略不勝態風袖低昂如有情上元點鬟招萼綠王母揮袂別飛瓊許飛瓊萼綠華皆女仙也繁音急節十二遍跳珠撼玉何鏗錚自注霓裳曲十二遍

終而翔鸞舞了卻收翅唳鶴曲終長引聲自注凡曲將畢皆聲拍促速唯霓裳之末長引一聲也國藩按自首至此敘元和時曾於內宴時見霓裳舞當時乍見

驚心目凝視諦聽殊未足一落人間八九年耳冷不曾聞此曲湓城但聽山魈語巴峽唯聞杜鵑哭自注予自江州司馬轉忠州刺史移領錢塘第二年始有心情問絲竹玲瓏箜篌謝好箏陳寵觱栗沈平笙清絃脆管纖纖手教得霓裳一曲成自注自玲瓏以下皆杭之妓名虛白亭前湖水畔前後祇應三度按便除庶子拋卻來聞道如今各星散自當時至此敘在杭州時曾教妓學霓裳舞今年五月至蘇州朝鐘暮角催白頭貪看案牘常侵夜不聽笙歌直到秋秋來無事多閑悶忽憶霓裳無處問聞君部內多樂徒問有霓裳舞者無答云七縣十萬戶無人知有霓裳舞唯寄長歌與我來題作霓裳羽衣譜四幅花牋碧間紅霓裳實錄在其中千姿萬狀分明見恰與昭陽舞

者同眼前髣髴覩形質昔日今朝想如一疑從魂夢呼召來似著丹青圖寫出已上敘在蘇州以書問我元元以霓裳譜答之愛霓裳君合知發於歌詠形於詩君不見我歌云驚破霓裳羽衣曲長恨歌云又不見我詩云曲愛霓裳未拍時錢塘詩云由來能事皆有主楊氏創聲君造譜自注開元中西京府節度楊敬述造君言此舞難得人須是傾城可憐女吳妖小玉飛作煙夫差女小玉死後形見於王其母抱之霏微若煙霧散空越豔西施化爲土嬌花巧笑久寂寥娃館苧羅空處所如君所言誠有是君試從容聽我語若求國色始翻傳但恐人間廢此舞妍蚩優劣寧相遠大都只在人擡舉李娟張態君莫嫌亦擬隨宜且教取自注娟態蘇妓之名○自我愛至此言將取蘇妓教之

小童薛陽陶吹觱栗歌和浙西李大夫作

翦削乾蘆插寒竹九孔漏聲五音足近來吹者誰得

名闕璀老死李袞生袞今又老誰其嗣薛氏樂童年
十二指點之下師授聲含嚼之間天與氣潤州城高
霸月明吟霜思月欲發聲山頭江（一作水）底何悄悄猨
聲不喘魚龍聽翕然聲作疑管裂詘然聲盡疑刀截
有時婉（一作脆）軟無筋骨有時頓挫生稜節急聲員轉
促不斷轢轢轔轔似珠貫緩聲展引長有條有條直
直如筆描下聲乍墜石沈重高聲忽舉雲飄蕭明旦
公堂陳宴席主人命樂娛賓客（一作條）碎絲細竹徒紛
紛宮調一聲雄出羣衆音覼縷不落道有如部伍隨
將軍嗟爾陽陶方稺齒下手發聲已如此若教頭白
吹不休但恐聲名壓關李

啄木曲

莫買寶翦刀虛費千金直我有心中愁知君翦不得
莫磨解結錐虛勞人氣力我有腸中結知君解不得

莫染紅絲線徒誇好顏色我有雙淚珠知君穿不得
莫近紅爐火炎氣徒相逼我有兩鬢霜知君銷不得
刀不能翦心愁錐不能解腸結線不能穿淚珠火不
能銷鬢雪不如飲此神聖杯萬念千憂一時歇

題靈巖寺 寺即吳館娃宮鳴屧廊硯池采香徑遺跡在焉

娃宮屧廊尋已傾研池香徑又欲平二三月時伯草
綠幾百年來空月明使君雖老頗多思攜觴領妓處
處行今愁古恨入絲竹一曲涼州無限情直自當時
到今日。中閒歌吹更無聲。

日漸長贈周殷二判官

日漸長春尚早牆頭半露紅蕚枝池岸新鋪綠芽草
蹋草攀枝仰頭歎何人知此春懷抱年顏盛壯名未
成官職欲高身已老萬莖白髮真堪恨一片緋衫何
足道。賴得君來勸一杯。愁開悶破心頭好。

花前歎

前歲花前五十二今年花前五十五歲課年功頭髮知從霜成雪君看取公自注五年前在杭州有詩云五十二人頭似霜幾人得老莫自嫌樊李吳韋盡成土自注樊絳州宗師李諫議景儉吳饒州丹韋侍郎顗皆舊往還相次喪逝南州桃李北州梅且喜年年作花主花前置酒誰相勸容坐唱歌滿起舞自注容滿皆妓名也欲散重拈花細看爭知明日無風雨

就花枝

就花枝。移酒海。今朝不醉明朝悔。且算歡娛逐日來。任他容鬢隨年改。醉翻衫袖抛小令笑擲骰盤呼大采自量氣力與心情三五年閒猶得在

醉題沈子明壁

不愛君池東十叢菊不愛君池南萬竿竹愛君簾下唱歌人色似芙蓉聲似玉我有陽關君未聞若聞亦

應愁殺君

勸酒

勸君一杯君莫辭勸君兩杯君莫疑勸君三杯君始知面上今日老昨日。心中醉時勝醒時天地迢迢自長久白兔赤烏相趁走身後堆金拄北斗不如生前一尊酒君不見春明門外天欲明。喧喧歌哭半死生。遊人駐馬出不得。白轝紫車爭路行。歸去來頭已白典錢將用買酒喫

對鏡吟

白頭老人照鏡時掩鏡沈吟吟舊詩二十年前一莖白如今變作滿頭絲自注余二十年前嘗有詩云白髮生一莖朝來明鏡裡勿言一莖少滿頭從此始今則滿頭矣吟罷迴頭索杯酒醉來屈指數親知老於我者多窮賤設使身存寒且飢少於我者半爲土墓樹已抽三五枝我今幸得見頭白。祿俸不薄官

不卑眼前有酒心無苦只合歡娛不合悲

耳順吟寄敦詩夢得

三十四十五慾牽七十八十百病纏五十六十卻不惡恬澹清淨心安然已過愛貪聲利後猶在病羸昏耄前未無筋力尋山水尚有心情聽管絃閑開新酒常數盞醉憶舊詩吟一篇敦詩夢得且相勸不用嫌他耳順年

憶舊遊 寄劉蘇州

憶舊遊憶舊遊安在哉舊遊之人半白首舊遊之地多蒼苔江南舊遊凡幾處就中最憶吳江隈長洲苑綠柳萬樹齊雲樓春酒一杯閶門曉嚴旗鼓出臯橋夕鬧船舫迴修蛾慢臉燈下醉急管繁絃頭上催六七年前狂爛漫三千里外思徘徊李娟張態一春夢周五殿三歸夜臺虎邱月色爲誰好娃宮花枝應自開

賴得劉郎解吟詠江山氣色合歸來自注娟態蘇州妓名周殷蘇州從事

答崔賓客晦叔十二月四日見寄自注來篇云共相呼喚醉歸來

今歲日餘二十六來歲年登六十二尚不能憂眼下身因何更算人閒事居士忘筌默默坐。先生枕麴昏昏睡。早晚相從歸醉鄉醉鄉去此無多地

勸我酒

勸我酒我不辭請君歌歌莫遲歌聲長辭亦切此辭聽者堪愁絕洛陽女兒面似花河南大尹頭如雪

除官赴闕留贈微之

去年十月半君來過浙東今年五月盡我發向關中兩鄉默默心相別一水盈盈路不通從此津人應省事寂寥無復遞詩筒

舒員外遊香山寺數日不歸兼辱尺書大誇勝事時正値坐衙慮囚之際走筆題長句以贈之

香山石樓倚天開。翠屏壁立波環迴。黃菊繁時好客到。碧雲合處佳人來。酡顏一笑夭桃綻清吟數聲寒玉哀軒騎逶遲櫂容與留連三日不能迴白頭老尹府中坐。早衙纔退暮衙催。庭前階上何所有纍囚成貫案成堆豈無池塘長秋草亦有絲竹生塵埃今日清光昨夜月。竟無人來勸一杯。

秋日與張賓客舒著作同遊龍門醉中狂歌凡二百三十八字

秋天高高秋光清秋風嫋嫋秋蟲鳴嵩峯餘霞錦綺卷伊水細浪鱗甲生洛陽閑客知無數少出遊山多在城商嶺老人自追逐蓬邱逸士相逢迎南出鼎門

十八里莊店邐迤橋道平不寒不熱好時節鞍馬穩
快衣衫輕竝轡踟躕下西岸扣舷容與繞中汀開懷
曠達無所繫觸目勝絶不可名荷衰欲黃荇猶綠魚
樂自躍鷗不驚翠藻蔓長孔雀尾彩船檣急寒雁聲
家醞一壺白玉液野花數把黃金英晝遊四看西日
暮夜話三及東方明暫停杯觴輟吟詠我有狂言君
試聽丈夫一生有二志兼濟獨善難得幷不能救療
生民病即須先濯塵土纓況吾頭白眼已暗終日戚
促何所成不如展眉開口笑龍門醉臥香山行

履信池櫻桃島上醉後走筆送別舒員外兼寄

宗正李卿考功崔郎中

櫻桃島前春去春花萬枝忽憶與宗卿閑飲日又憶
與考功狂醉時歲晚無花空有葉風吹滿地乾重疊
蹋葉悲秋復憶春池邊樹下重殷勤今朝一酌臨寒

水此地三回別故人櫻桃花來春千萬朶來春共誰
花下坐不論崔李上青雲明日舒三亦抛我

雪中晏起偶詠所懷兼呈張常侍韋庶子皇甫
郎中

窮陰蒼蒼雪雰雰雪深沒脛泥埋輪東家典錢歸礙
夜南家貰米出凌晨我獨何者無此弊複帳重衾暖
若春怕寒放懶不肯動。日高睡足方頻伸。鉼中有酒
爐有炭甕中有飯庖有薪奴温婢飽身晏起致兹快
活良有因上無皋陶伯益廊廟材。的不能匡君輔國
活生民。下無巢父許由箕潁操。又不能食薇飲水自
苦辛。君不見南山悠悠多白雲又不見西京浩浩唯
紅塵紅塵鬧熱白雲冷好於冷熱中間安置身三年
傲倖忝洛尹兩任優穩爲商賓非賢非愚非智慧不
富不貴不賤貧冉冉老去過六十。騰騰閒來經七春。

不知張韋與皇甫。私喚我作何如人。

閒吟

貧窮汲汲求衣食富貴營營役心力人生不富卽貧窮光陰易過閒難得我今幸在窮富閒。雖在朝廷不入山。看雪尋花翫風月洛陽城裏七年閒

詔下

昨日詔下去罪人今日詔下得賢臣進退者誰非我事。世閒寵辱常紛紛。我心與世兩相忘時事雖聞如不聞但喜今年飽飯喫。洛陽禾稼如秋雲。更傾一尊歌一。曲不。獨忘世。兼忘。身

池上作 自注西溪南潭皆池中勝處也

西溪風生竹森森南潭萍開水沈沈叢翠萬竿湘岸色空碧一泊松江心浦派縈迴誤遠近橋島向背迷登臨澄瀾方丈若萬頃倒影咫尺如千尋泛然獨遊

邈然坐坐念行心思古今菟裘不聞有泉沼西河亦恐無雲林豈如白翁退老地樹高竹密池塘深華亭雙鶴白矯矯太湖四石青岑岑眼前盡日更無客知上此時惟有琴洛陽冠蓋自相索誰肯來此同抽簪

詠史九年十一月作

秦磨利刀斬李斯齊燒沸鼎烹酈其可憐黃綺入商洛閒臥白雲歌紫芝彼爲葅醢几上盡此作鸞鳳天外飛去者逍遙來者死乃知禍福非天爲

哭師皐

南康丹旐引魂迴洛陽籃舁送葬來北邙原邊草樹一作尹郵畔。月苦煙愁夜過半。妻孥兄弟號一聲十二人腸一時斷往者何人送者誰。樂天哭別師皐時平生分義向人盡今日哀寃唯我知我知何益徒垂淚籃轝迴竿馬迴迴轡何日重聞埽市歌。誰家收得琵琶妓。

自注師皋醉後善歌墦市詞又有小妓工琵琶不知今落在何處蕭蕭風樹白楊影蒼蒼露草青蒿氣更就墳邊哭一聲與君此別終天地

感舊 並序

故李侍郎杓直長慶元年春薨元相公微之太和六年秋薨崔侍郎晦叔太和七年夏薨劉尚書夢得會昌二年秋薨四君子予之執友也二十年間凋零共盡唯予衰病至今獨存因詠悲懷題爲感舊

晦叔墳荒草已陳夢得墓溼土猶新微之捐館將一紀杓直歸邱二十春城中雖有故第宅庭蕪園廢生荆榛篋中亦有舊書札紙穿字蠹成灰塵平生定交取人窄屈指相知唯五人四人先去我在後一枝蒲柳衰殘身豈無晚歲新相識相識面親心不親人生

莫羨苦長命命長感舊多悲辛

達哉樂天行

達哉達哉白樂天分司東都十三年七旬纔滿冠已挂半祿未及車先懸或伴遊客春行樂或隨山僧夜坐禪二年忘卻問家事門庭多草廚少煙庖童朝告鹽米盡侍婢暮訴衣裳穿妻孥不悅甥姪悶而我醉臥方陶然起來與爾畫生計薄產處置有後先先賣南坊十畝園次賣東郭五頃田然後兼賣所居宅髣髴獲緡二三千半與爾充食衣費半與吾供酒肉錢吾今已年七十一眼昏鬚白頭風眩但恐此錢用不盡即先朝露歸夜泉未歸且住亦不惡飢餐樂飲安穩眠死生無可無不可達哉達哉白樂天

蘇東坡七古上七十四首

辛丑十一月十九日既與子由別於鄭州西門

之外馬上賦詩一篇寄之

不飲胡爲醉兀兀此心已逐歸鞍發歸人猶自念庭闈今我何以慰寂寞登高回首坡隴隔惟見烏帽出復沒苦寒念爾衣裘薄獨騎瘦馬踏殘月路人行歌居人樂僮僕怪我苦悽惻亦知人生要有別但恐歲月去飄忽寒燈相對記疇昔夜雨何時聽蕭瑟君知此意不可忘愼勿苦愛高官職公自注嘗有夜雨對牀之言故云爾

和子由踏青

春風陌上驚微塵遊人初樂歲華新人閑正好路傍飲麥短未怕遊車輪城中居人厭城郭喧闐曉出空四鄰歌鼓驚山草木動簞瓢散野烏鳶馴何人聚衆稱道人遮道賣符色怒瞋宜蠶使汝繭如甕宜畜使汝羊如麕路人未必信此語强爲買服禳新春道人得錢徑沽酒醉倒自謂吾符神前八句敘踏青後八句就道人賣符生波

和子由蠶市

蜀人衣食常苦艱蜀人遊樂不知還千人耕種萬人食一年辛苦一春閒閒時尚以蠶爲市共忘辛苦逐欣歡去年霜降砍秋荻今年箔積如連山破瓢爲輪土爲釜爭買不翅金與紈憶昔與子皆童丱年年廢書走市觀市人爭誇鬬巧智野人喑啞遭欺謾詩來使我感舊事不悲去國悲流年

記所見開元寺吳道子畫佛滅度以答子由

西方真人誰所見衣被七寶從雙狻當時修道頗辛苦柏生兩肘烏巢肩初如濛濛隱山玉漸如濯濯出水蓮道成一日就空滅奔會四海悲人天翔禽哀響動林谷獸鬼躑躅淚迸泉龐眉深目彼誰子遶牀彈指性自圓隱如寒月墮清晝空有孤光留故躔春遊古寺拂塵壁遺像久此霾香煙畫師不復寫名姓皆

云道子口所傳從橫固已蔑孫鄧有如巨鱷吞小鮮
來詩所誇孰與此安得攜挂其旁觀

石鼓歌

冬十二月歲辛丑我初從政見魯叟舊聞石鼓今見
之文字鬱律蛟蛇走細觀初以指畫肚欲讀嗟如箝
在口韓公好古生已遲我今況又百年後强尋偏傍
推點畫時得一二遺八九我車既攻馬亦同其魚維
鱮貫之柳公自注其詞云我車既攻我馬亦同又云其魚維何維鱮維鯉何以貫之維楊與柳惟此六句可讀餘多不可通古器縱橫猶識鼎衆星錯落僅名斗
模糊半已似瘢胝詰曲猶能辨跟肘娟娟缺月隱雲
霧濯濯嘉禾秀良莠漂流百戰偶然存獨立千載誰
與友上追軒頡相唯諾下揖冰斯同鷇鷇以上推憶尋字體
昔周宣歌鴻雁當時籀史變蝌蚪厭亂人方思聖賢
中興天爲生耆耇東征徐虜闞虓虎北伏一作伐犬戎

隨指嗾象胥雜沓貢狼鹿方召聯翩賜圭卣遂因鼓鼙思將帥豈爲考擊煩矇瞍何人作頌比嵩高萬古斯文齊岣嶁勳勞至大不矜伐文武未遠猶忠厚欲尋年歲無甲乙豈有名字記誰某以上敘石鼓爲周宣王時作自從周衰更七國竟使秦人有九有埽除詩書誦法律投棄俎豆陳鞭杻當年何人佐祖龍上蔡公子牽黃狗登山刻石頌功烈後者無繼前無偶皆云皇帝巡四國烹滅彊暴救黔首六經既已委灰塵此鼓亦當遭擊掊傳聞九鼎淪泗上欲使萬夫沉水取暴君縱欲窮人力神物義不汚秦垢是時石鼓何處避無乃天工令鬼守興亡百變物自閑富貴一朝名不朽細思物理坐歎息人生安得如汝壽以上論鼓不爲秦所掊擊

王維吳道子畫

何處訪吳畫普門與開元開元有東塔摩詰留手痕

吾觀畫品中莫如二子尊道子實雄放浩如海波翻當其下手風雨快筆所未到氣已吞亭亭雙林閒彩暈扶桑暾中有至人談寂滅悟者悲涕迷者手自捫蠻君鬼伯千萬萬相排競進頭如黿摩詰本詩老佩芷襲芳蓀今觀此壁畫亦若其詩清且敦祇園弟子盡鶴骨心如死灰不復温門前兩叢竹雪節貫霜根交柯亂葉動無數一一皆可尋其源吳生雖妙絶猶以畫工論摩詰得之於象外有如仙翮謝籠樊吾觀二子皆神俊又於維也斂衽無閒言

維摩像唐楊惠之塑在天柱寺

昔者子輿病且死其友子祀往問之跰𨇤鑒井自歎息造物將安以我爲今觀古塑維摩像病骨磊嵬如枯龜乃知至人外生死此身變化浮雲隨世人豈不頎且好身雖未病心已疲此叟神完中有恃談笑可

郤千態羆當其在時或問法俛首無言心自知至今遺像兀不語與昔未死無增虧田翁俚婦那肎顧時有野鼠銜其髭見之使人每自失誰能與結無言師

秦穆公墓

槖泉在城東墓在城中無百步乃知昔未有此城秦人以泉識公墓昔公生不誅孟明豈有死之日而忍用其良乃知三子殉公意亦如齊之二子從田横古人感一飯尚能殺其身今人不復見此等乃以所見疑古人古人不可望今人益可傷

將往終南和子由見寄

人生百年寄鬢髮富貴何啻葭中莩惟將翰墨留染濡絕勝醉倒蛾眉扶我今廢學如寒竽久不吹之澀欲無歲二云暮矣嗟幾餘欲往南溪侶禽魚秋風吹雨涼生膚夜長耿耿添漏壺窮年弄筆衫袖烏古人有

之我願如終朝危坐學僧趺閉門不出閑履鳧下視
官爵如泥淤嗟我何爲久踟躕歲月豈肎與汝居僕
夫起餐秣吾駒

二十七日自陽平至斜谷宿於南山中蟠龍寺

橫槎晚渡碧澗口騎馬夜入南山谷谷中暗水響瀧
瀧嶺上疏星明煜煜寺藏嵒底千萬仞路轉山腰三
百曲風生飢虎嘯空林月黑驚麏竄修竹入門突兀
見深殿照佛青熒有殘燭媿無酒食待遊人旋斫杉
松煮溪蔌板閣獨眠驚旅枕木魚曉動隨僧粥起觀
萬瓦鬱參差日亂千巖散紅綠門前商賈負椒荈山
後咫尺連巴蜀何時歸耕江上田一夜心逐南飛鵠

渼陂魚 公自注陂在鄠縣

霜筠細破爲雙掩中有長魚如卧劍紫荇穿顋氣慘
悽紅鱗照座光磨閃攜來雖遠鬣尚動烹不待熟指

先染坐客相看爲解顏香粳飽送如填塹早歲嘗爲荆渚客黃魚屢食沙頭店濱江易採不復珍盈尺輒棄無乃僭自從西征復何有欲致南烹嗟久欠遊鯈瑣細空自腥亂骨縱橫動遭砭故人遠餽何以報客俎久空驚忽瞻東道無辭信使頻西鄰幸有庖虀釅

司竹監燒葦園因召都巡檢柴貽勖左藏以其徒會獵園下

官園刈葦歲留槎。深冬放火如紅霞。枯槎燒盡有根在。春雨一洗皆萌芽。黃狐老兔最狡捷賣侮百獸常矜誇年年此厄竟不悟但愛蒙密爭來家風迴焰卷毛尾爇欲出已被蒼鷹遮自此以上言狐兔歲藏葦中敘獵之地野人來言此最樂徒手曉出歸滿車巡邊將軍在近邑呼來颯颯從矛乂戍兵久閑可小試戰鼓雖凍猶堪撾雄心欲搏南澗虎陣勢頗學常山蛇霜乾火烈聲爆

野飛走無路號且呀迎人截來砉逢箭避犬逸去窮
投罝擊鮮走馬殊未厭但恐落日催棲鵶樊旗仆鼓
坐數獲鞍挂雉兎肩分麑以上正賦獵事主人置酒聚狂客
紛紛醉語晚更譁燎毛燔肉不暇割飮啖直欲追羲
媧青邱雲夢古所咤與此何啻百倍加苦遭諫疏說
夷羿又被賦客嘲淫奢豈如閑官走山邑放曠不與
趨朝衙農工已畢歲云暮車騎雖少賓殊佳酒酣上
馬去不告獵獵霜風吹帽斜以上獵罷置酒

王頤赴建州錢監求詩及草書

我昔識子自武功寒廳夜語尊酒同酒闌燭盡語不
盡倦僕立寐僵屏風丁甯勸學不死訣自言親受方
瞳翁嗟予聞道不早悟醉夢顛倒隨盲聾邇來憂患
苦摧剝意思蕭索如霜蓬羨君顏色愈少壯外慕漸
少由中充河車挽水灌腦黑丹砂伏火入頰紅大梁

相逢又東去但道何日辭樊籠未能便乞句漏令官曹似是錫與銅留詩河上慰離別草書未暇緣悤悤

石蒼舒醉墨堂

人生識字憂患始姓名麄記可以休何用草書誇神速開卷惝怳令人愁我嘗好之每自笑君有此病何能瘳自言其中有至樂適意無異逍遙遊近者作堂名醉墨如飲美酒銷百憂乃知柳子語不妄病嗜土炭如珍羞君於此藝亦云至堆牆敗筆如山邱興來一揮百紙盡駿馬倏忽踏九州我書意造本無法點畫信手煩推求胡爲議論獨見假隻字片紙皆藏收不減鍾張君自足下方羅趙我亦優不須臨池更苦學完取絹素充衾裯

送安惇秀才失解西歸

舊書不厭百回讀熟讀深思子自知他年名宦恐不

免今日棲遲那可追我昔家居斷還往著書不復窺園葵朅來東遊慕人爵棄去舊學從兒嬉狂謀謬算百不遂惟有霜鬢來如期故山松柏皆手種行且拱矣歸何時萬事早知皆有命十年浪走寧非癡與君未可較得失臨別惟有長嗟咨

送任伋通判黃州兼寄其兄孜 王注孜時爲簡州平泉令字師聖伋字師中皆名士眉人也東坡謂之大任小任兄弟於慶曆閒登第

吾州之豪任公子少年盛壯日千里無媒自進誰識之有才不用今老矣別來十年學不厭讀破萬卷詩愈美黃州小郡夾谿谷茆屋數家依竹葦知命無憂子何病見賢不薦誰當恥平原老令更可悲六十青衫貧欲死桐鄉遺老至今泣潁川大姓誰能箠因君寄聲問消息莫對黃鷂矜爪觜

送呂希道知和州 施注呂希道字景純河東人丞相文靖公之孫翰林侍讀

學士公緯之子歷知解和滁汝澶湖亳七州

去年送君守解梁今年送君守歷陽年年送人作太守坐受塵土堆胸腸君家聯翩三將相富貴未已今方將鳳雛驥子生有種毛骨往往傳諸郎觀君崛鬱負奇表便合劍佩趨明光胡爲小郡屢奔走征馬未解風帆張我生本自便江海忍恥未去猶徬徨無言贈君有長歎美哉河水空洋洋

送文與可出守陵州

壁上墨君不解語見之尚可消百憂而況我友似君者素節凜凜欺霜秋清詩健筆何足數逍遙齊物追莊周奪官遣去不自覺曉梳脫髮誰能收江邊亂山赤如赭陵陽正在千山頭君知遠別懷抱惡時遣墨君解我愁

送劉道原歸覲南康 施注劉道原名恕筠州人介甫執政道原在館閣欲

引寘條例司固辭是時介甫權震天下人不敢忤而道原憤憤欲與之校又條陳所更法令不合衆心者至面刺其過介甫怒變色道原不以爲意或稠人廣坐對其門生誦言得失無所避遂與之絶此詩端爲介甫而發以孔融汲黯比道原曹操張湯況介甫又云雖無尺箠與寸刃口吻排擊含風霜益著其面折之實也

晏嬰不滿六尺長高節萬仞陵首陽青衫白髮不自歎富貴在天那得忙十年閉戶樂幽獨百金購書收散亡朅來東觀弄丹墨聊借舊史誅姦强孔融不肯下曹操汲黯本自輕張湯雖無尺箠與寸刃口吻排擊含風霜自言靜中閱世俗有似不飲觀酒狂衣巾狼籍又屢舞傍人大笑供千場交朋翩翩去略盡惟我與子猶彷徨世人共弃君獨厚豈敢自愛恐子傷朝來告別驚何速歸意已逐征鴻翔匡廬先生古君子挂冠兩紀鬢未蒼定將文度置膝上喜動鄰里烹猪羊君歸爲我道名姓幅巾他日容登堂

歐陽少師令賦所蓄石屏

何人遺公石屏風上有水墨希微蹤不畫長林與巨植獨畫峨眉山西雪嶺上萬歲不長之孤松崖崩澗絕可望不可到孤煙落日相溟濛含風偃蹇得真態刻畫始信天有工我恐畢宏韋偃死葬虢山下骨可朽爛心難窮神機巧思無所發化爲煙霏淪石中古來畫師非俗士摹寫物象略與詩人同願公作詩慰不遇無使二子含憤泣幽宮

陪歐陽公讌西湖 王注類州西湖

謂公方壯鬢似雪謂公已老光浮頰揭來湖上飲美酒醉後劇談猶激烈湖邊草木新著霜芙蓉晚菊爭煌煌插花起舞爲公壽公言百歲如風狂赤松共遊也不惡誰能忍飢啖仙藥已將壽夭付天公彼徒辛苦吾差樂城上烏棲暮靄生銀釭畫燭照湖明不辭

歌詩勸公飲坐無桓伊能撫箏

泗洲僧伽塔

我昔南行舟繫汴逆風三日沙吹面舟人共勸禱靈塔香火未收旗腳轉回頭頃刻失長橋卻到龜山未朝飯至人無心何厚薄我自懷私欣所便耕田欲雨刈欲晴去得順風來者怨若使人人禱輒遂造物應須日千變我今身世兩悠悠去無所逐來無戀得行固願留不惡每到有求神亦倦退之舊云三百尺澄觀所營今已換不嫌俗士汚丹梯一看雲山遶淮甸

十月十六日記所見

風高月暗雲水黃淮陰夜發朝山陽山陽曉霧如細雨炯炯初日寒無光雲收霧卷已亭午有風北來寒欲僵忽驚飛雹穿戶牖迅駛不復容遮防市人顛沛百賈亂疾雷一聲如頹牆使君來呼晚置酒坐定已

復日照廊怳疑所見皆夢寐百種變怪旋消亡共言蛟龍厭舊穴魚鼈隨徙空陂塘愚儒無知守章句論說黑白推何祥惟有主人言可用天寒欲雪飲此觴

游金山寺

我家江水初發源宦游直送江入海聞道潮頭一丈高天寒尚有沙痕在中泠南畔石盤陀古來出沒隨濤波試登絕頂望鄉國江南江北青山多羈愁畏晚尋歸楫山僧苦留看落日微風萬頃靴文細斷霞半空魚尾赤是時江月初生魄二更月落天深黑江心似有炬火明飛焰照山棲烏驚悵然歸臥心莫識非鬼非人竟何物公自注：是夜所見如此江山如此不歸山江神見怪驚我頑我謝江神豈得已有田不歸如江水

自金山放船至焦山

金山樓觀何眈眈，撞鐘擊鼓聞淮南。焦山何有有修

竹。採薪汲水僧兩三雲霾浪打人迹絕時有沙戶祈
春蠶公自注吳人謂水中可田者爲沙我來金山更留宿而此不到
心懷慙同遊盡返決獨往賦命窮薄輕江潭清晨無
風浪自湧中流歌嘯倚半酣老僧下山驚客至迎笑
喜作巴人談公自注焦山長老中江人也自言久客忘鄉井只有
彌勒爲同龕困眠得就紙帳暖飽食未厭山蔬甘山
林飢臥古亦有無田不退寧非貪展禽雖未三見黜
叔夜自知七不堪行當投劾謝簪組爲我佳處留茆
菴

次韻子由柳湖感物

憶昔子美在東屯數間茆屋蒼山根嘲吟草木調蠻
獠欲與猨鳥爭啾喧子今憔悴衆所棄驅馬獨出無
往還惟有柳湖萬株柳清陰與子共朝昏胡爲譏評
不少借生意淒挫難爲繁柳雖無言不解慍世俗乍

見應憮然嬌姿共愛春濯濯豈問空腹修蚳蟠朝看濃翠傲炎赫夜愛疏影搖清圓風翻雪陣春絮亂蠹響啄木秋聲堅四時盛衰各有態搖落悽愴驚寒溫南山孤松積雪底抱凍不死誰復賢

送蔡冠卿知饒州 施注冠卿與安石議刑名不合遂補外得饒州公送行詩意蓋在此

吾觀蔡子與人游掀髯笑語無不可平生儻蕩不驚俗臨事迂闊乃過我横前坑穽衆所畏布路金珠誰不裹爾來變化驚何速昔號剛强今亦頗憐君獨守廷尉法晚歲卻理鄱陽柂莫嗟天驥逐羸牛欲試良玉須猛火世事徐觀真夢寐人生不信長轗軻知君決獄有陰功他日老人醻魏顆

次韻楊褒早春

窮巷淒涼苦未和君家庭院得春多不辭瘦馬騎衝

雪來聽佳人唱踏莎破恨徑須煩麴糵增年誰復怨羲娥良辰樂事古難竝白髮青衫我亦歌細雨郊園聊種菜冷官門戶可張羅放朝三日君恩重睡美不知身在何

臘日遊孤山訪惠勤惠思二僧

天欲雪雲滿湖樓臺明滅山有無水清出石一作石出魚可數。林深無人鳥相呼臘日不歸對妻孥名尋道人實自娛道人之居在何許寶雲山前路盤紆孤山孤絕誰肯廬道人有道山不孤紙窗竹屋深自暖擁褐坐睡依圓蒲天寒路遠愁僕夫整駕催歸及未晡出山迴望雲木合但見野鶻盤浮圖茲遊淡薄歡有餘到家怳如夢蘧蘧作詩火急追亡逋清景一失後難摹

李杞寺丞見和前篇復用元韻答之

獸在藪魚在湖一入池檻歸期無誤隨弓旌落塵土
坐使鞭箠環呻呼追胥連保罪及孥百日愁歎一日
娛白雲舊有終老約朱綬豈合山人紆人生何者非
蘧廬故山鶴怨秋猨孤何時自駕鹿車去埽除白髮
煩菖蒲麻鞵短後隨獵夫射弋狐兎供朝晡陶潛自
作五柳傳潘閬畫入三峯圖吾年凜凜今幾餘知非
不去慙衞蘧歲荒無術歸亡逋鵠則易畫虎難摹

再和

東望海西望湖山平水遠細欲無野人疏狂逐漁釣
刺史寬大容歌呼君恩飽暖及爾孥才者不閑拙者
娛穿巖度嶺腳力健未厭山水相縈紆三百六十古
精廬出遊無伴籃輿孤作詩雖未造藩閫破悶豈不
賢摴蒲君才敏贍兼百夫朝作千篇日未晡趨來湖
上得佳句從此不看營邱圖知君篋櫝富有餘莫惜

錦繡償菅蘧窮多鬬險誰先逋賭取名畫不用摹

遊靈隱寺得來詩復用前韻

君不見錢塘湖錢王壯觀今已無屋堆黃金斗量珠
運盡不勞折簡呼四方宦遊散其孥宮闕留與閒人
娛盛衰哀樂兩須臾何用多憂心鬱紆谿山處處皆
可廬最愛靈隱飛來孤喬松百丈蒼髯鬚擾擾下笑
柳與蒲高堂會食羅千夫撞鐘擊鼓喧朝晡凝香方
丈眠氍毹絕勝絮被縫海圖清風徐來驚睡餘遂超
羲皇傲几蘧歸時棲鴉正畢逋孤煙落日不可摹

戲子由

宛邱先生長如邱宛邱學舍小如舟常時低頭誦經
史忽然欠伸屋打頭斜風吹帷雨注面先生不愧傍
人羞任從飽死笑方朔肯爲雨立求秦優眼前勃谿
何足道處置六鑿須天游讀書萬卷不讀律致君堯

舜知無術勸農冠蓋鬧如雲送老虀鹽甘似蜜門前萬事不挂眼頭雖長低氣不屈（以上戲子由）餘杭別駕無功勞畫堂五丈容旂旄重樓跨空雨聲遠屋多人少風騷騷平生所慙今不恥坐對疲氓更鞭箠道逢陽虎呼與言心知其非口諾唯居高志下真何益氣節消縮今無幾（以上自嘲）文章小伎安足程先生別駕舊齊名如今衰老俱無用付與時人分重輕

越州張中舍壽樂堂（施注熙甯五年簽書公事太子中舍張次山字希元創建張建康人號能吏）

青山偃蹇如高人常時不肎入官府高人自與山有素不待招邀滿庭戸臥龍蟠屈半東州萬室鱗鱗枕其股背之不見與無同狐裘反衣無乃魯張君眼力覷天奧能遣荆棘化堂宇持頤宴坐不出門收攬奇秀得十五才多事少厭閑寂臥看雲煙變風雨笋如

玉筯椹如簪强飲且爲山作主不憂兒輩知此樂但恐造物怪多取春濃睡足午窗明想見新茶如潑乳

雨中遊天竺靈感觀音院

蠶欲老麥半黄前山後山雨浪浪農夫輟耒女廢筐白衣仙人在高堂

和蔡準郎中見邀遊西湖三首

夏潦漲湖深更幽西風落木芙蓉秋飛雪闇天雲拂地新蒲出水柳映洲湖上四時看不足惟有人生飄若浮解顏一笑豈易得主人有酒君應留不見錢塘遊宦客朝推因暮決獄不因人喚何時休

城市不識江湖幽如與蟪蛄語春秋試令江湖處城市卻似麋鹿遊汀洲高人無心無不可得坎且止乘流浮公卿故舊留不得遇所得意終年留君不見拋官彭澤令琴無絃巾有酒醉欲眠時遣客休

田閒決水鳴幽幽插秧未遍麥已秋相攜燒筍苦竹寺卻下踏藕荷花洲船頭斫鮮細縷縷船尾炊玉香浮浮臨風飽食得甘寢肎使細故胸中留君不見壯士憔悴時飢謀食渴謀飲功名有時無罷休

游徑山

衆峯來自天目山勢若駿馬奔平川中途勒破千里足金鞭玉蹬相回旋人言山佳水亦佳下有萬古蛟龍淵道人天眼識王氣結茆宴坐荒山巔精誠貫山石爲裂天女下試顏如蓮寒窗暖足來朴朔夜鉢呪水降蜿蜒雪眉老人朝扣門願爲弟子長參禪爾來廢興三百載奔走吳會輸金錢飛樓湧殿壓山破朝鐘暮鼓驚龍眠晴空偶見浮海蜃落日下數投村鳶有生共處覆載內擾擾膏火同烹煎近來愈覺世議隘每到寬處差安便嗟余老矣百事廢卻尋舊學心

茫然問龍乞水歸洗眼欲看細字銷殘年公自注龍井水洗病眼有效

試院煎茶

蟹眼已過魚眼生颼颼欲作松風鳴蒙茸出磨細珠落眩轉遶甌飛雪輕銀缾瀉湯誇第二未識古人煎水意公自注古語云煎水不煎茶君不見昔時李生好客手自煎貴從活火發新泉又不見今時潞公煎茶學西蜀定州花瓷琢紅玉我今貧病常苦飢分無玉盌捧蛾眉且學公家作茗飲塼爐石銚行相隨不用撐腸拄腹文字五千卷但願一甌常及睡足日高時

孫莘老求墨妙亭詩

蘭亭繭紙入昭陵世閒遺跡猶龍騰顏公變法出新意細筋入骨如秋鷹徐家父子亦秀絕字外出力中藏稜嶧山傳刻典刑在千載筆法留陽冰杜陵評書

貴瘦硬此論未公吾不憑短長肥瘦各有態玉環飛
燕誰敢憎以上論書以下敘莘老作亭吳興太守真好古購買斷
缺揮縑繒龜趺入坐螭隱壁空齋晝靜聞登登奇蹤
散出走吳越勝事傳說誇友朋書來乞詩要自寫為
把栗尾書溪藤後來視今猶視昔過眼百世如風燈
他年劉郎憶賀監還道同時須服膺

李公擇求黃鶴樓詩因記舊所聞於馮當世者

黃鶴樓前月滿川抱關老卒飢不眠夜聞三人笑語
言羽衣著屐響空山非鬼非人意其仙石扉三扣聲
清圓洞中鏗鋐落門關縹緲入石如飛煙雞鳴月落
風馭還迎拜稽首願執鞭汝非其人骨腥羶黃金乞
得重莫肩持歸包裹敝席氈夜穿茆屋光射天里閭
來觀已變還似石非石鉛非鉛或取而有衆忿喧訟
歸有司今幾年無功暴得喜欲顛神人戲汝真可憐

願君爲考然不然此語可信馮公傳

八月十日夜看月有懷子由并崔度賢良

宛邱先生自不飽更笑老崔窮百巧一更相過三更歸古柏陰中看參昴去年舉君苜蓿盤夜傾閩酒赤如丹今年還看去年月露冷遙知范叔寒典衣自種一頃豆那知積雨生科斗歸來四壁草蟲鳴不如王江長飲酒公自注王江陳州道人

催試官考較戲作

八月十五夜月色隨處好不擇茅檐與市樓況我官居似蓬島鳳咮堂前野橘香劍潭橋畔秋荷老八月十八潮壯觀天下無鯤鵬水擊三千里組練長驅十萬夫紅旗青蓋互明滅黑沙白浪相吞屠人生會合古難必此景此行那兩得願君聞此添蠟燭門外白袍如立鵠

鹽官部役戲呈同事兼寄述古

新月照水水欲冰夜霜穿屋衣生稜野廬半與牛羊共曉鼓卻隨鴉鵲興夜來履破裘穿縫紅頰曲眉應入夢千夫在野口如林豈不懷歸畏嘲弄我州賢將知人勞已釀白酒買豚羔耐寒努力歸不遠兩腳凍硬公須軟

朱壽昌郎中少不知母所在刺血寫經求之五十年去歲得之蜀中以詩賀之

嗟君七歲知念母憐君壯大心愈苦羨君臨老得相逢喜極無言淚如雨不羨白衣作三公不愛白日昇青天愛君五十著綵服兒啼卻得償當年烹龍爲炙玉爲酒鶴髮初生千萬壽金馬詔書錦作囊白藤肩輿簾蹙繡感君離合我酸辛此事今無古或聞長陵揭來見大姊仲孺豈意逢將軍開皇苦桃空記面建

中天子終不見西河郡守誰復譏潁谷封人羞自薦

末引六事作收別是一種章法

將之湖州戲贈莘老

餘杭自是山水窟側聞吳興更清絕湖中橘林新著霜溪上苕花正浮雪顧渚茶芽白於齒梅溪木瓜紅勝頰吳兒膾縷薄欲飛未去先說饞涎垂亦知謝公到郡久應怪杜牧尋春遲鬢絲只好對禪榻湖亭不用張水嬉

鴉種麥行

霜林老鴉閑無用畦東拾麥畦西種畦西種得青猗猗畦東已作牛尾稀明年麥熟芒攢槊農夫未食鴉先啄徐行俛仰若自矜鼓翅跳踉上牛角憶昔舜耕歷山鳥爲耘如今老鴉種麥更辛勤農夫羅拜鴉飛起勸農使者來行水

用和人求筆跡韻寄莘老

君不見夷甫開三窟不如長康號癡絶癡人自得終天年智士死智罪莫雪困窮誰要卿料理舉頭看山笏拄頰野鳬翅重自不飛黃鶴何事兩翼垂泥中相從豈得久今我不往行恐遲江夏無雙應未去恨無文字相娛嬉公自注黃庭堅莘老壻能文

畫魚歌公自注湖州道上作施云畫胡麥切音義竝同劃以鉤劃魚今三吳水鄉往往有之

天寒水落魚在泥短鉤畫水如耕犂渚蒲拔折藻荇亂此意豈復遺鰍鯢偶然信手皆虛擊本不辭勞幾同冀萬一一魚中刃百魚驚鰕蟹奔忙誤跳擲漁人養魚如養雛插竿貫笠驚鵜鶘豈知白挺鬧如雨攪水覓魚嗟已疏

吳中田婦歎公自注和賈收韻

今年粳稻熟苦遲庶見霜風來幾時霜風來時雨如瀉杷頭出菌鐮生衣眼枯淚盡雨不盡忍見黃穗臥青泥茅苫一月隴上宿天晴穫稻隨車歸汗流肩赬載入市價賤乞與如糠粞賣牛納稅拆屋炊慮淺不及明年饑官今要錢不要米西北萬里招羌兒龔黃滿朝人更苦不如却作河伯婦

游道場山何山

道場山頂何山麓上徹雲峯下幽谷我從山水窟中來尚愛此山看不足陂湖行盡白漫漫青山忽作龍蛇盤山高無風松自響誤認石齒號驚湍山僧不放山泉出屋底清池照瑤席階前合抱香入雲月裏仙人親手植出山回望翠雲鬟碧瓦朱欄縹緲間白水田頭問行路小溪深處是何山高人讀書夜達旦至今山鶴鳴夜半我今廢學不歸山山中對酒空三歎

至秀州贈錢端公安道並寄其弟惠山老一作惠山山人

鴛鴦湖邊月如水孤舟夜榜鴛鴦起平明繫纜石橋亭慚愧冒寒髯御史結交最晚情獨厚論心無數今有幾寂寞抱關歎蕭生耆老執戟哀楊子怪君顏采卻秀發無乃還譎反便美天公欲困無柰何世人共抑真疏矣已上贈錢安道以下寄其弟惠山老毗陵高山錫無骨陸子遺味泉冰齒賢哉仲氏早拂衣占斷此山長洗耳山頭望湖光潑眼山下濯足波生指儻容逸少問金堂記與嵇康留石髓

法惠寺橫翠閣

朝見吳山橫暮見吳山從吳山故多態轉側爲君容幽人起朱閣空洞更無物惟有千步岡東西作簾額春來故國歸無期人言秋悲春更悲已泛平湖思濯

錦更看橫翠憶峨眉雕欄能得幾時好不獨憑欄人易老百年興廢更堪哀懸知草莽化池臺游人尋我舊游處但覓吳山橫處來

往富陽新城李節推先行三日留風水洞見待

春山磔磔鳴春禽此閒不可無我吟路長漫漫傍江浦此閒不可無君語金鯽池邊不見君追君直過定山村路人皆言君未遠騎馬少年清且婉風巖水穴舊聞名只隔山溪夜不行溪橋曉溜浮梅萼知君繫馬巖花落出城三日尚逶遲妻孥怪罵歸何時世上小兒誇疾走如君相待今安有

自普照遊二菴

長松吟風晚雨細東菴半掩西菴閉山行盡日不逢人裛裛野梅香入袂居僧笑我戀清景自厭山深出無詩我雖愛山亦自笑獨往神傷後難繼不如西湖

飲美酒紅杏碧桃香覆髻作詩寄謝探薇翁本不避
人那避世

月兔茶

環非環玦非玦中有迷離玉兔兒一似佳人帬上月
月圓還缺缺還圓此月一缺圓何年君不見鬬茶公
子不忍鬬小團上有雙銜綬帶雙飛鸞

薄命佳人

雙頰凝酥髮抹漆眼光入簾珠的皪故將白練作仙
衣不許紅膏汙天質吳音嬌軟帶兒癡無限閑愁總
未知自古佳人多命薄閉門春盡楊花落

於潛令刁同年野翁亭

山翁不出山溪翁長在溪（公自注前二令作二翁亭）不如野翁來
往溪山閒上友麋鹿下鳧鷖問翁何所樂三年不去
煩推擠翁言此閒亦有樂非絲非竹非蛾眉山人醉

後鐵冠落溪女笑時銀櫛低我來觀政問風謠皆云吠犬足生氂但恐此翁一旦捨此去長使山人索寞溪女嗁公自注天目山唐道士常冠鐵冠於潛婦女皆插大銀櫛長尺許謂之蓬沓

於潛女

青裙縞袂於潛女兩足如霜不穿屨觰沙鬢髮絲穿杼蓬沓障前走風雨老濞宮妝傳父祖至今遺民悲故主苕溪楊柳初飛絮照溪畫眉渡溪去逢郎樵歸相媚嫵不信姬姜有齊魯

於潛僧綠筠軒

可使食無肉不可使居無竹無肉令人瘦無竹令人俗人瘦尚可肥俗士不可醫傍人笑此言似高還似癡若對此君仍大嚼世間那有揚州鶴

與臨安令宗人同年劇飲

我雖不解飲把盞歡意足試呼白髮感秋人令唱黃

雞催曉曲與君登科如隔晨緻袍霜葉空死絲如今莫問老與少兒子森森如立竹黃雞催曉不須愁老盡世人非我獨

東陽水樂亭公自注為東陽令王都官概作

君不學白公引涇東注渭五斗黃泥一鍾水又不學哥舒橫行西海頭歸來羯鼓打涼州但向空山石壁下愛此有聲無用之清流流泉無絃石無竅強名水樂人人笑慣見山僧已厭聽多情海月空留照洞庭不復來軒轅至今魚龍舞鈞天聞道磬襄東入海遺聲恐在海山間鏘然澗谷含宮徵節奏未成君獨喜不須寫入薰風絃縱有此聲無此耳

宿海會寺

籃輿三日山中行山中信美少曠平下投黃泉上青冥綫路每與猨猱爭重樓束縛遭澗坑兩股酸哀飢

腸鳴北渡飛橋踏彭鏗繚垣百步如古城大鐘橫撞千指迎高堂延客夜不扃杉槽漆斛江河傾本來無垢洗更輕倒牀鼻息四鄰驚紞如五鼓天未明木魚呼粥亮且清不聞人聲聞履聲

再遊徑山

老人登山汗如濯倒牀困臥呼不覺覺來五鼓日三竿始信孤雲天一握（公自注古語云孤雲兩角去天一握）平生未省出艱險兩足慣曾行犖确含暉亭上望東溟凌霄峯頭挹南嶽共愛絲杉翠絲亂誰見玉芝紅玉琢白雲何事自來往明月長圓無晦朔（公自注山有白雲峯明月菴）冢上雞鳴猶憶欽山前鳳舞遠徵璞雪窗馴兔元不死煙嶺孤猨苦難捉從來白足傲生死不怕黃巾把刀槊上雙痕凜然在劍頭一吷何須角（公自注以上皆山中故事）嗟我昏頑晚聞道與世齟齬空多學靈水先除眼界花清

詩爲洗心源濁騷人未要逃競病禪老但喜聞剝啄
此生更得幾回來從今有暇無辭數

送杭州杜戚陳三掾罷官歸鄉施注公烏臺詩話熙甯五年杭州錄參杜子方司戶陳珪司理戚秉道各爲承勘本州姓裴人家女使夏沉香投井及姓裴人女身死不明事本路提刑陳睦舉駁差秀州通判張若濟重勘決殺夏沉香三官因此衝替意陳睦張若濟駁勘不當致此三人無辜失官軾作詩送之云君言失意能幾時月啖蝦蟇行復皎意取盧仝月蝕詩云傳聞古來說月蝕蝦蟇精仝意比朝廷爲小人所蒙蔽也軾亦言杜子方等本無罪爲陳睦張若濟蒙蒙蔽蔽朝廷以衝替逐人後當感悟牽復云徊時所得無幾何隨手已遭憂患繞意謂張若濟不久亦自被劾矣

秋風摵摵鳴枯蓼船閣荒村夜悄悄正當逐客斷腸時君獨歌呼醉連曉老夫平生齊得喪尚戀微官失輕矯君今憔悴歸無食五斗未可秋毫小君言失意能幾時月啖蝦蟇行復皎殺人無驗中不快此恨終身恐難了徊時所得無幾時隨手已遭憂患繞期君

正似種宿麥忍飢待食明年麰

胡穆秀才遺古銅器似鼎而小上有兩柱可以覆而不蹶以爲鼎則不足疑其飲器也胡有詩答之

隻耳獸齧環長脣鵝擘喙三趾下銳春蒲短兩柱高張秋菌細君看翻覆俯仰間覆成三角翻兩髻古書雖滿腹苟有用我亦隨世嗟君一見呼作鼎纔注升合已漂逝不如學鴟夷盡日盛酒眞良計公自注有古篆五字不可識

和錢安道寄惠建茶

我官於南今幾時嘗盡溪茶與山茗胸中似記故人面口不能言心自省爲君細說我未暇試評其略差可聽建溪所產雖不同一一天與君子性森然可愛不可慢骨清肉膩和且正雪花雨腳何足道啜過始

知真味永縱復苦硬終可錄汲黯少戇憲寬饒猛草茶
無賴空有名高者妖邪次頑懭體輕雖復强浮汎性
滯偏工嘔酸冷其間絕品豈不佳張禹縱賢非骨鯁
葵花玉銙不易致道路幽嶮隔雲嶺誰知使者來自
西開緘磊落收百餅嗅香嚼味本非別透紙自覺光
炯炯粃糠團鳳友小龍奴隷日注臣雙井收藏愛惜
待佳客不敢包裹鑽權倖此詩有味君勿傳空使時
人怒生瘿

和柳子玉喜雪次韻仍呈述古

詩翁愛酒長如渴餅盡欲沽囊已竭燈青火冷不成
眠一夜撚鬚吟喜雪詩成就我覓歡處我窮正與君
髣髴曷不走投陳孟公有酒醉君仍飽德瓊瑤欲盡
天應惜更遣清光續殘月安得佳人擢素手笑捧玉
盌兩奇絕豔歌一曲回陽春坐使高堂生暖熱

古纏頭曲

鵾絃鐵撥世無有樂府舊工惟尚叟一生喙硬眼無人坐此困窮今白首翠鬟女子年十七指法已似呼韓婦驚帆渡海風掣迴滿面塵沙和淚垢青衫不逢湓浦客紅袖謾插曹綱手爾來一見哀駘佗便著臂韝躬井臼我慙貧病百不足强對黃花飲白酒轉關濩索動有神雷輥空堂戰窗牖四絃一抹擁袂立再拜十分爲我壽世人只解錦纏頭與汝作詩傳不朽

大風留金山兩日

塔上一鈴獨自語明日顛風當斷渡朝來白浪打蒼崖倒射軒窗作飛雨龍驤萬斛不敢過漁艇一葉從掀舞細思城市有底忙卻笑蛟龍爲誰怒無事久留童僕怪此風聊得妻孥許灊山道人獨何事半夜不眠聽粥鼓

無錫道中賦水車

翻翻聯聯銜尾鴉犖犖确确蛻骨蛇分疇翠浪走雲陣刺水綠鍼抽稻芽洞庭五月欲飛沙鼉鳴窟中如打衙天公不見老翁一作農泣喚取阿香推雷車

青牛嶺高絕處有小寺人迹罕到

暮歸走馬沙河塘爐煙裊裊十里香朝行曳杖青牛嶺崖泉咽咽千山靜君勿笑老僧耳聾喚不聞百年俱是可憐人明朝且復城中去白雲卻在題詩處

梅聖俞詩中有毛長官者今於潛令國華也聖俞沒十五年而君猶爲令捕蝗至其邑作詩戲之

詩翁憔悴老一官厭見苜蓿堆青盤歸來羞澀對妻子自比鮎魚緣竹竿今君滯留生二毛飽聽衙鼓眠黃紬更將嘲笑調朋友人道獼猴騎土牛願君恰似

高常侍暫爲小邑仍刺史不願君爲孟浩然卻遭明
主故還山宦遊逢此歲年惡飛蝗來時半天黑羨君
封境稻如雲蝗自識人人不識

十八家詩鈔卷十三

珍倣宋版印

十八家詩鈔卷十四目錄

蘇東坡七古中百三十四首

次韻答劉涇

攜妓樂游張山人園

和子由送將官梁左藏仲通

次韻秦觀秀才見贈秦與孫莘老李公擇甚熟

將入京應舉

僕曩於長安陳漢卿家見吳道子畫佛碎爛可

惜其後十餘年復見之於鮮于子駿家則已

裝背完好子駿以見遺作詩謝之

次韻舒教授寄李公擇

次韻答舒教授觀余所藏墨

答范淳甫

次韻答王定國

芙蓉城

送將官梁左藏赴莫州

雪齋

月夜與客飲杏花下

田國博見示石炭詩有鑄劒斬佞臣之句次韻

答之

舟中夜起

次韻秦太虛見戲耳聾

送劉寺丞赴餘姚

王鞏清虛堂

送淵師歸徑山

與胡祠部游法華山

又次前韻贈賈耘老

趙閱道高齋

過新息留示鄉人任師中

定惠院寓居月夜偶出

十八家詩鈔卷十四目錄

十八家詩鈔卷十四

湘鄉曾國藩纂

合肥李鴻章審訂
東湖王定安校

蘇東坡七古中百三十四首

聽賢師琴

大絃春温和且平小絃廉折亮以清平生未識宮與角但聞牛鳴盎中雉登木門前剝啄誰叩門山僧未閑君勿瞋歸家且覓千斛水淨洗從前箏笛耳

贈寫真何充秀才

君不見潞州別駕眼如電左手挂弓橫撚箭又不見雪中騎驢孟浩然皺眉吟詩肩聳山飢寒富貴兩安在空有遺像留人間此身常擬同外物浮雲變化無蹤迹問君何苦寫我真君言好之聊自適黃冠野服山家容意欲置我山巖中勳名將相今何限往寫褒公與鄂公

潤州甘露寺彈箏

多景樓上彈神曲欲斷哀絃再三促江妃出聽霧雨愁白浪翻空動浮玉（公自注金山名）喚取吾家雙鳳槽遣作三峽孤猿號與君合奏芳春調啄木飛來霜樹杪

虎兒

舊聞老蚌生明珠未省老兎生於菟老兎自謂月中物不騎快馬騎蟾蜍蟾蜍爬沙不肎行坐令青衫垂白鬢於菟駿猛不類渠指揮黃熊駕黑貙丹砂紫麝不用塗眼光百步走妖狐妖狐莫誇智有餘不勞搖牙咀爾徒

鐵溝行贈喬太博

城東坡隴何所似風吹海濤低復起城中病守無所爲走馬來尋鐵溝水鐵溝水淺不容輈恰似當年韓與侯有魚無魚何足道駕言聊復寫我憂孤村野店

亦何有欲發狂言須斗酒山頭落日側金盆倒著接羅搖白首忽憶從軍年少時輕裘細馬百不知臂弓腰箭南山下追逐長楊射獵兒老去同君兩憔悴犯夜醉歸人不避明年定起故將軍未肯先誅霸陵尉

蘇州姚氏三瑞堂 公自注姚氏世以孝稱

君不見董召南隱居行義孝且慈天公亦恐無人知故令雞狗相哺兒又令韓老爲作詩爾來三百年名與淮水東南馳此人世不乏此事亦時有楓橋三瑞皆目見天意宛在虞鰥後惟有此詩非昔人君更往求無價手

莫笑銀杯小答喬太博

陶潛一縣令獨飲仍獨醒猶將公田二頃五十畝種秫作酒不種秔我今號爲二千石歲釀百石何以醉賓客請君莫笑銀杯小爾來歲旱東海窄會當拂衣

歸故邱作書貸粟監河侯萬斛船中著美酒與君一

生長拍浮

送段屯田分得于字

勸農使者古大夫不惜春衫踐泥塗王事靡盬君甚

劬奉常客鄉虬兩須東武縣令天馬駒泮宮先生非

俗儒相與野飲四子俱樂哉此樂城中無溪邊策杖

自攜壺腰笏不煩何易于膠西病守老且迂空齋愁

坐紛墨朱四十豈不知頭顱畏人不出何其愚

次韻章傳道喜雨公自注禱常山而得

去年夏旱秋不雨海畔居民飲鹹苦今年春暖欲生

蝝地上戢戢多於土預憂一日開兩翅口吻如風那

肯吐前時渡江入吳越布陣横空如項羽公自注禱歲錢塘見

飛蝗自西北來極可畏農夫拱手但垂泣人力區區固難禦撲

緣蹊毛困牛馬啖齧衣服穿房戸坐觀不救亦何心

秉畀炎火傳自古荷鋤散掘誰敢後得米濟飢還小補常山山神信英烈撟鶩雷公訶電母應憐郡守老且愚欲把瘡痍手摩撫山中歸時風色變中路已覺商羊舞夜窗騷騷鬧松竹朝畦泫泫流膏乳從來蝗旱必相資此事吾聞老農語庶將積潤掃遺孽收拾豐歲還明主縣前已窖八千斛（公自注今春及今率得蝗子八千餘斛）以一升完一畝更看蠶婦過初眠（公自注蠶一眠未則蝗不復生矣）用賀客來旁午先生筆力吾所畏蹙（同蹴）踏鮑謝跨徐庾偶然談笑得佳篇便恐流傳成樂府陋邦一雨何足道吾君盛德九州普中和樂職幾時作試向諸生選何武

惜花

吉祥寺中錦千堆（公自注錢塘花最盛處）前年賞花真盛哉道人勸我清明來腰鼓百面如春雷打徹涼州花自開

沙河塘上插花回醉倒不覺吳兒咍豈知如今雙鬢摧城西古寺沒蒿萊有僧閉門手自栽千枝萬葉巧翦裁就中一叢何所似馬腦槃盛金縷杯而我食菜方清齋對花不飲花應猜夜來雨雹如李梅紅殘綠暗吁可哀公自注錢塘吉祥寺花爲第一壬子清明賞會最盛金盤綵籃以獻於座者五十三人夜歸沙河塘上觀者如山爾後無復繼也今年諸家園圃花亦極盛而龍興僧房一叢亦奇但衰病牢落自無以發興耳昨日雨雹如此花之存者有幾可爲歎息也

寄劉孝叔施注劉孝叔名述神宗時擢侍御史知雜數論事凱切會與王安石爭獄事不合出知江州踰歲提舉崇禧觀東坡倅杭與孝叔會虎邱和其二詩吳興六客堂孝叔其一其一人也此詩首言征伐之意熙甯三年十一月詔京畿河北京東西路置三十七將將官遂與州郡長吏爭衡故云聯翩三十七將軍走馬西來各開府又立保甲法令諸州籍保甲聚民而教之禁令苛急往往去爲盜郡縣不敢以聞故云保甲連村團未徧五年立方田均稅法詔司農以條約竝式頒之天下歲以九月委令佐分地計量乃書戸帖連莊帳付之以爲地符故云方田訟牒紛如雨七年呂惠卿建手實法使民自上其家之物

產而官爲注籍奉使者至析秋毫天下病之至八年十月乃罷故曰爾來手實降新書云云又曰平生學問止流俗是時安石凡議其新政者皆以流俗謂之也孝叔年七十二卒紹興閒錄其風節贈秘閣修撰

君王有意誅驕鹵椎破銅山鑄銅虎聯翩三十七將軍走馬西來各開府南山伐木作車軸東海取鼉漫戰鼓汗流奔走誰敢後恐乏軍興汙質斧保甲連村團未遍方田訟牒紛如雨爾來手實降新書抉剔根株窮脈縷詔書惻怛信深厚吏能淺薄空勞苦平生學問止流俗衆裏笙竽誰比數忽令獨奏鳳將雛倉卒欲吹那得譜況復連年苦饑饉剝齧草木啖泥土今年雨雪頗應時又報蝗蟲生翅股憂來洗盞欲强醉寂寞虛齋臥空甒公廚十日不生煙更望紅裙踏筵舞故人屢寄山中信只有當歸無別語方將雀鼠偷太倉未肯衣冠挂神武吳興丈人真得道平日立

朝非小補自從四方冠蓋鬧歸作二浙湖山主高蹤已自雜漁釣大隱何曾棄簪組去年相從殊未足問道已許談其粗（一作祖）逝將棄官往卒業俗緣未盡那得覩公家只在雲谿上上有白雲如白羽應憐進退苦皇皇更把安心教初祖

張安道樂全堂

列子御風殊不惡猶被莊生譏數數步兵飲酒中散琴於此得全非至樂樂全居士全於天維摩丈室空翛然平生痛飲今不飲無琴不獨今無絃我公天與英雄表龍章鳳姿照魚鳥但令端委坐廟堂北狄西戎談笑了如今老去苦思歸小字親書寄我詩試問樂全全底事無全何處更相虧

和蔣夔寄茶

我生百事常隨緣四方水陸無不便扁舟渡江適吳

越三年飲食窮芳鮮金虀玉膾飯炊雪海螯江柱初脫泉臨風飽食甘寢罷一甌花乳浮輕圓自從捨舟入東武沃野便到桑麻川翦毛胡羊大如馬誰記鹿角腥盤筵廚中烝粟埋飯甕大杓更取酸生涎施注世說諸阮飲酒不復用常杯斟酌以大甕盛酒圍坐相向大杓更飲之柘羅銅碾棄不用脂麻白土須盆研故人猶作舊眼看謂我好尚如當年沙谿北苑強分別水腳一線爭誰先清詩兩幅寄千里紫金百餅費萬錢吟哦烹噍兩奇絕只恐偷乞煩封纏老妻稚子不知愛一半已入薑鹽煎人生所遇無不可南北嗜好知誰賢死生禍福久不擇更論甘苦爭蚩妍知君窮旅不自釋因詩寄謝聊相鐫

薄薄酒二首 並序

膠西先生趙明叔家貧好飲不擇酒而醉常云薄薄酒勝茶湯醜醜婦勝空房其言雖俚

而近乎達故推而廣之以補東州之樂府既

又以爲未也復自和一篇以發覽者之一噱

云耳

薄薄酒勝茶湯麤麤布勝無裳醜妻惡妾勝空房五更待漏韡滿霜不如三伏日高睡足北窗涼珠襦玉柙萬人相送歸北邙不如懸鶉百結獨坐負朝陽生前富貴死後文章百年瞬息萬世忙夷齊盜蹠俱亡羊不如眼前一醉是非憂樂兩都忘

薄薄酒飲兩鍾麤麤布著兩重美惡雖異醉暖同醜妻惡妾壽乃公隱居求志義之從本不計較東華塵土北窗風百年雖長要有終富死未必輸生窮但恐珠玉留君容千載不朽遭樊崇文章自足欺盲聾誰使一朝富貴面發紅達人自達酒何功世間是非憂樂本來空

趙郎中見和戲復答之

趙子吟詩如潑水，一揮三百八十字。柰何效我欲尋醫，恰似西施藏白地。趙子飲酒如淋灰，一年十萬八千盃。若不令君早入務，飲竭東海生黃埃。我衰臨政多繆錯，羨君精采如秋鶚。頗哀老子今日飲，爲君坐嘯主畫諾。

送碧香酒與趙明叔教授

聞君有婦賢且廉，勸君慎勿爲楚相。不羨紫駞分御食，自遣赤腳沽村釀。嗟君老狂不知愧，更吟醜婦惡嘲謗。諸生聞語定失笑，冬暖號寒臥無帳。碧香近出帝子家，鵝兒破殼酥流盎。不學劉伶獨自飲，一壺往助齊眉餉。

趙既見和復次韻答之

長安小吏天所放，日夜歌呼和丞相。豈知後世有阿瞞北海樽前捉私釀先生未出禁酒國詩語孤高常近謗幾回無酒欲沽君卻畏有司書簿帳酸寒可笑分一斗日飲亡何足袁盎更將險語壓衰翁只恐自是臺無餉

趙郎中往莒縣逾月而歸復以一壺遺之仍用前韻

東鄰主人游不歸悲歌夜夜聞春相門前人鬧馬嘶急一家喜氣如春釀王事何曾怨獨賢室人豈忍交謫謗大兒踉蹡越門限小兒咿啞語繡帳定教舞袖掣伊涼更想夜庖鳴甕盎題詩送酒君勿誚免使退之嘲一餉

留別釋迦院牡丹呈趙倅

春風小院卻來時壁間惟見使君詩應問使君何處去憑花說與春風知年年歲歲何窮已花似今年人

老矣去年崔護若重來前度劉郎在千里

大雪青州道上有懷東武園亭寄孔周翰

超然臺上雪城郭山川兩奇絶海風吹碎碧琉璃時見三山白銀闕蓋公堂前雪綠窗朱戶相明滅堂中美人雪爭妍粲然一笑玉齒頰就中山堂雪更奇青松怪石亂瓊絲惟有使君遊不歸五更上馬愁斂眉君不見淮西李侍中夜入蔡州縛取吳元濟又不見襄陽孟浩然長安道上騎驢吟雪詩何當閉門飲美酒無人毀譽河東守

書韓幹牧馬圖

南山之下汧渭之間想見開元天寶年八坊分屯隘秦川四十萬匹如雲煙騅駓駰駱驪騮騵白魚赤兔騂皇䮴龍顱鳳頸獰且妍奇姿逸德隱駑頑碧眼胡兒手足鮮歲時翦刷供帝閑柘袍臨池侍三千紅妝

照日光流淵樓下玉蠐吐清寒往來蹙踏生飛湍衆
工舐筆和朱沿先生曹霸弟子韓廄馬多肉尻脽音誰
圓肉中畫骨誇尤難金羈玉勒繡羅鞍鞭箠刻烙傷
天全不如此圖近自然平沙細草荒芊綿驚鴻脫兔
爭後先王良挾策飛上天何必俯首服短轅

和李邦直沂山祈雨有應

高田生黃埃下田生蒼耳蒼耳亦已無更問麥有幾
蛟龍睡足亦解慚二麥枯時雨如洗不知雨從何處
來但聞呂梁百步聲如雷試上城南望城北際天菽
粟青成堆飢火燒腸作牛吼不知待得秋成否半年
不雨坐龍慵共怨天公不怨龍今朝一雨聊自贖龍
神社鬼各言功無功日盜太倉穀嗟我與龍同此責
勸農使者不汝容因君作詩先自劾

和子由與顏長道同游百步洪相地築亭種柳

平明坐衙不暖席歸來閉閤閑終日臥聞客至倒屣迎兩眼蒙籠餘睡色城東泗水步可到路轉河洪翻雪白安得青絲絡駿馬蹙踏飛波柳陰下奮身三丈兩蹏閑振鬣長鳴身自乾少年狂興久已謝但憶嘉陵遶劍關劍關大道車方軌君自不去歸何難山中故人應大笑築室種柳何時還

送顏復兼寄王鞏

彭城官居冷如水誰從我遊顏氏子我衰且病君亦窮衰窮相守正其理胡爲一朝捨我去輕衫觸熱行千里問君無乃求之歟答我不然聊爾耳京師萬事日日新故人如故今有幾君知牛行相君宅扣門但覓王居士清詩草聖俱入妙別後寄我書連紙苦恨相思不相見約我重陽嗅霜蘂君歸可喚與俱來未應指目妨進擬太一老仙閑不出公自注張安道爲中太一宮使鞏安

道也晉踵門問道今時矣因行過我路幾何願君推挽
加鞭箠吾儕一醉豈易得買羊釀酒從今始

蝎虎

黄雞啄蝎如啄黍窗間守宮稱蝎虎闇中纔尾伺飛
蟲巧捷功夫在腰膂跂跂脈脈善緣壁陋質從來誰
比數今年歲旱號蜥蜴狂走兒童鬧歌舞能銜渠水
作冰雹便向蛟龍覓雲雨守宮努力搏蒼蠅明年歲
旱當求汝

章質夫寄惠崔徽真

玉釵半脫雲垂耳亭亭芙蓉在秋水當時薄命一酸
辛千古華堂奉君子水邊何處無麗人近前試看丞
相嗔不如丹青不解語世間言語原非真知君被惱
更愁絕卷贈老夫驚老拙爲君援筆賦梅花未害廣
平心似鐵

代書答梁先

此身與世真悠悠蒼顏華髮誰汝留强名太守古徐州志歸不如楚沐猴魯人豈獨不知邱蹸藉夫子無罪尤異哉梁子清而脩不遠千里從我游瞭然正色懸雙眸世之所馳子獨不一經通明傳節侯小楷精絕規摹歐（公自注梁生學歐陽公書）我衰廢學懶且媮畏見問事賈長頭別來紅葉黄花秋夜夢見之起坐愁遺我駁石盆與甌黑質白章聲琳球謂言山石生澗溝追琢尚可王公羞感子佳意能無酬反將木瓜報珍投學如富貴（一作賈）在博收仰取俯拾無遺籌道大如天不可求修其可見致其幽願子篤實慎勿浮發憤忘食樂忘憂

河復（并序）

熙甯十年秋河決澶淵注鉅野入淮泗自澶

魏以北皆絕流而濟楚大被其害彭門城下
水二丈八尺七十餘日不退吏民疲於守禦
十月十三日澶州大風終日既止而河流一
枝已復故道聞之喜甚庶幾可塞乎乃作河
復詩歌之道路以致民願而迎神休蓋守土
者之志也
君不見西漢元光元封間河決瓠子二十年鉅野東
傾淮泗滿楚人恣食黃河鱣萬里沙回封禪罷初遣
越巫沈白馬河公未許人力窮薪芻萬計隨流下吾
君仁聖如帝堯百神受職河神驕帝遣風師下約束
北流夜起澶州橋東風吹凍收微淥神功不用淇園
竹楚人種麥滿河淤仰看浮槎棲古木
韓幹馬十四匹
二馬竝驅攢八蹏二馬宛頸騣尾齊一馬任前雙舉

後一馬卻避長鳴嘶老髯奚官騎且顧前身作馬通

馬語後有八匹飲且行微流赴吻若有聲前者旣濟

出林鶴後者欲涉鶴俛啄最後一匹馬中龍不嘶不

動尾搖風韓生畫馬真是馬蘇子作詩如見畫世無

伯樂亦無韓此詩此畫誰當看

贈寫御容妙善師

憶昔射策干先皇珠簾翠幄分兩廂紫衣中使下傳

詔跪奉冉冉聞天香仰觀眩晃目生暈但見曉色開

扶桑迎陽晚出步就坐絳紗玉斧光照廊野人不識

日月角彷彿尚記重瞳光三年歸來真一夢橋山松

檜淒風霜天容玉色誰敢畫老師古寺晝閉房夢中

神授心有得覺來信手筆已忘幅巾常服儼不動孤

臣入門涕自滂元老侑坐鬢眉古虎臣立侍冠劒長

平生慣寫龍鳳質肯顧草間猿與麞都人踏破鐵門

限黃金白璧空堆牀爾來摹寫亦到我謂是先帝白髮郎不須覽鏡坐自了明年乞身歸故鄉

答呂梁仲屯田

亂山合沓圍彭門官居獨在懸水村公自注懸水居村呂梁地名民蕭條雜麋鹿小市冷落無雞豚黃河西來初不覺但訝清泗流奔渾夜聞沙岸鳴甕盎曉看雪浪浮鵬鶤呂梁自古喉吻地萬頃一抹何由吞坐觀入市卷閭井吏民走盡餘王尊計窮路斷欲安適吟詩破屋愁鳶蹲以上言河決水盛歲寒霜重水歸壑但見屋瓦留沙痕入城相對如夢寐我亦僅免爲魚黿旋呼歌舞雜詼笑不惜飲釂空缾盆念君官舍冰雪冷新詩美酒聊相溫人生如寄何不樂任使絳蠟燒黃昏以上水退相慰宣房未築淮泗滿故道堙滅瘡痍存明年勞苦應更甚我當畚鍤先黥髡付君萬指伐頑石千鎚雷動蒼

山根高城如鐵洪口快談笑卻掃看崩奔農夫掉臂免狠顧秋穀布野如雲屯還須更置軟腳酒爲君擊鼓行金樽（以上言明年塞河）

答孔周翰求書與詩

身閑曷不長閉口天寒正好深藏手吟詩寫字有底忙未脫多生宿塵垢不蒙譏訶子厚疾反更刻畫無鹽醜征西自有家雞肥太白應驚飯山瘦與君相從知幾日東風待得花開否撥棄萬事勿復談百觚之後那辭酒

送李公恕赴闕

君才有如切玉刀見之凜凜寒生毛願隨壯士斬蛟蜃不願腰間纏錦條用違其才志不展坐與胥吏同疲勞忽然眉上有黃氣吾君漸欲收英髦立談左右俱動色一語徑破千言牢我頃分符在東武脫略萬

事惟嬉遨盡壞屏障通內外仍呼騎曹爲馬曹君爲使者見不問反更對飲持雙螯酒酣箕坐語驚衆雜以嘲諷窮詩騷世上小兒多忌諱獨能容我眞賢豪爲我買田臨汶水逝將歸去誅蓬蒿安能終老塵土下俯仰隨人如桔槔

春菜

蔓菁宿根已生葉韭芽戴土拳如蕨爛蒸香薺白魚肥碎點青蒿涼餅滑宿酒初消春睡起細履幽畦掇芳辣茵陳甘菊不負渠鱠縷堆盤纖手抹北方苦寒今未已雪底波稜如鐵甲豈如吾蜀富冬蔬霜葉露芽寒更茁久抛松葛猶細事苦筍江豚那忍說明年投劾徑須歸莫待齒搖並髮脫

送孔郎中赴陝郊

驚風擊面黃沙走西出崤函脫塵垢使君來自古徐

州聲震河潼殷關右十里長亭聞鼓角一川秀色明花柳北臨飛檻卷黃流南望青山如峴首東風吹開錦繡谷淥水翻動蒲萄酒訟庭生草數開樽過客如雲牢閉口

與梁左藏會飲傅國博家

將軍破賊自草檄論詩說劒俱第一彭城老守本虛名識字劣能欺項籍風流別駕貴公子欲把笙歌煖鋒鏑紅旆朝開猛士噪翠帷暮卷佳人出東堂醉臥呼不起啼鳥落花春寂寂試教長笛傍耳根一聲吹裂堦前石

約公擇飲是日大風

先生生長匡廬山山中讀書三十年舊聞飲水師顏淵不知治劇乃所便偷兒夜探赤白丸奮髯忽逢朱子元半年羣盜誅七百誰信家書藏九千春風無事

秋月閑紅妝執樂豪且妍紫衫玉帶兩部全琵琶一抹四十絃客來留飲不計錢齊人愛公如子産兒嘑臥路呼不還我慙山郡空留連牙兵部吏笑我寒邀公飲酒公無難約束官奴買花鈿薰衣理鬢夜不眠曉來顛風塵暗天我思其由豈坐慳作詩媿謝公笑讙歸來瑟縮愈不安要當啖公八百里豪氣一洗儒生酸

續麗人行並序

李仲謀家有周昉畫背面欠伸內人極精戲作此詩

深宮無人春日長沈香亭北百花香美人睡起薄梳洗燕舞鶯嘑空斷腸畫工欲畫無窮意背立東風初破睡若教回首卻嫣然陽城下蔡俱風靡杜陵飢客眼長寒蹇驢破帽隨金鞍隔花臨水時一見只許腰

肢背後看心醉歸來茅屋底方信人間有西子君不見孟光舉案與眉齊何曾背面傷春啼（心醉二句拙孟光二句腐）

起伏龍行（并引）

徐州城東二十里有石潭父老云與泗水通增損清濁相應不差時有河魚出焉元豐元年春旱或云置虎頭潭中可以致雷雨用其說作起伏龍行

何年白竹千鈞弩射殺南山雪毛虎至今顱骨帶霜牙尚作四海毛蟲祖東方久旱千里赤三月行人口生土碧潭近在古城東神物所蟠誰敢侮上欹蒼石擁巖竇下應清河通水府眼光作電走金蛇鼻息爲雲擢煙縷當年負圖傳帝命左右羲軒詔神禹爾來懷寶但貪眠滿腹雷霆瘖不吐赤龍白虎戰明日（公自注是月丙辰明日庚寅）倒卷黃河作飛雨嗟我豈樂鬬兩雄有

事徑須煩一怒

次韻答劉涇

吟詩莫作秋蟲聲天公怪汝鉤物情使汝未老華髮生芝蘭得雨蔚青青何用自燔以出馨細書千紙雜眞行新音百變口如鸎異義蠭起弟子爭舌翻濤瀾卷齊城萬卷堆胸兀相撐以病爲樂子未驚以上嘲劉之苦我有至味非煎烹是中之樂吁難名綠槐如山闇廣庭飛蟲繞耳細而清敗席展轉臥見經亦自不嫌翠織成意行信足無溝坑不識五郎呼作卿吏民哀我老不明相戒無復煩鞭刑時臨泗水照星星微風不起鏡面平安得一舟如葉輕臥聞郵籤報水程蓴羹羊酪不須評一飽且救飢腸鳴以上叙己之樂

攜妓樂游張山人園

大杏金黃小麥熟墮巢乳鵲拳新竹故將俗物惱幽

人細馬紅妝滿山谷提壺勸酒意雖重杜鵑催歸聲
更速酒闌人散卻關門寂歷斜陽挂疏木

和子由送將官梁左藏仲通

雨足誰言春麥短城堅不怕秋濤卷日長惟有睡相
宜半脫紗巾落紈扇芳草不鋤當戶長珍禽盡下無
人見覺來身世都是夢坐久枕痕猶著面城西忽報
故人來急掃風軒炊麥飯公自注徐州所出伏波論兵初矍
鑠中散談仙更清遠南都從事亦學道不卹腸空誇
腦滿問羊他日到金華應許相將游閬苑前八句自敘閬適之
趣後八句敘梁來徐兼憶子由

次韻秦觀秀才見贈秦與孫莘老李公擇甚熟
將入京應舉

夜光明月非所投逢年遇合百無憂將軍百戰竟不
侯伯郎一斗得涼州翹關負重非無力十年不入紛

華域故人坐上見君文謂是古人吁莫測新詩說盡萬物情硬黃小字臨黃庭故人已去君未到空吟河畔草青青誰謂他鄉各異縣天遣君來破吾願一聞君語識君心短李髯孫眼中見江湖放浪久全真忽然一鳴驚倒人縱橫所值無不可知君不怕新書新千金敝帚那堪換我亦淹留豈長算山中既未決同歸我聊爾耳君其漫

僕曩於長安陳漢卿家見吳道子畫佛碎爛可惜其後十餘年復見之於鮮于子駿家則已裝背完好子駿以見遺作詩謝之

貴人金多身復閑爭買書畫不計錢已將鐵石充逸少(公自注法帖大王書中有殷鐵石字鐵石梁武帝時人)更補朱繇為道玄(公自注世所收吳道子畫多朱繇筆也)煙薰屋漏裝玉軸鹿皮蒼璧知誰賢吳生畫佛本神授夢中化作飛空仙覺來落筆不

經意神妙獨到秋毫顛昔我長安見此畫歎息至寶空潸然素絲斷續不忍看已作蝴蝶飛聯翩君能收拾爲補綴體質散落嗟神全誌公髣髴見刀尺修羅天女猶雄妍如觀老杜飛鳥句脫字欲補知無緣問君乞得良有意欲將俗眼爲洗湔貴人一見定羞怍錦囊千紙何足捐不須更用博麻縷付與一炬隨飛煙

次韻舒教授寄李公擇

草書妙絶吾所兄眞書小低猶抗行論文作詩俱不敵看君談笑收降旌去年逾月方出晝（公自注予去年留齊月餘）爲君劇飮幾濡首今年過我雖少留寂寞陶潛方止酒（公自注此行公擇病酒久不飮）別時流涕攬君鬢懸知此懽墮空虛松下縱橫餘屐齒門前轣轆想君車慳君一身都是德近之清潤淪肌骨細思還有可恨時不許藍橋

見傾國公自注公擇有婢名雲英屢欲出不果

次韻答舒教授觀余所藏墨

異時長笑王會稽野鶩膻腥汙刀几暮年卻得庾安西自厭家雞題六紙二子風流冠當代顧與兒童爭愠喜秦王十八已龍飛嗜好晚將蛇蚓比我生百事不挂眼時人繆說云工此世間有癖念誰無傾身障簏尤堪鄙一生當著幾緉屐定心肯爲微物起此墨足支三十年但恐風霜侵髮齒非人磨墨墨磨人缾應未罄罍先恥逝將振衣歸故國數畝荒園自鋤理作書寄君君莫笑但覓來禽與青李一螺點漆便有餘萬竈燒松何處使君不見永寧第中擣龍麝列屋閑居清且美倒暈連眉秀嶺浮雙鴉畫鬢香雲委時聞五斛賜蛾綠不惜千金求獺髓聞君此詩當大笑寒窗冷硯冰生水

答范淳甫

吾州下邑生劉季誰數區區張與李重瞳遺跡已塵埃惟有黃樓臨泗水（公自注郡有聽事俗謂之霸王廳相傳不可坐僕拆之以蓋黃樓）而今太守老且寒俠氣不洗儒生酸猶勝白門窮呂布欲將鞍馬事曹瞞

次韻答王定國

每得君詩如得書宣心寫妙書不如眼前百種無不有知君一以詩驅除傳聞都下十日雨青泥沒馬街生魚舊雨來人今不來悠然獨酌臥清虛我雖作郡古云樂山川信美非吾廬願君不廢重九約念此衰冷勤呵噓

芙蓉城 并引

世傳王迥子高與仙人周瑤英游芙蓉城元豐元年三月余始識子高問之信然乃作此

詩極其情而歸之正亦變風止乎禮義之意也

邵氏長蘅注胡微之作王子高芙蓉城傳略云王迥字子高虞部員外郎正路之次子初遇一女自言周太尉女語王曰我於人閒嗜欲未盡緣以冥契當侍巾幘是以奉尋非一朝一夕之分也又王初見周懼不敢寢更深困甚視窗戶掩閴及入解衣聞屏幃閒有喘息聲乃適女郎已脫衣而臥天明□□□餘香不散自是朝去夕至凡百餘日又周云郎預朝列王曰一朝帝耶不言其詳由此倏去不來者數日忽一夕夢周道服而至謂王曰我居幽僻君能一往否喜而從之但覺其身飄然與周同擧須臾過嶺及一門珍禽佳木清流怪石一殿閣金碧相照遂與王自東箱門入循廊至一殿亭甚雄壯下有三樓相視而聳亦甚雄麗廊閒半開周忽入王少留須臾周與一女郎至周曰三山之事息乎曰雖已息柰情何於是拊掌而去逡巡東廊之門啓有女流裝而出者百餘人立於庭下俄聞殿上卷簾有美丈夫一人朝服憑几而庭下之女循次而上少頃憑几者起簾復下諸女流亦復不見周遂命王登東廂之樓上有酒具憑欄縱觀山川清秀梁上有碑題曰碧雲其字則真誥八龍雲篆王未及下一女郎復登是樓年可十五容色嬌媚亦周之比周曰此芳卿也與我最相愛芳卿蓋其字耳夢之明日周來王語以夢周笑曰芳卿之意

甚勤也王問何地周曰芙蓉城也曰憑几者誰三山之事何謂周周皆不對問芳卿何姓曰與我同王感其事作詩遺周云又虞曹公狀其事以奏帝春花秋月悽愴悲泣而去周臨別留詩云久事屏幃不暫閑今一朝離意尚闌珊臨行惟有相思淚滴在羅衣一半斑按芙蓉城傳施氏注散入句下王注錄之亦不詳蘅未見全傳又無他本可校茲從施氏句注中掇拾出之未免句字脫落殘闕多有而先生是詩大概采用其意不可略也乃附著之如此

芙蓉城中花冥冥誰其主者石與丁珠簾玉案翡翠屏雲舒霞卷千傳停中有一人長眉青炯如微雲澹疎星往來三世空鍊形竟坐誤讀黃庭經天門夜開飛爽靈無復白日乘雲軿俗緣千劫磨不盡翠被冷落淒餘馨因過緱山朝帝廷夜聞笙簫弭節聽飄然而來誰使令皎如明月入窗櫺忽然而去不可執寒衾虛幌風泠泠仙宮洞房本不扃夢中同躡鳳皇翎徑度萬里如奔霆玉樓浮空聳亭亭天書雲篆誰所

銘遶樓飛步高岭屏仙風鏘然韻流鈴蘧蘧形開如醉醒芳卿寄謝空丁甯一朝覆水不返缾羅巾別淚空熒熒春風花開秋葉零世間羅綺紛膻腥此身流浪隨滄溟偶然相值兩浮萍願君收視觀三庭勿與嘉穀生蝗螟從渠一念三千齡下作人間尹與邢

送將官梁左藏赴莫州

燕南垂趙北際其間不合大如礪至今父老哀公孫烝土爲城鐵作門城中積穀三百萬猛士如雲驕不戰一日鼓角鳴地中帳下美人空掩面豈如千騎平時來笑譚謦欬生風雷葛巾羽扇紅塵靜投壺雅歌清燕開東方健兒虓虎樣泣涕懷思廉恥將彭城老守亦凄然不見君家雪兒唱

中秋見月寄子由

明月未出羣山高瑞光萬丈生白毫一杯未盡銀闕

涌亂雲脫壞如崩濤誰爲天公洗眸子應費明河千斛水遂令冷看世間人照我湛然心不起西南大星如彈丸角尾奕奕蒼龍蟠今宵注眼看不見更許螢火爭清寒何人艤舟臨古汴千燈夜作魚龍變曲折無心逐浪花低昂赴節隨歌板（公自注是夜賈客舟中放水燈）青熒滅沒轉前山浪颭風迴豈復堅明月易低人易散歸來呼酒更重看堂前月色愈清好。咽咽寒螿鳴露草。卷簾推戶寂無人。窗下咿啞惟楚老。（公自注近有一孫名楚老）南都從事莫羞貧對月題詩有幾人明朝人事隨日出怳然一夢瑤臺客

答王鞏（公自注鞏將見過有詩自謂惡客戲之）

汴泗遶吾城城堅如削鐵中有李臨淮號令肝膽裂古來彭城守未省怕惡客惡客云是誰祥符相公孫是家豪逸生有種（漢書外戚傳是家輕族人是家字本之）千金一擲頗

黎盆連車載酒來不飲外酒嫌其村子有千缾酒我有萬株菊任子滿頭插團團見花不見目醉中插花歸花重壓折軸問客何所須客言我愛山青山自遶郭不要買山錢此外有黃樓樓下一河水美哉洋洋乎可以療飢竝洗耳彭城之游樂復樂客惡何如主人惡

九日黃樓作

去年重陽不可說南城夜半千漚發水穿城下作雷鳴泥滿城頭飛雨滑黃花白酒無人問日暮歸來洗鞾韈豈知還復有今年把琖對花容一呷莫嫌酒薄紅粉陋終勝泥中千柄鍤黃樓新成壁未乾清河已落霜初殺朝來白露如細雨南山不見千尋刹樓前便作海茫茫樓下空聞櫓鴉軋薄寒中人老可畏熱酒燒腸氣先壓煙消日出見漁村遠水鱗鱗山齾齾

詩人猛士雜龍虎公自注坐客三十餘人多知名之士楚舞吳歌亂鵝鴨一杯相屬君勿辭此景何殊泛清雲

李思訓畫長江絕島圖

山蒼蒼江茫茫大孤小孤江中央崖崩路絕猿鳥去惟有喬木攙天長客舟何處來棹歌中流聲抑揚沙平風軟望不到孤山久與船低昂峩峩兩煙鬟曉鏡開新妝舟中賈客莫漫狂小姑前年嫁彭郎

次韻王鞏獨眠

居士身心如槁木旅館孤眠體生粟誰能相思琢白玉服藥千朝償一宿天寒日短銀燈續欲往從之車脫軸何人吹斷參差竹泗水茫茫鴨頭綠

登雲龍山

醉中走上黃茅岡滿岡亂石如羣羊岡頭醉倒石作牀仰看白雲天茫茫歌聲落谷秋風長路人舉首東

南望拍手大笑使君狂

次韻僧潛見贈

道人胸中水鏡清萬象起滅無逃形獨依古寺種秋菊要伴騷人餐落英人間底處有南北紛紛鴻鴈何曾冥閉門坐穴一禪榻頭上歲月空崢嶸今年偶出爲求法欲與慧劍加礱硎雲衲新磨山水出霜髭不翦兒童驚公侯欲識不可得故知倚市無傾城秋風吹夢過淮水想見橘柚垂空庭故人各在天一角相望落落如晨星彭城老守何足顧棗林桑野相邀迎千山不憚荒店遠兩脚欲趁飛猱輕多生綺語磨不盡尚有宛轉詩人情猿吟鶴唳本無意不知下有行人行空堦夜雨自清絕誰使掩抑啼孤惸我欲仙山掇瑤草傾筐坐歎何時盈簿書鞭扑晝塡委煮茗燒栗宜宵征乞取摩尼照濁水共看落月金盆傾

次韻潛師放魚

法師說法臨泗水無數天花隨麈尾勸將淨業種西方莫待夢中呼起起哀哉若魚竟坐口遠愧知幾穆生醴況逢孟簡對盧仝不怕校人欺子美疲民尚作魚尾赤數罟未除吾顙泚法師自有衣中珠不用辛苦沙泥底

百步洪 並引

王定國訪余於彭城一日棹小舟與顏長道攜盼英卿三子游泗水北上聖女山南下百步洪吹笛飲酒乘月而歸余時以事不得往夜著羽衣佇立黃樓上相視而笑以爲李太白死世閒無此樂三百餘年矣定國既去逾月復與參寥師放舟洪下追懷曩游已爲陳迹喟然而歎故作二詩一以遺參寥一以寄

定國且示顏長道舒堯文邀同賦二云

長洪斗落生跳波輕舟南下如投梭水師絶叫鳬鴈起亂石一線爭磋磨有如兔走鷹隼落駿馬下注千丈坡斷絃離柱箭脫手飛電過隙珠翻荷四山眩轉風掠耳但見流沫生千渦嶮中得樂雖一快何異水伯夸秋河我生乘化日夜逝坐覺一念逾新羅紛紛爭奪醉夢裏豈信荆棘埋銅駝覺來俯仰失千劫回視此水殊委蛇君看岸邊蒼石上古來篙眼如蜂窠但應此心無所住造物雖駛如吾何回船上馬各歸去多言譊譊師所呵

佳人未肯回秋波幼輿欲語防飛梭輕舟弄水買一笑醉中盪槳肩相磨不學長安閭里俠貂裘夜走臙脂坡獨將詩句擬鮑謝涉江共採秋江荷不知詩中道何語但覺兩頰生微渦我時羽服黃樓上坐見織

女初斜河歸來笛聲滿山谷明月正照金叵羅奈何捨我入塵土擾擾毛羣欺臥駝不念空齋老病叟退食誰與同委蛇時來洪上看遺迹忍見屐齒青苔窠詩成不覺雙淚下悲吟相對惟羊何欲遣佳人寄錦字夜寒手冷無人呵

夜過舒堯文戲作

先生堂上霜月苦弟子讀書喧兩廡推門入室書縱横蠟紙燈籠晃雲母先生骨清少眠臥長夜默坐數更鼓耐寒石研欲生冰得火銅缾如過雨郎君欲出先自贊坐客斂袵誰敢侮明朝阮籍過阿戎應作羲之羨懷祖

次韻舒堯文祈雪霧豬泉

長笑蛇醫一寸腹銜水吐雹何時足蒼鵝無罪亦可憐斬頸横盤不敢哭豈知泉下有豬龍臥枕雷車踏

陰軸前年太守爲旱請雨點隨人如撒菽太守歸國
龍歸泉至今人詠淇園綠我今又復罹此旱凜凜疲
民在溝瀆卻尋舊跡叩神泉坐客仍攜王子淵看草
中和樂職頌新聲妙語慰華顛曉來泉上東風急須
上冰珠老蛟泣怪詞欲逼龍飛起嶮韻不量吾所及
行看積雪厚埋牛誰與春工掀百蟄此時還復借君
詩餘力汰輈仍貫笠揮毫落紙勿言疲驚龍再起震
失匙

石炭 並引

彭城舊無石炭元豐元年十二月始遣人訪
獲於州之西南白土鎮之北冶鐵作兵犀利
勝常云

君不見前年雨雪行人斷城中居民風裂骭溼薪半
束抱衾裯日暮敲門無處換豈料山中有遺寶磊落

如礐萬車炭流膏迸液無人知陣陣腥風自吹散根苗一發浩無際萬人鼓舞千人看投泥潑水愈光明爍玉流金見精悍南山栗林漸可息北山頑鑛何勞鍛爲君鑄作百鍊刀要斬長鯨爲萬段

作書寄王晉卿忽憶前年寒食北城之游走筆爲此詩

北城寒食煙火微落花胡蝶作團飛王孫出游樂忘歸門前驄馬紫金鞿吹笙帳底煙霏霏行人舉頭誰敢睎扣門狂客君不麾更遣傾城出翠帷書生老眼省見稀畫圖但覺周昉肥別來春物已再菲西望不見紅日圍何時東山歌采薇把盞一聽金縷衣

雪齋（公自注杭僧法言作雪山於齋中）

君不見峩眉山西雪千里北望成都如井底春風百日吹不消五月行人如凍蟻紛紛市人爭奪中誰信

言公似贊公人間熱惱無處洗故向西齋作雪峰我夢扁舟入吳越長廊靜院燈如月開門不見人與牛

公自注言有詩見寄惟見空庭滿山雪云林下閑看水牯牛

月夜與客飲杏花下

杏花飛簾散餘春明月入戶尋幽人褰衣步月踏花影炯如流水涵青蘋花間置酒清香發爭挽長條落香雪山城薄酒不堪飲勸君且吸杯中月洞簫聲斷月明中惟憂月落酒杯空明朝卷地春風惡但見綠葉棲殘紅

田國博見示石炭詩有鑄劍斬佞臣之句次韻答之

楚山鐵炭皆奇物知君欲斫姦邪窟屬鏤無眼不識人楚國何曾斬無極玉川狂直古遺民救月裁詩語最真千里妖蟇一寸鐵地上空愁蟣虱臣

舟中夜起

微風蕭蕭吹菰蒲開門看雨月滿湖舟人水鳥兩同夢大魚驚竄如奔狐夜深人物不相管我獨形影相嬉娛暗潮生渚弔寒蚓落月挂柳看懸蛛此生忽忽憂患裏清境過眼能須臾雞鳴鐘動百鳥散船頭擊鼓還相呼

次韻秦太虛見戲耳聾

君不見詩人借車無可載留得一錢何足賴晚年更似杜陵翁右臂雖存耳先聵人將蟻動作牛鬭我覺風雷真一噫聞塵掃盡根性空不須更枕清流派大朴初散失渾沌六鑿相攘更勝敗眼花亂墜酒生風口業不停詩有債君知五蘊皆是賊人生一病今先差（同瘥楚懈切）但恐此心終未了不見不聞還是礙今君疑我特佯聾故作嘲詩窮嶮怪須防額癢出三耳莫

放筆端風雨快

送劉寺丞赴餘姚

中和堂後石楠樹與君對牀聽夜雨玉笙哀怨不逢人但見香煙横碧縷謳吟思歸出無計坐想蟋蟀空房語明朝開鏁放觀潮豪氣正與潮爭怒銀山動地君不看獨愛清香生雲霧别來聚散如宿昔城郭空存鶴飛去我老人閒萬事休君亦洗心從佛祖手香新寫法界觀眼淨不覷登伽女餘姚古縣亦何有龍井白泉甘勝乳千金買斷顧渚春似與越人降日注

王鞏清虛堂

清虛堂裏王居士閉眼觀身一作心如止水水中照見萬象空敢問堂中誰隱几吳與太守老且病堆案滿前長渴睡願君勿笑反自觀夢幻去來殊未已長疑安石恐不免未信犀首終無事勿將一念住清虛居

士與我蓋同耳

送淵師歸徑山

我昔嘗爲徑山客至今詩筆餘山色師住此山三十年妙語應須得山骨谿城六月水雲蒸飛蚊猛捷如花鷹羨師方丈冰雪冷蘭膏不動長明燈山中故人知我至爭來問訊今何似爲言百事不如人兩眼猶能書細字公自注徑山夏無蚊余舊詩云問龍乞水歸洗眼欲看細字銷殘年

與胡祠部游法華山

隄湖欲盡山爲界始見寒泉落高派道人未放泉出山曲折虛堂瀉清快使君年老尚兒戲綠棹紅船舞澎湃一笑翻杯水濺裙餘歡濯足波生隘長松攙天龍起立蒼藤倒谷雲崩壞仰穿蒙密得清曠一覽震澤吁可怪誰云四萬八千頃渺渺東盡日所曬歸途十里盡風荷清唱一聲聞露薤嗟予少小慕真隱白

髮青衫天所械忽逢佳士與名山何異枯楊便馬疥君猶鸞鶴偶飄墮六翮如雲豈長鎩不將新句紀茲游恐負山中清淨債

又次前韻贈賈耘老

具區吞滅三州界浩浩湯湯納千派從來不著萬斛船一葦漁舟恣奔快仙壇古洞不可到空聽餘瀾鳴湃湃今朝偶上法華嶺縱觀始覺人寰隘山頭卧碣弔孤冢下有至人僵不壞空餘白棘網秋蟲無復青蓮出幽怪我來徙倚長松下欲掘茯苓親洗曬聞道山中富奇藥往往靈芝雜葵薤詩人空腹待黃精生事只看長柄械（公自注子美詩云長鑱長鑱白木柄我生托子以爲命）今年大熟期一飽食葉微蟲真癬疥（公自注今歲有小蟲食葉不甚爲害）白花半落紫穟香攘臂欲助磨鐮鎩安得山泉變春酒與子一洗尋常債

趙閱道高齋

見公奔走謂公勞聞公隱退云公高公心底處有高下夢幻去來隨所遭不知高齋竟何義此名之設緣吾曹公年四十已得道俗緣未盡餘伊皐功名富貴俱逆旅黃金知繫何人袍超然已了一大事挂冠而去真秋毫坐看猿猱落罝罔兩手未肯置所操乃知賢達與愚陋豈直相去九牛毛長松百尺不自覺企而羨者蓬與蒿我欲贏糧往問道未應舉臂辭盧敖

過新息留示鄉人任師中（公自注任時知瀘州亦坐事對獄）

昔年嘗羨任夫子卜居新息臨淮水怪君便爾忘故鄉稻熟魚肥信清美竹陂鴈起天爲黑（公自注小竹陂在縣北）桐柏煙橫山半紫（公自注桐柏廟在縣南）知君坐受兒女困悔不先歸弄清泚塵埃我亦失收身此行蹭蹬尤可鄙寄食方將依白足附書未免煩黃耳往雖不及來有

年詔恩儻許歸田里卻下闕山入蔡州爲買烏犍三百尾公自注黃州出水牛

定惠院寓居月夜偶出

幽人無事不出門偶逐東風轉良夜參差玉宇飛木末繚繞香煙來月下江雲有態清自媚竹露無聲浩如瀉已驚弱柳萬絲垂尚有殘梅一枝亞清詩獨吟還自和白酒已盡誰能借不辭青春忽忽過但恐懽意年年謝自知醉耳愛松風會揀霜林結茅舍浮浮大甑長炊玉溜溜小槽如壓蔗飲中真味老更濃醉裏狂言醒可怕閉門謝客對妻子倒冠落佩從嘲罵

次韻前篇

去年花落在徐州對月酣歌美清夜今年黃州見花發小院閉門風露下萬事如花不可期餘年似酒那禁瀉憶昔扁舟泝巴峽落帆樊口高桅亞長江衮衮

空自流白髮紛紛寧少借竟無五畝繼沮溺空有千篇凌鮑謝至今歸計負雲山未免孤衾眠客舍少年辛苦真食蓼老境安閑如啖蔗飢寒未至且安居憂患已空猶夢怕穿花踏月飲村酒免使醉歸官長罵

安國寺尋春

臥聞百舌呼春風起尋花柳村村同城南古寺修竹合小房曲檻欹深紅看花歎老憶年少對酒思家愁老翁病眼不羞雲母亂鬢絲强理茶煙中遙知二月王城外玉仙洪福花如海薄羅匀霧蓋新妝快馬爭風鳴雜珮玉川先生真可憐一生耽酒終無錢病過春風九十日獨抱添丁看花發

寓居定惠院之東雜花滿山有海棠一株土人不知貴也

江城地瘴蕃草木只有名花苦幽獨嫣然一笑竹籬

閒桃李漫山總麤俗也知造物有深意故遣佳人在空谷自然富貴出天姿不待金盤薦華屋朱脣得酒暈生臉翠袖卷紗紅映肉林深霧暗曉光遲日暖風輕春睡足雨中有淚亦悽愴月下無人更清淑先生食飽無一事散步逍遙自捫腹不問人家與僧舍拄杖敲門看修竹忽逢絕豔照衰朽歎息無言揩病目陋邦何處得此花無乃好事移西蜀寸根千里不易到銜子飛來定鴻鵠天涯流落俱可念爲飲一樽歌此曲明朝酒醒還獨來雪落紛紛那忍觸

次韻樂著作野步

老來幾不辨西東秋後霜林且強紅眼暈見花真是病耳虛聞蟻定非聰酒醒不覺春彊半睡起常驚日過中植杖偶逢爲黍客披衣閑詠舞雩風仰看落蘂收松粉俯見新芽摘杞叢楚雨還昏雲夢澤吳潮不

到武昌宮（公自注黃州對岸武昌縣有孫權故宮）廢興古郡詩無數寂寞閑窗易粗通解組歸來成二老風流他日與君同

王齊萬秀才寓居武昌縣劉郎洑正與伍洲相對伍子胥奔吳所從渡江也

君家稻田冠西蜀擣玉揚珠三萬斛塞江流柹起書樓碧瓦朱欄照山谷傾家取樂不論命散盡黃金如轉燭惟餘舊書一百車方舟載入荊江曲江上青山亦何有伍洲遙望劉郎藪明朝寒食當過君請殺耕牛壓私酒與君飲酒細論文酒酣訪古江之濆仲謀公瑾不須弔一酹波神英烈君

陳季常自岐亭見訪郡中及舊州諸豪爭欲邀致之戲作陳孟公詩一首

孟公好飲寧論斗醉後關門防客走不妨閑過左阿君百謫終爲賢太守老居閭里自浮沈笑問柏松何

苦心忽然載酒從陋巷爲愛揚雄作酒箴長安富兒求一過千金壽君君笑唾汝家安得客孟公從來只識陳驚坐

武昌銅劔歌並引

供奉官鄭文嘗官於武昌江岸裂出古銅劔文得之以遺余冶鑄精巧非鍛冶所成者

雨餘江清風卷紗雷公躡雲捕黃蛇蛇行空中如狂矢電光煜煜燒蛇尾或投以塊鏗有聲雷飛上天蛇入水水上青山如削鐵神物欲出山自裂細看兩脅生碧花猶是西江老蛟血蘇子得之何所爲蒯緱彈鋏詠新詩君不見凌煙功臣長九尺腰間玉具高拄頤

石芝並引

元豐三年五月十一日癸酉夜夢游何人家

開堂西門有小園古井井上皆蒼石石上生紫藤如龍蛇枝葉如赤箭主人言此石芝也余率爾折食一枝衆皆驚笑其味如雞蘇而甘明日作此詩

空堂明月清且新幽人睡息來初勻了然非夢亦非覺有人夜呼祁孔賓披衣相從到何許朱欄碧井開瓊戶忽驚石上堆龍蛇玉芝紫筍生無數鏘然敲折青珊瑚味如蜜藕和雞蘇主人相顧一撫掌滿堂坐客皆盧胡亦知洞府嘲輕脫終勝嵇康羨王烈神山一合五百年風吹石髓堅如鐵

與子由同游寒谿西山

散人出入無町畦朝游湖北暮淮西高安酒官雖未上兩腳垂欲穿塵泥與君聚散若雲雨共惜此日相提攜千搖萬兀到樊口一箭放溜先鳧鷖層層草木

暗西嶺劉劉霜雪鳴寒谿空山古寺亦何有歸路萬頃青玻瓈我今漂泊等鴻鴈江南江北無常栖幅巾不擬過城市欲踏徑路開新蹊（公自注路有直入卻寒谿不過武昌者）憂別後不忍到見子行迹空餘悽吾儕流落豈天意自坐迂闊非人擠行逢山水輒羞歎此去未免勤鹽虀何當一遇李八百相哀白髮分刀圭

五禽言並引

梅聖俞嘗作四禽言余謫黃州寓居定惠院遶舍皆茂林修竹荒池蒲葦春夏之交鳴鳥百族土人多以其聲之似者名之遂用聖俞體作五禽言

使君向蘄州更唱蘄州鬼我不識使君甯知使君死人生作鬼會不免使君已老知何晚（公自注王元之自黃移蘄州聞嗁鳥問其名或對曰此名蘄州鬼元之惡之果卒於蘄）

南山昨夜雨西谿不可渡谿邊布穀兒勸我脫破袴

不辭脫袴谿水寒水中照見催租瘢（公自注土人謂布穀爲脫卻破袴）

去年麥不熟挾彈規我肉今年麥上場處處有殘粟

豐年無象何處尋聽取林間快活吟（公自注此鳥聲云麥飯熟即快活）

力作力作蠶絲一百箔壠上麥頭昂林間桑子落願

儂一箔千兩絲繅絲得蛹飼爾雛（公自注此鳥聲云蠶絲一百箔）

姑惡姑惡姑不惡妾命薄君不見東海孝婦死作三

年乾不如廣漢龐姑去卻還（公自注姑惡水鳥也俗云婦以姑虐死故其聲云）

鐵拄杖 并引

柳真齡字安期閩人也家寶一鐵拄杖如楖

栗木牙節宛轉天成中空有簧行輒微響柳

云得之浙中相傳王審知以遺錢鏐鏐以賜
一僧柳偶得之以遺余作此詩謝之
柳公手中黑蛇滑千年老根生乳節忽聞鏗然爪甲
聲四座驚顧知是鐵含簧腹中迎泉語迸火石上飛
星裂公言此物老有神自昔閩王餉吳越不知流落
幾人手坐看變滅如春雪忽然贈我意安在兩腳未
許甘衰歇便尋轍迹訪崆峒徑渡洞庭探禹穴披榛
覓藥採芝菌刺虎鏦蛟擉蛇蝎會教化作兩錢錐歸
來見公未華髮問我鐵君無恙否取出摩挲向公說
四時詞
春雲陰陰雪欲落東風和冷驚簾幙漸看遠水綠生
漪未放小桃紅入萼佳人瘦盡雪膚肌眉斂春愁知
爲誰深院無人翦刀響應將白紵作春衣
垂柳陰陰日初永蔗漿酪粉金盤冷簾額低垂紫燕

忙蜜脾已滿黃蜂靜高樓睡起翠眉嚬枕破斜紅未肯勻玉腕半揎雲碧袖樓前知有斷腸人

新愁舊恨眉生綠粉汗餘香在蘄竹象牀素手熨寒衣爍爍風燈動華屋夜香燒罷掩重扃香霧空濛月滿庭抱琴轉軸無人見門外空聞裂帛聲

霜葉蕭蕭鳴屋角黃昏陡覺羅衾薄夜風搖動鎮帷犀酒醒夢回聞雪落起來呵手畫雙雅醉臉輕勻襯眼霞真態生香誰畫得玉奴纖手嗅梅花

二蟲

君不見水馬兒步步逆流水大江東流日千里此蟲趯趯長在此君不見鷃濫堆決起隨衝風隨風一去宿何許逆風還落蓬蒿中二蟲愚知俱莫測江邊一笑無人識

徐使君分新火

臨皋亭中一危坐三見清明改新火構中枯木應笑人鑽斫不然誰似我黃州使君憐久病分我五更紅一朶從來破釜躍江魚只有清詩嘲飯顆起攜蠟炬遶空屋欲事煎烹無一可爲公分作無盡燈照破十方昏暗鎖

蜜酒歌 竝引

西蜀道人楊世昌善作蜜酒絕醇釅余既得其方作此歌以遺之

真珠爲漿玉爲醴六月田夫汗流泚不如春甕自生香蜂爲耕耘花作米一日小沸魚吐沫二日眩轉清光活三日開甕香滿城快瀉銀瓶不須撥百錢一斗濃無聲甘露微濁醍醐清君不見南園採花蜂似雨天教釀酒醉先生先生年來窮到骨問人乞米何曾得世間萬事真悠悠蜜蜂大勝監河侯

又一首答二猶子與王郎見和

脯青苔炙青蒲爛蒸鵝鴨乃瓠壺煮豆作乳脂爲酥高燒油燭斟蜜酒貧家百物初何有古來百巧出窮人搜羅假合亂天真詩書與我爲麴糵醞釀老夫成搢紳質非文是終難久脫冠還作扶犁叟不如蜜酒無燠寒冬不加甜夏不酸老夫作詩殊少味愛此三篇如酒美封胡羯末已可憐不知更有王郎子

次韻孔毅父集古人句見贈五首

羨君戲集他人詩指呼市人如使兒天邊鴻鵠不易得便令作對隨家雞退之驚笑子美泣問君久假何時歸世間好句世人共明月自滿千家墀

紫驄之峯人莫識雜以雞豚真可惜今君坐致五侯鯖盡是猩脣與熊白路旁拾得半段槍何必開鑪鑄矛戟用之如何在我耳入手當令君喪魄

天下幾人學杜甫誰得其皮與其骨劃如太華當我
前䟦㹀欲上驚𡾟崒名章俊語紛交衡無人巧會當
時情前生子美只君是信手拈得俱天成
詩人雕刻閑草木搜抉肝腎神應哭不如默誦千萬
首左抽右取談笑足夜吟石鼎聲悲愁可憐好事劉
與侯何當一醉百不問我欲眠矣君歸休
膏明蘭臭俱自焚象牙翠羽戕其身多言自古爲數
窮微中有時堪解紛癡人但數羊羔兒不知何者是
左慈千章萬句卒非我急走捉君應已遲
上巳日與二三子攜酒出游隨所見輒作數句
明日集之爲詩故詞無倫次
薄雲霏霏不成雨杖藜曉入千花塢柯邱海棠吾有
詩獨笑深林誰敢侮三杯卯酒人徑醉一枕春睡日
亭午竹間老人不讀書留我閉門誰教汝出檐聚枳

十圍大寫真素壁千蛟舞東坡作塘今幾尺攜酒一勞農工苦卻尋流水出東門壞垣古塹花無主臥開桃李爲誰妍對立鵁鶄相媚嫵開樽藉草勸行路不惜春衫汙泥土褰裳共過春草亭扣門卻入韓家園轆轤繩斷井深碧鞦韆索挂人何所映簾空復小桃枝乞漿不見應門女南山古臺臨斷岸雪陣翻空迷仰俯故人餽我玉葉羹火冷煙消誰爲煮崎嶇束縕下荒徑婭姹隔花聞好語更隨落景盡餘樽卻傍孤城得僧宇主人勸我洗足眠倒牀不復聞鐘鼓明朝門外泥一尺始悟三更雨如許平生所向無一遂茲游何事天不阻固知我友不終窮豈弟君子神所予

次韻孔毅父久旱已而甚雨三首

飢人一夢飯甑溢夢中一飽百憂失只知夢飽本來空未悟真飢定何物我生無田食破硯爾來硯枯磨

不出去年太歲空在酉傍舍壺漿不容乞今年旱勢
復如此歲晚何以黔吾突青天蕩蕩呼不聞況欲稽
首號泥佛甕中蜥蜴尤可笑跂跂脈脈何等秩陰陽
有時雨有數民是天民天自卹我雖窮苦不如人要
亦自是民之一形容雖是喪家狗未肯弭耳爭投骨
倒冠落幘謝朋友獨與蚊雷共圭蓽故人嗔我不開
門君視我門誰肯屈可憐明月如潑水夜半清光翻
我室風從南來非雨候且爲疲人洗蒸鬱褰裳一和
快哉謠未暇飢寒念明日（此章專詠久旱）
去年東坡拾瓦礫自種黃桑三百尺今年刈草蓋雪
堂日炙風吹面如墨平生嬾惰今始悔老大勤農天
所直沛然例賜三尺雨造化無心怳難測四方上下
同一雲甘霔不爲龍所隔（公自注俗有分龍日）蓬蒿下溼迎曉
來燈火新涼催夜織老夫作罷得甘寢臥聽牆東人

曫屐奔流未已坑谷平折葦枯荷恣漂溺腐儒麤糲支百年力耕不受衆目憐破陂漏水不耐旱人力未至求天全會當作塘徑千步橫斷西北遮山泉四鄰相率助舉杵人人知我囊無錢明年共看決渠雨飢飽在我寧關天誰能伴我田閒飲醉倒惟有支頭甎此章前半喜已得雨後半將謀作塘

天公號令不再出十日愁霖併爲一君家有田水言田我家無田憂入室不如西州楊道士萬里隨身惟兩膝沿流不惡泝亦佳一葉扁舟任飄突山芎麥麴都不用泥行露宿終無疾夜來飢腸如轉雷旅愁非酒不可開楊生自言識音律洞簫入手清且哀不須更待秋井塌見人白骨方銜杯此章詠甚雨而及楊道士○施注先生爲楊道士書一帖云僕謫居黃岡綿竹武都山道士楊世昌子京自廬山來過余其人善畫山水能鼓琴又一帖云十月十五日夜與楊道士泛舟赤壁飲醉夜半有一鶴自江南來翅如車輪嘎然長鳴掠余舟而

西不知其爲何祥也按次毅父韻第三首載西州楊
道士凡數聯因此帖知爲世昌詩中又言善吹洞簫
其自廬山從公蓋壬戌之夏前赤
壁賦云客有吹洞簫者殆是楊也

孔毅父以詩戒飲酒問買田且乞墨竹次其韻

酒中真復有何好孟生雖賢未聞道醉時萬慮一掃
空醒後紛紛如宿草一年揩洗見真妄石女無兒焦
穀槁此身何異貯酒瓶滿輒予人空自倒武昌痛飲
豈吾意性不違人遭客惱君家長松十畝陰借我一
菴聊洗心我田方寸耕不盡何用百頃糜千金枕書
熟睡呼不起好學憐君工雜擬且將墨竹換新詩潤
色何須待東里

任師中挽辭

大任剛烈世無有疾惡如風朱伯厚小任温毅老更
文聰明慈愛小馮君兩任才行不須說疇昔並友吾
先人相看半作晨星沒可憐太白與殘月大任先去

冢未乾小任相繼呼不還强寄一樽生死別樽中有淚酒應酸貴賤賢愚同盡耳君家不盡緣賢子人間得喪了無憑只有天公終可倚

和蔡景繁海州石室施注蔡景繁名承禧東坡在黃有答景繁帖云朐山臨海石室信如所諭前某嘗攜家一游時有胡琴婢就室中作濩索涼州凜然有冰車鐵馬之聲婢去久矣因公復起一念若果游此必有新篇當破戒奉和也又云海上奇觀恨不與公同游大篇或可追賦景繁往游既賦詩坡爲屬和前所述皆指石曼卿後車胡琴婢云云皆帖中語意又前年開閣云云卽所謂婢去久矣因公復起一念用此帖爲證而詩乃粲然因公復起一念實用陳鴻長恨傳楊妃語也

芙蓉仙人舊游處公自注石曼卿也蒼藤翠壁初無路戲將桃核裹黃泥石間散擲如風雨坐令空山作錦繡倚天照海花無數花間石室可容車流蘇寶蓋窺靈宇何年霹靂起神物玉棺飛出王喬墓當時醉臥動千日至今石縫餘糟醑山人一去五十年花老石空誰

作主手植數松今偃蓋蒼髯白甲低瓊戸以上敘石曼卿種桃我來取酒酹先生後車仍載胡琴女一聲冰鐵散巖谷海爲瀾翻松爲舞以上公自敘嘗攜家一游有婢彈胡琴爾來心賞復何人持節中郎醉無伍獨臨斷岸呼出日紅波碧巘相吞吐徑尋我語覓餘聲拄杖彭鏗叩銅鼓長篇小字遠相寄一唱三歎神悽楚江風海雨入牙頰似聽石室胡琴語以上因蔡寄詩復念及胡琴婢我今老病不出門海山巖洞知何許門外桃花自開落牀頭酒甕生塵土前年開閤放柳枝今年洗心參佛祖夢中舊事時一笑坐覺俯仰成今古願君不用刻此詩東海桑田真旦暮

和秦太虛梅花

西湖處士骨應槁只有此詩君壓倒東坡先生心已灰爲愛君詩被花惱多情立馬待黃昏殘雪消遲月

出蚤江頭千樹春欲闇竹外一枝斜更好孤山山下醉眠處點綴裙腰紛不掃萬里春隨逐客來十年花送佳人老去年花開我已病今年對花還草草不知風雨卷春歸收拾餘香還畀昊

再和潛師

化工未議蘇羣槁先同寒梅一傾倒江南無雪春瘴生爲散冰花除熱惱風清月落無人見洗妝自趁霜鐘蚤惟有飛來雙白鷺玉羽瓊枝鬬清好吳山道人心似水眼淨塵空無可掃故將妙語寄多情橫機欲試東坡老東坡習氣除未盡時復長篇書小草且撼長條飱落英忍飢未擬窮呼昊

生日王郎以詩見慶次其韻竝寄茶二十一片

折楊新曲萬人趨獨和先生于蔿于但信櫝藏終自售豈知盌脫本無橅碣從冰叟來游宦肯伴臞仙亦

號儒棠棣竝爲天下士芙蓉曾到海邊郛不嫌霧谷霾松柏終恐虹梁荷棟桴高論無窮如鋸屑小詩有味似連珠感君生日遙稱壽祝我餘年老不枯未辦報君青玉案建谿新餅截雲腴

過江夜行武昌山上聞黃州鼓角

清風弄水月銜山幽人夜渡吳王峴黃州鼓角亦多情送我南來不辭遠江南又聞出塞曲半雜江聲作悲健誰言萬方聲一概鼉憤龍愁爲余變我記江邊枯柳樹未死相逢眞識面他年一葉泝江來還吹此曲相迎餞

自興國往筠宿石田驛南廿五里野人舍

谿上青山三百疊快馬輕衫來一抹倚山修竹有人家横道清泉知我渴芒鞋竹杖自輕軟蒲薦松牀亦香滑夜深風露滿中庭惟有孤螢自開闔

將至筠先寄遲适遠三猶子

露宿風飧六百里明朝飲馬南江水未見豐盈犀角兒先逢玉雪王郎子對牀欲作連夜語念汝還須戴星起夜來夢見小於菟猶是髡髦垂兩耳憶過濟南春未動三子出迎殘雪裏我時移守古河東酒肉淋漓渾舍喜而今憔悴一羸馬逆旅擔夫相汝爾出城見我定驚嗟身健窮愁不須恥我爲迺翁留十日掣電一歡何足恃惟當火急作新詩一醉兩翁勝酒美

別子由三首兼別遲

知君念我欲別難我今此別非他日風裏楊花雖未定雨中荷葉終不溼三年磨我費百書一見何止得雙璧願君亦莫歎留滯六十小劫風雨疾

先君昔愛洛城居我今亦過嵩山麓水南卜宅吾豈敢試向伊川買修竹又聞緱山好泉眼傍市穿林瀉

冰玉遙想茅軒照水開兩翁相對清如鵠
兩翁歸隱非難事惟要傳家好兒子憶昔汝翁如汝
長筆頭一落三千字世人聞此皆大笑慎勿生兒兩
翁似不知樗櫟薦明堂何似鹽車壓千里

郭祥正家醉畫竹石壁上郭作詩爲謝且遺二

古銅劒

空腸得酒芒角出肝肺槎牙生竹石森然欲作不可
回吐向君家雪色壁平生好詩仍好畫書牆涴壁長
遭罵不嗔不罵喜有餘世間誰復如君者一雙銅劒
秋水光兩首新詩爭劒鋩劒在牀頭詩在手不知誰
作蛟龍吼

龍尾硯歌 竝引

余舊作鳳咮石硯銘其略云蘇子一見名鳳
咮坐令龍尾羞牛後已而求硯於歙歙人云

子自有鳳咮何以此爲蓋不能平也奉議郎
方君彥德有龍尾大硯奇甚謂余若能作詩
少解前語者當奉餉乃作此詩

黄琮白琥天不惜顧恐貪夫死懷璧君看龍尾豈石材玉德金聲寓於石與天作石來幾時與人作硯初不辭詩成鮑謝石何與筆落鍾王硯不知錦茵玉匣俱塵垢擣練支牀亦何有況瞋蘇子鳳咮銘戲語相嘲作牛後碧天照水風吹雲明窗大几清無塵我生天地一閑物蘇子亦是支離人麤言細語都不擇春蚓秋蛇隨意畫願從蘇子老東坡仁者不用生分別

張近幾仲有龍尾子石硯以銅劒易之

我家銅劒如赤蛇君家石硯蒼璧橢而窪君持我劒向何許大明宮裏玉佩鳴衝牙我得君硯亦安用雪堂窗下爾雅箋蟲鰕二物與人初不異飄落高下隨

風花蒯緱玉具皆外物視草草玄無等差君不見秦
趙城易璧指圖睨柱相矜誇又不見二生妾換馬驕
鳴啜泣思其家不如無情兩相與永以爲好譬之桃
李與瓊華此等爲後世惡詩所藉口最不宜學

張作詩送硯反劒乃和其詩卒以劒歸之
贈君長鋏君當歌每食無魚歎委蛇一朝得見暴公
子欘具欲與冠爭峩豈比杜陵貧病叟終日長鑱隨
短簑斬蛟刺虎老無力帶牛佩犢吏所訶故將換硯
豈無意恐君琱琢傷天和作詩反劒亦何謂知君欲
以詩相磨報章苦恨無好語試向君硯求餘波詩成
劒往硯應笑那將屋漏供懸河

眉子石硯歌贈胡誾
君不見成都畫手開十眉橫雲卻月爭新奇游人指
點小顰處中有漁陽胡馬嘶又不見王孫青瑣橫雙

碧腸斷浮空遠山色書生性命何足論坐費千金買消渴爾來喪亂愁天公謫向君家書硯中小窗虛幌相嫵媚令君曉夢生春紅毗耶居士談空處結習已空花不住試教天女爲磨鉛千偈瀾翻無一語

送沈逵赴廣南

嗟我與君皆丙子四十九年窮不死君隨幕府戰西羌夜渡冰河斫雲壘飛塵漲天箭灑甲歸對妻孥真夢耳我謫黃岡四五年孤舟出沒煙波裏故人不復通問訊疾病飢寒疑死矣相逢握手一大笑白髮蒼顏略相似我方北渡脫重江君復南行輕萬里功名如幻何足計學道有牙真可喜句漏丹砂已付君汝陽甕盎吾何恥君歸趁我雞黍約買田築室從今始

豆粥

君不見虖沱流澌車折軸公孫倉黃奉豆粥溼薪破

竈自燎衣飢寒頓解劉文叔又不見金谷敲冰草木春帳下烹煎皆美人萍虀豆粥不傳法咄嗟而辦石季倫干戈未解身如寄聲色相纏心已醉身心顛倒自不知更識人間有真味豈如江頭千頃雪色蘆茅檐出沒晨煙孤地碓舂秔光似玉沙缾煮豆軟如酥我老此身無著處賣書來問東家住臥聽雞鳴粥熟時蓬頭曳履君家去

秦少游夢發殯而葬之者云是劉發之柩是歲發首薦秦以詩賀之劉涇亦作因次其韻

君看三代士執雉本以殺身爲小補居官死職戰死綏夢尸得官真古語五行勝己斯爲官官如草木吾如土仕而未祿猶賓客待以純臣蓋非古魄焉曰獻稱寡君豈比公卿相爾汝世衰道微士失己得喪悲歡反其故草袍蘆箠相嫵媚飲食嬉游事羣聚曲江

船舫月燈毬是謂舞殯而歌墓看花走馬到東野餘
子紛紛何足數二生年少兩豪逸詩酒不知軒冕苦
故令將仕夢發棺勸子勿爲官所腐塗車芻靈皆假
設著眼細看君勿誤時來聊復一飛鳴進隱不須煩
伍舉

龜山辯才師

此生念念浮雲改寄語長淮今好在故人宴坐虹梁
南新河巧出龜山背木魚呼客振林莽鐵鳳橫空飛
綵繪忽驚堂宇變雄深坐覺風雷生謦欬羨師游戲
浮漚閒笑我榮枯彈指內嘗茶看畫亦不惡問法求
詩了無礙千里孤帆又獨來五年一夢誰相對何當
來世結香火永與名山躬井碓

贈潘谷

潘郎曉踏河陽春明珠白璧驚市人那知望拜馬蹄

下胸中一斛泥與塵何似墨潘穿破褐琅琅翠餅敲玄笏布衫漆黑手如龜未害冰壺貯秋月世人重耳輕目前區區張李爭媸姸一朝入海尋李白空看人間畫墨仙

蒜山松林中可卜居余欲僦其地地屬金山故作此詩與金山元長老

魏王大瓠無人識種成何翅實五石不辭破作兩大尊只憂水淺江湖窄我材濩落本無用虛名驚世終何益東方先生好自譽伯夷子路并爲一杜陵布衣老且愚信口自比契與稷暮年欲學柳下惠嗜好酸鹹不相入金山也是不羈人蚤歲聞名晚相得我醉而嬉欲仙去旁人笑倒山謂實問我此生何所歸笑指浮休百年宅蒜山幸有閑田地招此無家一房客

蔡景繁官舍小閣

使君不獨東南美典刑尚記先君子戲嘲王叟短轅車肯爲徐郎書紙尾三年弭節江湖上千首放懷風月裏手開西閣坐虛明目淨東谿照清泚素琴濁酒容一榻落霞孤鶩供千里大舫何時繫門柳小詩屢欲書窗紙文昌新構滿鵷鸞都邑正喧收杞梓相逢一醉豈有命南來寂寞君歸矣

十八家詩鈔卷十四

十八家詩鈔卷十五目錄

郭熙畫秋山平遠

贈李道士

次韻米黻二王書跋尾二首

九月十五日邇英講論語終篇賜執政講讀史官燕於東宮又遣中使就賜御書詩各一首臣軾得紫薇花絕句翌日各以表謝又進詩一篇

送喬仝寄賀君六首

次韻黃魯直畫馬試院中作

余與李廌方叔相知久矣領貢舉事而李不得第愧甚作詩送之

和王晉卿送梅花次韻

慶源宣義王丈以累舉得官爲洪雅主簿雅州戶掾遇吏民如家人既謝事居眉之青神瑞

草橋放懷自得有書來求紅帶既以遺之且

作詩爲戲

次前韻送程六表弟

戲書李伯時畫御馬好頭赤

送蹇道士歸廬山

木山

書王定國所藏煙江疊嶂圖

與隆節侍宴前一日微雪與子由同訪王定國

小飲清虛堂定國出數詩皆佳而五言尤奇

子由又言昔與孫巨源同王定國感念存沒

悲歎久之夜歸稍醒各賦一篇明日朝中以

示定國也

王晉卿作煙江疊嶂圖僕賦詩十四韻晉卿和

之語特奇麗因復次韻

六觀堂老人草書

聚星堂雪

喜劉景文至

送歐陽季默赴闕

用前韻作雪詩留景文

次前韻送劉景文

蠟梅一首贈趙景貺

閻立本職貢圖

次韻王滁州見寄

次韻徐仲車

在潁州與德麟同治西湖未成改揚州三月十六日湖成德麟有詩見懷次其韻

再次韻德麟新開西湖

次韻鼂無咎學士相迎

十八家詩鈔卷十五

湘鄉曾國藩纂　合肥李鴻章審訂
東湖王定安校

蘇東坡七古下百二十首

次韻王定國南遷回見寄

土暈銅花蝕秋水要須悍石相礱砥十年冰蘗戰膏粱萬里煙波濯紈綺歸來詩思轉清激百丈空潭數魴鯉逝將桂浦擷蘭蓀不記槐堂收劍履卻思庾嶺今何在更說彭城真夢耳公自注來詩述彭城舊游君知先竭是甘井我願得全如苦李妄心不復九回腸至道終當三洗髓廣陵陽羨何足較公自注余買田陽羨來詩以爲不如廣陵只有無何真我里樂全老子今禪伯公自注謂張安道也定國其壻掣電機鋒不容擬心通豈復問云何印可聊須答如是相逢爲我話留滯桃花春漲孤舟起

寄蘄簟與蒲傳正

蘭谿美箭不成笛離離玉筋排霜脊千溝萬縷自生風入手未開先慘慄公家列屋閑蛾眉珠簾不動花陰移霧帳銀牀初破睡牙籤玉局坐彈碁東坡病叟長覊旅凍臥飢吟似飢鼠倚賴春風洗破衾一夜雪寒披故絮火冷燈青誰復知孤舟兒女自嘔啞皇天何時反炎燠愧此八尺黃琉璃願君淨掃清香閣臥聽風漪聲滿榻習習還從兩腋生請公乘此朝閶闔

翻從寒冷時倒映出炎熱得筆之妙亦自昌黎卻願天日長炎曦句脫胎

漁父四首

漁父飲誰家去魚蟹一時分付酒無多少醉爲期彼此不論錢數

漁父醉蓑衣舞醉裏卻尋歸路輕舟短棹任斜橫醒後不知何處

漁父醒春江午夢斷落花飛絮酒醒還醉醉還醒一

笑人間今古
漁父笑輕鷗舉漠漠一江風雨江邊騎馬是官人借
我孤舟南渡。

觀杭州鈐轄歐育刀劍戰袍

青綾衲衫暖襯甲紅線勒帛光遶脅秃襟小袖雕鶻
盤大刀長劍龍蛇柙兩軍鼓譟屋瓦墜紅塵白羽紛
相雜將軍恩重此身輕笑履鋒鋩如一插書生只肯
坐帷幄談笑毫端弄生殺叫呼擊鼓催上竿猛士應
憐小兒點試問黃河夜偷渡掠面驚沙寒霎霎何如
大艦日高眠一枕清風過苕霅

寄吳德仁兼簡陳季常

東坡先生無一錢十年家火燒凡鉛黃金可成河可
塞只有霜鬢無由玄龍邱居士亦可憐談空說有夜
不眠忽聞河東師子吼拄杖落手心茫然誰似濮陽

公子賢飲酒食肉自得仙平生寓物不留物在家學得忘家禪門前罷亞十頃田清溪遶屋花連天溪堂醉臥呼不醒落花如雪春風顛我游蘭溪訪清泉已辦布韈青行纏稽山不是無賀老我自興盡回酒船恨君不識顏平原恨我不識元魯山銅馳陌上會相見握手一笑三千年

題王逸少帖

顛張醉素兩禿翁追逐世好稱書工何曾夢見王與鍾妄自粉飾欺盲聾有如市倡抹青紅妖歌嫚舞眩兒童謝家夫人淡丰容蕭然自有林下風天門蕩蕩驚跳龍出林飛鳥一掃空爲君草書續其終待我他日不怱怱

書林逋詩後

吳儂生長湖山曲呼吸湖光飲山綠不論世外隱君

子傭奴販婦皆冰玉先生可是絕俗人神清骨冷無由俗我不識君曾夢見瞳子瞭然光可燭遺篇妙字處處有步遶西湖看不足詩如東野不言寒書似西臺差少肉平生高節已難繼將死微言猶可錄自言不作封禪書更肯悲吟白頭曲公自注逋臨終詩云茂陵異日求遺草猶喜初無封禪書我笑吳人不好事好作祠堂傍修竹不然配食水仙王一盞寒泉薦秋菊

蘇子容母陳夫人挽詞

蘇陳甥舅真冰玉正始風流起頹俗夫人高節稱其家凜凜寒松映修竹雞鳴爲善日日新八十二年如一晨豈惟室家宜壽母實與朝廷生異人忘軀徇國乃吾子三仕何曾知慍喜不須擁笏彊垂魚我視去來皆夢爾誦詩相挽真區區墓碑千字多遺餘他年太史取家傳知有班昭續漢書

次韻答賈耘老

五年一夢南司州，飢寒疾病爲子憂。東來六月井無水，仰看古堰橫奔牛。平生管鮑子知我，今日陳蔡誰從丘。夜航爭渡泥水澀，牽挽直欲來瓜州。自言嗜酒得風痺，故鄉不敢居溫柔。定將泛愛救溝壑，衰病不復從前樂。今年太守真臥龍，笑語炎天出冰雹。時低九尺蒼髯過我，三間小池閣故人。改觀爭來賀，小兒不信猶疑錯。爲君置酒飲且哦，草間秋蟲亦能歌。可憐老驥真老矣，無心更秣天山禾。

送楊傑并序○王注元祐二年，高麗僧義天航海問道，至明州，傳云義天棄王位出家。上疏乞徧歷叢林問法受道，有詔朝奉郎楊傑次公館伴，所至吳中諸刹皆迎餞如王臣禮。至金山，僧了元乃牀坐受其大展，次公驚問其故。了元曰：義天亦異國僧耳，叢林規繩如是，不可易。朝廷聞之，以了元知大體。

無爲子嘗奉使登太山絕頂，雞一鳴見日出。

又嘗以事過華山重九日飲酒蓮華峯上今
乃奉詔與高麗僧統游錢塘皆以王事而從
方外之樂善哉未曾有也作是詩以送之

天門夜上賓出日萬里紅波半天赤歸來平地看跳丸一點黃金鑄秋橘太華峯頭作重九天風吹灩黃花酒浩歌馳下腰帶鞓醉舞崩崖一揮手神游八極萬緣虛下視蚊雷隱汙渠大千一息八十返笑厲東海騎鯨魚三韓王子西求法鑿齒彌天兩勍敵過江風急浪如山寄語舟人好看客

再過超然臺贈太守霍翔

昔飲雩泉別常山天寒歲在龍蛇閒山中兒童拍手笑問我西去何當還十年不赴竹馬約扁舟獨與魚簑閒重來父老喜我在扶挈老幼相遮攀當時襁褓皆七尺而我安得留朱顏問今太守爲誰歟護羌充

國鬢未斑公自注翔自言在熙河作屯田有功躬持牛酒勞行役無復杞菊嘲寒慳超然置酒尋舊迹尚有詩賦鑱堅頑孤雲落日在馬耳照耀金碧開煙鬟邦或作扶淇自古北流水跳波下瀨鳴玦環願公談笑作石埭坐使城郭生溪灣

海市 並序

予聞登州海市舊矣。父老云常出於春夏，今歲晚不復見矣。予到官五日而去，以不見爲恨，禱於海神廣德王之廟，明日見焉，乃作此詩。

東方雲海空復空。羣仙出沒空明中。蕩搖浮世生萬象。豈有貝闕藏珠宮。心知所見皆幻影。敢以耳目煩神工。歲寒水冷天地閉。爲我起蟄鞭魚龍。重樓翠阜出霜曉。異事驚倒百歲翁。人間所得容力取。世外無物誰爲雄率然有請不我拒信我人厄非天窮潮陽太守南遷歸喜見石廩堆祝融自言正直動山鬼豈知造物哀龍鍾信眉一笑豈易得神之報汝亦已豐斜陽萬里孤鳥沒但見碧海磨青銅新詩綺語亦安用相與變滅隨東風

送戴蒙赴成都玉局觀將老焉

拾遺被酒行歌處野梅官柳西郊路聞道華陽版籍中至今尚有城南杜我欲歸尋萬里橋水花風葉暮蕭蕭芋魁徑尺誰能盡榿木三年已足燒百歲風狂定何有羨君今作峨眉叟縱未家生執戟郎也應世出埋輪守莫歎老病未歸身玉局他年第幾人會待子猷清興發還須雪夜去尋君

送陳睦知潭州

華清縹渺浮高棟上有纈林藏石甕一杯此地初識

君千巖夜上同飛軿君時年少面如玉一飲百觚嫌
未痛白鹿泉頭山月出寒光潑眼如流汞朝元閣上
酒醒時臥聽風鸞鳴鐵鳳舊游空在人何處二十三
年真一夢以上述舊游以下轉入潭州我得生還雪髯滿君亦老
嫌金帶重有如社燕與秋鴻相逢未穩還相送洞庭
青草渺無際天柱紫蓋森欲動湖南萬古一長嗟付
與騷人發嘲弄

用前韻答西掖諸公見和

雙猊蟠礎龍纏棟金井轆轤鳴曉甕小殿垂簾碧玉
鉤大宛立仗青絲鞚風馭賓天雲雨隔孤臣忍淚肝
腸痛羨君意氣風生坐落筆縱橫盤走汞上樽日日
瀉黃封賜茗時時開小鳳閑門憐我老太玄給札看
君賦雲夢金奏不知江海眩木瓜屢費瓊瑤重豈惟
蹇步困追攀已覺侍史疲奔送春還宮柳腰支活雨

入御溝鱗甲動借君妙語發春容顧我風琴不成弄

送表弟程六知楚州施注公母成國太夫人程氏眉山著姓其姪之才字正輔第二之元字德孺第六即楚州也之邵字懿叔第七

炯炯明珠照雙璧當年三老蘇程石里人下道避鳩杖刺史迎門倒鳧舄我時與子皆兒童狂走從人覓梨栗健如黃犢不可恃隙過白駒那暇惜醴泉寺古垂橘柚石頭山高暗松櫟諸孫相逢萬里外一笑未解千憂集子方得郡古山陽老手生風謝刀筆我正含毫紫微閣病眼昏花困書檄莫教印綬繫餘年去掃墳墓當有日功成頭白早歸來共藉梨花作寒食三老當謂東坡與程六德孺之祖爲二老又加石氏一老也諸孫即指程六及坡自謂耳前十句敘少時故鄉聚處後十句敘暮年京師送別

送王伯敭守虢

華山東麓秦遺民當時依山來避秦至今風俗含古

意柔桑綠水招行人行人掉臂不回首爭入崤函土囊口謂行人爭入函谷關而至長安不肯久留虢州也惟有使君千里來欲飲三堂無事酒三堂本來一事無日長睡起閑投壺牀頭硯石開雲月澗底松根斸雪腴山棚盜散人安寢勸買耕牛發陳廩歸來只作水衡卿我欲攜壺就君飲

虢國夫人夜游圖

佳人自鞚玉花驄翩如驚燕踏飛龍金鞭爭道寶釵落何人先入明光宮宮中羯鼓催花柳玉奴絃索花奴手坐中八姨真貴人走馬來看不動塵明眸皓齒誰復見只有丹青餘淚痕人間俯仰成今古吳公臺下雷塘路當時亦笑張麗華不知門外韓擒虎

武昌西山 並引

嘉祐中翰林學士承旨鄧公聖求爲武昌令

常游寒溪西山山中人至今能言之軾謫居黃岡與武昌相望亦常往來谿山閒元祐元年十一月二十九日考試館職與聖求會宿玉堂偶話舊事聖求嘗作元次山窪樽銘刻之巖石因爲此詩請聖求同賦當以遺邑人使刻之銘側

春江淥漲蒲萄醅武昌官柳知誰栽憶從樊口載春酒步上西山尋野梅西山一上十五里風駕兩腋飛崔嵬同游困臥九曲嶺褰衣獨到吳王臺中原北望在何許但見落日低黃埃歸來解劍亭前路蒼崖半入雲濤堆浪翁醉處今尚在石臼杯一作抔飲無樽罍爾來古意誰復嗣公有妙語留山隈至今好事除草棘常恐野火燒蒼苔當時相望不可見玉堂正對金鑾開豈知白首同夜直臥看椽燭高花催江邊曉夢

忽驚斷銅鐶玉鎖鳴春雷山人帳空猿鶴怨江湖水生鴻鴈來請公作詩寄父老往和萬壑松風哀（前十二句敘昔在黃州往來西山泿翁六句敘鄧曾作窪樽銘當時六句敘會宿玉堂）

再用前韻

朱顏發過如春醅胸中棃棗初未栽丹砂未易掃白髮赤松卻欲參黃梅寒溪本自遠公社白蓮翠竹依崔嵬當時石泉照金像神光夜發如五臺飲泉鑒面得真意坐視萬物皆浮埃欲收暮景返田里遠泝江水窮離堆還朝豈獨羞老病自歎才盡傾空罍諸公渠渠若夏屋吞吐風月清隅隈我如廢井久不食古甃缺落生陰苔數詩往復相感發汲新除舊寒光開遙知二月春江闊雪浪倒卷雲峯摧石中無聲水亦靜云何解轉空山雷（公自注韋應物詩云水性本云靜石中固無聲如何兩相激雷轉空山驚）欲就諸公評此語要識憂喜何從來願求南宗

一勺水往與屈賈湔餘哀

趙令晏崔白大圖幅徑三丈

扶桑大繭如甕盎天女織綃雲漢上往來不遣鳳銜梭誰能鼓臂投三丈人間刀尺不敢裁丹青付與濠梁崔風蒲半折寒鴈起竹間的皪寒江梅畫堂粉壁翻雲幪十里江天無處著好臥元龍百尺樓笑看江水拍天流

次韻三舍人省上公自注三月二十九日作明日駕幸景靈宮

紛紛榮瘁何能久雲雨從來翻覆手恍如一夢墮枕中卻見三賢起江右公自注曾子開劉貢父孔經父皆江西人嗟君妙質皆瑚璉顧我虛名但箕斗明朝冠蓋蔚相望共扈翠輦朝宣光武皇已老白雲鄉正與羣帝驂龍翔獨留杞梓扶明堂

偶與客飲孔常父見訪設席延請忽上馬馳去

已而有詩戲用其韻答之

楊雄他文不皆奇猶稱觀缾居井眉酒客法士兩小兒陳遵張竦何曾知主人有酒君獨辭蟹螯何不左手持豈復見吾橫氣機遣人追君君絕馳盡力去花君自癡醍醐與酒同一卮請君更問文殊師

次韻子由書李伯時所藏韓幹馬

潭潭古屋雲幙垂省中文書如亂絲忽見伯時畫天馬朔風胡沙生落錐天馬西來從西極勢與落日爭分馳龍膺豹股頭八尺奮迅不受人間羈元狩虎脊聊可友開元玉花何足奇伯時有道真吏隱飲啄不羨山梁雌丹青弄筆聊爾耳意在萬里誰知之幹惟畫肉不畫骨而況失實空餘皮煩君巧說腹中事妙語欲遣黃泉知君不見韓生自言無所學廄馬萬匹皆吾師

送宋朝散知彭州迎侍二親施注宋彭州名構字成之成都人

東來誰迎使君車知是丈人屋上烏丈人今年二毛初登樓上馬不用扶使君負弩爲前驅蜀人不復談相如老幼化服一事無有鞭不施安用蒲春波如天漲平湖鞓紅照坐香生膚帣韝上壽白玉壺公堂登歌鳳將雛諸孫歡笑爭挽須蜀人畫作西湖圖

郭熙畫秋山平遠公自注文潞公爲跋尾圖畫見聞志郭熙河陽人工畫山水寒林

玉堂晝掩春日閑中有郭熙畫春山鳴鳩乳燕初睡起白波青嶂非人間離離短幅開平遠漠漠疏林寄秋晚恰似江南送客時中流回頭望雲巘伊川佚老鬢如霜臥看秋山思洛陽爲君紙尾作行草炯如嵩洛浮秋光我從公游如一日不覺青山暎黃髮爲畫龍門八節灘待向伊川買泉石

贈李道士并序

駕部員外郎李宗君固景祐中良吏也守漢州有道士尹可元精練善畫以遺火得罪當死君緩其獄會赦獲免時可元八十一自誓且死必爲李氏子以報可元旣死二十餘年而君子世昌之婦夢可元入其室生子曰得柔小名蜀孫幼而善畫旣長讀莊老喜之遂爲道士賜號妙應事母以孝謹聞其寫真蓋妙絕一時云

世人只數曹將軍誰知虎頭非癡人腰閒大羽何足道頰上三毛自有神平生狎侮諸公子戲著幼輿巖石裏故教世世作黃冠布襪青鞋弄雲水千年鼻祖守關門一念還爲李耳孫香火舊緣何日盡丹青餘習至今存五十之年初過二衰顏記我今如此他時

要指集賢人知是香山老居士

次韻米黻二王書跋尾二首

三館曝書防蠹毀得見來禽與青李秋虵春蚓久相雜野鶩家雞定誰美玉函金籥上天來紫衣敕使親臨啓紛綸過眼未易識磊落挂壁空雲委歸來妙意獨追求坐想蓬山二十秋怪君何處得此本上有桓玄寒具油巧偷豪奪古來有一笑誰似癡虎頭君不見長安永寧里王家破垣誰復修前八句敘曾在三館見二王真蹟後八句羨米得此本

元章作書日千紙平生自苦誰與美畫地爲餅未必似要令癡兒出饞水錦囊玉軸來無趾粲然奪真疑聖智忍飢看書淚如洗至今魯公餘乞米

九月十五日邇英講論語終篇賜執政講讀史官燕於東宮又遣中使就賜御書詩各一首

臣軾得紫薇花絶句其詞云絲綸閣下文章静鐘鼓樓中刻漏長獨坐黄昏誰是伴紫薇花對紫薇郎翌日各以表謝又進詩一篇臣

軾詩云

繡裳畫衮雲垂地不作成王翦桐戲日高黄繖下西清風動槐龍舞交翠（公自注邇英閣前有雙槐樛然屬地如龍形）壁中蠹簡今千年漆書科斗光射天諸儒不復憂吻燥東宮賜酒如流泉酒酣復拜千金賜一紙驚鸞回鳳字蒼顔白髮便生光袖有驪珠三十四（公自注臣所賜書竝題目及臣姓名凡三十四字）歸來車馬已喧閴爭看銀鉤墨色鮮人間一日傳萬口喜見雲章第一篇（公自注上前此未嘗以御書賜羣臣）玉堂晝掩文書静鈴索不搖鐘漏永莫言弄筆數行書須信時平由主聖犬羊散盡沙漠空捷書夜到甘泉宮似聞指揮築上郡已覺談笑無西戎（公自注時熙河新獲鬼章是日

涇原復奏夏賊
數十萬人遁去
文思天子師文母終閉玉關辭馬武

小臣頤對紫薇花試草尺書招贊普
公自注按唐制
翰林學士帶知
制誥許綴中書舍人班今臣以知制
誥待罪禁林故得以紫薇爲故事

送喬仝寄賀君六首
並序○送喬仝七古一首
寄賀亢絕句五首因題與
序並同故附
錄於七古中

舊聞靖長官賀水部皆唐末五代人得道不死章聖皇帝東封有謁於道左者其謁云晉水部員外郎賀亢再拜而去上不知也已而閱謁見之大驚物色求之不可得天聖初又使其弟子喻澄者詣闕進佛道像直數千萬張公安道與澄遊具得其事又有喬仝者少得大風疾幾死賀使學道今年八十益壯盛人無復見賀者而仝數見之元祐二年十二月仝來京師十許日予留之不可曰賀以上

元期我於蒙山又曰吾師嘗游密州識君於常山道上意若喜君者作是詩以送之且作五絶句以寄賀

君年二十美且都初得惡疾墮眉須紅顏白髮驚妻孥覽鏡自嫌欲棄軀結茅窮山啖松腴路逢逃秦博士盧方瞳照野清而癯再拜未起煩一呼覺知此身了非吾炯然蓮花出泥塗隨師東游渡濰邾山頭見我兩輪朱豈知仙人混屠沽爾來八十胸垂胡上山如飛嗔人扶東歸有約不敢渝新年當參老仙儒秋風西來下雙鳧得棗如瓜分我無

生長兵閒蚤脫身晚爲元祐太平人不驚渤澥桑田變來看龜蒙漏澤春

曾謁東封玉輅塵幅巾短褐亦逡巡行宮夜奏空名姓悵望雲霞縹緲人

垂老區區豈爲身微言一發重千鈞始知不見高皇帝正似商山四老人

舊聞父老晉郎官已作飛騰變化看聞道東蒙有居處願供薪水看燒丹

千古風流賀季真最憐嗜酒謫仙人狂吟醉舞知無益粟飯藜羹問養神

次韻黃魯直畫馬試院中作

少年鞍馬勤遠行臥聞齕草風雨聲見此忽思短策橫十年髀肉磨欲透那更陪君作詩瘦不如芋魁歸飯豆門前欲嘶御史驄詔恩三日休老翁羨君懷中雙橘紅

余與李廌方叔相知久矣領貢舉事而李不得第愧甚作詩送之

與君相從非一日筆勢翩翩疑可識平生謾說古戰

塲過眼終迷日五色我懟不出君大笑行止皆天子何責青袍白紵五千人知子無怨亦無德買羊沽酒謝玉川爲我醉倒春風前歸家但草淩雲賦我相夫子非臞仙

和王晉卿送梅花次韻

東坡先生未歸時自種來禽與青李五年不踏江頭路夢逐東風泛蘋芷江梅山杏爲誰容獨笑依依臨野水此閒風物君未識花浪翻天雪相激明年我復在江湖知君對花三歎息

慶源宣義王丈以累舉得官爲洪雅主簿雅州戸掾遇吏民如家人人安樂之既謝事居眉之青神瑞草橋放懷自得有書來求紅帶既以遺之且作詩爲戲請黄魯直秦少游各爲賦一首爲老人光華

青衫半作霜葉枯遇民如兒吏如奴吏民莫作官長看我是識字耕田夫妻嘑兒號刺史怒時有野人來挽須拂衣自注下下考芋魁飯豆吾豈無歸來瑞草橋邊路獨游還佩平生壺慈姥巖前自喚渡青衣江畔人爭扶今年蠶市數州集中有遺民懷袴襦邑中之黔相指似白髯紅帶老不癯我欲西歸卜鄰舍隔牆拊掌容歌呼不學山王乘駟馬回頭空指黃公壚

次前韻送程六表弟

君家兄弟真連璧門十朱輪家萬石竹使猶分刺史符尚方行賜尚書舄前年持節發倉廩到處賣刀收繭栗歸來閉口不論功卻走渡江誰復惜君才不用如澗松我老得全猶社櫟青衫莫厭百僚底白首上有千薪積憶昔江湖一釣舟無數雲山供點筆未應偏障西風扇只恐先移北山檄憑君寄謝江南叟念

我空見長安日浮江泝蜀有成言。江水在此吾不食。

戲書李伯時畫御馬好頭赤

山西戰馬飢無肉夜嚼長稭如嚼竹駞閒三丈是徐

行不信天山有坑谷豈如廄馬好頭赤立仗歸來臥

斜日莫教優孟卜葬地厚衣薪槱入銅歷

送蹇道士歸廬山

物之有知蓋恃息孰居無事使出入心無天游室不

空六鑿相攘婦爭席法師逃人入廬山山中無人自

往還往者一空還者失此身正在無還閒綿綿不絕

微風裏內外丹成一彈指人閒俯仰三千秋騎鶴歸

來與子游

木山竝引

吾先君子嘗蓄木山三峯且爲之記與詩詩

人梅二丈聖俞見而賦之今三十年矣而猶

子千乘又得五峯益奇因次聖俞韻使並刻

之其側

木生不願回萬牛願終天年仆沙洲時來幸逢河伯秋掀然見怪推不流蓬婆雪嶺巧彫鏤蟄蟲行蟻爲豪酋阿咸大膽忽持去河伯好事不汝尤城中古沼浸坤軸一林瘦竹吾菟裘二頃良田不難買三年枯木行可樵會將白髮對蒼巘魯人不厭東家邱

書王定國所藏煙江疊嶂圖公自注王晉卿畫

江上愁心千疊山浮空積翠如雲煙山邪雲邪遠莫知煙空雲散山依然但見兩崖蒼蒼暗絕谷中有百道飛來泉縈林絡石隱復見下赴谷口爲奔川川平山開林麓斷小橋野店依山前行人稍度喬木外漁舟一葉江吞天使君何從得此本點綴毫末分清妍不知人閒何處有此境徑欲往買二頃田君不見武

昌樊口幽絕處東坡先生留五年春風搖江天漠漠暮雲卷雨山娟娟丹楓翻鴉伴水宿長松落雪驚醉眠桃花流水在人世武陵豈必皆神仙江山清空我塵土雖有去路尋無緣還君此畫三歎息山中故人應有招我歸來篇前十二句狀畫中勝境使君四句點明題目君不見十二句言樊口勝境亦不減於圖中之景

與隆節侍宴前一日微雪與子由同訪王定國小飲清虛堂定國出數詩皆佳而五言尤奇子由又言昔與孫巨源同王定國感念存沒悲歎久之夜歸稍醒各賦一篇明日朝中以示定國也

天風淅淅飛玉沙詔恩歸沐休早衙遙知清虛堂裏雪正似薝蔔林中花出門自笑無所詣呼酒持勸惟君家踏冰凌兢戰疲馬扣門剝啄驚寒鴉羨君五字

入詩律欲與六出爭天葩頭風已倩檄手愈背癢卻得仙爪爬銀鉼瀉油浮螘酒紫盌鋪粟盤龍茶幅巾起作鸜鵒舞疊鼓誰摻漁陽撾九衢燈火雜夢寐十年聚散空咨嗟明朝握手殿門外共看銀闕曒晨霞

王晉卿作煙江疊嶂圖僕賦詩十四韻晉卿和之語特奇麗因復次韻不獨紀其詩畫之美亦為道其出處契闊之故而終之以不忘在莒之戒亦朋友忠愛之義也

山中舉頭望日邊長安不見空雲煙歸來長安望山上時移事改應潸然管絃去盡賓客散惟有馬埒編金泉渥洼故自千里足要飽風雪輕山川屈居華屋啗棗脯十年俯仰龍旂前卻因瘦病出奇骨鹽車之厄寗非天風流文采磨不盡水墨自與詩爭妍畫山何必山中人田歌自古非知田鄭虔三絕君有二筆

勢挽回三百年欲將巖谷亂窈窕眉峯修嫮誇連娟人間何有春一夢此身將老蠶三眠山中幽絶不可久要作平地家居仙能令水石長在眼非君好我當誰緣願君終不忘在莒樂時更賦囚山篇公自注柳子厚有囚山賦

東川清絲寄魯冀州戲贈

鵝谿清絲清如冰上有千歲交枝藤藤生谷底飽風雪歲晚忽作龍蛇升嗟我雖爲老侍從骨寒只受布與繒牀頭錦衾未還客坐覺芒刺在背膺豈如鬚卿晚乃貴福祿正似川方增醉中倒著紫綺裘下有半臂出縹綾封題不敢妄裁翦刀尺自有佳人能遙知千騎出清曉積雪未放浮塵興白須紅帶柳絲下老弱空巷人相登但放奇紋出領袖吾鬚雖老無人憎

寄蔡子華蔡子華名褒眉之清神人成都帖有詩敘云王十六秀才將歸蜀云子華

宣德蔡丈見託求詩夢中爲作四句覺而成之以寄子華仍請以示楊君素王慶源二老人元祐五年二月七日

故人送我東來時。手栽荔子待君歸。荔子已丹吾髮白。猶作江南未歸客。江南春盡水如天。腸斷西湖春水船。想見青衣江畔路。白魚紫筍不論錢。霜鬚二老如霜檜。舊交零落今誰輩。莫從唐舉問封侯。但遣麻姑更爬背。

介亭餞楊傑次公

籃輿西出登山門嘉與我友尋仙村丹青明滅風篁嶺環珮空響桃花源（公自注郡人謂介亭山下爲桃源路）前朝欲上已蠟屐黑雲白雨如傾盆今晨積霧卷千里豈畏觸熱生病根在家頭陀無爲子久與青山爲弟昆孤峯盡處亦何有西湖鏡天江抹坤臨高揮手謝好住清風萬壑傳其言風回響答君聽取我亦到處隨君軒

安州老人食蜜歌

公自注贈僧仲殊施注僧仲殊安州人居錢塘爲詩敏捷立成而工妙絕人遠甚殊辟穀常啖蜜陸務觀云族伯父彥遠言少時識仲殊長老東坡爲作安州老人食蜜歌者一日與數客過之所食皆蜜也豆腐麵筋牛乳之類皆漬蜜食之客多不能下箸惟東坡性亦酷嗜蜜能與之共飽崇甯中忽上堂辭衆是夕閉方丈門自縊死及火舍利五色不可勝計鄒忠公爲作詩云逆行天莫測雉作瀆中經漚滅風前質蓮開火後形鉢盂殘蜜白爐篆冷煙青空有誰家曲人間得細聽彥遠又云殊少爲士人遊蕩不羈爲妻投毒羹胾中幾死啖蜜而解醫云復食肉則毒發不可療遂棄家爲浮屠鄒公所謂誰家曲者謂其雅工於樂府詞猶有不羈餘習也

安州老人心似鐵老人心肝小兒舌不食五穀惟食蜜笑指蜜蜂作檀越蜜中有詩人不知千花百草爭含姿老人咀嚼時一吐還引世間癡小兒小兒得詩如得蜜蜜中有藥治百疾正當狂走捉風時一笑看詩百憂失東坡先生取人廉幾人相歡幾人嫌恰似飲茶甘苦雜不如食蜜中邊甜因君寄與雙龍餅鏡

空一照雙龍影三吳六月水如湯老人心似雙龍井

送張嘉州

少年不願萬戶侯亦不願識韓荊州頗願身爲漢嘉守載酒時作淩雲游虛名無用今白首夢中卻到龍泓口浮雲軒冕何足言惟有江山難入手峨眉山月半輪秋影入平羌江水流謫仙此語誰解道請看見月時登樓笑談萬事眞何有一時付與東巖酒公自注佛峽入家自酒舊有名歸來還受一大錢好意莫違黃髮叟

送江公著知吉州

三吳行盡千山水猶道桐廬更清美豈惟濁世隱狂奴時平亦出佳公子初冠惠文讀城旦晚入奉常陪劍履方將華省起彈冠忽憶釣臺歸洗耳未應良木棄大匠要使名駒試千里奉親官舍當有擇得郡江南差可喜白粲連檣一萬艘紅妝執樂三千指簿書

期會得餘閑亦念人生行樂耳公自注二耳義不同故得重用

與葉淳老侯敦夫張秉道同相視新河秉道有詩次韻二首一注浙江潮自海門東來勢如雷霆而浮山峙於江中與魚浦諸山犬牙相錯洄洑激射歲敗公私船不可勝計前知信州侯臨葬親杭之南蕩往來相視地形反復講求建議自浙江上流地名石門幷山而東鑿爲運河引浙江及谿谷諸水二十二里以達於江又幷江爲岸凡八里以達於龍山之大慈浦自浦北折抵小嶺鑿嶺六十五丈以達於古河浚古河四里以達龍山運河以避浮山之嶮人皆以爲便時公於與前轉運使葉溫叟轉運判官張璹同往按視如臨言遂奏疏以聞乞令三省看詳支賜錢物委臨監督而公以是月召還役竟不成先是杭之西湖水涸草生漸成葑田公取葑積之湖中爲長堤以通南北杭人名爲蘇公堤故云我鑿西湖還舊觀一眼已盡西南碧勸農使者非常人謂溫叟上饒使君更超軼謂臨也淳老溫叟字敦夫臨字張秉道乃吳興六客之一時客於杭

君不見元帥府前羅萬戟濤頭未順千弩射至今鳳凰山下路長借一箭開兩翼我鑿西湖還舊觀一眼

已盡西南碧又將回奪浮山嶮千艘夜下無南北坐
陳三策本人謀惟留一諾待我畫老病思歸真暫寓
功名如幻終何得從來自笑畫蛇足此事何殊食雞
肋憐君嗜好更迂闊得我新詩喜折屐江湖麤了我
竟歸餘事後來當潤色一菴閑臥洞霄宮井有丹砂
水長赤
荆溪父老愁三害下斬長蛟本無賴平生倔强韓退
之文字猶爲鰐魚戒石門之役萬金耳首鼠不爲吾
已隘江湖閑塞古有數兩鵲飛來告成壞勸農使者
非常人一言已破黎民駭上饒使君更超軼坐覰浮
山如累塊鬚張乃我結轖生詩酒淋漓出狂怪我作
水衡生作丞他日歸朝同此拜

椶筍 并引

椶筍狀如魚剖之得魚子味如苦筍而加甘

芳蜀人以饌佛僧甚貴之而南方不知也筍
生膚毳中蓋花之方孕者正二月間可剝取
過此苦澀不可食矣取之無害於木而宜於
飲食法當蒸熟所施略與筍同蜜煮酢浸可
致千里外今以餉殊長老

贈君木魚三百尾中有鵝黃子魚子夜叉剖癭欲分
甘籜龍藏頭敢言美願隨蔬果得自用勿使山林空
老死問君何事食木魚烹不能鳴固其理

次韻曹子方運判雪中同遊西湖

詞源灩灩波頭展清唱一聲巖谷滿未容雪積句先
高豈獨湖開心自遠雲山已作歌眉淺山下碧流清
似眼尊前侑酒只新詩何異書魚餐蠹簡

西湖秋涸東池魚窘甚因會客呼網師遷之西
池爲一笑之樂夜歸被酒不能寐戲作放魚

一首

東池浮萍半黏塊裂碧跳青出魚背西池秋水尚涵空舞闊搖深吹荇帶吾僚有意爲遷居老守縱饞那忍膾縱橫爭看銀刀出瀺灂初驚玉花碎但愁數罟損鱗鬣未信長堤隔濤瀨濊濊發發須臾間圉圉洋洋尋丈外安知中無蛟龍種尚恐或有風雲會明年春水漲西湖好去相忘渺淮海

復次放魚韻答趙承議陳教授

㨗㨗萬生同一塊槍榆不羨培風背青邱已吞雲夢芥黃河復繞天門帶長譏韓子隘且陋一飽鯨魚何足膾東坡也是可憐人披抉泥沙收細碎逝將歸倦休一作與造物遊數外且將新句調二子湖上秋高風月會八節灘又欲往釣七里瀨正似此魚逃網中未爲君更唤木腸兒腳扣兩舷歌小海

六觀堂老人草書 公自注六觀取金剛經夢幻等六物也老人僧了性精於醫而善草書下筆有遠韻而人莫知貴故作此詩

物生有象象乃滋夢幻無根成斯須方其夢時了非無泡影一失俯仰殊清露未晞電已徂此滅滅盡乃真吾云如死灰實不枯逢場作戲三昧俱化身爲醫忘其軀草書非學聊自娛落筆已喚周越奴蒼鼠奮髯飲松腴剡藤玉板開雪膚遊龍天飛外人呼莫作羞澀羊氏姝

聚星堂雪 并引

元祐六年十一月一日禱雨張龍公得小雪與客會飲聚星堂忽憶歐陽文忠公作守時雪中約客賦詩禁體物語於艱難中特出奇麗爾來四十餘年莫有繼者僕以老門生繼公後雖不足追配先生而賓客之美殆不減

當時公之二子又適在郡故輒舉前令各賦
一篇
窗前暗響鳴枯葉龍公試手行初雪映空先集疑有無作態斜飛正愁絕衆賓起舞風竹亂老守先醉霜松折恨無翠袖點橫斜祇有微燈照明滅歸來尚喜更鼓暗晨起不待鈴索掣未嫌長夜作衣稜卻怕初陽生眼纈欲浮大白追餘賞幸有回飆驚落屑模糊檜頂獨多時歷亂瓦溝裁一瞥汝南先賢有故事醉翁詩話誰續說當時號令君聽取白戰不許持寸鐵

喜劉景文至

天明小兒更傳呼髯劉已到城南隅尺書真是髯手迹起坐慰眼知有無今人不作古人事今世有此古丈夫我聞其來喜欲舞病自能起不用扶江淮旱久塵土惡朝來清雨濯鬢鬚相看握手兩無事千里一

笑無乃迂平生所樂在吳會老死欲葬杭與蘇過江西來二百日冷落山水愁吳姝新堤舊井各無恙參寥六一豈念吾別後新詩巧摹寫袖中知有錢塘湖前十二句喜劉至後八句念蘇杭舊遊以劉自杭來也

送歐陽季默赴闕

先生豈止一懷祖郎君不減王文度膝上幾日今白須令我眼中見此父汝南相從三晦朔君去苦早我來暮霜風淒緊正脫木潁水清淺可立鷺莫辭白酒瀉香泉已覺扁舟掠新渡坐看士衡執別手更遣夢得出奇句郎君可是筦庫人乃使騄驥隨蹇步置之行矣無足道賢愚豈在遇不遇

用前韻作雪詩留景文

萬松嶺上黃千葉載酒年年踏松雪劉郎去後誰復來花下有人心斷絕東齋夜坐搜雪句兩手龜坼霜

須折無情豈亦畏嘲弄穿簾入戶吹燈滅紛紛兒女爭所似碧海長鯨君未掣朝來雲漢接天流顧我小詩如點綴歐陽趙陳在戶外急掃中庭鋪木屑交遊雖似雪柏堅聚散行作風花瞥晴光融作一尺泥歸有何事真無說泥乾路穩放君去莫倚馬蹏如踏鐵

次前韻送劉景文

白雲在天不可呼明月豈肯留庭隅怪君西行八百里清坐十日一事無路人不識呼尚書但見凜凜雄千夫（公自注君一馬兩僕率然相訪逆旅多呼尚書意謂君都頭也）豈知入骨愛詩酒醉倒正欲蛾眉扶一篇向人寫肝肺四海知我霜鬢須（公自注君前有詩見寄云四海共知霜鬢滿重陽曾插菊花無）歐陽趙陳皆我有豈謂夫子駕復迂邇來又見三黜柳共此暖熱餐氊蘇酒肴酸薄紅粉暗祇有頻水清而姝一朝寂寞風雨散對影誰念月與吾（公自注郡中日與歐陽叔弼趙景貺陳履常相從而）

景文復至不數日柳戒之亦見過賓客之盛頃所未有然又數日叔弼景文戒之皆去矣何時歸帆泝江水春酒一變甘棠湖公自注景文近卜居九江近甘棠湖

蠟梅一首贈趙景貺

天工點酥作梅花此有蠟梅禪老家蜜蜂採花作黃蠟取蠟爲花亦其物天工變化誰得知我亦兒嬉作小詩君不見萬松嶺上黃千葉玉蘂檀心兩奇絕醉中不覺渡千山夜聞梅香失醉眠歸來却夢尋花去夢裏花仙覓奇句此閒風物屬詩人我老不飲當付君君行適吳我適越笑指西湖作衣鉢

閻立本職貢圖

正觀之德表萬邦浩如滄海呑河江音容傖獰服奇龎橫絕嶺海逾濤瀧珍禽瑰產爭牽扛名王解辮却蓋幢粉本遺墨開明窗我喟而作心未降魏徵封倫恨不雙

次韻王滁州見寄

斯人何似似春雨歌舞農夫怨行路君看永叔與元之坎軻一生遭口語兩翁當年鬢未絲玉堂揮翰手如飛教得滁人解吟詠至今里巷嘲輕肥君家聯翩盡卿相獨來坐歗谿山上笑指浮利一雞肋多取清名幾熊掌丈夫自重貴難售兩翁今與青山久後來太守更風流要伴前人作詩瘦我倦承明苦求出到處遺蹤尋六一憑君試與問琅邪許我來游莫難色

次韻徐仲車

惡衣惡食詩愈好恰是霜松囀春鳥蒼蠅莫亂遠雞聲世上誰知一作如公覺早八年看我走三州公自注元豐八年予赴登州元祐四年赴杭州今赴揚州皆見仲車月自當空水自流人閒擾擾真蠛蠓應笑人呼作鬬牛

在潁州與德麟同治西湖未成改揚州三月十

六日湖成德麟有詩見懷次其韻

太山秋毫兩無窮鉅細本出相形中大千起滅一塵裏未覺杭潁誰雌雄（公自注來詩云與杭爭雄）我在錢塘拓湖淥大堤士女爭昌丰六橋橫絕天漢上北山始與南屏通忽驚二十五萬丈老葑席卷蒼雲空揭來潁尾弄秋色一水縈帶昭靈宮坐思吳越不可到借君月斧修朣朧二十四橋亦何有換此十頃玻璃風雷塘水乾禾黍滿寶釵耕出餘鸞龍明年詩客來弔古伴我霜夜號秋蟲（公自注德麟見約來揚寄居亦有意求揚倅○首四句辨杭潁之雌雄我在六句敘在杭修堤揭來四句敘在潁治湖末六句敘現官揚州）

再次韻德麟新開西湖

使君不用山鞠窮飢民自逃泥水中欲將百瀆起凶歲（公自注予以潁人苦飢奏乞留黃河夫萬人修境內溝洫詔許之因以餘力浚治此河）免使甌石愁揚雄西湖雖小亦西子縈流作態清而丰千

夫餘力起三閘焦陂下與長淮通十年憔悴塵土窟
清瀾一洗嗁痕空王孫本自有仙骨平生宿衛明光
宮一行作吏人不識正似雲月初朦朧時臨此水照
冰雪莫遣白髮生秋風定須卻致兩黃鵠新與上帝
開濯龍湖成君歸侍帝側燈花已綴釵頭蟲

次韻鼂無咎學士相迎

少年獨識鼂新城閉門卻埽卷旆旌胸中自有談天
口坐卻秦軍發墨守有子不爲謀置錐虹霓吞吐忘
寒飢端如太史牛馬走嚴徐不敢連尻脽裘回未用
疑相待枉尺知君有家戒避人聊復去瀛洲伴我真
能老淮海夢中仇池千仞巖便欲攬我青霞幨且須
還家與婦計我本歸路連西南老人飲酒無人佐獨
看紅藥傾白墮每到平山憶醉翁懸知他日君思我
路傍小兒笑相逢齊歌萬事轉頭空賴有風流賢別

駕猶堪十里卷春風

聞林夫當徙靈隱寺寓居戲作靈隱前一首

靈隱前天竺後兩澗春淙一靈鷲不知水從何處來跳波赴壑如奔雷無情有意兩莫測肯向冷泉亭下相縈回我在錢塘六百日山中暫來不暖席今君欲作靈隱居葛衣草屨隨僧蔬能與冷泉作主一百日不用二十四考書中書

送鼂美叔發運右司年兄赴闕

我年二十無朋儔當時四海一子由君來扣門如有求頎然鶴骨清而修醉翁遣我從子游翁如退之蹈軻邱尚欲放子出一頭公自注嘉祐初與子由寓興國浴室美叔忽見訪云吾從歐陽公遊久矣公令我來與子定交謂子必名世老夫亦須放他出一頭地按子由志先生墓亦云酒醒夢斷四十秋病鶴不病骨愈虬惟有我顏老可羞醉翁賓客散九州幾人白髮還相收我如懷祖拙自

謀正作尚書已過優君求會稽實良籌往看萬壑爭
交流公自注美叔方乞越

送程德林赴真州

君爲縣令元豐中吏貪功利以病農君欲言之路無
從移書諫臣以自通公自注諫臣蹇受之也元豐天子爲改容
我時匹馬江西東問之逆旅言頗同老人愛君如劉
寵小兒敬君如魯恭爾來明目達四聰收拾騏駿冀
北空君爲赤令有古風政聲直入明光宮天廄如海
養羣龍並收其子豈不公公自注君之子祁舉制策文學行義爲時所稱白
沙何必煩此翁

召還至都門先寄子由

老身倦馬河堤永踏盡黃榆綠槐影荒雞號月未三
更客夢還家時一頃歸老江湖無歲月未塡溝壑猶
朝請黃門殿中春事罷詔許來迎先出省已飛青蓋

在河梁定餉黃封兼賜茗遠來無物可相贈一味豐年說淮潁

近以月石硯屏獻子功中書公復以涵星硯獻純父侍講子功有詩純父未也復以月石風林屏贈之謹和子功詩竝求純父數句

紫潭出玄雲翳我潭中星獨有潭上月倒挂紫翠屏我老不看書默坐養此昏花睛時時一開眼見此雲月眼自明久知世界一泡影大小真僞何足評笑彼三子歐梅蘇無事自作雪羽爭公自注事見三人詩集故將屏硯送兩范要使珠璧棲窗櫺大范忽長謠語出月脇令人驚施注月脇用皇甫湜語若穿天心出月脇語小范當繼之說破星心如雞鳴施注孟郊聞雞詩似開孤月口能說落星心牀頭復一月下有風林橫急送小范家護此涵心泓願從少陵博一句山木盡與洪濤傾

次韻范純父涵心硯月石風林屏詩

月次於房歷三星斗牛不神箕獨靈簸搖桑榆盡西靡影落蘇子硯與屏天工與我兩厭事孰居無事爲此形與君持槖待帷幄同到温室觀堯蓂自憐太史牛馬走伎等卜祝均倡伶欲留衣冠挂神武便擊雲水歸南溟陶泓不稱管城沐醉石可助平泉醒故持二物與夫子欲使妙質留天庭但令滋液到枯槁勿遣光景生晦冥上書挂名豈待我獨立自可當雷霆我時醉眠風林下夜與漁火同青熒撫物懷人應獨歎作詩寄子誰當聽

次韻吳傳正枯木歌 施注吳傳正名安詩父克相神宗傳正元祐中爲右司諫與劉器之同攻蔡確竄荒服還左史攝西掖坐草蘇黄門知汝州詞溢美罷去後爲子累編置湘中詩中有龍眠居士本詩人指李伯時也

天工水墨自奇絕瘦竹枯松寫殘月夢回疏影在東

窗驚怪霜枝連夜發生成變壞一彈指乃知造物初無物古來畫師非俗士妙想實與詩同出龍眠居士本詩人能使龍池飛霹靂君雖不作丹青手詩眼亦自工識拔龍眠胸中有千駟不獨畫肉兼畫骨但當與作少陵詩或自與君拈禿筆東南山水相招呼萬象入我摩尼珠盡將書畫散朋友獨與長鋏歸來乎

書晁說之考牧圖後

我昔在田間但知羊與牛川平牛背穩如駕百斛舟舟行無人岸自移我臥讀書牛不知前有百尾羊聽我鞭聲如鼓鼙我鞭不妄發視其後者而鞭之澤中草木長草長病牛羊尋山跨坑谷騰趠筋骨强烟簑雨笠長林下老去而今空見畫世間馬耳射東風悔不長作多牛翁

書丹元子所示李太白真

天人幾何同一漚謫仙非謫乃其游麾斥八極隘九州化爲兩鳥鳴相酬一鳴一止三千秋開元有道爲少留縻之不可矧肯求西望太白橫峨岷眼高四海空無人大兒汾陽中令君小兒天台坐忘身平生不識高將軍手汚吾足乃敢瞋作詩一笑君應聞

雪浪石

太行西來萬馬屯勢與岱嶽爭雄尊飛狐上黨天下脊半掩落日先黃昏削成山東二百郡氣壓代北三家村千峯石卷矗牙帳崩崖鑿斷開土門揭來城下作飛石一礮驚落天驕魂承平百年烽燧冷此物僵臥枯榆根畫師爭摹雪浪勢天工不見雷斧痕離堆四面繞江水坐無蜀士誰與論老翁兒戲作飛雨把酒坐看珠跳盆此身自幻孰非夢故國山水聊心存

石芝幷引

予嘗夢食石芝作詩記之今乃真得石芝於
海上子由和前詩見寄予頃在京師有鑿井
得如小兒手以獻者臂指皆具膚理若生予
聞之隱者此肉芝也與子由烹而食之追記
其事復次前韻
土中一掌嬰兒新爪指良是肌骨勻見之怖走誰敢
食天賜我爾不及賓旌陽遠遊同一許長史玉斧皆
門戶我家韋布三百年祇有陰功不知數跪陳八簋
加六瑚化人視之真塊蘇肉芝烹熟石芝老笑唾熊
掌嚬雕胡老蠶作繭何時脫夢想至人空激烈古來
大藥亦可求真契當如磁石鐵
鶴歎
園中有鶴馴可呼我欲呼之立坐隅鶴有難色側睨
予豈欲臆對如鵩乎我生如寄良畸孤三尺長脛閣

瘦軀俛啄少許便有餘何至以身爲子娛驅之上堂立斯須投以餅餌視若無覓然長鳴乃下趨難進易退我不如

送曾仲錫通判如京師

邊城歲暮多風雪強壓春醪與君別玉帳夜談霜月苦鐵騎曉出冰河裂斷蓬飛葉卷黃沙祗有千林髼鬆花應爲王孫朝上國珠幢玉節與排衙左援公孝右孟博我居其閒嘯且諾僕夫爲我催歸來要與北海春水爭先回

次韻子由清汶老龍珠丹

天公不解防癡龍玉函寶方出龍宮雷霆下索無處避逃入先生衣袂中先生不作金椎袖玩世徜徉隱屠酒夜光明月空自投一鍛何勞緯蕭手黃門寡好心易足荊棘不生梨棗熟玄珠白璧兩無求無脛金

丹來入腹區區分別笑樂天那知空門不是仙

次韻子由書清汶老所傳秦湘二女圖

春風消冰失瑤玉我本無身安有觸羊生得婦如得
風握手一笑未爲辱先生室中無天遊佩環何處鳴
風甌隨魔未必皆魔女但與分燈遣歸去胡爲寫真
傳世人更要維摩一轉語丹元茅茨祇三間太極老
人時往還點檢凡心早除拂方平神鞭常使物

子由生日以檀香觀音像及新合印香銀篆槃

爲壽一首

旃檀婆律海外芬西山老臍柏所薰香螺脫𪏆來相
羣能結縹緲風中雲一燈如螢起微焚何時度盡繆
篆紋繚繞無窮合復分緜緜浮空散氤氳東坡持是
壽卯君君少與我師皇墳旁資老聃釋迦文共厄中
年點蠅蚊晚遇斯須何足云君方論道承華勛我亦

旗鼓嚴中軍國恩未報敢不勤但願不為世所醺爾來白髮不可耘問君何時返鄉枌收拾散士理放紛此心實與香俱焄聞思大士應已聞

子由新修汝州龍興寺吳畫壁 施注韻語陽秋汝州龍興寺吳道子畫兩壁一壁作維摩示疾文殊來問天女散花一壁作太子游四門釋迦降魔筆法奇絕子由曾施百縑

丹青久衰工不藝人物尤難到今世每摹市井作公卿畫手懸知是徒隸吳生已與不傳死那復典刑留近歲人閒幾處變西方盡作波濤翻海勢細觀手面分轉側妙算毫釐得天契始知真放本精微不比狂花生客慧似聞遺墨留汝海古壁蝸涎可垂涕力指金帛扶棟宇錯落浮雲卷新霽使君坐歎清夢餘幾疊衣紋數衿袂他年弔古知有人姓名聊記東坡弟

六月七日泊金陵阻風得鍾山泉公書寄詩為

謝
今日江頭天色惡礮車雲起風欲作獨望鍾山喚寶公林間白塔如孤鶴寶公骨冷喚不聞卻有老泉來喚人電眸虎齒霹靂舌爲予吹散千峯雲南行萬里亦何事一酌曹溪知水味他年若畫蔣山圖仍作泉公喚居士

江西一首

江西山水真吾邦白沙翠竹石底江舟行十里磨九瀧篙聲犖确相舂撞醉臥欲醒聞淙淙真欲一口吸老龐何人得雋窺魚矼舉叉絕叫尺鯉雙

秧馬歌并引

過廬陵見宣德郎致仕曾君安止出所作禾譜文既温雅事亦詳實惜其有所缺不譜農器也予昔遊武昌見農夫皆騎秧馬以榆棗

爲腹欲其滑以楸桐爲背欲其輕腹如小舟
昂其首尾背如覆瓦以便兩髀雀躍於泥中
繫束藁其首以縛秧日行千畦較之傴僂而
作者勞佚相絕矣史記禹乘四載泥行乘橇
解者曰橇形如箕擿行泥上豈秧馬之類乎
作秧馬歌一首附於禾譜之末云

春雲濛濛雨淒淒春秧欲老翠剡齊嗟我婦子行水
泥朝分一壠暮千畦腰如箜篌首啄雞筋煩骨殆聲
酸嘶我有桐馬手自提頭尻軒昂腹脇低背如覆瓦
去角圭以我兩足爲四蹄聳踊滑汰如鳧鷖纖纖束
藁亦可齎何用繁纓與月題卻從畦東走畦西山城
欲閉聞鼓鼙忽作的盧躍檀溪歸來挂壁從高棲了
無芻秣飢不嗁少壯騎汝逮老黧何曾蹶軼防顛隮
一作擠 錦韉公子朝金閨笑我一生蹋牛犂不如自有

木駃騠

月華寺公自注寺鄰岑水場施者皆坑戶也百年間蓋三焚矣

天公胡爲不自憐結土融石爲銅山萬人採斲富媪泣祇有金帛資豪姦脫身獻佛意可料一瓦坐待千金還月華三火豈天意至今茇舍依榛菅僧言此地本龍象興廢反掌曾何艱高巖夜吐金碧氣曉得異石青斕斑坑流窟發錢湧地莫施百鎰朝千鍰此山出寶以自賊地脈已斷天應慳我願銅山化南畝爛漫黍麥蘇惸鰥道人修道要底物破鐺煑飯茆三間

游羅浮山一首示兒子過

人間有此白玉京羅浮見日雞一鳴公自注劉夢得有詩記羅浮夜半見日事山不甚高而夜見日此可異也南樓未必齊日觀鬱儀自欲朝朱明公自注山有二石樓今延祥寺在南樓下朱明洞在沖虛觀後云是蓬萊第七洞天東坡之師抱朴老真契久已交前生玉堂金馬久流落寸

田尺宅今誰耕道華亦嘗啖一棗公自注唐永樂道士侯道華竊食鄧天師藥仙去永樂有無核棗人不可得道華獨得之予在岐下亦嘗得食一枚契虛正欲仇三彭公自注唐僧契虛遇人導游稚川仙府真人問曰汝絕三彭之仇乎契虛不能答鐵橋石柱連空橫公自注山有鐵橋石柱人罕至者杖藜欲趁飛猱輕雲谿夜逢瘏虎伏公自注山有啞虎巡山斗壇書出銅龍吟公自注沖虛觀後有朱真人朝斗壇近於壇上獲銅龍六銅魚一小兒少年有奇志中宵起坐存黃庭近者戲作淩雲賦筆勢彷彿離騷經負書從我盍歸去羣仙正草新宮銘汝應奴隸蔡少霞我亦季孟山玄卿公自注唐有夢書新宮銘者云紫陽真人山玄卿撰其略曰良常西麓原澤東泄新宮宏宏崇軒巘巘又有蔡少霞者夢人遺書碑略曰昔乘魚車今履瑞雲躅空仰塗綺輅輪囷其末題云五雲書閣吏蔡少霞書還須略報老同叔贏糧萬里辱初平公自注子由一字同叔

寓居合江樓

海上蔥曨氣佳哉二江合處朱樓開蓬萊方丈應不

遠肯爲蘇子浮江來江風初涼睡正美樓上啼鴉呼我起我今身世兩相違西流白日東流水樓中老人日清新天上豈有癡仙人三山咫尺不歸去一杯付與羅浮春公自注予家釀酒名羅浮春

十一月二十六日松風亭下梅花盛開按年譜先生以紹聖元年十月三日至惠州寓居嘉祐寺松風亭

春風嶺上淮南村昔年梅花曾斷魂公自注予昔赴黃州春風嶺上見梅花有兩絕句明年正月往岐亭道上賦詩云去年今日關山路細雨梅花正斷魂豈知流落復相見蠻風蜑雨愁黃昏長條半落荔枝浦臥樹獨秀桄榔園豈惟幽光留夜色直恐冷豔排冬溫松風亭下荊棘裏兩株玉蘂明朝暾海南仙雲嬌墮砌月下縞衣來扣門酒醒夢覺起繞樹妙意有在終無言先生獨飲勿歎息幸有落月窺清尊

再用前韻

羅浮山下梅花村玉雪爲骨冰爲魂紛紛初疑月挂樹耿耿獨與參橫昏先生索居江海上悄如病鶴栖荒園天香國豔肯相顧知我酒熟詩清溫蓬萊宮中花鳥使綠衣倒挂扶桑暾公自注嶺南珍禽有倒挂子綠衣紅喙如鸚鵡而小自海東來非塵埃中物也抱叢窺我方醉臥故遣啄木先敲門麻姑過君急掃灑鳥能歌舞花能言酒醒人散山寂寂惟有落蘂粘空樽

花落復次前韻

玉妃謫墮煙雨村先生作詩與招魂人間草木非我對奔月偶挂成幽昏暗香入戶尋短夢青子綴枝留小園披衣連夜喚客飲雪膚滿地聊相溫松明照坐愁不睡井花入腹清而暾先生來年六十化道眼已入不二門多情好事餘習氣惜花未忍都無言留連一物吾過矣笑領百罰空罍樽

追餞正輔表兄至博羅賦詩爲別

孤臣南游墮黃菅君亦何事來牧蠻艤舟蜑戶龍岡窟置酒椰葉桄榔間高談已笑衰語陋傑句尤覺清詩孱博羅小縣僧舍古我不忍去君忘還君應回望秦與楚夢涉漢水愁秦關我亦坐念高安客神游黃檗參洞山何時曠蕩洗瑕謫與君歸駕相追攀梨花寒食隔江路雨山遙對雙煙鬟歸耕不用一錢物惟要兩腳飛孱顏玉牀丹鏃記分我助我金鼎光爛斑

再用前韻

樂天雙鬢如霜菅始知謝遣素與蠻我兄綠髮蔚如故已了夢幻齊人閒蛾眉勸酒聊爾耳處仲太忍茂弘孱三杯徑醉便歸臥海上知復幾往還連娟六么趁蹋鞠杳眇三疊縈陽關酒醒夢斷何所有落花流水空青山忽驚鐃鼓發半夜明月不許幽人攀贈行

無物惟一語莫遣瘴霧侵雲鬟羅浮道人一傾蓋欲繫白日留君顏應知我是香案吏他年許綴蓬萊班

游博羅香積寺 並引

寺去縣七里三山犬牙夾道皆美田麥禾甚茂寺下谿水可作碓磨若築塘百步閘而落之可轉兩輪舉四杵也以屬縣令林抃使督成之

二年流落蠹魚鄉朝來喜見麥吐芒東風搖波舞淨綠初日泫露酣嬌黃汪汪春泥已沒膝剡剡秋穀初分秧誰言萬里出無友見此二美喜欲狂三山屏擁僧舍小一谿雷轉松陰涼要令水力供臼磨與相地脈增隄防霏霏落雪看收麪（麥也）隱隱疊鼓聞舂穅（禾也）散流一啜雲子白（禾也）炊裂十字瓊肌香（麥也）豈惟牢九薦古味（麥也公自注東皙餅賦饅頭薄持起搜牢九）要使真一流天漿（禾也）

詩成捧腹便絕倒書生說食真膏肓首六句敘麥禾之美誰言六句因見麥禾溪水而謀及白磨末八句豔說飽食麥禾之味

四月十一日初食荔支

南村諸楊北村盧公自注謂楊梅盧橘也白華青葉冬不枯垂黃綴紫煙雨裏特與荔支爲先驅海山仙人絳羅襦紅紗中單白玉膚不須更待妃子笑風骨自是傾城姝不知天公有意無遣此尤物生海隅雲山得伴松檜老霜雪自困樝梨麤先生洗盞酌桂醑冰盤薦此赬虬珠似聞江鰩斫玉柱更洗河豚烹腹腴公自注予嘗謂荔支厚味高格兩絕果中無比惟江鰩柱河豚魚近之耳我生涉世本爲口一官久已輕蓴鱸人間何者非夢幻南來萬里真良圖

荔支歎

十里一置飛塵灰五里一候兵火催顛坑仆谷相枕籍知是荔支龍眼來飛車跨山鶻橫海風枝露葉如

新採宮中美人一破顏驚塵濺血流千載永元荔支來交州天寶歲貢取之涪至今欲食林甫肉無人舉觴酹伯游（公自注漢永元中交州進荔支龍眼十里一置五里一候奔騰死亡罹猛獸毒蟲之害者無數唐羌字伯游爲林武長上書言狀和帝罷之唐天寶中蓋取涪州荔支自子午谷路進入）我願天公憐赤子莫生尤物爲瘡痏雨順風調百穀登民不飢寒爲上瑞君不見武夷溪邊粟粒芽前丁後蔡相寵加（公自注大小龍茶始於丁晉公成於蔡君謨歐陽永叔聞君謨進小龍團驚歎曰君謨士人也何至作此事）爭新買寵各出意今年鬬品充官茶（公自注今年閩中監司乞進鬬茶許之）吾君所乏豈此物致養口體何陋邪洛陽相君忠孝家可憐亦進姚黄花（公自注洛下貢花自錢惟演始○後八句因荔支而歎貢茶花之弊）

同正輔表兄游白水山

偉哉造物真豪縱攫土摶沙爲此弄擘開翠峽走雲雷截破奔流作潭洞因隨化人履巨迹得與仙兄躡

飛鞚曳杖不知巖谷深穿雲但覺衣裘重坐看鷩鳥
救霜葉知有老蛟蟠石甕金沙玉礫粲可數古鏡寶
匳寒不動念兄獨立與世疏絕境難到惟我共永辭
角上兩蠻觸一洗胸中九雲夢浮來山高回望失武
陵路絕無人送筠籃擷翠爪甲香素綆分碧銀絣凍
歸路霏霏湯谷暗野堂活活神泉湧解衣浴此無垢
人身輕可試雲閒鳳

次韻正輔同游白水山

祇知楚越爲天涯不知肝膽非一家此身如綫自縈
繞左旋右轉隨纆車誤拋山林入朝市平地咫尺千
襃斜欲從稚川隱羅浮先與靈運開永嘉首參虞舜
款韶石次謁六祖登南華仙山一見五色羽（謂有五色雀會一至儋耳庭中公後有五色雀詩）雪樹兩摘南枝花赤魚白蟹箸屢
下黃柑綠橘籩常加糖霜不待蜀客寄荔支莫信閩

人誇恣傾白蜜收五稜細斸黃土栽三椏公自注正輔分人參歸種韶陽來詩本用椏字惠州無書不見此字所出故且從木奉和朱明洞裏得靈草翩然放杖淩蒼霞豈無軒車駕熟鹿亦有鼓吹號寒蛙仙人勸酒不用勺石上自有樽罍窪從此路朝玉闕千里莫遣毫釐差故人日夜望我歸相迎欲到長風沙豈知乘槎天女側獨倚雲機看織紗世間誰似老兄弟篤愛不復相疵瑕相攜行到水窮處庶幾一見留子嗟千年枸杞嘗夜吠無數草棘工藏遮但令凡心一洗濯神人仙藥不我遐山中歸來萬想滅豈復回顧雙雲鴉首八句言被塵俗所纏縛欲爲物外之游首參十句敘自到嶺南備歷諸勝朱明八句言自羅浮游白水故人至末十四句有飄逸出世之想

吾謫海南子由雷州被命即行了不相知至梧迺聞尚在藤也旦夕當追及作此詩示之

九疑聯緜屬衡湘蒼梧獨在天一方孤城吹角煙樹

裏落日未落江蒼茫幽人拊枕坐歎息我行忽至舜所藏江邊父老能說子白須紅頰如君長莫嫌瓊雷隔雲海聖恩尚許遙相望平生學道真實意豈與窮達俱存亡天其以我爲箕子要使此意留要荒他年誰作輿地志海南萬古真吾鄉

夜夢 並引

七月十三日至儋州十餘日矣澹然無一事學道未至靜極生愁夜夢如此不免以書自怡

夜夢嬉游童子如父師檢責驚走書討功當畢春秋餘今廼始及桓莊初怛然悸寤心不舒起坐有如挂鉤魚我生紛紛嬰百緣氣固多習獨此偏棄書事君四十年仕不顧一作願留書繞纏自視汝與邱孰賢易韋三絕邱猶然如我當以犀華編

聞子由瘦公自注儋耳至難得肉

五日一見花猪肉十日一遇黃雞粥土人頓頓食藷芋薦以薰鼠燒蝙蝠舊聞蜜喞嘗嘔吐稍近蝦蟆緣習俗十年京國厭肥羜日日烝花壓紅玉從來此腹負將軍公自注俗諺云大將軍食飽捫腹而歎曰我不負汝左右曰將軍固不負此腹此腹負將軍未嘗少出智慮也今者固宜安脫粟人言天下無正味蝍蛆未遽賢麋鹿海康別駕復何爲帽寬帶落驚僮僕相看會作兩臞仙還鄉定可騎黃鵠

獨覺

瘴霧三年恬不怪反畏北風生體疥朝來縮頸似寒鵝焰火生薪聊一快紅波翻屋春風起先生默坐春風裏浮空眼纈散雲霞無數心花發桃李翛然獨覺午窗明欲覺猶聞醉鼾聲回首向來蕭瑟處也無風雨也無晴

過於海舶得邁寄書酒作詩遠和之皆粲然可
觀子由有書相慶也因用其韻賦一篇並寄
諸子姪
我似老牛鞭不動雨滑泥深四蹄重汝如黃犢走卻
來海闊山高百程送庶幾門戶有八慈不恨居鄰無
二仲他年汝曹笏滿牀中夜起舞踏破甕會當洗眼
看騰躍莫指癡腹笑空洞譽兒雖是兩翁癖積德已
自三世種豈惟萬一許生還尚恐九十煩珍從六子
晨耕簞瓢出衆婦夜績燈火共春秋古史乃家法詩
筆離騷亦時用但令文字還照世糞土腐餘安足夢
真一酒歌並引
布算以步五星不如仰觀之捷吹律以求中
聲不如耳齊之審鉛汞以爲藥策易以候火
不如天造之真也是故神宅空樂出虛蹋踘

者以氣升孰能推是類以求天造之藥乎於此有物其名曰真一遠游先生方治此道不飲不食而飲此酒食此藥居此堂予亦竊其一二故作真一之歌其辭曰

空中細莖插天芒不生沮澤生陵岡涉閱四氣更六陽森然不受螟與蝗飛龍御月作秋涼蒼波改色屯雲黃天旋雷動玉塵香起搜十裂照坐光跏趺牛噍安且詳動搖天關出瓊漿壬公飛空丁女藏三伏遇井了不嘗釀爲真一和而莊三杯儼如侍君王湛然寂照非楚狂終身不入無功鄉

歐陽晦夫遺接䍦琴枕戲作此詩謝之

攜兒過嶺今七年晚塗更著黎衣冠白頭穿林要藤帽赤腳渡水須花縵不愁故人驚絕倒但使俚俗相恬安見君合浦如夢寐挽須握手俱汍瀾妻縫接䍦

霧縠細兒送琴枕冰徽寒無絃且寄陶令意倒載猶作山公看我懷汝陰六一老眉宇秀發如春巒羽衣鶴氅古仙伯岌岌兩柱扶霜紈至今畫像作此服凜如退之加渥丹爾來前輩皆鬼錄我亦帶脫巾欹寬作詩頗似六一語往往亦帶梅翁酸首六句自敘至嶺南後冠服見君六句敘送冠枕末十句有懷歐梅

韋偃牧馬圖

神工妙技帝所收江都曹韓逝莫留人間畫馬唯韋侯當年爲誰掃驊騮至今霜蹏踏長楸圉人困臥沙壠頭沙苑茫茫蒺藜秋風騣霧鬣寒颼颼龍種尚與駑駘游長稭短豆豈我羞八鑾上八轡非馬謀古來西山與東邱

衆妙堂

湛然無觀古真人我獨觀此衆妙門夫物芸芸各歸

根衆中得一道乃存道人晨起開東軒趺坐一醉扶
桑暾餘光照我玻瓈盆倒射窗几清而温欲收月魄
餐日魂我自日月誰使呑

虔州景德寺榮師湛然堂

卓然精明念不起兀然灰槁照不滅方定之時慧在
定定慧照寂非兩法妙湛總持不動尊默然真人不
二門語息則默非對語此話要將周易論諸方人人
把雷電不容細看真頭面欲知妙湛與總持更問江
東三語掾

張競辰永康所居萬卷堂

君家四壁如相如卷藏天祿呑石渠豈惟鄴侯三萬
軸家有世南行祕書兒童拍手笑何事笑人空腹談
經義未許中郎得異書且與揚雄說奇字清江縈出
碧玉環下有老龍千古閟知君好事家有酒化爲老

人夜扣關留侯之孫書滿腹玉函寶方何用讀濠梁空復五車多圯上從來一編足

老翁井

井中老翁悞年華白沙翠石公之家公來無蹤去無迹井面團圓水生花翁今與世兩何與無事紛紛驚牧豎改顏易服與世同無使世人知有翁

十八家詩鈔卷十五

西元二〇二二年一月一日重製一版

十八家詩鈔　冊二（清曾國藩輯）

平裝四冊基本定價參仟捌佰元正
（郵運匯費另加）

發行人　張　敏　君

發行處　中　華　書　局

臺北市內湖區舊宗路二段一八一巷八號五樓（5FL., No. 8, Lane 181, JIOU-TZUNG Rd., Sec 2, NEI HU, TAIPEI, 11494, TAIWAN)

客服電話：886-8797-8396

公司傳真：886-8797-8909

匯款帳戶：華南商業銀行西湖分行
179100026931

印　　刷：維中科技有限公司
海瑞印刷品有限公司

No. N3080-2

國家圖書館出版品預行編目(CIP)資料

十八家詩鈔/(清)曾國藩輯. -- 重製一版. -- 臺北市 : 中華書局, 2022.01

冊 ; 公分

ISBN 978-986-5512-71-2(全套 : 平裝)

831 110021465